LE CROQUE-MITAINE

UN THRILLER POLICIER GLAÇANT AVEC UN REBONDISSEMENT CHOQUANT

THRILLER POLICIER DE L'INSPECTRICE STEPHANIE BROADBENT

TOME 2

JACK PROBYN

CLIFF EDGE PRESS

eBook ISBN format numérique: 978-1-80520-230-1

ISBN format numérique: 978-1-80520-231-8

Première édition

Visitez le site web de Jack Probyn à www.jackprobynbooks.com.

À PROPOS DU LIVRE

Parfois, pour découvrir la vérité, il faut affronter les cauchemars de son passé.

Il y a trente ans, les habitants de Guildford étaient hantés par une silhouette qui se glissait dans les chambres d'enfants et les regardait dormir.

Lorsqu'il s'en allait, il ne laissait derrière lui qu'un seul ballon de baudruche.

Puis il a disparu. Les visites ont cessé.

À présent, ça recommence.

Le Croquemitaine est-il de retour ou un imitateur terrorise-t-il une nouvelle génération de victimes ?

Alors que la pression monte et que la panique enfle, l'inspectrice Stephanie Broadbent doit démêler les fils du passé pour arrêter un prédateur qui traque ses victimes aujourd'hui. Mais ce qu'elle va découvrir pourrait la toucher bien plus de près qu'elle ne l'aurait jamais imaginé…

CHAPITRE
UN

Il n'y a rien de plus beau qu'une enfant qui dort. Le soulèvement régulier, presque angélique, de sa poitrine est comme le flux et le reflux d'une mer calme. Le précieux sourire sur son visage immaculé tandis qu'elle rêve joyeusement de ses dessins animés préférés et des récréations à l'école. La façon dont son corps est blotti, plongé dans un sommeil de plomb, inconsciente de ce qui l'entoure.

Cette fillette ne fait pas exception.

Des posters de Gabby et la Maison Magique et de Dora l'Exploratrice se disputent l'espace sur les murs. Mais il y a un vainqueur incontestable pour ce qui est de sa parure de lit : Dora l'Exploratrice et son compagnon le singe sont à l'honneur, assortis à son pyjama. À côté d'elle repose une peluche de l'Ours Paddington. Vieille et usée, peut-être de deuxième ou troisième génération, transmise de mère en fille. Sur la table de chevet, un petit globe terrestre émet une lueur jaune, faible mais chaude. Une veilleuse. Au-dessus, des étoiles phosphorescentes spéciales brillent doucement. Cette nuit, cette enfant ne s'est pas entièrement abandonnée à l'obscurité. Ses bras sont grands ouverts, ses lèvres légèrement entrouvertes.

Tout est si rassurant, si ordinaire.

Mais le verrou de la fenêtre du rez-de-chaussée n'était même pas enclenché. Ils ne pensent jamais que ça pourrait arriver ici.

Je reste immobile, j'inspire profondément, humant l'odeur de talc frais, de gel douche à la fraise et de shampoing. C'est doux et délicieux, tout comme le spectacle qui s'offre à moi. Je ne sais pas combien de temps je *vais attendre — jusqu'à ce que j'en aie eu assez, jusqu'à ce que j'en aie profité au maximum.*

Ou jusqu'à ce que je ne me sente plus en sécurité, que j'entende un bruit suspect. Le premier des deux qui se présentera.

La fillette s'agite légèrement sous sa couette. Je me fige, observant la petite contraction de ses doigts, le battement de ses cils, l'inspiration soudaine et saccadée qui s'échappe lentement de ses lèvres. Mais elle ne se réveille pas.

Je m'approche du lit. Sa main pend hors de la couette, au bord du lit, les doigts recroquevillés comme si elle se préparait à se battre. Il y a une croûte sur une de ses phalanges. Deux. Trois. La preuve d'une enfance vécue pleinement. Bien sûr, elle passe probablement beaucoup de temps devant un écran, à regarder ses émissions préférées sur son iPad, mais ceci est la preuve que l'enfance n'est pas morte. Qu'elle joue dehors, faisant l'expérience du monde et de toute la douleur qu'il a à offrir. Elle apprend de précieuses leçons de vie dès son plus jeune âge.

Je reste là encore dix minutes, dans le silence, à observer, à écouter, les yeux parfaitement rivés sur la magnifique créature en face de moi. Je ne veux pas lui faire de mal. Je ne veux pas l'effrayer.

Je veux juste regarder.

Comme un ange, un gardien.

Tant que je suis ici, elle est en sécurité.

Quand vient pour moi le moment de partir — quand j'en ai finalement eu assez — je plonge la main dans ma poche et j'en sors un ballon de baudruche. Bleu, brillant, lisse sous mon pouce. Je le gonfle lentement, sans bruit. Le sifflement de l'air est à peine plus fort que le bourdonnement de sa veilleuse. Je fais le nœud avec aisance, puis, de mon autre poche, je sors la ficelle. Je l'enroule autour du nœud du ballon et je le pose sur la moquette, le calant avec un de ses jouets pour qu'il soit juste à côté d'elle.

Un souvenir. Un cadeau. Un merci pour m'avoir permis de passer du temps avec elle.

Quand elle se réveillera, ce sera la première chose qu'elle verra. J'espère qu'il lui plaira.

CHAPITRE
DEUX

Ce matin-là, comme tous les matins depuis six ans et demi, c'était le chaos dans la cuisine. La télévision tournait en fond sonore — Bob le Bricoleur réparait quelque chose pour quelqu'un — même si personne ne la regardait encore, parce que Becky aimait qu'elle soit déjà allumée quand elle descendait. Le lave-vaisselle était en plein cycle parce que son mari avait oublié de le lancer la veille au soir. Le robinet remplissait rapidement l'évier, l'eau éclaboussant les assiettes empilées en vrac. La bouilloire chauffait l'eau pour sa deuxième tasse de café, et le micro-ondes vrombissait en réchauffant son porridge.

Le chaos.

Les surfaces de la cuisine n'étaient pas en meilleur état. Une pluie de miettes et de restes du dîner de la veille saupoudrait le plan de travail. Une flaque collante de jus d'orange luisait sous la corbeille à fruits, ignorée pour le troisième jour consécutif. Plusieurs paquets de jambon, de laitue et de fromage traînaient sur le comptoir, à côté d'une tomate à moitié coupée.

Laura naviguait au milieu de tout ça en pilote automatique, éjectant les toasts du grille-pain d'une main et fouillant dans un tiroir de l'autre à la recherche d'un couteau à beurre propre. Elle a ouvert le frigo avec la jointure de son doigt, en a sorti une plaquette de beurre et une brique de lait avant de le refermer. En le refermant, elle a jeté un œil au fouillis de photos, de post-it et d'invitations d'anniversaire pailletées collés sur la porte du frigo avec des magnets.

L'anniversaire de Kerry était dans deux semaines, il faudrait donc qu'elle achète une carte et un cadeau.

Et Jeremy organisait un barbecue ce week-end. Encore un. Complètement à contre-courant de la météo. Mais c'était encore de l'argent qu'elle devrait dépenser en vin et en amuse-gueules. Sans parler du fait qu'il faudrait appeler la babysitter.

Elle espérait que sa contact habituelle serait trop occupée.

Peut-être qu'elle pourrait simplement faire semblant. Dire qu'elle n'avait pas trouvé de solution de garde et que, par conséquent, ils ne pourraient pas venir. Ça lui économiserait un temps, une énergie et un argent considérables.

Du temps, de l'argent et une énergie qui étaient actuellement consacrés à préparer Becky pour l'école.

Laura a laissé tomber les toasts sur le plan de travail, les a recouverts à la hâte d'une épaisse couche de beurre et les a enfournés dans sa bouche tout en versant l'eau de la bouilloire, puis elle a fini de préparer le déjeuner de Becky pour la journée. Au moment même où elle glissait le sandwich de sa fille dans un sac Ziploc neuf, l'alarme de son téléphone a sonné : sept heures.

— Becky ! a crié Laura. C'est l'heure de se réveiller, ma chérie !

Elle a attrapé la gourde sur l'égouttoir, a trouvé le sirop et l'a remplie à ras bord d'eau du robinet. Quelques minutes se sont écoulées, et il n'y avait toujours aucune réponse, aucun signe de Becky sortant de sa chambre. Pas de bruit de chasse d'eau. Pas le bruit de ses pas descendant les escaliers d'un air endormi.

— Becky ! a-t-elle appelé de nouveau.

D'habitude, à cette heure-ci, sa fille serait déjà en bas, perchée sur le canapé, agrippée à son doudou, à regarder la télévision en attendant que Maman lui prépare ses céréales.

— Becky ! Viens prendre ton petit-déjeuner, ma puce ! Sinon, tu vas être en retard.

Elle a froncé les sourcils en regardant le plafond. La chambre de Becky se trouvait juste au-dessus, et elle aurait entendu le plancher grincer sous les pieds de sa fille. Mais rien.

L'immobilité lui a asséché la gorge. La panique a commencé à s'installer.

— *Becky* ?

Elle a tout lâché et s'est mise à monter les escaliers.

— Becky, si tu dors encore, je ne vais pas être très contente, ma chérie.

Alors qu'elle arrivait en haut des marches, les pieds allant plus vite que d'habitude, elle a retenu sa respiration en se dirigeant vers la chambre de Becky. Accroché à la porte se trouvait un joli panneau qu'elles avaient fabriqué ensemble. Le nom de Becky y était inscrit au crayon de cire, ainsi qu'une petite illustration qu'elle avait dessinée du chien qu'elle réclamait sans cesse à Dean et à elle depuis quelques semaines.

Laura a enroulé sa main autour de la poignée et a ouvert la porte. Elle craignait que sa fille soit morte, décédée pendant la nuit, ou qu'on l'ait enlevée d'une manière ou d'une autre.

Au lieu de ça, elle a trouvé Becky, toujours en pyjama, assise sur son lit, jouant avec un ballon bleu, le frappant comme un punching-ball.

Laura s'est figée dans l'embrasure de la porte. Un instant, elle n'a pas reconnu sa fille. Il y avait quelque chose de si étrange, de si effrayant dans cette image que ça l'a prise par surprise — comme si elle regardait Pennywise le clown du film *Ça*.

— Maman, regarde ce que j'ai !

Laura a franchi le seuil avec hésitation. Elle voulait regarder autour d'elle dans la pièce, s'assurer que personne ne se cachait dans l'armoire, derrière une chaise ou sous le lit, mais elle était incapable de détacher ses yeux du ballon.

— Où as-tu eu ça, ma chérie ? C'est Papa qui te l'a donné ?

Dean n'était pas passé dans sa chambre avant de partir au travail, n'est-ce pas ? D'habitude, il ne le faisait jamais en semaine. Il partait travailler très tôt — avant même que les oiseaux ne soient réveillés — et ne voulait jamais déranger personne. Un baiser sur le front avant de dormir chaque soir lui suffisait.

— Non, a répondu sèchement Becky.

— Qui… a commencé Laura, la réalisation s'imposant rapide-ment. Qui t'a donné ça, Becky ?

Becky a déplacé le ballon sur le côté pour que Laura puisse voir le visage de sa fille. — C'est le monstre sous mon lit qui me l'a laissé, Maman.

CHAPITRE
TROIS

Les pneus ont mordu la boue retournée tandis que Stephanie gravissait le sentier en puissance, les jambes pédalant à plein régime, le cœur battant la chamade dans sa poitrine. Son souffle formait un nuage devant elle, comme de la fumée, avant de disparaître presque aussitôt. Les bois l'avalaient tout entière, un enchevêtrement de branches et de feuilles dégoulinantes, la pluie crépitant doucement sur son casque. Elle était trempée jusqu'aux os. Le ciel au-dessus d'elle était d'un gris terne et livide, baignant chaque chose dans une lumière plate et sans couleur. Elle a gardé la tête baissée, naviguant entre les racines et les flaques d'eau, les dents serrées. La boue éclaboussait ses mollets à chaque tour de pédale.

C'était une matinée exécrable et, sans surprise, les bois étaient déserts. Elle n'avait croisé aucun autre cycliste, aucun promeneur de chien, aucun *humain*. Il n'y avait qu'elle et les bois. Elle et son vélo. Elle et les éléments. Et elle en adorait chaque seconde. L'ivresse de la vitesse. L'excitation qu'elle ressentait chaque fois qu'elle approchait d'une descente abrupte ou d'un virage serré.

Elle avait le contrôle.

La roue arrière a légèrement dérapé sur une plaque de feuilles mouillées, et elle a corrigé sa trajectoire d'un coup sec de guidon. L'eau avait traversé ses gants. Ses doigts étaient endoloris par le froid.

Elle a atteint le sommet d'une petite pente. Une volée de

corbeaux s'est envolée dans les airs, effarouchée, alors qu'elle s'arrêtait dans un dérapage sous un chêne penché, haletante. Elle a posé un pied à terre et s'est penchée sur le guidon pour reprendre son souffle. Au moment où elle attrapait sa gourde sur le cadre du vélo, son portable s'est mis à sonner.

Surprise, elle a fait pivoter la petite sacoche autour de sa taille et a fouillé dedans. En quelques secondes, l'écran s'est couvert de gouttes, rendant le nom de l'appelant illisible. Elle n'a reconnu que l'indicatif régional. Guildford.

Essuyant l'écran avec sa sous-couche sèche, elle a répondu à l'appel.

— Stephanie à l'appareil.

Au-dessus d'elle, la pluie a redoublé et l'intensité des gouttes a augmenté. Elle s'est préparée, puis est repartie à faible allure.

— Mademoiselle Broadbent, bonjour. Désolé de vous déranger si tôt. C'est Kieran, de HG and Sons.

Les freins ont grincé tandis qu'elle s'arrêtait brusquement. — Salut, Kieran. Quelle heure il est ? Ils vous font travailler de bonne heure.

— Je me suis dit que, comme je n'ai eu aucune réponse à mes multiples e-mails, j'allais essayer d'appeler en dehors des heures de bureau.

Elle a marqué une pause, observant un écureuil traverser le sentier.

— Avez-vous *vu* mes e-mails, mademoiselle Broadbent ?

Elle s'est gratté le dessous du menton. — Je les ai vus. Je ne les ai pas lus.

— Alors, ça tombe bien que je vous aie au téléphone. C'est au sujet de la succession de votre père. Nous avons vraiment besoin de faire venir les experts et les agents immobiliers pour estimer la propriété pour l'homologation du testament de votre père. Ensuite, ils ont aussi indiqué qu'ils aimeraient la mettre sur le marché dès que possible.

— Bien sûr, qu'ils aimeraient. Leur gagne-pain en dépend.

Kieran a eu un petit rire, comme si ce n'était pas la première fois qu'il entendait une telle remarque. — Quel serait le bon moment pour faire venir les parties concernées afin qu'elles jettent un œil ?

— Je ne sais pas. Stephanie a repoussé une mèche de cheveux mouillés de ses yeux. — Je suis occupée.

— J'aimerais beaucoup convenir d'un rendez-vous avec vous, a insisté Kieran. Peut-être pourriez-vous passer au bureau à un moment donné pour que nous puissions en discuter ? Nous sommes en plein centre-ville et, d'après mon dossier, vous n'êtes qu'à quelques minutes à pied, et votre lieu de travail n'est pas très loin non plus.

Elle a ricané. — Est-ce que votre dossier dit aussi ce que je fais dans la vie ?

Il a émis un bruit en guise de réponse, mais elle l'a interrompu.

— Donc, vous devez savoir que je travaille de longues heures avec des horaires irréguliers, et que j'ai rarement des jours de congé. Et quand je termine, vous êtes toujours fermés.

— Je suis disposé à étendre nos horaires d'ouverture pour m'adapter à vos besoins.

Elle s'est pincé l'arête du nez. Son père était mort depuis un mois, et il la hantait encore d'outre-tombe. Elle se retrouvait plongée jusqu'au cou dans toutes les procédures judiciaires qui suivaient sa mort : l'homologation, son testament, sa succession. Et elle ne voulait rien avoir à faire avec tout ça.

— Je n'aurai tout simplement pas le temps, a-t-elle répondu.

— Mademoiselle Broadbent, si vous ne répondez pas bientôt, nous pourrions devoir considérer que vous renoncez à votre part. Je détesterais que cela se produise pour une simple histoire de paperasse.

— Tant mieux. Je ne veux rien avoir à faire avec cet homme. Vous ne le connaissiez pas, alors je ne vous en tiendrai pas rigueur, Kieran. Mais si c'était le cas, vous ressentiriez la même chose, et vous comprendriez pourquoi je suis si réticente à m'impliquer là-dedans. D'ailleurs, je pensais que ma sœur s'occupait de tout ?

Kieran a inspiré lentement. — C'est un autre point dont je voulais discuter avec vous. Je me demandais si vous aviez eu de ses nouvelles ? J'ai du mal à la joindre. J'ai essayé d'appeler, d'envoyer des e-mails, mais rien.

— On est deux, Kieran.

Un long moment de silence s'est installé entre eux. Dans ce

silence, la pluie a semblé s'arrêter, et le son d'un chien aboyant au loin a roulé à travers les bois.

— Laissez-moi faire, a-t-elle ajouté. Je vais m'occuper de ma sœur.

— Et en attendant, a ajouté Kieran, tout ce que je vous demande, mademoiselle Broadbent, au minimum, c'est que vous et votre sœur discutiez de la suite des opérations pour la maison. D'abord, il faudra vider la propriété avant que quiconque puisse y jeter un œil.

Stephanie a pouffé. — Vous avez de la chance, a-t-elle dit. Elle n'est plus considérée comme une scène de crime.

CHAPITRE
QUATRE

Une petite bruine, du genre à se transformer en averse avant qu'on ait eu le temps de s'en rendre compte, avait commencé à tomber. Stephanie a balayé les gouttelettes de ses cheveux en attendant que la porte s'ouvre. La pluie ne la dérangeait pas et elle ne comprenait pas pourquoi les gens s'en plaignaient autant.

Ce n'était que de l'eau, après tout.

Le problème est survenu quand la porte s'est ouverte et qu'elle est entrée sans dire un mot.

— Ça ne te dérangerait pas d'enlever tes chaussures, au moins ?, a demandé Jason, son beau-frère, en refermant la porte derrière elle. Et ton manteau. Tu es trempée. Tu es restée dehors longtemps ?

— Pas longtemps, a répondu Steph en se déshabillant dans le vestibule somptueux, entourée de plantes ornementales et de décorations qui n'auraient pas détonné dans une villa hollywoodienne. Je pensais que tu serais au travail.

— Je suis en télétravail. Il a pris son manteau et a ajouté : Quand je le *peux*, en tout cas.

Le dédain dans sa voix était évident.

— Je suis surprise qu'ils ne t'aient pas proposé de congé.

— Si, ils l'ont fait, a-t-il dit en accrochant le manteau à une patère au mur. Je l'ai refusé.

— Oh.

— Je suis trop occupé. Je ne peux pas me permettre de laisser les choses déraper. Je ne peux pas me permettre de prendre des jours de congé, sinon certaines transactions vont tomber à l'eau. Il faut que je travaille, sinon on ne pourra plus se permettre de payer cette maison. Et on a des vacances aux Maldives à payer. Et l'aménagement des combles auquel on pense. Et l'extension de la cuisine. En plus, mon patron a besoin de moi. Il n'arrête pas d'appeler et d'envoyer des messages toutes les heures pour me demander des trucs. En plus, j'ai déjà raté mon évaluation annuelle.

Elle a haussé un sourcil.

— Il y avait une possibilité de promotion et d'augmentation de salaire, mais j'ai raté ça parce que je m'occupais d'*elle*.

Stephanie a exécré la façon dont il venait de faire référence à sa sœur. Cela l'a remplie de venin.

— Ne te méprends pas, a-t-il continué. Je suis content d'être là et je suis content d'aider, mais la plupart du temps, je ne sais pas ce que je fais. Elle ne veut pas me parler. Elle ne répond pas à mes questions. Elle n'a rien mangé, ni beaucoup bu ces dernières semaines. Elle dépérit, et je m'inquiète pour elle. Et je m'inquiète pour le bébé.

Jusqu'à sa dernière phrase, Stephanie n'a pas cru un mot de ce qui sortait de sa bouche. D'après sa façon de parler, elle avait l'impression qu'il préférerait faire ses valises et partir seul aux Maldives en laissant Kimberley avec la prise de tête de la planification de leurs coûteuses et imminentes rénovations.

— Elle a besoin d'aide, a répondu Stephanie. Une aide professionnelle. Mais en attendant, *tu* devras faire l'affaire. Tu as fait tes vœux, tes promesses. Dans la maladie comme dans la santé.

Jason s'est hérissé, offensé par ses paroles. Il a parlé à voix basse. — Et toi, où est-ce que tu étais ? Tu es sa sœur. Tu as été portée disparue toutes ces années, et quand elle a le plus besoin de toi, tu as aussi été « occupée » par le travail. Tu as exactement la même excuse que moi. La seule différence, c'est que je vis avec elle et pas toi.

Stephanie a inspiré profondément, contrôlant sa frustration grandissante.

— Tu as entendu ce qui s'est passé ?, a-t-elle demandé.

— Qu'est-ce que ça a à voir avec quoi que ce soit ?

— Réponds à la question. Tu as entendu ce qui s'est passé entre nous et notre père ?

Son regard est tombé au sol avant qu'il ne lui réponde. — Oui. J'ai entendu.

— Alors tu dois savoir *pourquoi* elle ne veut pas me parler.

— Ça n'a rien à voir avec moi, a-t-il répliqué. C'est toi qui lui as menti toute sa vie.

Stephanie a fermé les yeux, avalant cette parcelle de vérité. — Et maintenant j'en paie le prix. Mais si je découvre que tu lui as menti sur quoi que ce soit, c'est à moi que tu auras affaire.

Jason a levé les bras au ciel. — Qu'est-ce que ça veut dire ?

— Tu sais ce que ça veut dire, a-t-elle répondu, faisant allusion au soupçon qu'elle gardait pour elle que Jason voyageait tant pour le travail ces dernières semaines et ces derniers mois parce qu'il avait une liaison.

Non seulement cela tuerait Kimberley un peu plus à l'intérieur, mais cela tuerait aussi Stephanie. Tout au long de leur vie, elle avait fait de son mieux pour protéger sa sœur d'un homme, leur père. Mais si Jason la trahissait, elle verrait cela comme un échec. Comme si elle avait laissé tomber Kimberley tout autant que Jason.

Un gouffre s'est creusé entre eux, mettant fin à la conversation. Ils avaient tous les deux des choses qu'ils voulaient dire, mais ce n'était ni le moment ni l'endroit.

— Où est-elle ?, a-t-elle demandé.

Stephanie a ressenti une étrange sensation de déjà-vu en entrant dans le salon. Elle a trouvé sa sœur assise dans le fauteuil, le regard fixé sur l'écran de télévision. Son visage était vide, distant, absent, comme si elle était sur une autre planète, dans un univers complètement différent. Kimberley portait un pull léger et un jean, une tenue qui semblait avoir été la sienne ces dernières semaines. Plus inquiétant, cependant, était sa perte de poids drastique : les joues creuses et les pommettes saillantes ; la perte de graisse et de masse musculaire dans ses bras et ses épaules ; et ses jambes fines comme des bâtons.

Elle avait l'impression de venir d'entrer dans la chambre de son père à la maison de retraite, et des souvenirs de lui assis dans son fauteuil lui ont traversé l'esprit. La seule différence était le petit ventre de femme enceinte qui était devenu plus prononcé.

Stephanie s'est approchée de sa sœur, déplaçant le pouf sur le tapis. À la télévision, *Loose Women* était en cours de diffusion.

— Je ne t'aurais jamais imaginée fan de ça, a-t-elle dit en plaisantant. Je te voyais plus du genre *Real Housewives*.

Kimberley s'est lentement tournée vers elle, le dédain et la méchanceté cachés derrière des yeux fatigués. — Qu'est-ce que tu fais ici ?

— Je suis venue voir comment tu vas, a répondu Stephanie. Je m'inquiète pour toi.

— Ça ne t'a pris que trois semaines.

Stephanie a regardé le tapis, commençant à jouer avec ses mains. Elle était consciente de tripoter le collier de sa mère devant sa sœur. — Il s'est passé beaucoup de choses, a-t-elle commencé. Je comprends ça. Et je voulais te laisser de l'espace… pour réfléchir, pour digérer.

— Tu m'as abandonnée.

— Tu m'as dit que tu ne voulais plus rien avoir à faire avec moi.

— C'est toujours le cas.

Kim a lentement reporté son attention sur la télévision. — Tu peux partir maintenant.

— Kimberley, s'il te plaît…

— Je n'ai rien à te dire. Tu m'as trahie, Steph. Tu m'as menti toute ma vie. Tu m'as fait croire qu'un monstre était une bonne personne. Et je ne pourrai jamais te le pardonner. Connaître la vérité aurait été mieux que ce que tu as fait. J'ai failli mourir à cause de toi.

Stephanie a porté involontairement la main à son collier. Les mots de sa sœur l'ont blessée profondément. — C'est *toi* qui nous as sauvées toutes les deux, a-t-elle répondu. Sans toi, on ne serait pas là. On serait mortes toutes les deux.

— Mais tu t'es assurée que *lui* le soit, n'est-ce pas ?

Steph n'a rien trouvé à répondre à cela. Elle avait revécu d'innombrables fois ces moments où elle avait plongé la lame dans son père, encore et encore. Des cauchemars étaient nés de cette nuit et, au cours des dernières semaines, elle s'était réveillée à plusieurs occasions, rêvant de son père ensanglanté, debout au-dessus d'elle dans sa chambre, se vidant de son sang sur le tapis, la regardant. Parfois, il se dirigeait vers elle ; d'autres fois, il restait là, debout, à sourire. D'autres fois encore, il retirait la lame de son abdomen et la lançait sur elle.

Elle avait tué son propre père — en état de légitime défense, officiellement — et cela aurait dû être le plus beau moment de sa vie. Il était parti, mort, incapable de leur faire du mal. Mais ce n'était pas le cas. Maintenant, c'était pire. Il la hantait dans ses rêves, dans ses visions. Comme Freddy Krueger, existant dans ses cauchemars.

— Je devrai vivre avec mes actes pour le reste de ma vie. Pareil pour ce que je t'ai fait, a expliqué Stephanie. Je ne suis pas absoute de la moindre culpabilité. Mais il est parti. Il ne peut plus nous faire de mal, a-t-elle dit. J'ai fait ce que j'ai fait pour nous protéger. Et je le referais. Il n'est pas l'homme que tu croyais qu'il était. Je sais que c'est beaucoup à digérer et à gérer, et j'espère qu'un jour tu comprendras tout. Mais pour l'instant, je veux m'assurer que tu vas bien.

Gardant son attention fixée sur l'écran, Kim a dit : — Je vais bien. Tu n'as pas à t'inquiéter pour moi.

— Je ne serais pas ta grande sœur si je ne le faisais pas. Ça vient avec le poste.

Kim n'a rien dit. Son expression est devenue vide, comme si elle était vraiment partie dans une autre dimension. Pendant quelques instants, Steph a essayé d'engager la conversation — le temps, Jason, l'enquête — mais sa sœur n'a prêté aucune attention. Ce n'est que lorsque Stephanie a abordé la vraie raison de sa présence que Kimberley a commencé à réagir.

— J'ai eu un appel des notaires ce matin, a-t-elle expliqué. Pendant que j'étais en balade à vélo — peut-être que tu devrais venir avec moi une fois pour te faire sortir un peu de la maison ? — et ils ont appelé pour dire qu'on doit vider la maison si on veut la vendre et la mettre sur le marché.

Kim l'a regardée du coin de l'œil mais son expression n'a rien trahi.

— Je veux dire, je n'ai vraiment pas envie d'y aller, mais je ne pense pas qu'on ait le choix.

Silence, à l'exception du bruit des pas de Jason qui se déplaçait dans son bureau à l'étage.

— Une option serait de tout jeter, d'envoyer ça à la déchetterie et de tourner la page. Mais je me suis dit qu'il pourrait y avoir de vieilles affaires de maman là-dedans.

— Ou d'autres secrets que tu m'as cachés pendant les trente-trois dernières années de ma vie, a rétorqué Kim avant de reporter son attention sur la télévision, se déconnectant à nouveau. Je ne veux pas y aller. Je ne veux pas y être avec toi. Et je ne veux pas de toi dans ma maison en ce moment. S'il te plaît, si tu m'aimes comme tu le prétends, s'il te plaît, pars.

CHAPITRE
CINQ

L'inspecteur Giles Swinger avait visité bien des maisons au cours de sa carrière. Certaines étaient délabrées et menaçaient de s'effondrer, tenant à peine debout grâce aux efforts de leurs propriétaires pour garder un toit sur la tête, tandis que d'autres semblaient tout droit sorties d'un catalogue ou d'un dessin animé. Celle dans laquelle l'inspectrice Fiona Singleton et lui se trouvaient ce matin-là se situait au milieu de ce spectre. Une maison Boucle d'or. Juste comme il fallait.

Ils se tenaient dans la cuisine, de part et d'autre de l'îlot central. Les plans de travail étaient en désordre, encombrés par le chaos d'une matinée bien remplie. En arrière-plan, des voix aiguës provenaient du salon. De l'autre côté de l'îlot se tenait Laura Wednesday, une femme d'environ trente-cinq ans, avec de longs cheveux noirs et des sourcils saisissants qui donnaient l'impression qu'elle avait dépensé une fortune pour les entretenir. Appuyée contre le comptoir, elle enserrait son corps dans un gilet fin, se rongeait les ongles et agitait nerveusement la jambe. Avant de parler, elle jeta plusieurs coups d'œil vers le salon, où sa fille regardait la télévision.

— Madame Wednesday, commença Giles. Pourriez-vous nous expliquer ce qui s'est passé ?

Ils avaient reçu l'appel un peu moins d'une heure plus tôt. Si un signalement de cambriolage aurait normalement été traité par un agent en uniforme, Giles avait suggéré qu'ils passent s'en occuper.

Une curiosité morbide avait pris le dessus et, comme l'affaire finirait sans doute par atterrir sur leur bureau, il voulait prendre de
l'avance.

— Je ne sais pas… commença Laura, s'acharnant sur son ongle.
Ce matin, rien ne sortait de l'ordinaire. Becky dormait. Mon mari
était parti au travail. Et je préparais Becky pour l'école. Je lui avais
fait son déjeuner et j'allais lui préparer son petit-déjeuner. D'habitude, elle descend vers sept heures, et comme elle ne le faisait pas,
je suis montée dans sa chambre pour aller la chercher.

— Qu'avez-vous vu ?

— Becky jouait avec un ballon.

— Quel genre de ballon ?

— Un ballon d'anniversaire. Un de ceux pour les fêtes.

— Où est-il maintenant ?

Laura leva les yeux au plafond, ce qui répondait à la question. — Je ne supporte pas de monter là-haut. Dès que je l'ai vu, je
l'ai sortie de la chambre et j'ai appelé mon mari.

— Où est-il ?

— Il rentre du travail. Il part tôt, vers six heures et demie.

Giles griffonna une note.

— Qui est la dernière personne à être entrée dans la chambre de
votre fille ?

— Mon mari, répondit Laura, jetant un nouveau coup d'œil vers
le salon. Mais pas ce matin. Il ne veut pas la déranger quand il part
au travail. Nous l'embrassons tous les deux pour lui souhaiter
bonne nuit et nous allons la voir avant de nous coucher.

— C'était à quelle heure ?

Le son d'un rire d'enfant filtra dans la pièce.

— Vers dix heures, répondit Laura. Nous nous couchons tôt.

— Et vous vous levez tôt, à ce que j'entends, commenta Giles. Je
suppose que vous n'avez aucune idée d'où vient ce ballon ?

Laura secoua la tête.

— Et vous ne savez pas où Becky aurait pu se le procurer ?

Nouveau hochement de tête négatif.

— Est-il possible qu'elle l'ait eu dans sa chambre depuis un
certain temps et l'ait gonflé ? Ou a-t-elle assisté à des fêtes d'anniversaire récemment ?

— Rien. Il est juste apparu. Laura se balança d'avant en arrière contre le comptoir, puis leva rapidement les yeux au plafond. — Enfin, ce n'est pas tout à fait vrai. Becky a dit que c'était le monstre sous son lit qui le lui avait apporté, mais ce n'est pas possible. Les monstres, ça n'existe pas.

Si, ça existe, pensa Giles. J'en ai croisé un certain nombre au cours de ma carrière.

Il se pencha en avant et regarda à travers la salle à manger ouverte vers les portes-fenêtres qui donnaient sur le jardin. — Avez-vous vu le moindre signe d'effraction ou d'entrée par la force en descendant ce matin ?

Laura secoua la tête. Elle resserra son gilet autour d'elle, et une lueur de panique modérée apparut au coin de ses yeux. — Je n'ai pas regardé. Je veux dire, pourquoi l'aurais-je fait ? On ne ferme pas vraiment notre porte de derrière à clé. Seulement la porte d'entrée. Et la plupart de nos fenêtres sont toujours fermées.

— Pourquoi ne fermez-vous pas vos portes à clé ? demanda Giles.

— Eh bien, parce que c'est un quartier tranquille. Nous n'avons jamais eu de problèmes avant. Nous n'en avons jamais ressenti le besoin. Elle parut offensée, leur renvoyant à tous les deux l'accusation contenue dans son ton. — Nous n'avons pas non plus de chatière, alors si jamais nous devons le laisser sortir au milieu de la nuit, nous pouvons simplement lui ouvrir.

Giles en avait assez entendu. Il s'approcha de la porte arrière et inspecta la serrure. Aucune trace d'effraction, pas de verre sur le sol, et aucune indication que quelqu'un avait essayé de forcer le passage. Plus important encore, il n'y avait pas non plus d'empreintes digitales sur la vitre, rien qui ne suggère que l'intrus avait été assez stupide pour en laisser derrière lui.

Il ne savait pas quoi croire. Il était étrange qu'un simple ballon de fête soit apparu de nulle part, sans aucune trace de la personne qui l'aurait placé là.

En se redressant, il regarda derrière lui et vit Peppa Pig sauter dans une flaque de boue à la télévision. Assise devant, accroupie sur le sol dans une position que seuls les membres et les articulations d'un enfant permettent, se trouvait Becky, tendant le cou vers le personnage adoré, un large sourire aux lèvres.

Giles se tourna vers Laura et demanda : — Cela vous dérange si nous parlons à votre fille ?

Laura quitta la cuisine. — Becky, ma chérie. Becky !

Finalement, la fillette se retourna.

— Éteins la télé et viens par ici un moment, ma puce. Ces personnes veulent te poser des questions sur le ballon que tu as trouvé ce matin.

— Mon ballon ! Le visage de Becky s'illumina à cette pensée. — Est-ce que je peux le garder, maman ?

La jeune fille obéit et se précipita vers eux. Elle grimpa sur une chaise de la salle à manger et s'appuya contre la table. Elle leva la tête vers Giles, le regardant comme s'il était le monstre qui lui avait donné le ballon.

— Tu ressembles à un géant, dit-elle.

Giles eut un sourire en coin. — C'est parce que j'ai mangé tous mes fruits et légumes quand j'étais petit, comme ma maman me l'avait dit. Il tira une chaise de la table et s'assit. — C'est mieux comme ça ? Maintenant, on est à la même hauteur.

Laura les rejoignit, s'asseyant en face. Tandis qu'elle s'installait, Giles complimenta la tenue de Becky. — J'adore cette barrette dans tes cheveux, ajouta-t-il. Elle est très jolie.

— Merci, répondit Becky, attrapant une peluche sur la table et se mettant à jouer avec. — C'est maman qui me l'a achetée dans les magasins.

— Est-ce que c'est maman qui t'a donné le ballon que tu as trouvé aussi ?

Gardant toute son attention sur l'ours en peluche, Becky fit pivoter tout son corps d'un côté à l'autre. — Il vient du monstre sous mon lit.

— Un monstre sous ton lit ? demanda Giles, ajoutant une touche enjouée à sa voix. — Ça a l'air effrayant. Tu as pu le voir, ce monstre ?

Nouveau hochement de tête négatif.

— Depuis combien de temps le monstre est-il sous ton lit ?

— Depuis toujours !

— Depuis toujours ? Et tu ne l'as jamais vu ?

Cette fois, elle secoua vigoureusement la tête, enfonçant son pouce dans sa poche.

— Comment sais-tu qu'il est là ?

— Je le vois dans mes rêves.

— Et tu penses qu'il t'a donné le ballon la nuit dernière ?

Un signe de tête.

— Tu as vu ou entendu quelque chose ?

— Je me suis juste réveillée et il était là, expliqua Becky, puis elle se tourna vers Laura. — Est-ce que je peux garder le ballon, maman ?

Laura regarda Giles, mal à l'aise.

— Nous allons peut-être devoir l'emporter avec nous, répondit-il doucement. Nous faisons des recherches sur les monstres et nous devons le prendre pour l'analyser.

— Oh ! fit Becky, déçue. — Est-ce que je le récupérerai ?

— Peut-être, ma chérie, ajouta Laura en caressant les cheveux de sa fille. Sinon, on pourra en acheter un autre dans les magasins.

— Je ne veux pas un ballon des magasins ! Je veux celui-là !

Avant que Becky ne pique une crise, la porte d'entrée s'ouvrit.

— Becks ? Laura ?

— *Papa* !

Aussitôt, Becky sauta de sa chaise et courut vers la porte d'entrée. Un instant plus tard, un homme en costume apparut au coin du mur, sa fille dans les bras. Il se présenta comme étant Dean Wednesday et serra la main de Giles.

— Vous êtes de la police ? demanda-t-il en posant sa fille par terre.

— Oui, monsieur, répondit Giles.

— Vous êtes là pour le cambriolage ?

— Nous ne savons pas s'il y a eu un cambriolage, répliqua Laura en se précipitant aux côtés de son mari. Son ton indiquait qu'elle essayait de le calmer.

— Qu'est-ce que tu veux dire ? Bien sûr que si. Ce satané ballon. Ce n'est pas moi qui l'ai mis là. C'est toi ?

Laura secoua la tête.

— Alors voilà. Quelqu'un est entré dans la chambre de ma fille et l'a mis là. Quelqu'un est entré par effraction. Il s'accroupit, serra sa fille dans ses bras, puis la tint à bout de bras. — Tu n'es pas blessée, n'est-ce pas, ma princesse ?

Becky confirma que non. Une fois satisfait de sa réponse, Dean l'envoya sur le canapé et reporta son attention sur Giles. — Qu'est-ce que vous comptez faire ? Son ton était sévère, obstiné, comme s'il venait d'entrer dans une réunion de conseil d'administration.

— Nous allons devoir examiner ce que votre fille nous a dit, commença Giles. Mais pour l'instant, comme il ne semble y avoir aucun signe d'effraction, nous…

— Vous n'allez rien faire ?

— Ce n'est pas ce que j'ai dit.

— C'est l'impression que ça donne. Il croisa les bras sur sa poitrine, son visage se durcissant. — On a cambriolé ma maison, et vous n'allez rien faire. À quoi ça sert que je paie mes impôts ?

Giles fit de son mieux pour garder son calme. Il détestait cet argument. Il l'avait toujours détesté et le détesterait toujours.

— Avec tout le respect que je vous dois, Monsieur Wednesday, si vous m'aviez laissé finir, vous auriez compris que nous allons emporter le ballon pour l'examiner. Il est possible que la personne qui l'a laissé y ait déposé de l'ADN, bien que d'après ce que j'ai compris, si Becky a autant joué avec qu'on me l'a dit, il n'en restera pas grand-chose. Quoi qu'il en soit, ça pourrait prendre quelques semaines pour avoir les résultats…

— *Des semaines* ? s'exclamèrent Laura et Dean Wednesday à l'unisson.

— Ce n'est pas un processus rapide, répondit-il sur la défensive. Malheureusement, la vraie vie n'est pas comme à la télévision.

— Vous me prenez pour un idiot ? Bien sûr que je sais que ce n'est pas comme à la télé, mais *des semaines* ?

— Ce sont les délais. Nous n'y pouvons rien.

— Et si ça se reproduit ? Et si cette personne entre par effraction et en laisse un autre dans la chambre de ma fille ?

— Je suggérerais de fermer vos portes à clé, pour commencer, rétorqua Giles.

Le venin fusa dans les yeux de Dean. — C'est censé être drôle ?

Non. Ce qui est drôle, c'est que vous laissiez vos portes déverrouillées toute la nuit et que vous soyez contrarié que quelqu'un entre par effraction.

— Pardon. Ce que je voulais dire, c'est, avez-vous des caméras de vidéosurveillance ou des enregistrements que je pourrais regarder ? Ce serait d'une grande aide.

Le regard dur que Dean avait fixé sur Giles s'adoucit rapidement alors qu'il baissait les yeux vers le sol et secouait la tête. — Nous n'avons rien. Mais je vais aller en acheter et en faire installer dès maintenant. La prochaine fois que ça arrivera, je m'assurerai de les attraper.

Faites juste attention de ne pas les inviter à entrer chez vous.

— Donc, tout ce que nous avons vraiment, c'est la description de votre fille, qui n'existe pas, et l'ADN du ballon. Giles laissa échapper un soupir bref et sec par le nez. — Nous ferons ce que nous pourrons.

Dean plongea la main dans sa poche et sortit son portefeuille. — Et si on accélérait les choses ?

— Ça ne fonctionne pas comme ça, monsieur. C'est considéré comme de la corruption, et nous ne sommes pas prêts à perdre notre emploi pour une chose pareille.

— Mais vous êtes prêts à laisser ma maison se faire cambrioler et ma fille être traumatisée, *encore une fois*. Il rangea son portefeuille et sortit son téléphone. — Et si je vais voir la presse à la place ?

— Ça ne changera rien non plus, répondit Giles. Comme je l'ai dit, nous ferons ce que nous pourrons. Vous avez nos coordonnées. Nous vous contacterons dès que nous aurons quelque chose.

Même si ça ne plaisait pas aux Wednesday, c'était tout ce qu'ils obtiendraient. Quand les gens se donnaient des airs comme ça, Giles trouvait que ça lui donnait toujours moins envie de les aider, plutôt que plus.

CHAPITRE
SIX

Steph a rempli ses poumons d'oxygène en sortant de sa voiture. L'air extérieur était plus vif et plus pur, imprégné de la rosée matinale qui persistait depuis le lever du soleil. Au-dessus d'elle, une nappe de nuages gris était suspendue, maussade, pesant comme une lourde couette – un temps maussade en accord avec son humeur morose.

Elle se tourmentait intérieurement au sujet de sa sœur depuis la nuit de la mort de leur père. Kimberley souffrait, elle était en plein désarroi. Toute sa vision du monde, façonnée autour de la prétendue grandeur de leur père, s'était effondrée en un instant. Steph le comprenait ; elle doutait qu'elle aurait réagi différemment. Mais que Kim la rejette complètement, agissant comme si elle n'existait pas ? Ça lui semblait aller trop loin.

Kimberley ne réalisait pas que Steph avait essayé de la protéger. Après que Colin Broadbent a tué sa femme et a été emprisonné, Kimberley avait pleuré pour lui et supplié de le voir. À ce moment-là, quand elle avait menti à sa sœur pour la première fois, Stephanie ne parvenait à penser à rien d'autre. Elle avait dit à Kimberley que Papa partait parce qu'il avait tué la personne responsable d'avoir fait du mal à Maman. Le temps qu'elle réalise qu'elle s'était mise dans un pétrin inextricable, sans échelle ni moyen de s'en sortir, il était trop tard. Les carottes étaient cuites. Elle avait fait son sale lit de mensonges et avait été forcée de s'y coucher pendant les trente dernières années.

Tout ça à cause d'une seule décision impulsive.

Elle n'arrêtait pas de penser : et si ? Et si elle avait dit ce qu'il *fallait* toutes ces années auparavant ? Elles auraient pu rayer leur père de leur vie ; elles seraient peut-être devenues plus proches ; Stephanie serait peut-être restée dans le Surrey, se serait forgé une meilleure réputation auprès de son équipe, et les étudiants universitaires qui avaient perdu la vie sur le chemin de la vengeance de son père seraient encore en vie.

Plus terrible encore, sa collègue et amie, Eve Hope, serait encore là.

Avec un profond soupir, elle a refermé la portière de la voiture et l'a verrouillée derrière elle, les épaules lourdes du poids de la culpabilité pour toutes leurs morts. Tout ça aurait pu être évité si elle avait pris le bon chemin au lieu du mauvais, à la croisée des chemins qui s'était présentée à elle toutes ces années auparavant.

Reniflant pour chasser les larmes de ses yeux, elle a traversé le parking en faisant traîner ses chaussures sur le sol, la tête basse. Elle était à mi-chemin quand quelque chose a attiré son attention du coin de l'œil. Une silhouette émergeant de derrière une voiture en stationnement.

Le sergent Devon Lafferty. Tout aussi en retard qu'elle.

Stephanie s'apprêtait à l'interpeller quand elle a remarqué ses mouvements mal assurés, titubant d'un côté à l'autre.

— Devon !

Il s'est arrêté net, pivotant sur la pointe des pieds. Ses bras se sont agités comme ceux d'une structure gonflable, ne rejoignant le reste de son corps qu'un instant plus tard.

— Qu- ? a-t-il marmonné. Quand il a reconnu sa voix, ses yeux se sont écarquillés et il a baissé le regard. — Bonjour… bonjour, cheffe.

Alors qu'elle s'approchait, une odeur d'alcool émanant de ses pores et de son haleine est venue jusqu'à elle.

— La nuit a été dure, hier soir ? a-t-elle demandé.

Il a marmonné quelque chose d'inintelligible avant de finir par dire : — Juste quelques verres au pub du coin avec de vieux potes.

— On me l'a déjà faite, celle-là. Elle a ralenti pour se mettre à son rythme. — Vous comptiez me prévenir de votre retard ?

— Je… je suis désolé, cheffe. Ça ne se reproduira plus.

Elle a eu un petit ricanement. — Ça aussi, je l'ai déjà entendu. Vous êtes en état de travailler aujourd'hui ?

— Oui, cheffe. Pourquoi… pourquoi je ne le serais pas ?

Il a eu un hoquet, et une bouffée d'haleine sentant la bière lui a frappé le visage. Elle n'avait été confrontée à l'alcoolisme chez ses collègues qu'une seule fois auparavant. Un inspecteur qui avait vu un peu trop de corps sauvagement assassinés à l'âge de vingt-cinq ans, et qui avait trouvé refuge au fond d'une bouteille. Mais Devon était aguerri et expérimenté. Elle savait que s'il y avait un problème, il était plus profond que ça. Il traversait un divorce difficile et était sans aucun doute en deuil de la rupture de son mariage et de la perte potentielle de son fils. Pour cette fois, elle allait lui laisser un peu de répit ; c'était la première fois qu'elle le remarquait, mais si cela devenait une habitude, elle devrait s'en occuper.

Le deuil faisait faire des choses étranges aux gens.

C'est alors qu'elle a réalisé que sa sœur vivait la même chose : le deuil de leur père et, d'une certaine manière, la reviviscence de la perte de leur mère, puisque sa mort avait pris un tout nouveau sens.

Peut-être que, comme pour Devon, elle devrait laisser un peu de répit à sa sœur et lui donner le temps de faire son deuil.

Elle a tenu la porte ouverte pour le sergent, et il est entré en traînant les pieds comme un adolescent pris en faute. — Allez vous rafraîchir et montez à l'étage dans les cinq prochaines minutes.

CHAPITRE
SEPT

Vingt minutes plus tard, Devon, les yeux écarquillés, a relevé le regard vers elle. Le contraste entre l'homme qu'elle avait croisé en bas et celui qui se tenait devant elle était saisissant. Il paraissait presque frais, comme s'il avait passé une bonne nuit de sommeil au lieu d'une soirée à picoler. Elle s'est demandé combien de fois il était entré en titubant dans le bâtiment, la gueule de bois, pour finalement apparaître dans les bureaux, l'air ragaillardi.

Avant qu'elle ne puisse y réfléchir davantage, elle a balayé du regard les visages présents dans la pièce. Giles, Fiona, Olivia, Noah ; tous semblaient bien reposés et prêts à commencer la journée. Un pincement de culpabilité lui a serré le ventre quand elle a réalisé qu'Eve n'était pas là. Même si trois semaines s'étaient écoulées et qu'elle avait appris à gérer le deuil en quelques jours à peine, elle s'attendait toujours à voir la pétillante agente entrer par la double porte, affichant un grand sourire qui révélait ses dents parfaitement blanches et la fossette sur sa joue.

À la place, elle a été accueillie par des mines défaites, à l'exception d'Olivia, dont le visage semblait toujours esquisser un soupçon de sourire, même quand elle ne souriait pas franchement.

— Bonjour à tous, a-t-elle commencé. — Désolée pour le retard. Je devais régler quelques affaires personnelles. Ça ne devrait plus poser de problème à l'avenir. Elle s'est éclairci la gorge. — Qu'est-ce que j'ai manqué ? Qui veut me faire un topo ? Je vois beaucoup de mines abattues. On a besoin d'un peu d'énergie.

Olivia a été la première à répondre. Elle avait de nouveau oublié ses lunettes et plissait les yeux pour regarder Stephanie. *C'est peut-être pour ça qu'on a toujours l'impression qu'elle sourit.*

— HOLMES est à jour, a-t-elle dit. — On a reçu quelques infos sur une bagarre qui a eu lieu hier soir devant le Popworld, mais les agents en uniforme s'en sont occupés.

— On a quelque chose à faire ?

Olivia a secoué la tête.

— C'est exactement ce que j'aime entendre. Un mercredi matin bien calme.

— Pas tout à fait, madame, est venue la réponse de l'inspecteur Giles Swinger. L'homme au nom de famille malheureux avait la mi-trentaine et, malgré tous ses efforts, ne parvenait à faire pousser qu'une barbe clairsemée d'un seul côté du visage. Il l'a grattée avant de poursuivre : — Un truc bizarre est arrivé tout à l'heure, je pense qu'on devrait y jeter un œil.

— Bizarre ? Je ne suis pas sûre qu'on aime le « bizarre » ici. On en a déjà notre dose avec Noah et ses vêtements excentriques.

Une petite vague de rires a parcouru le groupe. Une autre blague. Une autre occasion de s'intégrer à l'équipe.

— Ce matin, le central a reçu l'appel d'une mère très angoissée qui affirmait que quelqu'un s'était introduit chez elle au milieu de la nuit et avait laissé un ballon dans la chambre de sa fille.

— Laissé un ballon ? Comme un ballon d'*anniversaire* ?

— Ouais.

— Peut-être que la fille a fait une fête et que les parents n'étaient pas invités.

— Si c'est le cas, a dit Noah en tripotant les poignets d'une chemise cachemire criarde, — j'aimerais engager cet intrus pour organiser le prochain anniversaire de mon gamin. L'animateur de l'année dernière s'est perdu en chemin et a fini par faire des animaux en ballons à une veillée funèbre à Woking.

Une autre vague de rires a traversé la pièce.

Stephanie s'est perchée sur le bord de la table et a haussé un sourcil. — Alors, on a un criminel qui entre par effraction, ignore tous les objets de valeur et laisse… un ballon. D'accord. Il a aussi fait la vaisselle pendant qu'il y était ?

— Malheureusement non, a répondu Giles. — Mais la mère était terrorisée. Et sa fille insistait sur le fait que c'était « le monstre sous le lit » qui le lui avait donné.

Stephanie s'est redressée.

Olivia a pris la parole. — J'aimerais bien que le monstre sous mon lit me fasse des cadeaux. Tout ce que j'ai eu, c'est un traumatisme. Bientôt, on apprendra que la Petite Souris dirige un réseau de drogue.

Noah a finalement enchaîné depuis son bureau, tripotant toujours les poignets de sa chemise cachemire. — Eh bien, si le monstre des lits est freelance, j'ai un gamin qui a perdu deux dents la semaine dernière et qui n'a eu qu'une livre. Il exige une représentation syndicale.

— Le pauvre, a dit Fiona. — L'enfant, je veux dire. Pas le portefeuille serré de Noah.

D'autres rires ont suivi, cette fois plus détendus et plus forts. Stephanie était heureuse de voir un semblant d'enthousiasme et de joie revenir sur leurs visages. Cependant, elle était consciente que ce moment ne pouvait pas durer.

— Plus sérieusement, a-t-elle commencé, — quels sont vos suivis ?

Giles a rapidement jeté un coup d'œil à Fiona, puis de nouveau à Stephanie. — Le père était un vrai connard.

— Et ?

— Je n'ai pas vraiment envie de l'aider.

Elle a penché la tête. — J'aimerais bien que ça marche comme ça. Mais on doit quand même faire notre travail.

— Il a proposé de payer pour que l'analyse ADN soit accélérée. Il a sorti son portefeuille et a juste supposé que c'était tout ce qu'il fallait pour faire avancer les choses.

— Le genre, quoi. Est-ce qu'ils avaient des caméras de vidéosurveillance ?

Giles a secoué la tête.

— Pratique. Je suggérerais de demander aux agents en uniforme de parler à leurs voisins et peut-être de demander à la police scientifique de faire des prélèvements.

— Déjà fait, a confirmé Giles en jetant un chewing-gum dans sa bouche.

— Excellent, a dit Steph. — Dans ce cas, je vais me la couler douce pour le reste de la journée.

CHAPITRE
HUIT

Stephanie avait tenu sa promesse : elle s'était reposée le reste de la journée. Enfin, pas au sens littéral du terme. Le reste de la matinée et de l'après-midi s'était déroulé sans incident. L'équipe s'était vu attribuer ses responsabilités et était tout à fait capable de gérer ses tâches. Elle avait profité de ce temps — de cette tranquillité — pour rattraper ses e-mails, valider les notes de frais et les budgets, et planifier le reste de la semaine en l'absence de l'inspecteur-chef McGowan, qui était en congé.

Elle s'était réjouie à l'idée de passer une soirée agréable seule devant la télévision, à déguster un chili con carne fait maison, quand elle avait reçu un nouvel appel de l'avocat, lui rappelant ce qu'elle devait faire.

Après vingt minutes de route, elle a immobilisé sa voiture devant la maison, incapable de se résoudre à se garer dans l'allée. Elle pouvait à peine regarder la propriété. Une partie d'elle espérait que ce serait plus facile dans le noir, que, ne pouvant voir la maison aussi clairement qu'en plein jour, les visions et les images dans sa tête ne seraient pas aussi vives ou invalidantes. Elle a vite réalisé que cela ne faisait aucune différence en sortant de la voiture.

Une pluie fine et continue tombait, froide et insistante, traversant rapidement son manteau et détrempant le col de son pull. Elle s'est tenue sur le trottoir, les yeux fixés sur la fine bande de ruban de police qui s'accrochait à la porte d'entrée, flottant mollement dans la brise. Ce n'était plus considéré comme une scène de crime officielle, mais le ruban servait à rappeler que les vrais crimes avaient eu lieu bien avant qu'il ne soit posé.

Elle s'est approchée d'un pas, ses chaussures crissant sur le gravier humide. S'arrêtant au pied de la première marche, elle s'est souvenue comment, avant de partir pour l'école, elle faisait semblant que c'était une corde raide ou une poutre d'équilibre.

Une voiture est passée en trombe à côté d'elle alors qu'elle levait la clé et l'insérait dans la serrure. Quand la porte s'est ouverte, un air humide et vicié s'en est échappé, la prenant presque au dépourvu. L'endroit était d'un noir d'encre, ayant désespérément besoin de lumière, mais elle est entrée et a refermé la porte derrière elle, se plongeant dans l'obscurité. Elle avait été habituée à l'obscurité là-bas, forcée de se déplacer dans la maison au milieu de la nuit lorsqu'elle était enfant, marchant sur la pointe des pieds vers le frigo à la recherche de nourriture pour elle et sa sœur.

Finalement, après quelques instants, ses yeux se sont adaptés à la faible luminosité, révélant des taches sombres sur la moquette et les murs. Du sang. La preuve de sa mort.

Elle a revécu ce moment : plongeant la lame dans son ventre, regardant la vie quitter lentement ses yeux.

Attrapant l'interrupteur du couloir, elle a allumé la lumière. Une lueur jaune vif a inondé le couloir et la cage d'escalier. À la lumière, le sang a pris une nouvelle teinte et une signification entièrement nouvelle : il est devenu plus réel. Pourtant, son émotion à sa vue est restée la même : ambivalente.

— Va falloir nettoyer ça si on veut avoir une chance de vendre cette baraque, s'est-elle marmonné.

En descendant le couloir, elle a évité le sang séché. Dans la cuisine, elle a remarqué l'odeur de froid et d'humidité. une petite flaque d'eau de pluie s'était formée sur le plan de travail. Une fuite. Quelque part.

L'endroit tombait en ruine. Elle aurait souhaité pouvoir tout réduire en cendres, avec tous les souvenirs qui allaient avec. Elle doutait qu'il y ait quoi que ce soit qu'elle veuille garder. Elle avait déjà tout ce dont elle avait besoin.

Pourtant, une étincelle de curiosité la retenait là.

Maman.

Peut-être que Colin, l'homme qu'elle refusait toujours d'appeler Papa, avait gardé certaines affaires de sa mère. Stephanie a saisi le collier de sa mère et l'a senti autour de son cou. Elle s'est dirigée vers la première marche de l'escalier et a levé les yeux jusqu'en haut, exactement comme lorsqu'elle était enfant. La cage d'escalier se dressait devant elle telle une colonne vertébrale. La moquette, autrefois d'un bordeaux délavé, s'était assombrie avec le temps.

Elle ne voulait pas monter. Elle ne voulait pas revivre le traumatisme. Même maintenant, des décennies plus tard, son corps se souvenait avant son cerveau. Ses muscles se sont contractés. Son estomac s'est noué. Son souffle s'est coupé.

Mais elle a surmonté sa peur malgré tout, se déplaçant lentement et prudemment, posant son pied sur la partie la plus silencieuse de chaque marche qui ne faisait aucun bruit, comme elle le faisait pour éviter de déranger Colin.

En haut des escaliers, elle s'est arrêtée devant la première pièce : sa chambre et celle de Kimberley. Elle a retenu son souffle en ouvrant la porte.

Elle était exactement comme dans son souvenir, et pourtant complètement différente. Comme si tous les meubles actuels s'étaient volatilisés et avaient été remplacés par le lit, le papier peint, la commode de son enfance. La chambre avait autrefois été pleine de couleurs et de vie, appartenant de toute évidence à une enfant. Maintenant, les murs étaient d'un crème ennuyeux et sans âme, et les meubles ressemblaient à des articles de vide-grenier. Une pile de journaux penchait, ivre, contre le mur. Un ventilateur en plastique poussiéreux gisait face contre terre, ses pales un cimetière pour les fourmis et les mouches qui s'y étaient fait prendre. Une vieille étagère, qui ressemblait à celle qu'elle avait eue autrefois, reposait dans un coin de la pièce. Vide.

Cette vision lui a provoqué un pincement au cœur inattendu.

Elle est entrée plus avant et s'est accroupie à côté du lit, ignorant le claquement de ses genoux, et a passé la main sous le matelas. Cherchant, priant, se demandant si *ça* était toujours là.

Elle n'a rien trouvé.

Retirant lentement sa main, elle a inspiré profondément, puis a tourné son attention vers la commode de l'autre côté de la pièce. À l'intérieur, elle a découvert une collection de trophées, de récompenses et de diplômes qu'elle avait obtenus à l'école, avant qu'elle et Kimberley ne soient placées en famille d'accueil. L'un d'eux datait de sa première fête du sport. Elle s'est souvenue avoir participé au cent mètres et avoir vu son père la regarder depuis la touche, l'encourageant.

Elle a refermé le tiroir avant que le souvenir ne puisse se terminer, puis en a ouvert un autre.

Elle s'est figée, ses yeux s'écarquillant en tombant sur une boîte en fer. Petite, rectangulaire, et tachetée de rouille sur les bords. Elle l'a reconnue immédiatement ; elle avait appartenu à sa mère. C'était à l'origine une boîte à biscuits, elle ne l'avait pas vue depuis des années.

Elle la tenait dans ses deux mains comme si elle pouvait se briser ou se mettre à crier.

Puis, sans s'asseoir, elle a retiré délicatement le couvercle et a trouvé des fragments à l'intérieur. Des touffes de ses cheveux et de ceux de Kimberley de leur première coupe ; une photo délavée de Stephanie assise sur les genoux de sa mère sur la marche arrière dans le jardin. Sa mère était en plein rire, la main de Stephanie tendue vers son visage. Elle n'avait jamais vu cette photo. Sa mère avait l'air si belle, différente de ce dont elle se souvenait. Des larmes ont rempli les yeux de Stephanie tandis qu'elle plaçait la photo sous la boîte et passait à l'objet suivant : un bracelet à breloques, vieux et terni, mais quelques-unes des breloques brillaient encore : un chat, un minuscule livre, un cœur avec un trou de serrure. Stephanie s'en souvenait. Ça avait été le sien. Elle pensait l'avoir perdu lors d'une sortie scolaire au château de Douvres. Mais il était là. Sa mère avait dû le trouver et le garder caché, en sécurité.

Ravalant ses larmes, Stephanie a refermé la boîte et l'a serrée contre sa poitrine. Puis elle a reculé hors de la chambre, a descendu les escaliers, a franchi la porte et est montée dans la voiture. C'en était fini pour aujourd'hui. Elle avait tout ce dont elle avait besoin : quelque chose de sa mère et quelque chose d'elle, et l'espoir qu'il restait d'autres reliques.

CHAPITRE
NEUF

La première chose qu'elle a faite en rentrant chez elle, luttant contre le vent et une pluie battante, a été de placer la boîte en fer-blanc dans le tiroir de sa table de chevet. C'était l'endroit le plus sûr qui soit, bien à l'abri et protégée par son cher ours en peluche, Bart, qu'elle avait depuis l'enfance et qui veillait sur elle tel un agent de sécurité. Son pelage était taché, déchiré et montrait des signes d'usure, mais c'était l'un des rares objets qu'elle possédait qui venait de sa mère ou lui avait appartenu. Maintenant, comme par miracle, elle venait d'ajouter un nouvel objet à ses possessions.

Elle a envisagé de parler de sa découverte à sa sœur, de lui envoyer une photo de la boîte dans l'espoir de l'inciter à venir lui rendre visite et à dénicher d'autres souvenirs par elle-même. Pourtant, elle était tellement furieuse contre Kimberley — même si elle n'avait aucun droit de l'être — qu'elle s'est dit que sa sœur ne méritait pas de savoir. Si Kimberley voulait se comporter comme une gamine, grand bien lui fasse. Après tout ce qu'elle avait fait pour elle, tous les sacrifices qu'elle avait consentis ? Le chaos émotionnel, physique et mental qu'elle avait enduré, et continuait de subir ?

Non, pour le moment, la boîte allait rester exactement là où elle était.

Stephanie a rajusté la position de Bart sur le lit avant de descendre. Ces dernières semaines, elle avait enfin réussi à remettre de l'ordre dans sa vie. Au sens propre comme au figuré. Il n'y avait plus de cartons par terre, plus de piles de vêtements les unes sur les autres. Depuis le décès de son père, elle avait senti un poids s'envoler de ses épaules et, mentalement, elle s'était remise sur les rails.

Elle s'était remise à peindre, à faire du vélo, à courir, à faire de l'escalade — à vivre sa vie librement, libérée des contraintes qu'elle avait ressenties en sa présence.

Pour la première fois depuis longtemps, elle avait recommencé à se sentir en contrôle.

En contrôle de son temps. En contrôle de son esprit. En contrôle de son corps.

En bas des escaliers, elle est entrée dans la cuisine et a commencé à préparer à manger. Quelque chose de sain, avec des glucides, une pincée d'épices et une bonne dose de protéines. Un vrai dîner. Pas quelque chose qu'elle aurait envie de se faire vomir vingt minutes plus tard. Pour la première fois depuis encore plus longtemps, elle maîtrisait sa boulimie. Elle était toujours présente et montrait encore son affreux visage au fond de son esprit, mais elle l'avait domptée, mise derrière les barreaux et fermé la porte à clé.

La clé était toujours fermement dans sa main, et elle n'allait pas la lâcher.

En conséquence, elle avait remarqué un changement en elle. Elle dormait mieux, se sentait mieux. Elle ne se réveillait plus groggy et fatiguée. Sa peau, ses cheveux et son visage paraissaient plus lumineux et plus clairs aussi. Bien sûr, son visage semblait plus joufflu, mais il était moins bouffi, et les signes extérieurs de son trouble alimentaire s'estompaient. Les dégâts internes subsistaient, mais pour le moment, elle était en contrôle, et elle était déterminée à le rester.

Après avoir cuisiné un repas sain et équilibré, elle a passé la soirée à peindre. Son dernier projet était une peinture à l'huile de la cathédrale de Guildford sur une petite toile, inspirée d'une photo qu'elle avait prise avec son téléphone. Elle n'était ni Picasso, ni Dali, ni Bosch, mais elle s'améliorait, apprenait et perfectionnait sa technique à chaque nouvelle œuvre. Peu lui importait que personne ne la voie jamais ; elle était pour ses yeux seuls, et elle appréciait cette expérience cathartique. Ce temps lui permettait de déconnecter, de se concentrer sur le prochain coup de pinceau, puis sur le suivant.

Sans qu'elle s'en rende compte, minuit était déjà passé. La pluie avait cessé, mais le vent continuait de s'abattre contre le flanc du bâtiment et de siffler à travers la maison en se faufilant par une petite fente dans la fenêtre de la salle de bains, à l'étage. Le temps s'était brusquement dégradé, et elle doutait qu'il y ait des effractions cette nuit-là. Cependant, avant de monter se coucher, elle a rapidement vérifié les fenêtres et les portes du rez-de-chaussée, s'assurant que tout était fermé à clé, à double tour, voire à triple tour.

Elle avait rencontré assez de monstres dans sa vie ; elle n'avait pas besoin qu'un autre lui rende visite pendant la nuit.

CHAPITRE
DIX

Le temps m'offre une couverture parfaite. Les parents n'entendent rien pendant que je crochète la serrure. Ils sont trop occupés à s'inquiéter de la pluie qui s'abat contre les fenêtres et du vent qui souffle en rafales, ou du bruit des arbres qui s'entrechoquent. Ils ne m'entendent pas ouvrir la porte de derrière et la refermer doucement derrière moi, ni ne remarquent que j'enlève mes chaussures et que je marche sur la pointe des pieds sur le magnifique sol en pierre. Même le froissement de mon manteau est étouffé. Les seuls bruits que je fais sont ma respiration régulière et l'eau qui goutte sur le sol.

La seule chose qui pourrait trahir ma présence, ce sont les craquements de leur maison — le plancher, la rampe et les escaliers, le gond de la porte.

Mais j'y arrive. Je suis à l'intérieur, trempé et ébouriffé par le vent, sentant le froid s'infiltrer jusqu'à l'os. Pourtant, le spectacle qui s'offre à moi me réchauffe, et cela en vaut la peine.

Elle dort si paisiblement sous sa parure de lit La Reine des neiges, sa tête dépassant de sous le torse d'Elsa, comme si elle était le personnage en personne. De jolis cheveux blonds encadrent son teint pâle. Le soulèvement régulier et rythmé de sa poitrine semble ralentir le monde autour de moi. Je me surprends à me calmer en la regardant, ma respiration retrouvant un rythme normal. La première fois a été difficile, pleine d'adrénaline, de peur et de sens exacerbés. Mais maintenant, je me sens détendu, confiant, à l'aise.

Le bruit de l'eau qui goutte résonne sur le rebord de la fenêtre, mais il *n'est pas aussi fort que ses ronflements. Elle est plongée dans un sommeil profond. Je me demande à quoi elle rêve. Des licornes ? Des princesses ? Quelque chose d'excitant, ou peut-être quelque chose de banal comme les devoirs ?*

Je m'approche. La moquette étouffe mes pas. Tout dans la pièce est doux — des tons roses et lilas ornent les murs, un pouf poire est posé devant la télévision. Une lampe à lave bouillonne à côté de sa tête, lente et rythmique comme sa respiration.

Elle s'agite légèrement, ses lèvres s'étirant en un sourire.

Sa chambre est plus en désordre que celle de l'autre fille. Des autocollants à moitié décollés de l'armoire qui semble appartenir à la famille depuis des générations. Des crayons de cire éparpillés sur un petit bureau, posés entre les dos de livres de coloriage ouverts. Il y a une photo épinglée au mur. Sa famille. Maman, Papa et elle au milieu, tous souriant à l'objectif, profitant de leur visite au château de Douvres en arrière-plan.

Mes doigts frétillent le long de mon corps. Je fais un pas de plus, voulant m'approcher le plus possible sans la réveiller. C'est le jeu auquel nous jouons. Elles ne le savent pas, mais elles gagnent toujours.

C'est pour ça qu'elles ont le ballon.

Alors que j'approche du côté de son lit, j'entends du bruit sur le palier. Une porte de chambre s'ouvre, suivie de pas. Je me fige, le cœur me montant à la gorge. Le bruit des pas s'approche rapidement. Pourtant, je ne peux pas bouger ; le moindre son pourrait alerter ses parents de ma présence.

Je retiens mon souffle, je contracte mon corps et je garde mon regard fixé sur la fille, prêt à m'en servir de bouclier si nécessaire.

Par chance, les pas dépassent la chambre et continuent de l'autre côté de la maison.

Une lumière s'allume. Le bruit de quelqu'un qui urine bruyamment dans les toilettes, suivi d'un reniflement, d'un pet, puis de la chasse d'eau, du robinet et de la lumière qui s'éteint.

Je reste parfaitement immobile. Je n'ai pas expiré une seule fois pendant ce temps, et ce n'est que lorsque j'entends la porte de la chambre se fermer que je relâche lentement l'air de mes poumons, de façon régulière et douce, pour ne pas déranger la fille devant moi.

Maintenant, je dois attendre. Cinq minutes. Dix. Assez longtemps pour que son père se rendorme afin que je puisse filer.

Ce n'est pas grave. Ça ne me dérange pas de passer plus de temps avec cette précieuse petite chose. Plus j'en ai, mieux c'est.

Quand le moment arrive — quand je pense avoir un peu trop abusé de l'hospitalité —, je plonge la main dans la poche de mon manteau et en sors le ballon, le berçant dans mes mains gantées. Prudemment, je commence à le gonfler, savourant l'instant alors qu'il se dilate encore et encore, jusqu'à devenir si gros que je ne peux plus voir le corps de la fille derrière.

En attachant le fil au nœud, je m'accroupis à côté de son lit. Le plancher craque alors que je pose un genou à terre et, un instant, je crains qu'elle ne se réveille. Mais elle se contente de grogner et de se lécher les lèvres, puis se calme à nouveau, roulant légèrement sur le côté.

J'attends.

Quand je sais qu'elle est de nouveau endormie, je me déplace vers la lampe à lave et je place le ballon près d'elle. Le mélange se reflète sur le ballon bleu, le teintant d'une nuance de rose.

Puis je me lève.

Avant de partir, je jette un dernier regard au sourire doux et précieux sur son visage. Le sourire d'une personne bienheureuse qui ignore les horreurs et les injustices de ce monde, un sourire qui ne sait pas ce qu'est la vraie douleur.

Bien sûr, ce n'est pas sa faute.

C'est celle de tous les autres.

CHAPITRE
ONZE

Les poubelles à roulettes semblaient lourdes dans ses mains tandis qu'elle en traînait une dans chaque main à la hâte, passant par le portillon et longeant le côté de la maison. La poubelle de recyclage verte a heurté bruyamment la clôture, la faisant reculer. En pestant contre l'objet inanimé, elle les a poussées jusqu'au bout de l'allée, juste à temps ; elle entendait les éboueurs approcher dans la rue.

Elle détestait être en retard. Ça ne lui ressemblait pas ; elle mettait toujours un point d'honneur à être à l'heure. Son ancien patron lui rappelait souvent que si elle n'était pas en avance, elle était en retard.

Mais sa nuit de sommeil en avait valu la peine. Elle ne savait comment, mais elle s'était réveillée en retard, repoussant l'alarme et savourant trop le confort de sa couette et de son ours en peluche pour sortir du lit. Elle était également convaincue que la boîte en fer l'avait aidée d'une manière ou d'une autre, comme si sa mère était tout près, veillant sur elle et la protégeant pendant son sommeil, repoussant les monstres cachés sous son lit.

Finalement, Stephanie a positionné les poubelles au bout de son allée. Juste au moment où elle s'apprêtait à rentrer, une rafale de vent s'est engouffrée dans la maison et a claqué la porte d'entrée.

— Merde ! siffla-t-elle, pétrifiée sur place.

Elle s'est fouillé frénétiquement les poches, mais elle savait que c'était en vain. Elle a visualisé ses clés sur le comptoir de la cuisine, posées dans la corbeille à fruits qui prenait rapidement la poussière.

Elle a ouvert la bouche pour jurer, mais s'est arrêtée en remarquant son voisin qui sortait de chez lui.

— Salut, Stephanie ! a lancé Jimmy, un sac-poubelle noir à la main. Content de voir que tu as pensé aux poubelles cette semaine ! C'était juste !

C'était le fléau de son existence, et se retrouver enfermée dehors rendait la situation exponentiellement moins agréable.

Jimmy a soulevé le sac noir comme s'il contenait des déchets à risque biologique et l'a laissé tomber dans la poubelle. Puis il s'est tourné vers elle. Ce matin-là, il était en pyjama, chaussons et gilet, donnant l'impression de tout juste sortir du lit, un endroit où Stephanie aurait souhaité pouvoir se glisser à nouveau. Elle a trouvé sa tenue étrange ; d'habitude, il était toujours entièrement habillé lorsqu'elle le croisait.

— Qu'est-ce qui s'est passé ? a-t-il demandé, sentant son désarroi.

— Putain, je me suis enfermée dehors. Les clés sont à l'intérieur.

— Oh, mince alors.

— Ouais.

Le bruit des éboueurs qui approchaient s'est fait plus fort, et elle était soulagée de ne pas être celle en pyjama.

— Je croyais que vous, les inspecteurs, vous étiez censés être organisés, l'a-t-il taquinée.

Même si ce n'était pas le moment, elle n'a pas eu le cœur d'être sèche avec lui. — Seulement quand on est en service. Hors service, on est nuls. Comme tu peux le voir...

Jimmy a croisé les bras et s'est avancé vers elle, les yeux fixés sur sa porte d'entrée. — Tu as un double des clés ?

Elle a secoué la tête. Elle n'avait même pas encore commencé à réfléchir à ce qu'elle allait faire. Elle devait encore se préparer pour le travail. Son sac était à l'intérieur. Ses clés de voiture. Tout.

— Tu veux rentrer te mettre à l'abri du froid ?

— Je n'ai pas vraiment le choix, a-t-elle répondu. Je vais devoir appeler un serrurier.

· · ·

C'était la première fois qu'elle entrait dans la maison de Jimmy. Il l'avait invitée plusieurs fois pour un thé or un café, mais elle avait toujours refusé. Pas parce qu'elle ne l'aimait pas ou ne lui faisait pas confiance, mais parce que, le plus souvent, le travail prenait le dessus, et le temps qu'elle rentre ou qu'elle soit prête à passer le voir, il était soit trop tard pour de la caféine, soit elle était crevée et voulait juste s'isoler du monde. Leurs emplois du temps ne s'étaient jamais vraiment synchronisés jusqu'à présent.

Sa maison était modeste, bien entretenue et soignée pour quelqu'un de son âge vivant seul. Il l'a conduite à la cuisine, à l'arrière de la propriété, et a allumé la bouilloire. L'agencement était presque identique au sien, et elle a ressenti une étrange familiarité en se déplaçant dans la pièce. Bien que, évidemment, tout fût en miroir, si bien que lorsqu'elle s'est approchée de ce qu'elle pensait être le frigo, elle a trouvé le four à la place.

— Tu ferais mieux d'appeler le serrurier tout de suite, a-t-il dit, sa voix douce à peine audible par-dessus le bruit de la bouilloire. Ça pourrait prendre des heures avant qu'ils puissent envoyer quelqu'un.

— Tu connais quelqu'un ? Sinon, je vais devoir chercher sur Google.

Il s'est gratté la nuque. — Je peux essayer d'appeler mon fils. Il est doué pour ce genre de choses. Il connaît peut-être quelqu'un qui connaît quelqu'un, et il s'assurera que tu ne te fasses pas arnaquer.

Elle ne voulait pas le déranger. — Ce n'est pas la peine. Je suis sûre de pouvoir trouver quelqu'un. Internet existe pour une bonne raison.

Après quelques minutes de recherche et plusieurs coups de fil à divers serruriers, elle en a finalement trouvé un qui pouvait être à sa porte dans l'heure.

— Ça te dérange si j'attends ici ? a-t-elle demandé, prenant une grande gorgée de sa boisson. Ou tu as quelque chose de prévu ?

Jimmy a regardé sa montre. — J'avais bien une partie de pétanque à neuf heures, mais je suis sûr que je peux rester dans le coin.

— Tu es sûr ? Je te proposerais bien de m'asseoir dans ma voiture, mais je n'ai même pas les clés pour ça. Elle a posé la tasse sur le comptoir et a gémi de manière audible. — C'est tellement frustrant. Désolée pour tout ça.

— Tout arrive pour une raison.

— Et quelle serait cette raison ?

Il a haussé les épaules. — Tu as peut-être évité un accident sur la route, ou tu t'es peut-être empêchée de tomber dans les escaliers. On ne sait jamais.

Elle a eu un petit rire. — Tu as regardé trop de films d'horreur.

Un petit sourire s'est dessiné sur son visage. — La vie est déjà assez effrayante comme ça. Parfois, il est bon de se rappeler que ça peut toujours être pire.

Elle ne le savait que trop bien. Elle avait vu les facettes les plus sombres de l'humanité et, à chaque fois, elle se demandait si le mal pouvait devenir encore plus grand, plus meurtrier. Et à chaque fois, elle était surprise de constater que oui, c'était possible.

Juste au moment où elle s'apprêtait à répondre, son portable a vibré dans sa main. Elle a répondu immédiatement, s'attendant à ce que ce soit le serrurier qui appelait pour dire qu'il était en route.

Au lieu de ça, c'était Giles.

— Bonjour, madame, a-t-il dit. J'espère que je ne vous dérange pas.

— Pas de problème.

— C'est juste que vous n'êtes pas encore au bureau, comme d'habitude.

Pas la peine de me le rappeler.

— Y a-t-il un problème ? a-t-elle demandé.

— Potentiellement. Elle l'entendait mâcher du chewing-gum à l'autre bout du fil. — Nous avons reçu un autre appel ce matin, pour dire que ça a recommencé.

— Qu'est-ce qui a recommencé ?

— Un autre ballon est apparu, madame.

CHAPITRE
DOUZE

Il a fallu plus de trois heures à Steph pour pouvoir entrer chez elle. Elle a passé la majeure partie de ce temps chez Jimmy à attendre l'arrivée du serrurier. Quand il s'est finalement pointé, avec plus d'une heure et demie de retard, il n'a même pas eu le culot de s'excuser. Au final, le travail ne lui a pris que vingt minutes : il a remplacé la serrure, lui a tendu un nouveau jeu de clés et il est parti, la laissant en retard et avec un trou conséquent dans son budget. Pourtant, elle n'avait pas eu le temps de se plaindre ou de ruminer ; elle avait dit à Giles qu'elle voulait être présente auprès des dernières victimes de l'effraction. Le fait que ce soit le deuxième incident en deux nuits lui donnait matière à s'inquiéter. C'était une trop grosse coïncidence pour n'être qu'une histoire de ballon égaré.

Quelque chose de plus profond se tramait.

Elle a réfléchi aux différentes possibilités tandis qu'elle roulait vers la maison de la deuxième victime. Elle a trouvé Giles qui attendait dans sa voiture quand elle est arrivée.

Les propriétaires de la maison mitoyenne de quatre chambres à Merrow étaient M. et Mme Whitaker. Mme Whitaker, qui s'est présentée sous le nom de Gemma, a ouvert la porte, vêtue d'une robe à fleurs lui arrivant aux chevilles et démodée d'une saison. Ses cheveux semblaient avoir été coiffés récemment, et ses poignets, ses oreilles et son cou scintillaient de bijoux en diamants. Steph s'est demandé si elle était le genre de femme à s'offrir un nouveau bijou sur mesure pour chaque jour de la semaine.

— Vous m'avez parlé au téléphone, a commencé Giles. Et voici l'inspectrice Broadbent.

— Appelez-moi Stephanie.

— Qu'est-ce qui vous a pris tant de temps ?

La voix, chargée de dégoût, venait de derrière Gemma Whitaker. Un instant plus tard, un homme soigné aux cheveux blonds coupés court et au visage aux traits anguleux, vêtu d'un polo Ralph Lauren blanc, a émergé. Il avait l'air du genre à posséder un gros portefeuille d'actions qu'il consultait régulièrement dans le train, l'exhibant subtilement à ceux qui regardaient par-dessus son épaule.

— C'est mon mari, a dit Gemma.

L'homme n'a pas décliné son identité. Au lieu de ça, il a croisé les bras sur sa poitrine, le visage déformé par la hargne. — Ça fait presque quatre heures qu'on attend que vous vous pointiez. On est qu'à vingt minutes de route. C'est inacceptable. Qu'est-ce qui vous a pris tant de temps ?

Gemma a tapoté le ventre de son mari du revers de la main. — Ça va, Trent, a-t-elle dit. Ça suffit. Ils sont là maintenant.

— Je ne suis pas content du tout. — Trent s'est tourné vers Stephanie, qui a gardé un visage impassible, même si le ressentiment commençait à bouillir en elle. Elle sentait que ce connard de privilégié allait lui causer une montagne de problèmes. — C'est vous la responsable ?

— Stephanie Broadbent. Ravie de vous rencontrer.

Il n'a pas accepté sa main tendue. Avec un soupir et un grognement, il leur a tourné le dos et les a conduits dans le salon, où ils ont trouvé une petite fille, pas plus de six ou sept ans, assise devant la télévision. Son attention, cependant, était entièrement focalisée sur l'iPad qu'elle tenait entre ses mains. Stephanie l'a observée quelques instants, déconcertée par la rapidité avec laquelle l'enfant naviguait dans son jeu.

— C'est Layla, a dit Trent, tandis que Gemma se perchait à côté de sa fille, lui caressant les cheveux.

— Salut, Layla, a dit Stephanie. Comment vas-tu aujourd'hui ?

Pas de réponse.

— Elle est secouée, a défendu Trent.

Soit ça, soit elle est trop occupée par son jeu pour remarquer qu'on est là.

— On peut la comprendre, a poursuivi Trent. Ce qui lui est arrivé est effrayant. On a dû la retirer de l'école.

Stephanie s'est tournée vers Giles et a été heureuse de voir que l'agent sortait déjà son carnet de sa poche. Elle a commencé, certaine qu'il notait tout ce qui se disait entre eux.

— Racontez-moi ce qui s'est passé, a-t-elle dit.

Trent a pris sur lui d'expliquer la situation. — Quand je me suis levé ce matin pour aller au travail, je suis allé dans la chambre de Layla et j'ai trouvé un ballon qui flottait juste à côté du lit. Je l'ai réveillée, et quand je lui ai demandé d'où il venait, elle n'en avait aucune idée. Ce n'est pas moi qui l'ai mis là. Ni Gemma.

— Et vous soupçonnez que quelqu'un d'autre l'a fait ?

— Forcément ! — Sa voix a monté de quelques décibels, rebondissant sur les murs qui avaient été conçus pour une acoustique parfaite. — Sinon, comment serait-il arrivé là ?

— Vous avez encore le ballon ?

Il a secoué la tête. — Il a éclaté. Par accident.

— Où sont les restes ?

— À la poubelle, a interrompu Gemma.

Stephanie a soupiré. S'il y avait eu la moindre chance de relever de l'ADN sur le ballon, elle venait de disparaître.

— À quelle heure vous êtes-vous couchés hier soir ?

— Vers minuit, a répondu Trent. C'est moi qui ferme tout en dernier.

— Et vous l'avez fait ?

— Fait quoi ?

— Fermé à clé.

— Eh bien, oui, *évidemment* que je l'ai fait.

Évidemment. Si bien que quelqu'un s'était introduit chez eux, était monté à l'étage et avait laissé un ballon près du lit de leur fille.

— Combien de portes avez-vous au rez-de-chaussée ?

— Cuisine, porte d'entrée et porte de derrière. C'est tout.

— Et elles étaient toutes fermées ? Les fenêtres aussi ?

Trent a hoché la tête, gardant son regard fixé sur Stephanie.

Au moment où elle allait parler, Giles est intervenu. — Il a plu la nuit dernière. Si quelqu'un était entré, il aurait laissé des empreintes de pas ou des indices. Vous avez vu quelque chose ?

Trent a jeté un coup d'œil vers les portes-fenêtres arrière, puis a secoué la tête. — Non. Mais ça ne veut pas dire que ça ne s'est pas produit.

— Personne ne dit ça, monsieur Whitaker, a répondu calmement Stephanie. Avez-vous entendu quelque chose au milieu de la nuit ? Un bruit suspect, peut-être ?

— Le vent soufflait en tempête et la pluie m'a empêché de dormir — et je suis allé pisser vers trois heures — mais à part ça, je n'ai rien entendu.

Steph s'est tournée vers Gemma, qui continuait de caresser les cheveux de sa fille. Elle a levé les yeux vers Stephanie et a secoué la tête.

— À quelle heure avez-vous découvert le ballon ?

— Six heures, après mon réveil.

— Donc, à un moment donné entre minuit et six heures du matin, le ballon est apparu ?

Trent a levé la main et a commencé à agiter son doigt vers elle. — Non, non, non. Ne dites pas ça comme *ça*. Ne faites pas comme si *nous* étions les fous. Il n'est pas apparu par magie. Quelqu'un l'a mis là. Quelqu'un s'est introduit chez nous — je ne sais pas comment, mais il l'a fait — puis est allé dans la chambre de ma fille et l'a laissé là. Ce n'est pas un comportement normal. À juste titre, nous sommes morts d'inquiétude. Si notre maison n'est pas sûre, alors où peut-on l'être ?

Stephanie a essayé de garder son sang-froid. Elle comprenait parfaitement les griefs et les inquiétudes de Trent ; elle n'appréciait simplement pas la manière dont il les exprimait. Elle a reporté son attention sur la petite fille assise sur le canapé, toujours absorbée par les couleurs mouvantes sur son écran.

— Hé, Layla, a-t-elle commencé. C'est un plaisir de te rencontrer. Est-ce que tu te souviens de quelque chose à propos du ballon que tu as trouvé dans ta chambre ce matin ?

Pas de réponse. Steph s'est tournée vers Gemma. — Pouvons-nous lui prendre la tablette ?

Le visage de Gemma s'est crispé, comme si l'idée de retirer l'écran des mains de sa fille était aussi absurde que de demander à lui couper un de ses membres. Finalement, elle a arraché l'appareil à la petite.

— Réponds à la gentille dame, a dit Gemma pour contrer les protestations immédiates de Layla. Elle est venue pour t'aider.

Layla a croisé les bras et a soupiré, plissant son visage. Elle était tout aussi capricieuse que ses parents.

— De quoi te souviens-tu de la nuit dernière, Layla ? As-tu vu ou entendu quelqu'un entrer dans ta chambre ?

Elle a secoué la tête. — Seulement quand papa est venu m'embrasser. — Elle s'est tournée vers Gemma. — Je peux ravoir l'iPad maintenant ?

Gemma a levé les yeux vers Stephanie, comme pour demander son approbation. Elle l'a donnée d'un léger hochement de tête. En quelques secondes, la fillette était de nouveau sourde au monde, transportée sur une autre planète. Stephanie a reculé d'un pas et a commencé à inspecter les coins du plafond.

— Je n'ai pas remarqué de caméras à l'extérieur de la maison. Avez-vous un système de sécurité ou de vidéosurveillance ?

Trent a secoué la tête. — On en aura un après ça. Qu'est-ce qui se passe maintenant ? — Il s'est avancé vers elle. C'était subtil — quelques centimètres accompagnés d'un mouvement vers l'avant — mais l'intention était claire.

Stephanie a redressé le dos et contracté ses épaules, ne cédant pas un pouce de terrain. — Nous allons devoir emporter l'échantillon du ballon pour analyse ADN, ainsi que faire venir la scientifique pour examiner la chambre de votre fille. Nous aurons également besoin de vos prélèvements pour pouvoir vous écarter de l'enquête. Maintenant, comme vous n'avez aucune mesure de surveillance à domicile, il sera incroyablement difficile de trouver la personne responsable, à moins, bien sûr, que nous ayons de la chance avec l'ADN et les traces…

— Vous *devez* les trouver.

— Pardon ?

— Vous *devez* trouver la personne qui a fait ça. Je ne laisserai personne entrer dans la chambre de ma fille pour la terroriser. C'est une enfant !

Stephanie a levé une main pour apaiser l'homme. — Je comprends. Et nous ferons de notre mieux pour…

— Combien de temps ? Combien de temps avant que vous n'ayez les résultats ?

— Ça peut prendre des semaines.

— Des semaines ? C'est inacceptable. Comment se fait-il que je puisse obtenir des tests ADN en quarante-huit heures sur internet ?

Elle a ignoré la question.

— C'est comme ça que ça marche.

— N'importe quoi. Vous êtes l'inspectrice. Je suis sûr qu'il y a des leviers que vous pouvez actionner. Chaque fois que je veux que quelque chose soit fait au travail, je demande et je l'obtiens. Pourquoi ça ne marche pas pareil pour vous ?

Elle admirait son optimisme mais avait du mal à réprimer le sourire narquois qui se dessinait sur son visage. — Comme je l'ai dit, nous ferons venir une équipe aussi vite que possible et…

— Donc, ça peut prendre encore quatre heures avant que vous n'arriviez ? — Il a levé les bras en l'air et s'est tourné vers sa femme. — C'est incroyable.

— Monsieur Whitaker, a dit Giles en s'avançant. Son ton était doux, mesuré, et sa présence physique a légèrement intimidé Trent. — Nous prenons cet incident très au sérieux. Mais vous devez comprendre qu'il y a des procédures et des obstacles internes que nous devons franchir. Vous avez ma parole que nous ferons tout ce qui est en notre pouvoir pour trouver le responsable.

L'expression de Trent s'est durcie. — Je veux votre numéro de portable.

— Pardon ? a répondu Giles, surpris.

— Pas le vôtre. Le sien. C'est elle le gradé. Je veux une ligne de communication directe entre elle et moi.

CHAPITRE
TREIZE

Stephanie a refermé la portière de la voiture derrière elle et a expiré profondément. Elle était dans son espace clos et sûr. Protégée. Entourée de silence, à l'exception du bruit de sa propre respiration.

Un instant plus tard, le silence a été percé par Giles, qui a ouvert la portière côté passager et est monté à l'intérieur. Sa lourde carrure a fait s'affaisser la voiture de quelques centimètres avant qu'il ne referme la portière et ne se tourne vers elle.

— Qu'est-ce que vous faites dans ma voiture ? a-t-elle demandé, en poussant un soupir de soulagement en constatant qu'il n'y avait aucune trace de ses passages au fast-food. Néanmoins, la voiture était toujours en désordre, l'espace pour les pieds jonché de bouteilles d'eau et de Pepsi vides.

— J'ai pensé qu'on pourrait discuter, a-t-il dit, en mettant un chewing-gum dans sa bouche.

— Seulement si vous recrachez d'abord ce truc, a-t-elle répondu. Je ne supporte pas le bruit.

Son expression s'est assombrie, comme s'il venait de se faire réprimander. Il a déchiré un bout de l'emballage, a retiré la boulette blanche de sa langue et l'a enroulée dedans.

— Désolé, inspectrice. Je ne savais pas que ça vous dérangeait.

— Pourquoi mâchez-vous autant de chewing-gum ? Alex Ferguson était votre idole quand vous étiez petit ?

Giles a visiblement frémi. — Ne mentionnez plus jamais le nom de cet homme devant moi. Je suis pour les Reds, mais pas pour ceux-là. Il m'a pourri la vie pendant toute mon enfance.

Elle n'avait aucune idée de ce dont il parlait, car elle s'intéressait peu au football, ou à n'importe quel sport d'ailleurs. Alex Ferguson était à peu près le seul nom qu'elle reconnaissait dans ce monde. Le sien et celui de David Beckham, bien sûr.

— Ça ne pouvait pas attendre qu'on rentre au bureau ? a demandé Steph.

Giles a haussé les épaules. — J'ai pensé que je pourrais mener la barque cette fois. Prendre plus les choses en main. Je cherchais une distraction pour ne pas penser à Eve, et j'ai l'impression que c'est une affaire dans laquelle je peux vraiment mordre à pleines dents.

Elle ne pouvait pas lui en vouloir. Ils cherchaient tous une distraction.

— Je n'y vois pas d'inconvénient, a-t-elle dit. Mais vous n'aurez pas le contrôle total. Je vous donnerai la direction à suivre, mais à chaque fois que vous penserez avoir trouvé quelque chose, vous m'en ferez part, et je vous conseillerai.

Depuis les événements liés au règne du Tueur Vaudou, Stephanie avait réappris à être inspectrice. Elle avait appris à faire confiance à son équipe, à mieux déléguer et à croire qu'ils savaient ce qu'ils faisaient. Elle n'y était pas encore tout à fait arrivée, mais elle faisait des progrès. Et la gratitude de Giles pour sa décision était évidente au vu du large sourire qui illuminait son visage, comme s'il venait de gagner la médaille d'or à la fête de l'école.

— Qu'en pensez-vous pour l'instant ? lui a-t-elle demandé. Que vous dit votre opinion de professionnel ?

— Je ne pense pas que ce soient des incidents isolés. Je crois que quelqu'un fait ça pour une raison, et qu'il pourrait y avoir beau-coup d'autres ballons de baudruche à venir. La seule chose que j'ai du mal à comprendre, c'est le *pourquoi*. Il ne casse rien, ne vole rien, ne touche à rien, et il n'essaie même pas d'enlever les fillettes. Il se contente de laisser le ballon derrière lui.

— Peut-être qu'il les regarde pendant qu'elles dorment, a-t-elle suggéré.

— Qu'est-ce qui vous fait dire ça ?

Elle a haussé les épaules. — C'est ce qui paraît le plus logique.

Quelle satisfaction obtiendrait-il en risquant de se faire prendre juste pour laisser un ballon ? Je crains que celui qui fait ça ne les regarde dormir, exerçant une forme de contrôle sur elles d'une manière ou d'une autre.

Giles a dégluti difficilement. — Vous pensez qu'il pourrait y avoir quelque chose… quelque chose de plus insidieux derrière tout ça ?

Elle a compris ce qu'il sous-entendait, mais elle avait trop peur pour le formuler à voix haute.

— Nous ne saurons pas s'il y a de l'éjaculat sur la scène de crime tant que la police scientifique n'y sera pas passée. Mais pour l'instant, je ne sais pas quoi penser. Ma seule préoccupation, ce sont les parents. Comment étaient les parents de la première victime ?

Un sourire entendu a traversé le visage de Giles. — Exactement pareils. Insistants. Désespérés.

— Il va falloir garder ça à l'œil, a-t-elle dit. La dernière chose dont on a besoin, c'est qu'ils débarquent au bureau pour exiger des réponses.

— C'est moi qui me suis avancé en lui donnant ma parole.

— Oui, mais au moins, vous ne lui avez pas donné votre numéro.

— Assurez-vous juste qu'il ne commence pas à vous sexter ou à vous envoyer des dick pics, inspectrice. Ou, s'il le fait, laissez-moi au moins être là quand vous l'arrêterez.

Stephanie a gloussé à l'idée d'arriver chez Trent Whitaker pour l'arrêter. Elle s'est rendu compte que l'idée lui plaisait assez, à l'exception de la pornographie non sollicitée, bien sûr.

Giles a ouvert la portière pour sortir, mais Steph l'a retenu.

— En fait, pendant que je vous tiens, a-t-elle commencé, il y a quelque chose que je voulais vous demander.

— Ah oui ?

— L'inspecteur Lafferty… Vous n'avez rien remarqué de différent chez lui, récemment ?

Giles a marqué une pause, puis a secoué la tête. — Pas que je sache, inspectrice. C'est toujours un connard. Pourquoi vous me demandez ça ?

— Pour rien.

— Je pense qu'il a pris toute cette histoire avec Eve personnellement. Je sais qu'il se reproche ce qui lui est arrivé.

Je sais, a pensé Steph. Il n'est pas le seul.

CHAPITRE
QUATORZE

Elle ne regardait plus l'écran depuis cinq minutes. En vérité, elle n'écoutait plus depuis bien plus longtemps que ça. Elle n'avait aucune idée de ce dont ils discutaient — une histoire de politique interne ou de questions budgétaires. C'était un sujet qui ne l'intéressait pas le moins du monde. Mais en l'absence de l'inspecteur-chef McGowan, elle avait été forcée d'y assister.

Des mots comme « recettes », « dépenses », « imprévus » et « prévisions » fusaient comme des balles de tennis, mais elle restait complètement perdue. Elle espérait qu'on n'attendait pas d'elle qu'elle prenne des notes, non seulement pour cette réunion, mais pour toutes les autres prévues au cours de la semaine à venir ; sinon, elle n'aurait de quoi remplir qu'une carte d'anniversaire.

McGowan n'était parti que depuis trois jours, et elle réalisait déjà à quel point le métier d'inspecteur-chef était abrutissant et inintéressant. Rester assis derrière son bureau, à signer des prolongations de garde à vue, à superviser les budgets et les contraintes de personnel. C'était un terrain miné sur lequel elle ne voulait pas s'aventurer. Elle était encore jeune et ne voyait aucune raison de monter en grade. Elle avait travaillé dur pour arriver là où elle était, prouvant à beaucoup de gens qu'ils avaient tort, et elle voulait continuer ainsi pour le moment.

Il ne faut jamais dire jamais, mais pour l'instant, assise là, les paupières de plus en plus lourdes, pensant à la boîte en métal sur sa table de chevet et s'imaginant en train de câliner Bart, elle a réalisé qu'elle était heureuse à son échelon particulier.

Stephanie a été tirée de sa rêverie quand elle a entendu son nom.

Surprise, elle a déplacé le curseur vers l'icône de la caméra et a cliqué dessus. Un instant plus tard, sa photo s'est affichée à l'écran, lui renvoyant son propre regard, comme si elle avait été là depuis le début.

— Oui ? a-t-elle demandé timidement, priant pour que ce ne soit pas le moment d'une interro surprise.

— Avez-vous quelque chose à ajouter de votre côté, à la place de Clive ?

La question venait d'un directeur des opérations. Quelqu'un qu'elle n'avait jamais rencontré et qu'elle doutait de rencontrer un jour.

Gênée, elle a répondu :

— Non. Rien d'autre à ajouter de mon côté.

Puis elle a rapidement éteint sa caméra. Son cœur battait la chamade dans sa poitrine, et elle a laissé échapper une lente expiration. C'était moins une ; on avait failli la surprendre en plein délit de non-attention.

Quelques instants plus tard, tout le monde s'est dit au revoir et a quitté la réunion en ligne. Alors que Stephanie refermait le couvercle de son ordinateur portable, son téléphone a vibré sur la table.

Numéro inconnu.

Était-ce quelqu'un de la réunion qui la relançait, ou était-ce un appel indésirable ?

Dans un cas comme dans l'autre, elle a répondu avec hésitation, l'esprit encore préoccupé par la visioconférence.

— Inspecteur Broadbent, a-t-elle dit.

— C'est bien Stephanie ?

Elle a reconnu la voix, et une angoisse sourde l'a envahie.

— Oui, c'est moi.

— Parfait. Je suis ravi de voir que vous m'avez donné le bon numéro et non un faux. C'est Trent Whitaker. Je vous appelle pour savoir ce que vous avez fait concernant le cambriolage et le ballon laissé dans la chambre de ma fille.

Steph a rapidement jeté un coup d'œil à l'horloge. Il ne s'était même pas écoulé deux heures depuis que Giles et elle avaient quitté la maison des Whitaker.

— J'ai parlé à quelqu'un de l'équipe de la police scientifique, et ils devraient être chez vous d'ici la fin de la journée, a-t-elle expliqué.

— D'ici la fin de la journée ? Ça ne va pas du tout. Il nous faut quelqu'un ici maintenant.

— Sauf votre respect, monsieur Whitaker, ces gens sont très occupés. Ils peuvent avoir d'autres dossiers prioritaires. Ils viendront dès qu'ils le pourront.

Il a manifesté son mécontentement de manière audible au téléphone.

— Qu'avez-vous accompli d'autre ?

Stephanie a saisi le collier de sa mère et a commencé à le faire tourner autour de son cou.

— Nous avons aussi envoyé le ballon contaminé au laboratoire. Et oui, j'ai insisté sur l'importance d'obtenir des résultats rapidement.

Elle l'a entendu éloigner le téléphone de son visage et répéter à voix basse ce qu'elle venait de dire. Une voix de femme, vraisemblablement sa femme, a répondu.

— Ce n'est pas suffisant, a-t-il conclu. Je pense que vous pourriez faire beaucoup plus. Je ne voulais pas le dire tout à l'heure, mais je suis un homme d'influence, et j'ai l'habitude d'obtenir tout ce que je veux.

— Ça ne m'avait pas échappé, a-t-elle noté avec sarcasme.

— Il doit y avoir d'autres leviers que vous pouvez actionner.

— Nous faisons tout notre possible. Mon équipe travaille dessus.

— Non, ce n'est pas vrai. Je n'ai rien vu passer sur les réseaux sociaux officiels de la police du Surrey. Vous pourriez y diffuser l'information. — Il a marqué une pause, comme si une pensée venait de lui traverser l'esprit. — Je vais contacter la presse. Je connais très bien le rédacteur en chef, nous avons joué au golf ensemble plusieurs fois. Je suis sûr qu'il peut donner plus de visibilité à cette affaire et faire passer le mot.

— Monsieur Whitaker, a-t-elle commencé aussi calmement

qu'elle le pouvait. Vous n'avez vraiment pas besoin de faire ça. S'il vous plaît, faites-nous confiance pour résoudre cette affaire. Comme je vous l'ai dit, j'ai une équipe qui travaille dessus pour vous. Nous ferons de notre mieux pour traduire le responsable en justice.

— Je sais que vous le ferez, a dit Trent. Votre collègue m'a donné sa parole.

La seule personne qu'elle détestait plus que Giles à cet instant, c'était elle-même, pour avoir donné son numéro de portable à cet insupportable connard.

CHAPITRE
QUINZE

La télévision scintillait devant elle, des formes floues pulsant à la lisière de son champ de vision, mais Stephanie ne la regardait pas. Elle l'avait allumée pour avoir un bruit de fond qui couvrirait le silence. Assise sur le canapé dans sa position habituelle — recroquevillée en boule dans un coin, les genoux ramenés contre sa poitrine —, elle avait l'impression de protéger ses organes vitaux, tout comme elle le faisait dans son enfance. À côté d'elle, posée sur l'accoudoir, se trouvait la boîte en fer, son contenu soigneusement étalé sur un coussin. Dans sa main, elle tenait une photo de sa famille, tous sourires tournés vers l'objectif. Des émotions contradictoires s'agitaient en elle. D'un côté, elle était agacée par le mensonge et la tromperie que la photo représentait : l'image d'une famille heureuse, sans aucune noirceur tapie sous la surface. De l'autre, elle ravivait *certains* souvenirs heureux, de brefs instants de leur début, avant que les cris et les coups ne commencent. Elle était certaine que son père avait été un homme bon autrefois, mais les souvenirs de cette brève période, presque inexistante, où il faisait partie de sa vie avaient été enterrés si profondément qu'ils semblaient n'être que des volutes de brouillard, impossibles à saisir.

Pourtant, un souvenir refit surface, teinté d'une sorte de tendresse indifférente : l'heure du coucher. Elle devait avoir three ou quatre ans, bien au chaud dans son lit pendant que Maman et

Papa lui lisaient une histoire avant qu'elle ne s'endorme. Tout le monde était heureux, souriant, rempli d'amour les uns pour les autres. Une époque avant que Kimberley n'entre dans leur vie.

Stephanie ne pouvait pas affirmer avec certitude si la naissance de sa sœur avait marqué un tournant dans leur histoire familiale, mais elle ne croyait pas que ce fût une coïncidence si les violences avaient commencé à peu près à la même époque.

Elle a jeté un dernier coup d'œil à l'image de sa sœur avant de poser la photo sur le coussin et de prendre le bracelet à breloques. Elle a fait glisser les breloques entre ses doigts comme s'il s'agissait d'un chapelet, se laissant dériver vers des pensées de jours meilleurs, vers la chaleur de sa mère et le sourire qui illuminait son visage lorsqu'elle avait offert le bracelet à Stephanie pour la première fois.

Comme elle aurait aimé revoir ce visage.

Peu après, son téléphone a sonné, et l'image de sa mère s'est estompée, rapidement remplacée par le visage d'un acteur à la télévision. Se penchant en avant, elle a attrapé le téléphone sur la table basse et a jeté un œil à l'écran.

Louis Brown, rédacteur en chef de *Surrey Live*, le journal local. Quand elle avait rejoint la police du Surrey, elle avait espéré combler le fossé entre les deux organisations, pensant que leur relation devrait être symbiotique. Mais après les événements de sa précédente affaire, impliquant un tueur en série sadique qui laissait des poupées vaudou sur chaque scène de crime, elle s'était sentie trahie par Louis et l'avait gardé à distance depuis.

Maintenant que Trent Whitaker l'avait sans aucun doute contacté, elle savait qu'il voudrait revenir dans la boucle.

— Bonsoir, Louis, a-t-elle dit. Vous avez des horloges chez vous ?

— Le monde du journalisme ne dort jamais, a-t-il répondu, avec une pointe d'arrogance dans la voix. Je viens d'avoir une conversation intéressante avec un de mes amis.

— Dans le Devon ? a-t-elle répliqué, sarcastique.

— Presque. Un vieil ami de golf. Il a mentionné que la nuit dernière, sa maison a été cambriolée et qu'un objet étrange a été laissé dans la chambre de sa fille.

— Un ballon n'est pas vraiment ce que j'appelle un objet étrange dans une chambre d'enfant. S'il s'agissait d'une paire de pinces ou d'une truelle de jardinage, peut-être. Mais un ballon...

— Il voulait que j'enquête un peu là-dessus, a poursuivi Louis. Il a dit que vous et votre équipe n'en faisiez pas assez.

Elle a vérifié sa montre. — Ça fait moins de douze heures.

— Trent est un homme important. Il a l'habitude d'obtenir ce qu'il veut.

Elle a poussé un lourd soupir, tout en continuant à frotter le bracelet à breloques dans sa main. — C'est ce qu'on n'arrête pas de me dire. Qu'est-ce que vous attendez de moi ?

— Une déclaration.

— Pour quoi faire ? Les maisons se font cambrioler tout le temps. Ce n'est pas parce que Trent a un ego surdimensionné et qu'il pense que, sous prétexte qu'il connaît quelqu'un qui connaît quelqu'un, son affaire sera résolue plus vite, que ce sera le cas.

— Vous avez raison, a rétorqué Louis. Les maisons *se font* cambrioler tout le temps. Mais ce n'est pas tous les jours qu'on trouve des ballons dans la chambre de sa fille, n'est-ce pas ? Allez, Stephanie. Je pensais qu'on s'entraidait. Allez-vous me dire qu'il n'y a pas eu un autre incident similaire la nuit précédente ?

Elle a cessé de jouer avec le bracelet. Son esprit s'est mis à tourner à plein régime. — Où avez-vous entendu ça ?

— J'ai une équipe qui peut trouver des informations assez rapidement, surtout s'ils savent où chercher. Les réseaux sociaux sont vraiment une chose merveilleuse de nos jours...

— Je ne veux pas semer la panique, a-t-elle dit d'un ton sévère. Si les gens pensent qu'il y a un cambrioleur en série en liberté, je ne veux pas que quelqu'un se blesse.

— Alors vous préférez qu'il continue à s'introduire chez les gens et à terroriser ces enfants ?

— Ce n'est pas ce que je dis. J'aime juste avoir le contrôle sur ce qui est diffusé. Elle a poussé un autre profond soupir. Au moins... au moins, dites seulement que nous examinons la possibilité d'un lien entre les incidents. Donnez-moi vingt-quatre heures.

— Pour quoi faire ?

— Pour donner à mon équipe assez de temps pour faire son travail.

Une pause. — D'accord. Seulement parce que vous avez traversé beaucoup de choses, Steph. Mais n'oubliez pas, après ça, vous m'en devrez une.

CHAPITRE
SEIZE

Le bâillement lui a échappé malgré tous ses efforts. Le sommeil l'avait fuie pendant la majeure partie de la nuit, alors qu'elle s'était tournée et retournée dans son lit, pensant à cet homme qui entrait dans les chambres d'enfants et les regardait dormir, exactement comme son père le faisait. Quand elle s'est réveillée ce matin-là, elle s'attendait presque à trouver un ballon attaché au pied de son lit, avec son père planant à côté, un sourire lubrique sur le visage.

De la même manière qu'il le faisait souvent au milieu de la nuit avant que les attouchements et les massages ne commencent…

Steph a porté sa tasse de café à ses lèvres et a bu une longue gorgée. C'était sa deuxième de la matinée, mais elle ne lui faisait que peu d'effet. Elle soupçonnait que le café de la machine du bureau était coupé à l'eau, ou du moins qu'il n'avait que la moitié de l'intensité qu'il aurait dû avoir. Mais elle allait devoir s'en contenter ; elle n'avait pas envie de dépenser une somme exorbitante dans des cafés à emporter tous les jours.

Devant elle se tenait la petite équipe qu'elle avait réunie pour aider Giles dans son enquête : l'inspecteur Devon Lafferty, qui assurait l'intérim pendant que Stephanie était occupée par ses fonctions d'inspectrice en chef, et la brigadière Fiona Griffiths. Pendant ce temps, la brigadière Olivia Willard et l'inspecteur Noah Mackenzie restaient en attente, prêts à intervenir à tout moment. Les deux hommes avaient l'air fatigué, mais pour des raisons différentes : les yeux de Devon étaient injectés de sang et légèrement vitreux, tandis que les rides sur le visage de Giles étaient profondément creusées par le stress et l'inquiétude.

— Je n'ai pas reçu d'appel ce matin, a-t-elle commencé, donc je suppose qu'il n'y a pas eu d'effractions la nuit dernière ?

Giles a secoué la tête. — Pas d'effraction, c'est toujours ça de pris, comme on dit. Je prends.

— Croisons les doigts pour que ce ne soient que deux incidents isolés, alors. Rien de plus. Quels progrès avez-vous faits hier ?

Giles n'a pas eu besoin de consulter ses notes ; il a tout raconté de tête. — Les échantillons de ballons sont à la scientifique. Ils disent qu'il faudra peut-être une semaine avant d'avoir un retour, et ce pour les deux échantillons. Les analyses ADN prendront potentiellement plus de temps. J'ai traité toutes les empreintes des victimes et des parents sur IDENT1. Le seul problème, c'est que les empreintes que l'Identité Judiciaire a trouvées sur les portes arrière, les portes de cuisine et les fenêtres correspondaient à celles des parents. Donc, soit l'intrus n'a pas utilisé ces portes et est descendu par la cheminée comme une sorte de Père Noël maléfique, soit il portait des gants. Dans tous les cas, ça ne nous aide pas.

— Des micro-indices ?

— À la scientifique, mais ça prendra du temps à analyser, et ce ne sera utile que lorsque nous aurons des suspects.

Steph a jeté un rapide coup d'œil à Devon, qui essayait, sans succès, de paraître intéressé. — Et comment progresse-t-on sur ce front ?

Giles a ouvert son paquet de pastilles à la menthe, en a mis une dans sa bouche, puis s'est gratté l'arrière de la tête. — Pas très bien, pour être honnête. J'aurais eu autant de chance en pêchant à la ligne dans ma baignoire qu'avec ça. J'ai passé la majeure partie de l'après-midi à parler avec les voisins des deux victimes – avec un peu d'aide des uniformes – et personne n'a rien vu. Sans grande surprise, ils dormaient tous. Je pensais qu'il y aurait au moins un noctambule pour surveiller les environs, mais il s'avère qu'ils sont tous ennuyeux et se couchent très tôt pour pouvoir se lever très tôt pour le travail.

— Ce n'est pas différent de ce que nous faisons.

— Je sais, mais j'aime à penser qu'il y a des gens qui restent éveillés jusqu'au petit matin à jouer aux jeux vidéo. C'est un art en voie de disparition.

Stephanie a pris un moment pour réfléchir à ce que Giles avait dit – sur l'enquête, pas sur les joueurs nocturnes ou les marathoniens de Netflix.

— Est-ce que les voisins des victimes ont des sonnettes vidéo ou des caméras de sécurité ?

Giles a secoué la tête. — Ils partagent tous le sentiment de Laura Wednesday : ils pensaient vivre dans un quartier agréable, donc ils n'ont jamais vu l'intérêt d'installer des caméras.

Elle imaginait que cela allait bientôt changer.

— Avez-vous cherché un lien entre les deux victimes ? a-t-elle demandé. Qu'elles aillent à la même école, au même club, ou chez le même médecin ?

Les yeux de Giles se sont écarquillés d'embarras tandis qu'il secouait la tête.

— Voilà, une leçon pour vous. Une chose à laquelle penser la prochaine fois. Faites-en une priorité pour aujourd'hui. Je vais vous aider aussi. Et si vous recevez des appels ou du harcèlement de la part de Trent Whitaker, renvoyez-le vers moi. Je l'ai déjà eu au téléphone à propos de *Surrey Live*, qui demande plus d'informations. Si nous ne faisons pas attention, il pourrait menacer de tout dévoiler.

— Ça promet, a dit Giles d'un ton sarcastique.

— Pendant une seconde, j'ai cru que c'était Devon qui divulguait nos secrets. Il s'avère que je me suis trompée.

À la mention de son nom, l'inspecteur a relevé la tête et l'a regardée, confus.

— Rien à voir avec moi, madame. Je me suis tenu à carreau.

— C'est pour ça que vous vous êtes fait plaisir ces derniers jours ?

— Hein ?

Stephanie s'est tournée vers Giles, a confirmé qu'ils avaient terminé leur conversation, puis a demandé à Devon de la suivre dans son bureau. L'homme a obéi avec lenteur, les épaules voûtées comme si quelque chose le tirait vers le bas.

Elle lui a tenu la porte, puis l'a refermée soigneusement. Il a pris l'initiative de s'asseoir, et elle l'a rejoint en face, joignant les doigts.

Elle a observé son expression fatiguée et lasse, qu'il faisait de son mieux pour corriger.

— Parlez-moi, Devon.

— De quoi ?

— De comment ça se passe. De comment vous allez.

— De quoi s'agit-il ?

— Je sais que la mort d'Eve a été dure pour nous tous, mais je m'inquiète pour vous. Vous êtes différent.

— Vous pouvez me le reprocher ? Il y avait une accusation dans son ton.

— Bien sûr que non. Mais je n'ai ni vu ni entendu dire que vous assistiez à des séances avec le psychologue.

— Parce que je n'en ai pas besoin, a-t-il rétorqué.

Stephanie l'observait attentivement : la façon dont ses doigts s'agitaient, la façon dont il regardait ses genoux, la façon dont il s'efforçait de paraître stoïque alors que ses défenses étaient clairement en berne.

— Vous êtes sûr que ça va ? a-t-elle demandé à nouveau, plus doucement cette fois.

— J'ai dit que ça va.

— Avez-vous bu ?

Ses yeux se sont vivement posés sur les siens. Un mélange d'offense et de défense. — Je ne suis pas stupide, Steph. Je connais le règlement. Je ne viendrais pas au travail bourré. L'autre jour, c'était exceptionnel. Je vous l'ai dit, je suis allé au pub avec quelques potes et j'ai un peu trop bu. J'ai quand même réussi à faire tout mon travail.

Une longue pause s'est installée entre eux alors qu'elle attendait qu'il fasse le premier pas.

— C'est juste tout ce qui se passe à la maison... ça me pèse, a-t-il poursuivi. C'est pour ça que j'ai été si distrait. Mais je vais aller mieux. Je vais me ressaisir. Je vais arranger ça.

Elle ne lui a pas offert de pitié ; elle savait qu'il ne l'accepterait pas si elle le faisait.

— Vous voulez en parler ?

Il a secoué la tête. C'était tout ce qu'elle obtiendrait pour le moment.

— Vous n'êtes pas un robot, Devon. Vous avez le droit de laisser ces choses vous affecter.

Un haussement d'épaules. — Non, mais je suis un flic. Et on fait avec.

Et si on n'y arrive pas, on trouve des moyens de le cacher.

Elle s'est penchée en avant. — Je sais que ça ne fait que quelques semaines, mais malgré moi, je vous considère comme un ami. Et je me soucie de vous. Pas seulement d'un point de vue professionnel, mais aussi personnel. Vous êtes juste en dessous de moi en grade, donc nous devons avoir une relation proche. Si quelque chose ne va pas, si quelque chose vous préoccupe, je *veux* le savoir. Pas seulement en tant que votre supérieure hiérarchique, mais en tant que quelqu'un qui s'en soucie vraiment.

Il l'a regardée alors, soutenant fermement son regard. Un instant, elle a cru qu'il allait tout déballer, vider son sac. Mais ensuite, quelque chose dans son expression a changé, et il s'est renfermé sur lui-même.

— Je vais bien, a-t-il dit. Je gère la situation.

CHAPITRE
DIX-SEPT

Mount Browne servait de quartier général à la police du Surrey depuis soixante-dix ans. Ces dernières années, le bâtiment et ses infrastructures avaient fait l'objet d'un réaménagement de plusieurs millions de livres, destiné à faire entrer l'équipe et l'ensemble des forces de l'ordre dans le vingt et unième siècle. Stephanie avait déjà remarqué des améliorations dans tout le bâtiment : des équipements de pointe, un mobilier moderne et une sécurité renforcée. Une chose, cependant, était restée bloquée dans la seconde moitié du vingtième siècle : la barrière électronique à l'entrée du site. Presque chaque matin, elle se retrouvait à attendre une minute que les mécanismes et les engrenages s'activent lentement pour la laisser passer. Il en allait de même à la sortie. Après sa réunion avec Devon, elle a connu le même retard frustrant.

Alors qu'elle attendait que la barrière se lève, elle a aperçu une voiture qui se garait de l'autre côté de la route.

Elle a juré à voix basse en reconnaissant l'homme qui sortait de la voiture : Trent Whitaker. Ce matin-là, il portait un polo à manches longues rose saumon sous une doudoune sans manches bleu marine de marque Gant. Il s'est précipité vers elle avant que la barrière ne soit complètement levée, la piégeant de fait et ne lui laissant aucune issue.

Stephanie a baissé sa vitre et a éteint la radio.

— Bonjour, inspecteur, a-t-il dit, un sourire exaspérant aux lèvres. Je crois savoir que notre ami commun a pris contact.

— J'ai discuté avec lui, en effet.

— Et que s'est-il passé depuis ? Avez-vous fait des progrès ? Quoi de neuf ?

La frustration bouillonnait en elle. — La même chose qu'hier, monsieur Whitaker. Maintenant, si vous voulez bien m'excuser, je dois me rendre à une réunion.

Elle a prié pour que la barrière se lève plus vite, mais celle-ci a poursuivi sa lente ascension, comme pour la narguer.

— S'il vous plaît, a-t-il dit en changeant de ton. Nous sommes morts d'inquiétude. Je n'ai pas fermé l'œil de la nuit. J'étais trop occupé à veiller sur Layla, qui a dormi avec nous. Savez-vous si c'est arrivé à quelqu'un d'autre ?

Elle a serré la mâchoire. — Nous n'avons reçu aucun autre signalement.

— Ce n'est qu'une question de temps, j'en suis sûr. Et quand ça arrivera, il y aura une autre famille à qui vous devrez rendre des comptes.

Il a posé une main sur le toit de sa voiture.

— Veuillez retirer votre main de mon véhicule, a-t-elle dit d'un ton sec. Je vous ai déjà dit plusieurs fois que nous nous en occupions. Il est également tout à fait inhabituel que vous soyez ici, devant le commissariat.

— J'essaie simplement de protéger ma famille, a-t-il répliqué.

— Et c'est votre droit le plus strict, mais à l'heure actuelle, je dirais que vous faites plus de mal que de bien. En fait, j'irais même jusqu'à dire que vous interférez avec l'enquête et que vous nous compliquez la tâche. Alors, s'il vous plaît, laissez-nous le temps et l'espace nécessaires pour découvrir qui a fait ça à votre fille ; sinon, je devrai vous mettre en garde pour entrave à la justice.

— Entrave à la justice ? C'est ridicule. Je n'entrave rien du tout. J'essaie d'*aider* !

Elle a soupiré, a vérifié l'heure sur le tableau de bord, puis a dit : — Désolée, monsieur Whitaker. Je n'ai pas le temps pour ça. Bonne journée.

CHAPITRE
DIX-HUIT

HG & Sons se trouvait dans une petite rue du centre de Guildford, juste à côté de la grand-rue pavée. Le bureau était petit, à peine assez large pour deux postes de travail disposés l'un derrière l'autre, avec un minuscule bureau supplémentaire au fond. Pourtant, malgré sa taille, l'endroit avait un côté étrangement familier. L'exiguïté des lieux ne dérangeait pas Stephanie ; elle avait grandi dans des environnements similaires et ils correspondaient à ses goûts. En revanche, elle n'aimait pas la décoration ; des tons neutres qui criaient la multinationale. Les bureaux étaient tout aussi impersonnels, ornés seulement de l'essentiel : un écran d'ordinateur, une imprimante, un pot à stylos et une bannette à courrier. À bien des égards, cela lui rappelait son propre bureau.

Elle s'était à moitié attendue à trouver des étagères garnies de livres reliés en cuir sur les dernières procédures judiciaires, mais au lieu de ça, l'intégralité apparente du travail juridique de HG & Sons tenait dans un classeur métallique dans le coin du fond.

Stephanie était assise de l'autre côté du bureau, près de la fenêtre donnant sur la rue, parfaitement visible des passants et des clients des boutiques indépendantes voisines. Elle espérait que personne de sa connaissance ne la verrait.

Pire, elle craignait que Trent Whitaker ou l'un des autres membres de la famille ne l'ait suivie. Elle ne pensait pas qu'ils verraient d'un bon œil qu'elle s'occupe d'affaires personnelles pendant ses heures de travail. Cependant, si la question que M. Rowe voulait aborder était aussi urgente qu'il le prétendait, elle se fichait pas mal de l'opinion de Trent Whitaker.

Kieran Rowe était au début de la trentaine, mais il avait une apparence juvénile, ressemblant à quelqu'un qui venait de finir son bac, avec un visage de poupon que seules les pop stars pourraient envier et une implantation de cheveux que seules les femmes possédaient. Elle soupçonnait que ses gènes s'étaient emmêlé les pinceaux quelque part, mais elle était toujours surprise par la qualité de son élocution une fois qu'il se mettait à parler.

Sur son bureau reposait un unique dossier cartonné qui semblait émettre une lueur radioactive sous la lumière artificielle. Stephanie se tortilla sur son siège lorsque son regard tomba dessus. Soudain, elle se sentit mal à l'aise, une vague de chaleur montant de son estomac jusqu'à son front.

Kieran a fini de taper quelque chose sur l'ordinateur avant de tourner son attention vers elle.

— Désolé pour ça, a-t-il dit. Où en étions-nous ?

— Vous alliez me remercier d'être venue si rapidement.

Il a eu un sourire en coin. — Oui, c'est surprenant de voir ce que la phrase « il y a quelque chose que vous devez savoir » peut faire à un agenda incroyablement chargé.

Elle s'est sentie prise au piège de son sourire. Il savait qu'il avait percé à jour ses faux-fuyants, et maintenant qu'elle lui avait montré qu'il pouvait s'en tirer, elle a réalisé qu'elle n'avait plus d'excuses.

Elle a tapoté sa montre. — Ma journée est toujours chargée… alors si nous pouvions nous dépêcher.

Il a entrelacé ses doigts, posant ses poignets sur la table. Ses manches ont remonté le long de ses bras, révélant une Rolex bleu foncé qui scintillait sous les lumières. — Nous avons fini d'examiner la succession de votre père.

Elle a jeté un œil à l'autre employée dans le bureau. C'était maintenant à son tour de le prendre au bluff. — Nous ?

— D'accord, *moi*. J'ai fini d'examiner la succession de votre père, et il y avait quelque chose que je pensais que vous deviez savoir.

— Vous l'avez déjà dit.

— Il s'avère qu'il avait de l'argent de côté sous forme de Premium Bonds, une somme assez conséquente d'environ dix mille livres. Dans son testament — ce qui m'étonne qu'il en ait eu un, vu tout ce que j'ai entendu sur lui — il vous a légué toute cette somme directement à *vous*. Il vous a désignée comme bénéficiaire directe de cette somme d'argent spécifique.

— Je n'en veux pas, a-t-elle dit involontairement, comme si un réflexe s'était déclenché. Débarrassez-vous-en. Jetez-le. Donnez-le à une œuvre de charité. Ça m'est égal. Je ne veux rien avoir à faire avec ça.

CHAPITRE
DIX-NEUF

Pendant que la bouilloire chauffait dans la cuisine, Giles a jeté un rapide coup d'œil au salon. C'était un endroit magnifique et chaleureux, le genre d'endroit qui pourrait faire la une des magazines immobiliers de luxe ou apparaître dans une émission de téléréalité avec des agents immobiliers narcissiques et creux, plus soucieux de leur image à l'écran que de trouver la bonne maison pour la bonne personne. C'était le genre d'endroit où Giles avait tout autant envie de vivre que de fuir.

Au moment où son regard s'est posé sur une photo de Becky Wednesday bébé, Laura Wednesday est sortie de la cuisine, une tasse de thé à la main. Elle la lui a tendue et lui a offert un sourire chaleureux en s'asseyant sur le canapé en face. Ses cheveux étaient attachés en un chignon serré, et ses yeux paraissaient fatigués, comme si elle n'avait pas dormi depuis des semaines.

— Quelle belle maison vous avez là, madame Wednesday, a commencé Giles. Et vous avez aussi une fille magnifique. Votre mari et vous devez être très fiers.

Laura a jeté un coup d'œil à la photo de bébé sur le mur. — Nous le sommes, nous…

Elle a été interrompue par le bruit de pas lourds descendant rapidement l'escalier, trop sonores pour être ceux d'un enfant. Quelques instants plus tard, son mari, Dean Wednesday, a surgi de la cuisine américaine et s'est figé.

— Chéri, tu te souviens de l'inspecteur Giles Swinger. Il enquête sur ce qui est arrivé à Becky, a expliqué Laura.

Giles s'est levé et a serré la main de Dean. Tandis qu'il échangeait des banalités, il a senti que Dean l'observait avec méfiance, comme s'il le soupçonnait d'avoir menti sur son identité.

— Je disais justement à votre femme que vous aviez une très jolie maison et une fille adorable.

— Ne parlez pas de ma fille comme ça, a lancé Dean sèchement. Laissez-la tranquille.

Giles s'est rassis. — Bien sûr. Pardonnez-moi. Je ne voulais pas vous offenser.

— Pourquoi êtes-vous là, inspecteur ? a demandé Dean, debout, les bras croisés et les jambes écartées à la largeur des épaules, affirmant sa domination. Vous ne devriez pas être en train de chercher la personne qui s'est introduite chez moi ?

Giles a hoché la tête avec prudence, maintenant le contact visuel avec Laura, sentant qu'elle lui réservait un accueil plus chaleureux que son mari.

— Je suis venu vous tenir au courant, a-t-il dit. Je pense qu'il est important que vous soyez informés autant que possible, alors je voulais vous dire que nous avons envoyé l'ADN pour analyse et que nous attendons les résultats d'ici la fin de la semaine. Cependant, cela étant dit, je veux tempérer un peu vos attentes. Étant donné le manque de preuves, nous...

— Quel manque de preuves ? l'a interrompu Dean.

— Vous n'avez pas d'images de vidéosurveillance. Nous avons demandé à plusieurs de vos voisins, et ils n'en ont pas non plus. Et les empreintes digitales que nous avons trouvées sont, selon nous, les vôtres. Giles a baissé le ton pour appuyer son propos. Dean a modifié sa posture, resserrant l'écart entre ses jambes. Comme je le disais, étant donné le manque de preuves, il nous sera difficile de trouver le responsable. Ça ne veut pas dire que c'est impossible, mais...

— Vous essayez de nous envoyer promener ? a rétorqué Dean. Vous êtes en train de dire que vous allez tout simplement oublier cette affaire ?

— Dean ! s'est écriée Laura, la voix plus forte. Tu vas la fermer et le laisser finir, bon sang ? Il essaie de faire son travail, alors tais-toi et laisse-le parler !

Un silence pesant a envahi la pièce. La fureur brûlait dans le regard de Dean, mais il a choisi de ne pas réagir. Au lieu de ça, il est resté debout, les jambes serrées, sa domination diminuée.

— Je vous en prie, continuez, a dit Laura.

— C'est juste pour dire que vous devez être conscients qu'il n'y aura pas de nouvelles fréquentes de ma part ou de celle de l'équipe, mais soyez assurés que nous continuons à travailler sur l'affaire. C'est une préoccupation pour nous, et comme vous le savez sans doute, ce n'est pas un incident isolé, et nous voulons résoudre ça le plus vite possible.

Dean a ouvert la bouche pour parler mais s'est ravisé, craignant la colère de sa femme.

— Nous comprenons, n'est-ce pas, Dean ? Nous vous faisons confiance. C'est vous les experts. Nous sommes sûrs que vous savez ce que vous faites.

Giles a pris une gorgée de son thé pour dissimuler sa suffisance.

— Une chose que nous aimerions comprendre, c'est si votre fille aurait pu être ciblée pour une raison quelconque. Nous ne disons pas que c'est le cas, mais d'après notre expérience, si quelqu'un l'*avait* choisie, nous pourrions peut-être réduire le champ des recherches. Donc, si cela ne vous dérange pas, j'ai quelques questions sur votre fille.

— Bien sûr, a répondu doucement Laura en s'avançant sur le bord de son siège. Tout ce dont vous avez besoin.

CHAPITRE
VINGT

La porte d'entrée venait à peine d'être refermée depuis quelques secondes que quelqu'un a de nouveau frappé.

La première pensée de Laura a été que c'était peut-être la gentille policière qui avait oublié de lui demander quelque chose. Elle respectait la police et comprenait la complexité de leur travail. C'était vrai : sans preuve ADN ni images de vidéosurveillance, c'était comme si le responsable n'était jamais entré par effraction. Comment pouvait-on s'attendre à ce qu'ils attrapent un fantôme ? Elle regrettait seulement que son mari ne les voie pas de la même façon.

— Tu as de la chance qu'elle soit partie, a-t-elle dit en le montrant du doigt. Sinon, toi et moi, on allait avoir une petite discussion.

Son comportement avait été abominable. Dean avait traité l'inspectrice Swinger avec mépris, et c'était le même sentiment qu'elle éprouvait pour son mari à cet instant. Elle ne l'avait jamais vu se comporter ainsi auparavant. Mais les signes avant-coureurs avaient été là, n'est-ce pas ? Peut-être avait-elle été tellement emportée par l'amour aux débuts de leur relation qu'elle n'avait pas reconnu sa nature de tyran. À cet instant précis, elle ne supportait pas de le regarder.

Quand elle a ouvert la porte, elle s'est retrouvée face à un homme en polo rose saumon, qui se tenait à au moins un mètre cinquante de l'entrée, les mains jointes dans le dos pour ne pas l'effrayer. De nos jours, on ne pouvait jamais être sûr de qui se trouvait de l'autre côté de la porte. Elle avait entendu des histoires d'horreur sur des intrus se faisant passer pour des livreurs, avec gilets fluo et tout le tremblement.

Cet homme semblait plus ami qu'ennemi.

— Désolé de vous déranger, a-t-il dit distinctement. Nous ne nous connaissons pas, mais je pense que nos familles ont un lien. L'homme a désigné du geste l'endroit où la voiture de l'inspectrice Swinger se trouvait quelques instants plus tôt. C'était la police, à l'instant ?

Elle l'a dévisagé avec méfiance. — Oui…

— C'est bien ce que je pensais. Est-ce qu'ils vous ont par hasard interrogée sur une effraction que vous auriez subie l'autre nuit ?

Avant qu'elle ne puisse répondre, Dean est arrivé à ses côtés. — Qui êtes-vous ? Et que savez-vous de notre effraction ?

Encore ce ton. Celui qui était censé la rassurer, mais qui produisait l'effet inverse.

L'homme s'est approché, tendant la main. — Trent Whitaker. L'autre nuit, la même chose nous est arrivée. Au milieu de la nuit. Quelqu'un est entré par effraction et a laissé un ballon dans la chambre de notre fille.

Ni Laura ni Dean n'ont rien dit.

— Puis-je entrer ? a poursuivi Trent. Je pense que nous trois avons beaucoup de choses à nous dire.

La femme de Trent était descendue de leur Land Rover Sport de l'autre côté de la route et avait traversé l'allée dès que Trent avait eu le feu vert pour entrer. Elle était habillée de façon similaire à son mari, à un cardigan fin près de ressembler à un membre de la famille royale. Ils se sont présentés, ont échangé des politesses, ont rapidement fait connaissance dans la cuisine, puis sont passés à la salle à manger.

— Comment savez-vous où nous habitons ? a demandé Laura, en prenant sa place habituelle en bout de table.

— Nous avons suivi le type qui est venu vous voir, a répondu Trent, jetant un bref regard à sa femme avec un hochement de tête.

Vous vous rendez compte, la femme qui est en charge de l'enquête... nous l'avons suivie jusqu'à un cabinet d'avocats ! Elle est censée chercher la personne qui a fait ça, et pourtant elle est probablement en train de régler son testament. Et elle a le culot de nous dire qu'ils font tout ce qu'ils peuvent.

— J'ai dû le convaincre de ne pas entrer pour la prendre à partie, a répondu Gemma, enlaçant le bras de son mari, comme un couple heureux. Laura ne se souvenait pas de la dernière fois où elle avait fait ça avec son mari, ni même de la dernière fois où elle en avait eu *envie*.

— Alors à la place, nous sommes retournés au commissariat et nous avons attendu de voir le type qui était venu nous parler. Giles. Il a l'air aussi inutile que les autres, a dit Trent.

Laura s'apprêtait à défendre l'inspecteur, mais Dean l'a devancée. — Ils n'ont pas la moindre idée de ce qu'ils font. On aurait plus de chance en le faisant nous-mêmes.

Trent a claqué des doigts. — Je suis content que vous disiez ça. C'est en partie pour ça que nous sommes là. D'abord, évidemment, pour mieux comprendre votre situation et voir comment va votre fille. Mais ensuite, pour savoir si vous voulez traquer ce type avec nous.

— Comment ?

— Je ne sais pas encore. Mais je suis sûr que nous pouvons faire bien plus que la police, à l'exception évidente que nous ne pouvons pas l'arrêter. Mais nous pouvons faire des choses qu'ils ont trop peur de faire. Nous pouvons poster sur les réseaux sociaux, faire passer le mot. J'ai déjà appelé les journaux, et ils travaillent pour faire passer quelque chose dans les grands médias.

— Ce n'est pas seulement pour nos familles que nous voulons que justice soit faite, a dit Gemma Whitaker. C'est aussi pour les autres. Nous devons nous assurer que cela ne se reproduise plus. Et plus les gens seront au courant, moins cela risquera d'arriver.

— Je suis tellement reconnaissant qu'aucune de nos filles n'ait été blessée, a poursuivi Trent sans interruption, comme s'ils avaient répété leur discours. Mais et si cette personne monte en puissance ? On entend toujours parler de ce genre d'individus qui commencent petit avant de passer à plus grande échelle. D'abord, ils se touchent dans une cour de récré, puis ils s'exhibent devant quelqu'un, et ensuite ils en viennent au viol. Nous ne pouvons pas laisser une chose pareille se produire.

Laura avait l'impression d'être l'intruse. Au début, quand elle avait rencontré Gemma, l'autre épouse avait semblé tout aussi préoccupée par le bien-être de sa fille que Laura, plutôt que par la quête de justice. Mais plus elle écoutait, et plus Gemma s'animait, plus Laura réalisait qu'elle était seule. Tout ce que Laura voulait, c'était protéger sa fille, s'assurer qu'elle était en sécurité et que personne ne lui faisait de mal.

Mais ils se comportaient tous comme des cowboys, complotant et manigançant. Pendant qu'elle était blottie autour du feu de camp pour protéger les enfants, les hommes – et maintenant Gemma – parlaient de s'aventurer dans la nature sauvage pour venger leurs familles.

Elle ne se sentait pas à l'aise de participer à la conversation. Elle n'aimait pas non plus la façon dont ils parlaient de la police et de leur gestion de l'enquête.

— Cent pour cent, a dit Dean, sans la regarder dans les yeux. Totalement d'accord. Il faut absolument qu'on fasse quelque chose. Qu'est-ce que vous avez en tête ?

Trent et Gemma Whitaker ont haussé les épaules. — C'est pour ça que nous sommes là. Vous n'avez rien de prévu, j'espère ?

Dean a confirmé que non, et que son travail pouvait bien attendre quelques heures.

— Parfait. Mettons nos casquettes de réflexion, alors.

CHAPITRE
VINGT-ET-UN

Je n'arrive pas à croire que l'article ait mis autant de temps à sortir. Ça devait bien finir par arriver, mais maintenant, après une si longue attente ? J'ai peut-être accordé trop de crédit et de respect à la police. Ils ne semblent pas avoir cette enquête aussi bien en main que je l'avais cru au départ.

Ils ne semblent pas non plus avoir la moindre preuve concrète.

Aucune vidéo de surveillance n'a été publiée. Pas d'images granuleuses de moi m'introduisant chez eux par effraction. Et pour cause : il n'y en a pas. Même si je me savais en sécurité, une petite partie de moi – une petite voix lancinante et pleine de doute qui hurlait au fond de mon esprit – croyait que j'aurais pu être filmé quelque part. Nous vivons dans un monde tellement numérique qu'il est impossible de ne pas être enregistré en vidéo à un moment ou à un autre. Je suis sûr d'avoir été filmé, mais mon déguisement et mes gants devraient suffire.

Cependant, je ne peux pas me permettre d'être imprudent.

Le seul défi qui se présente à moi maintenant, c'est qu'avec la nouvelle qui circule, des milliers de personnes dans la région vont entendre parler de moi. Je dois redoubler de prudence, rester alerte et me déplacer encore plus silencieusement qu'avant.

Je ne peux pas me permettre de me faire prendre. Pas maintenant.

Jamais.

J'ai besoin de voir ces filles. J'ai besoin de m'imprégner de leur présence, de les regarder pendant qu'elles dorment.

Devant moi, posée à côté de mon ordinateur portable qui affiche l'article de presse, se trouve une petite pile de ballons. Je mets mes gants, j'en prends un et le place dans un sac en plastique. Je dois laisser le moins d'ADN ou de traces possible.

C'est presque impossible à notre époque, mais je dois prendre toutes les précautions possibles.

Après vingt minutes passées à rassembler méticuleusement mes affaires, je quitte la maison. Il est un peu plus de deux heures du matin, et je me sens revigoré après tout ce temps.

Alors que je sors dans l'obscurité, ma respiration est calme, contrôlée et mesurée. Je souris tandis que le nom cité dans l'article résonne dans mon esprit, le nom qu'ils m'ont donné, sans se douter de sa signification.

Fais bien attention, Surrey. Le croque-mitaine vient te chercher.

CHAPITRE
VINGT-DEUX

Cette nuit, pas de pluie pour masquer le bruit. Juste le silence. Dense et oppressant. Le genre de silence qui fait que le faible clic de la serrure qui cède résonne comme une sirène. J'attends, à l'écoute, figé dans l'encadrement de la porte. Le bruit de profonds ronflements se propage dans toute la maison.

Parfait.

En franchissant le seuil, j'ajuste ma cagoule pour pouvoir respirer plus confortablement. Cette maison est la plus désordonnée dans laquelle je sois jamais entré. Des jouets, des détritus et des chaussures pleines de boue jonchent le sol. C'est aussi la plus petite, alors je me faufile avec précaution entre les cartons, les meubles mal placés et les appareils électriques, pour me diriger vers l'escalier. Chaque pas résonne comme l'explosion d'une bombe. Je marque une pause après chacun, retenant mon souffle, dans l'attente.

Rien.

En haut de l'escalier, j'aperçois la fillette qui dort par sa porte ouverte. Pire encore, la porte de la chambre des parents est ouverte, elle aussi. Le père dort profondément, à moitié nu, une jambe dépassant de la couette, révélant une bosse dans son caleçon. Il se gratte l'entrejambe, toujours profondément endormi. Pendant ce temps, sa femme est allongée à côté de lui, recroquevillée en position fœtale, seule sa tête étant visible au-dessus de la couette.

Calant mes mouvements sur les grognements profonds de ses ronflements, je traverse le palier sur la pointe des pieds et j'entre dans la chambre de la fillette. C'est bien la fille de son père, allongée dans une position similaire — les bras et les jambes écartés, étalée sur le matelas, la moitié du corps hors de la couette. Un ours en peluche dort sur le ventre, repoussé par sa propriétaire.

Je m'approche d'elle avec précaution, observant sa poitrine pour m'assurer qu'elle dort. Je me rapproche plus que jamais. C'est un risque, mais je suis prêt à le prendre. Cette fillette en vaut la peine. Elle est si angélique, si innocente, si belle. Je veux tendre la main et la toucher, mais je sais que je ne peux pas.

Je ne devrais pas.

Je ne dois pas.

Les risques ne l'emportent pas sur la récompense.

De l'autre côté du palier, le père de la fillette postillonne et tousse avant de déglutir bruyamment. Je me sens mal à l'aise. Chaque seconde s'étire pour en durer vingt. C'est peut-être l'article, ses mots qui résonnent dans ma tête. Bien que cette famille ne semble pas s'être préparée à l'éventualité de ma visite, je ressens tout de même le besoin d'être sur mes gardes, comme s'ils pouvaient se réveiller à tout moment.

Je suis tiraillé. Tiraillé entre rester le plus longtemps possible et le risque de me faire prendre.

Mais c'est ça qui me maintient en vie : l'adrénaline, la montée d'excitation, le pouls qui tonne dans mes oreilles comme un tambour, la sueur qui perle sur mon front et dans mes paumes.

La fillette.

Ses cheveux blonds sont étalés sur son oreiller comme un halo. Elle a l'air si paisible.

Après cinq minutes de plus — c'est tout le temps que je peux risquer de rester — je plonge la main dans ma poche, sors le ballon et le gonfle. C'est toujours la partie la plus risquée de l'opération. Je m'arrête après chaque expiration, m'assurant de ne déranger personne. Finalement, après ce qui me semble une éternité, le ballon est prêt. Je le place à côté du lit de la fillette, murmure un « Merci » silencieux, et me retourne pour partir.

Je marche sur la pointe des pieds sur le parquet, essayant de suivre le même chemin qu'à l'aller. Au moment où j'atteins le haut de l'escalier, j'appuie sur une latte de plancher cassée. Le craquement ponctue le silence. Je me fige et jette un œil dans la chambre des parents. Rien. Ils dorment toujours paisiblement.

Puis, alors que je pose le pied sur la first marche, j'entends une petite voix délicate.

— Papa ?

Je retiens mon souffle, en espérant qu'elle ne me voie pas. Je n'ose pas me retourner.

Gardant mon regard fixé sur les parents, j'entame prudemment la descente de l'escalier.

— Papa ?

La voix de la fillette est plus forte maintenant, empreinte de panique.

Je descends rapidement l'escalier, dévalant presque les marches. Le martèlement dans mes oreilles a maintenant couvert tous les autres bruits. Au moment où j'arrive en bas des escaliers, la fillette est sortie de son lit et a couru dans la chambre de ses parents. Ils sont réveillés, grognant, parlant, se criant dessus.

Le cri de la mère me transperce, me hérissant les poils sur la nuque.

— Qui est là ? hurle le père. Ne bougez pas ! J'arrive !

Avant d'entendre le bruit de ses pas au-dessus de ma tête, je saisis la porte de derrière. Elle s'ouvre vers l'intérieur, et je la pousse si fort qu'elle percute la table à manger en bois. Ses pieds apparaissent en haut de l'escalier, épais et musclés. Puissants. Suffisamment pour m'attraper. Mais j'ai l'avantage.

Je claque la porte de derrière à l'instant même où la lumière du rez-de-chaussée baigne la cuisine et la salle à manger attenante d'une lueur jaune. Le cœur battant, je me glisse dans le jardin et je bats en retraite, sprintant par le même chemin qu'à l'aller.

Je ne m'arrête que lorsque mes poumons hurlent et que ma gorge est sèche. Je ne m'arrête que lorsque mes jambes semblent être en coton et que je m'effondre par terre.

C'était juste. Trop juste. Mais je sens l'adrénaline qui déferle en moi. Et j'adore ça.

Je me sens vivant.

CHAPITRE
VINGT-TROIS

Elle avait chaud, blottie sous sa vieille couette des Bisounours. De l'autre côté de la chambre, Kimberley respirait doucement, le visage tourné vers le plafond, un bras levé à côté de sa tête, plongée dans un sommeil profond. Stephanie l'avait observée attentivement, attendant que la respiration de sa sœur devienne plus lourde avant de se permettre enfin de sombrer dans le sommeil.

Quand le moment est venu, tout était calme, silencieux, parfait.

Puis une latte du plancher a grincé, la réveillant en sursaut.

Inconsciemment, elle a contracté ses muscles, s'est recroquevillée en une boule plus compacte et a remonté la couette contre son cou. Elle attendait. Se préparait.

Ensuite, la lumière du couloir s'est allumée, créant une fine bande lumineuse autour de la porte de la chambre. Elle a jeté un coup d'œil à Kimberley, qui restait immobile, à l'exception de sa respiration régulière. Totalement inconsciente.

C'était mieux comme ça. Ça avait toujours été mieux comme ça.

Moins elle en entendait, moins elle en voyait, et mieux c'était.

Un instant plus tard, une ombre est apparue au bas de l'encadrement de la porte. Puis la porte s'est ouverte avec précaution, avec hésitation. Au moment où il a passé la tête dans l'entrebâillement, elle a fermé les yeux très fort, comme elle l'avait fait si souvent, et a prié pour qu'il n'entre pas, prié pour qu'il reste exactement là où il était.

— Stephyyyyy…

Ce son. Ce bruit. Ce *nom*. Son corps s'est mis à trembler de peur et d'anticipation.

— Stephyyyyy…, a-t-il répété. Comme elle ne répondait pas, il a ouvert la porte en grand et est entré dans la pièce.

Elle a continué à contracter son corps, mais elle savait que cela ne servirait à rien. Son père est entré dans la chambre et s'est approché d'elle. D'abord, il a posé délicatement la main sur ses pieds, les a serrés légèrement, avant de remonter le long de son corps jusqu'à atteindre son épaule. Il l'a secouée jusqu'à ce qu'elle fasse semblant de se réveiller.

En ouvrant les yeux, elle a vu son visage à quelques centimètres du sien, un sourire narquois aux lèvres, la lumière du couloir projetant des ombres sur ses traits. Son expression était familière. Elle savait ce qui allait arriver.

Elle a resserré sa prise sur le bord de la couette. Elle n'allait pas lui faciliter la tâche comme par le passé.

— Je sais que vous aimez les cadeaux, a-t-il dit, en passant un bras dans son dos. Alors je vous ai apporté quelque chose.

Il se déplaçait lentement, délibérément, comme si chaque pas était répété.

Elle n'a pas bougé d'un cil. Elle a maintenu le contact visuel avec lui, se forçant à soutenir son regard.

Ne regarde pas. Ne regarde pas. C'est un piège.

Son cœur martelait ses côtes tandis qu'il retirait sa main de derrière son dos, révélant une épaisse liasse de billets dans sa poigne. Une grosse et lourde liasse d'argent a commencé à glisser entre ses doigts comme des confettis. Les billets ont dégringolé sur son lit et sur la moquette.

— Je vous avais dit que je pouvais vous offrir le monde, a-t-il déclaré.

De plus en plus d'argent se déversait de ses mains. Sans fin. Comme un terrible orage. Tombant de sa main, de ses poches, de ses manches en pluie. De nulle part. En quelques instants, son lit en était couvert, et elle était cernée. Elle a baissé les yeux vers son corps mais ne pouvait plus voir la forme de ses jambes sous la couette. Le poids de tout cela augmentait, la pressant.

— Papa, arrêtez..., a-t-elle tenté de dire, mais sa bouche s'est remplie du goût de papier sec. Elle a réessayé, mais ses mots ne sont sortis que sous la forme d'un murmure confus.

Puis il s'est penché en avant. — Je peux vous offrir le monde, a-t-il dit. Mais je peux aussi vous le reprendre en un claquement de doigts.

Il a pressé une poignée de billets sur son visage, l'étouffant, sa respiration lourde et chaude contre sa peau.

— Je vous ai toujours donné ce que vous vouliez, mais vous en vouliez toujours plus, et plus, et encore plus. Espèce de petite garce ingrate !

Stephanie a tenté de bouger, a essayé de s'extirper de sous la couette, mais le poids de l'argent était trop lourd pour elle. Il l'écrasait, vidant l'air de ses poumons. Elle a crié, mais ce ne fut qu'un hoquet étranglé. Elle était en train de mourir, et personne ne pouvait la sauver. Kimberley restait parfaitement immobile, l'image même du calme, de la sérénité.

Alors que le monde commençait à noircir et que les murs se refermaient lentement sur elle, elle a cru voir la silhouette à peine perceptible de quelque chose en arrière-plan, dans l'encadrement de la porte.

Une fine ficelle, flottant en suspens, légèrement agitée par un vent impossible, attachée à un ballon de fête d'anniversaire bleu clair.

CHAPITRE
VINGT-QUATRE

Elle a bu une gorgée de son café machinalement, presque catatonique, les yeux fixés sur les pixels noirs de l'écran d'ordinateur. Dans cette obscurité, elle a vu le visage de son père : la méchanceté dans ses yeux, ses dents jaunes, tachées par le tabac, découvertes dans un large sourire écœurant, l'odeur d'alcool et de tabac sur son haleine, et le feu de la détermination dans son regard. Puis l'image s'est estompée, remplacée par des visions d'argent, des billets de banque tombant rapidement du plafond.

Elle a balayé la pièce du regard et a poussé un lourd soupir de soulagement quand les visions ont cessé.

Depuis la mort de son père, elle allait bien. Elle avait recommencé à se sentir humaine. Elle-même.

Mais après sa conversation avec le notaire, elle n'avait pas pu penser à autre chose. Pourquoi lui avait-il donné cet argent ? *À elle*, entre toutes ? Pourquoi était-elle forcée de porter ce fardeau ?

Était-ce juste une autre occasion pour lui d'exercer son pouvoir sur elle, une forme de contrôle ? Un dernier coup de poignard cruel dans le dos ? Ou avait-il espéré que c'était sa seule chance — une chance infime, minime — de rédemption, de lui prouver, à elle et à Kimberley, qu'il n'était pas un monstre fini ? Que quelque part en lui, il y avait encore un peu de bon ?

C'était cette pensée en particulier qui avait le plus longuement tourmenté Stephanie.

Toute sa vie, l'homme qui l'avait élevée avait été un monstre. Il avait violé, maltraité et tué. Et maintenant, ça. Dix mille livres n'était pas une somme insignifiante ; on ne pouvait pas la balayer d'un revers de main. Mais elle venait de *lui*, l'homme qu'elle détestait, l'homme qu'elle abhorrait.

L'homme qu'elle avait tué.

Non, elle avait eu raison de refuser. Elle ne voulait rien avoir à faire avec ça. Il était sorti de sa vie à tous les égards, et accepter l'argent ne ferait que lui donner une autre occasion d'avoir du pouvoir sur elle. Chaque fois qu'elle l'utiliserait — pour rembourser son prêt auto, sa dette étudiante, ou pour mettre de côté en cas de coup dur — elle serait forcée de penser à lui. Elle entendrait son rire en arrière-plan, son sourire lubrique apparaissant dans les recoins de son esprit.

Elle ne pouvait plus supporter ce tourment.

Kimberley.

La pensée l'a soudain frappée. Le bébé allait bientôt arriver. Sa sœur et son beau-frère pourraient bien avoir besoin de cette rentrée d'argent. Ils pourraient l'utiliser pour les articles de première nécessité qui, elle le savait, coûtaient une fortune de nos jours.

La seule question était de savoir si Kimberley l'accepterait.

Plus important encore, répondrait-elle seulement à l'appel de Stephanie ?

Avant qu'elle ne puisse trop y réfléchir, son portable a vibré sur son bureau, son bourdonnement couvrant la conversation qui se déroulait à l'extérieur.

Giles.

— Bonjour, monsieur Swinger, dit-elle d'un ton enjoué. Pourquoi m'appelez-vous depuis votre bureau ? Je suis à trois mètres à peine.

— Je ne suis pas à mon bureau, madame, a-t-il répondu, sur un ton qui aurait pu être celui d'un compte à rebours avant un décollage spatial. Je suis en route pour Burpham.

Elle a fait le rapprochement.

— Il y en a eu un autre ?

— J'en ai bien peur. Mais d'après ce que j'ai entendu, c'était limite. Le type qui l'a signalé a dit qu'il l'avait presque attrapé dans le jardin.

Elle a eu le souffle coupé.

— Vous avez besoin d'aide ?

— Tout va bien. Je gère.

— Tenez-moi au courant à votre retour.

— Oui, madame, a dit Giles avant de raccrocher.

Stephanie a jeté son téléphone sur la table avec négligence. Un autre. Une autre effraction. Un autre ballon.

À cet instant, un ballon bleu est apparu dans un coin de son bureau, flottant à quelques centimètres du sol, la ficelle se balançant doucement dans le lent mouvement de l'air.

La situation devenait incontrôlable. L'équipe allait devoir redoubler d'efforts s'ils voulaient attraper l'intrus. Une douleur soudaine a éclaté dans sa tempe. Elle entendait déjà les appels et les conversations avec Trent Whitaker et Louis Brown, leurs plaintes, leurs cris, la pression qu'ils exerçaient inconsciemment sur elle.

Elle a fermé les yeux, se protégeant de la lumière crue qui commençait à aggraver le lancement dans sa tête. Inspirez. Expirez. Contrôlé. Doucement.

Puis son téléphone s'est remis à sonner, anéantissant tous les efforts qu'elle venait de faire.

Pourvu que ce ne soit pas Trent. Pourvu que ce ne soit pas Trent.

Au lieu de ça, elle a été soulagée de voir que c'était le commissaire divisionnaire Clive McGowan qui appelait.

— Bonjour, chef, dit-elle. Ne devriez-vous pas être en train de vous la couler douce sur une plage aux Bahamas ?

Clive a ricané.

— Qui a besoin des Bahamas quand on a Hastings ?

— L'idée reste la même, patron. Vous devriez être en train de *profiter*. Pas de m'appeler.

— Je sais, je sais. Mais quand on arrive à mon âge, l'idée de lever le pied commence à te flanquer une trouille bleue, alors tu fais tout ce qui est en ton pouvoir pour faire exactement le contraire.

— Votre retour me ferait du bien, en fait. Je ne crois pas que je pourrai supporter une autre réunion de budget ou de stratégie cette semaine.

Clive a gloussé.

— Bienvenue dans mon monde, Steph. Tu as passé une semaine dans ma peau. Ça fait quel effet ?

— Ça me donne envie de m'arracher les yeux.

Clive a ri de nouveau.

— Ce n'est pas vraiment ce que tu dis qui va me donner envie de revenir.

— Dommage. J'ai changé d'avis. Vous n'avez pas le choix.

— Bref, a poursuivi Clive, je t'appelle seulement parce que j'ai vu les infos hier soir.

— L'article de Louis ?

— C'est ça.

— Et alors ? Tout est sous contrôle. Vous n'êtes pas censé vous inquiéter pour ce genre de choses.

— Je suis sûr que tu as la situation sous contrôle, a-t-il confirmé. Je n'ai aucun doute là-dessus. Mais l'article m'a inquiété, et j'ai pensé que je ferais mieux de te le dire, au cas où ce serait quelque chose que tu ignorerais…

— C'est-à-dire, chef ?

Un silence, le temps qu'il humecte ses lèvres et déglutisse.

— Un truc similaire est arrivé il y a une trentaine d'années, dans les années quatre-vingt-dix, à l'époque où j'étais inspecteur. Il y avait un type qui s'introduisait dans les maisons, regardait les enfants dormir, et laissait des ballons derrière lui pour qu'ils les trouvent au réveil. Exactement le même mode opératoire. Sauf qu'on ne l'a jamais attrapé. Et tu sais comment on l'appelait à l'époque ?

— Non, chef. Comment ? a-t-elle demandé, sentant déjà son corps s'engourdir.

— Le Croque-mitaine.

CHAPITRE
VINGT-CINQ

L'inspectrice Devon Lafferty était en train de nettoyer une paire de lunettes quand elle l'a trouvée.

— Nouvelles lunettes ? a-t-elle demandé.

— Uniquement pour regarder les écrans d'ordinateur, a-t-il répondu en les plaçant sur son nez. Elles le vieillissaient de quelques années. — Sur ordre du médecin.

— Bientôt, tu en auras besoin pour conduire, pour lire, et finalement pour voir. Bienvenue au club des quadras.

Il a levé les yeux vers elle, visiblement peu impressionné. — On a le même âge.

— Presque, a-t-elle rétorqué en le menaçant du doigt. — Pas tout à fait. D'ailleurs, on ne t'a jamais appris qu'on est censé dire à toutes les femmes qu'elles ont l'air d'avoir vingt-et-un ans ?

— Seulement quand c'est le cas, a-t-il répondu, affichant un mince sourire malicieux.

Elle a reconnu que ce n'était que de la taquinerie et qu'il ne le pensait pas, mais ça ne l'a pas empêchée d'avoir envie de le frapper en retour. Elle aimait cette facette de Devon. Le côté joueur, faussement sérieux. Celui qui avait commencé à la respecter et à la traiter comme l'officier supérieur qu'elle était. Ça avait pris quelques semaines, mais elle sentait qu'ils commençaient à faire des progrès.

— Tu as déjà entendu parler de l'opération Rainmaker ? a-t-elle demandé.

— Ça ne me dit rien comme ça…

— Je viens de raccrocher avec McGowan, et il a dit que c'était déjà arrivé.

— Quoi donc ? Il est censé être en vacances.

— Je sais, je sais. Mais c'est une bonne chose qu'il soit incapable de déconnecter, a-t-elle dit rapidement. — Il a mentionné que quelqu'un qu'ils appelaient le Croque-mitaine a déjà frappé. Au milieu des années quatre-vingt-dix. Ça te rappelle quelque chose ?

Son expression a viré à la stupéfaction, comme si elle lui avait demandé de réciter les mille premières décimales de pi. — J'étais adolescent. Je passais mon temps à me saouler ou à me défoncer. Bien sûr que je ne m'en souviens pas. Et toi ?

Elle a secoué la tête et s'est tournée vers son écran d'ordinateur. — Il me faut tout ce que nous avons sur l'opération Rainmaker. Tu peux me trouver ça en combien de temps ?

Il n'a rien dit, reportant son attention sur le système HOLMES 2 et saisissant le nom de l'opération. En quelques instants, les dossiers de l'enquête sont apparus à l'écran. Une litanie de dépositions de témoins, de résultats d'analyses de laboratoire, de photos de scènes de crime et de rapports de victimologie était à leur portée. Une surcharge d'informations.

Mais rien de tout cela n'intéressait Stephanie.

— Quand a eu lieu le premier incident signalé ? a-t-elle demandé.

Il lui a donné la date.

— Et le dernier ?

Il lui a confirmé la date.

— Pourquoi ? a demandé Devon.

— McGowan a dit que ça s'était arrêté sans crier gare, a-t-elle menti.

Ce n'était pas la vraie raison pour laquelle ça l'intéressait. D'après les dates qu'il lui avait données, l'affaire initiale du le Croque-mitaine s'était étendue sur trois ans. Elle avait commencé à peu près au même moment où les abus de son père avaient débuté. Plus inquiétant encore, elle s'était arrêtée presque exactement au moment où son père avait été arrêté pour le meurtre de sa mère.

Stephanie a fixé l'écran un long moment, les pixels se brouillant les uns avec les autres.

Ce n'était pas possible, si ?

Bien sûr que non. Il était mort. Elle s'en était assurée.

Ça, c'est pour Eve…

Et ça, c'est pour Maman…

— Steph ? a appelé Devon à côté d'elle, mais sa voix semblait distante, lointaine.

Elle était de retour dans la maison de son enfance, allongée sur le sol, haletante, entourée d'argent, le regard plongé dans les yeux de sa sœur. Puis le ballon est apparu.

— Steph ? T'es avec nous ?

Devon a agité la main devant son visage, la tirant de sa rêverie.

— T'es vivante, ma vieille ? T'es pas en plein trip, j'espère ?

Elle est revenue brusquement à la réalité. — J'ai besoin que Giles et toi épluchiez ces notes. Synthétisez-moi tout. Mettez en évidence les anomalies et les similitudes. Trouvez qui étaient les suspects. Et je veux que vous contactiez toutes les anciennes victimes, que vous les fassiez venir pour qu'on puisse les interroger et voir si elles se sont souvenu de quelque chose depuis le temps.

CHAPITRE
VINGT-SIX

Quelque chose que Devon avait dit lui a rappelé une pensée qui lui était venue en parlant à l'inspecteur principal McGowan.

L'article.

Il avait fuité la veille au soir. Douze heures plus tôt que ce qu'ils avaient convenu, pour être précise. Stephanie l'avait vu sur les réseaux sociaux juste avant de se coucher et avait été trop furieuse pour y faire quoi que ce soit. À la place, elle était allée courir tard dans la nuit pour se calmer, et quand elle était rentrée, il était déjà très tôt le matin. Une heure inacceptable pour déranger Louis, malgré son envie pressante de le faire.

Une demi-heure plus tard, après s'être frayé un chemin à travers le champ de mines que constituaient les travaux, les feux de circulation et les embouteillages du centre-ville de Guildford, elle est arrivée au siège du *Surrey Live*. Le bâtiment en briques se trouvait juste au bord de la rivière Wey, et par une belle journée, Stephanie imaginait que le bruit du doux courant de l'eau, combiné au chant joyeux des oiseaux dans les arbres, en vaudrait la peine. Mais à cet instant, alors qu'une épaisse couverture de nuages gris pesait, basse et prête à crever, elle vivait tout le contraire. Pour ne rien arranger, la rivière était en crue, son courant furieux, et le vent fort envoyait valdinguer les détritus sur le parking en gravier.

Stephanie a claqué la portière de sa voiture, a rabattu sa capuche sur sa tête et a piqué un sprint vers le bâtiment. Ses chaussures giflaient les flaques et la terre détrempée, et lorsqu'elle a atteint l'entrée, son pantalon était trempé jusqu'aux chevilles.

À l'intérieur des bureaux du journal, il n'y avait ni porte-parapluies ni portemanteau, elle n'a donc eu d'autre choix que de goutter sur le sol. Elle s'est présentée à la réceptionniste derrière le comptoir, s'est excusée pour son apparence, et a attendu que la femme appelle Louis Brown.

À sa grande surprise, l'attente a été brève. Elle s'était attendue à ce qu'il la fasse poireauter le plus longtemps possible.

Louis est sorti de l'ascenseur quelques minutes plus tard. Stephanie a remercié la réceptionniste et s'est approchée de lui, lui serrant la main à contrecœur. Sa poigne était plus ferme que d'habitude, lui donnant un avant-goût de son propre état d'esprit avant même qu'ils n'aient commencé.

— Bon trajet ? a demandé sobrement Louis, comme s'il n'y avait aucun problème entre eux.

— Il n'y a plus de bons trajets. Il y a trop de circulation, et les gens conduisent comme des trous du cul.

Ils sont entrés ensemble dans l'ascenseur et sont montés au deuxième étage en silence. Le silence ne la dérangeait pas ; elle avait grandi avec. C'était son ami. Mais pour certaines personnes, le silence était un supplice. Louis était l'une de ces personnes, s'agitant et piétinant sur place, mal à l'aise. Pour quelqu'un qui aimait tant faire étalage de son influence, elle trouvait qu'il avait la contenance d'une souris.

À l'étage, le bureau était quelconque et sans inspiration. Une unique rangée de sièges occupait l'espace central, chaque bureau étant cloisonné en box et éclairé par une grille de néons au plafond. La moquette était usée, et deux plantes, probablement introduites pour égayer l'endroit, gisaient mortes dans un coin. Les téléphones sonnaient, et le son de conversations frénétiques emplissait l'air.

Stephanie a secoué les dernières gouttes de pluie de son manteau et a suivi Louis dans son bureau.

— C'est nouveau ? a-t-elle demandé. La dernière fois, vous m'avez dit que votre bureau était le café du coin.

— Il y a eu une fuite il y a quelques semaines. J'ai réintégré les lieux l'autre jour.

Stephanie a jeté un coup d'œil à la fenêtre au fond de la pièce. — Croisons les doigts pour qu'ils l'aient réparée.

— C'est dommage, parce que j'aimais bien ce café. D'ailleurs, c'était un terrain neutre.

— Et ici, c'est quoi alors, le territoire ennemi ?

Il a eu un sourire en coin et s'est laissé tomber dans son fauteuil. — Vous êtes derrière les lignes ennemies, Broadbent.

C'était donc comme ça que ça allait se passer. Militaire. Tactique.

— Vous êtes revenu sur notre accord, a-t-elle dit sans détour.

Il a haussé les épaules. — J'en avais parfaitement le droit.

— Nous avions un accord.

— Exactement. Et c'est vous qui l'avez rompu, a-t-il répliqué.

— Comment arrivez-vous à cette conclusion ?

— Parce qu'on vous a vue vous rendre dans un cabinet d'avocats en pleine journée alors que, sans doute, vous auriez dû vous concentrer sur l'enquête, non ? Du moins, c'est comme ça que notre ami commun a vu les choses.

Trent.

— Et c'est comme ça que je l'ai vu aussi, a poursuivi Louis.

Il a dû me suivre après m'avoir arrêtée au portail.

Comment avait-elle pu ne pas le remarquer ? Elle avait été tellement préoccupée par ce que Kieran avait dit au téléphone qu'elle avait complètement oublié de vérifier son rétroviseur.

— Ce que je fais de mon temps ne vous regarde en rien, et n'a aucune pertinence quant à ce que nous avions convenu, a-t-elle dit, bien qu'elle sût qu'il avait presque instantanément gagné la bataille.

— Au contraire, a dit Louis d'un ton catégorique. Vous avez demandé une trêve de vingt-quatre heures. Pendant ce temps, vous avez dit que vous feriez avancer l'enquête. Or, dans mon esprit, cela signifie parler à des témoins, vérifier la vidéosurveillance, en gros faire votre travail. Cela ne signifie pas, cependant, aller chez des avocats pour parler à quelqu'un qui avait l'air d'avoir à peu près douze ans.

Elle a serré la mâchoire, faisant grincer ses dents. — Ce n'est pas ainsi que j'aimerais que notre relation fonctionne, a-t-elle dit, l'expression dure.

Il a balayé le reproche d'un haussement d'épaules. — Alors peut-être devriez-vous réévaluer votre processus de décision. D'après les rumeurs que j'ai entendues ces deux dernières semaines, vous semblez avoir passé un sale moment...

— Cela n'a rien à voir avec ça.

— Vous avez passé un sale moment récemment, a continué Louis. Alors je suis prêt à vous laisser un peu de marge. Mais tout de même, vous avez directement enfreint ce que nous avions convenu, donc je n'ai vu absolument aucun mal à publier plus tôt que prévu.

Stephanie a ouvert la bouche pour le contrer, mais Louis lui a coupé la parole. — À vrai dire, nous vous avons rendu service. Vous allez sans doute avoir beaucoup plus de gens à l'affût. Les gens seront plus vigilants. Le mot se sera répandu auprès des voisins. Et vous aurez plus de chances d'attraper ce type.

Elle a redressé le dos. Elle ne reculerait pas. — C'était pour le principe.

Il a ricané. — Êtes-vous incapable d'admettre que vous avez tort ? C'est ça le problème ?

C'était vrai. Elle n'aimait pas ça. Mais c'était seulement parce que ça arrivait rarement.

Elle s'est hérissée, mal à l'aise. Ses pensées se sont tournées vers son père. S'il ne lui avait pas laissé d'argent dans son testament, elle ne serait pas allée chez l'avocat, et ils n'auraient pas cette conversation. Finalement, elle a décidé de ravaler sa fierté et de battre en retraite. Intérieurement, du moins. Elle ne voulait pas donner à Louis la satisfaction d'avoir pris le dessus sur elle.

— Saviez-vous que ce n'est pas la première fois que cela arrive ? a-t-elle demandé.

— Quelle partie ? Que vous ayez tort, ou les cambriolages ?

— Les cambriolages, a-t-elle dit, avant de lui expliquer ce que McGowan lui avait raconté. Avez-vous déjà couvert l'affaire originale dans les années quatre-vingt-dix ? On l'appelait le Croque-mitaine.

— L'histoire d'horreur qu'on raconte aux enfants pour qu'ils soient sages ?

Stephanie a hoché la tête. — Sauf que celui-ci était bien réel. Et maintenant, il semblerait qu'il soit de retour.

Louis a réfléchi un instant. — C'était avant mon époque, mais je peux faire des recherches. Je vais devoir fouiller dans les archives.

— Ce serait super, a-t-elle dit en se levant de sa chaise pour se diriger vers la sortie. Merci.

CHAPITRE
VINGT-SEPT

Stephanie était encore furieuse quand elle est retournée au bureau. Sa conversation avec Louis Brown s'était déroulée comme elle s'y attendait, mais elle n'avait pas prévu d'en ressortir avec un tel sentiment de défaite cuisante, comme une équipe de foot qui venait de se prendre une raclée huit à zéro. Sur le chemin du retour, la tentation de craquer s'était ravivée au moment où elle était passée devant le kebab, mais, à sa grande surprise, elle l'avait éteinte, noyant l'envie dans le mépris.

Elle *ne ferait pas* de crise. Elle *ne se purgerait pas*.

Elle gardait le contrôle.

Ses crampes d'estomac la réprimandaient pour sa décision alors qu'elle entrait dans le bureau. Devon, assis juste à côté de l'entrée, était penché sur son ordinateur, ses lunettes juchées au bout de son nez, en train de lire attentivement. Elle s'apprêtait à lui parler quand Giles s'est levé de derrière son écran, les cheveux en bataille et encore humides.

— Vous venez de rentrer ? a-t-elle demandé.

— Il y a littéralement deux minutes, a répondu Giles en glissant une pastille à la menthe dans sa bouche.

— Littéralement… Stephanie a jeté un œil au bureau vide dans la pièce, à la place où s'était assise Eve, leur ancienne collègue qui n'était restée avec eux que quelques semaines. Au début, elle avait trouvé l'utilisation excessive qu'Eve faisait du mot « littéralement » agaçante – *littéralement*. Mais avec le temps, elle avait réalisé que c'était l'une de ses manies, une de celles qui lui manquaient désormais cruellement. — Comment ça s'est passé ? Quelles sont les dernières nouvelles ?

Giles a rassemblé ses affaires et a fait un geste en direction du petit espace sur le côté du bureau, désigné comme la salle de crise. Ce n'était pas grand-chose, mais c'était suffisant pour que l'équipe discute des derniers développements de leurs enquêtes majeures. Stephanie a arraché Devon à son travail et a rejoint Giles. Tous les trois se sont blottis autour d'une petite table ronde qui n'aurait pas détonné dans une cellule de prison.

— La troisième victime s'appelle Mia Harris, elle a sept ans, a commencé Giles en ouvrant son carnet. Pour un homme, il avait une écriture anormalement soignée. — Elle vit à Burpham avec ses parents, Mark et Tina, tous deux âgés de trente-huit ans.

— Qu'est-ce qui s'est passé ? a demandé Devon. Ce matin-là, il semblait plus lucide, plus cohérent. Heureusement, Stephanie ne sentait pas l'alcool sur lui.

— Ils ont signalé avoir entendu du bruit aux premières heures du matin. Mark et Tina se sont couchés juste après vingt-trois heures. Vers une heure du matin, Mia s'est réveillée au milieu de la nuit en appelant son papa. À ce moment-là, Mark s'est réveillé et a vu le Croque-mitaine en haut des escaliers.

— Il l'a vu ?

Un hochement de tête.

— Un visuel ?

Un mouvement de tête négatif. — Mark a dit que la silhouette était entièrement vêtue de noir : baskets noires, pantalon noir, sweat à capuche noir, passe-montagne, et même des gants noirs.

— La tenue parfaite pour se faufiler dans le noir, a commenté Stephanie en se penchant en arrière sur sa chaise et en croisant les jambes. — Que s'est-il passé après que Mark a aperçu l'intrus ?

— Il a dit qu'il a poursuivi la silhouette hors de la maison, mais le temps qu'il ouvre la porte de la cuisine, elle avait disparu. Volatilisée dans le jardin.

— Une idée de l'endroit où l'intrus est allé ?

Giles a baissé les yeux vers son carnet. — Mark a dit qu'il aurait pu aller n'importe où. Leur jardin donne sur un sentier public.

— L'intrus devait le savoir, a-t-elle dit, plus pour elle-même que pour les autres. — Il doit connaître son itinéraire d'entrée et de sortie pour chaque maison avant d'y aller. Ça demande un certain degré de préparation.

— N'importe qui peut faire ça avec Google Maps de nos jours, chef. Devon s'est penché en avant, posant les coudes sur la table. Il s'est tourné vers Giles. — Est-ce qu'ils avaient un système de vidéo-surveillance ?

Giles a levé un doigt avec excitation, comme si une idée venait de lui traverser l'esprit. — Eux, oui, ils en avaient un. Puis son visage s'est aussitôt décomposé. — Mais ça n'a fait aucune différence. Ils n'avaient d'images que de l'avant de la maison, et ça n'a rien montré.

Stephanie a poussé un long et lourd soupir. — On peut donc supposer qu'ils sont entrés par là où ils sont sortis. Et pour les autres victimes ? Comment se rend-il aux propriétés et en repart-il ?

L'air de Giles suggérait qu'il n'avait pas de réponse à cette question, mais il n'allait pas se laisser démonter. — Ma meilleure hypothèse est qu'il analyse chaque propriété avant d'entrer, évalue les voies d'accès et de sortie. Sinon, comment saurait-il comment éviter les systèmes de sécurité ? Le nombre de personnes qui ont des sonnettes vidéo ou d'autres dispositifs d'enregistrement de nos jours est dingue. Il cible très précisément les gens qu'il choisit.

— Il a dû s'adapter, a dit Stephanie sans s'en rendre compte.

— Pardon, chef ? a demandé Devon.

— Ce n'était pas un problème avant. Pas dans les années quatre-vingt-dix. Ces choses n'existaient pas, et pour celles qui existaient, personne n'en avait les moyens.

Les deux hommes ont réfléchi à ses paroles.

— C'est quelqu'un de calculateur, qui sait ce qu'il fait. Quelqu'un qui l'a déjà fait, a-t-elle poursuivi.

En son for intérieur, elle a ajouté : Ou quelqu'un à qui on a dit comment le faire.

Peu importe à quel point les preuves suggéraient le contraire, une partie de Stephanie était convaincue que son père était responsable d'une manière ou d'une autre. Elle ne parvenait pas à se défaire du sentiment que les chronologies étaient trop similaires.

— Vous vous êtes occupé de l'ADN et des empreintes ? a demandé Devon, la tirant de ses pensées.

— Tout est sous contrôle, a répondu Giles. — Les parents viennent plus tard pour donner leurs empreintes. On a le ballon. Il était nickel. Personne n'était entré en contact avec, donc c'est notre meilleure chance d'obtenir une correspondance. Mais pour les autres emplacements possibles, je crains que Mark n'ait couvert toute trace matérielle pendant la poursuite. Et de toute façon, il n'y a pas grand-chose qu'on pourrait espérer obtenir, pas s'il est couvert de la tête aux pieds en noir.

— Est-ce qu'ils vous ont donné une description ? a demandé Stephanie, les rouages de son cerveau fatigué et affamé recommençant à tourner à un rythme normal. — Taille ? Corpulence ? Quoi que ce soit de ce genre ?

Il a secoué la tête, déçu. — Encore une fois, pas grand-chose à se mettre sous la dent. Il faisait sombre. Et Mark a été aussi vague que possible : une carrure mince, une taille entre un mètre soixante-huit et un mètre quatre-vingt-cinq…

Elle a laissé échapper un bref souffle par le nez. — Ça nous aide beaucoup, en effet. Comment ça se compare avec l'ancien suspect du Croque-mitaine ?

Devon a rapidement consulté ses notes. — Ça correspond à la description des témoins oculaires des années quatre-vingt-dix, oui.

— C'est mieux que rien. Elle s'est tournée vers le tableau blanc derrière elle. Dessus était inscrit le nom de l'opération, avec les détails de chaque victime en dessous. Stephanie a écrit la vague description du Croque-mitaine dans un espace vide. — Il nous faut une carte, a-t-elle dit. — Nous devons localiser les victimes. Devon, pouvez-vous en faire imprimer une et y placer les emplacements ?

— Je m'en occupe, a-t-il dit avec un subtil hochement de tête.

— Je vous remercie. Et où en sommes-nous avec nos anciennes victimes ?

Devon s'est frotté les mains. — J'y travaille. J'essaie toujours de les retrouver. Ces gens ont la trentaine, la quarantaine ; ils ont tous leur vie. Ce n'est pas facile.

Elle a tapoté le tableau blanc avec le stylo. — Continuez. Nous devons les faire venir. Idem pour les suspects potentiels de l'époque. Elle s'est tournée vers Giles, qui était plongé dans son carnet. — Agent, autre chose à ajouter ?

— Oui ! s'est-il exclamé avec enthousiasme. — Quelque chose que j'ai pensé que vous pourriez trouver intéressant. Je me suis souvenu de ce que vous aviez dit sur le fait de demander à la famille ce que leur fille faisait, à quelle école elle allait, ce qu'elle faisait le week-end.

— Bon travail. Et ?

— Et il s'avère que les trois fillettes vont à la même école de danse.

CHAPITRE
VINGT-HUIT

L'école de danse Pump & Jump de Guildford était située au premier étage d'un bâtiment de la zone industrielle de Bellfields. L'air était empuanti par une odeur d'eaux usées et de matières en décomposition provenant de la station d'épuration de Moorfield voisine. Au-dessus de leurs têtes, des centaines de mouettes affamées tournaient en rond, se chamaillant à grand renfort de cris perçants alors qu'elles cherchaient leur prochain repas parmi les détritus. Stephanie les observait avec appréhension, s'assurant de ne pas se trouver sur leur trajectoire quand elles volaient au-dessus d'elle. La dernière chose qu'elle voulait, c'était qu'une fiente d'oiseau lui atterrisse dessus, peu importe à quel point c'était censé porter bonheur.

Giles referma la portière passager d'un claquement lourd et exagéré et leva une main en signe d'excuse.

— Ça va, répondit-elle. — Les putains de nids-de-poule sur la route ont probablement fait plus de dégâts. Ils ont toujours été aussi affreux ?

Giles hocha la tête. — Et dire que le public a le culot de prétendre qu'on ne fait pas *notre* boulot. Ça ne va faire qu'empirer.

Avec un petit rire, Stephanie se dirigea vers Pump & Jump. — Fais attention à ce que tu souhaites.

N'eussent été la pancarte à l'avant et l'escalier de secours en métal sur le côté extérieur du mur, Stephanie aurait supposé que le premier étage de la structure en briques appartenait au magasin d'électroménager en dessous. Dehors, un grand Range Rover et une Mercedes étaient garés tout près l'un de l'autre. Stephanie se faufila entre eux et se dirigea vers l'entrée.

À l'intérieur, les murs étaient peints en bleu clair, et l'odeur de sueur, à peine masquée par une pointe de désodorisant à la violette de Parme, emplissait la pièce, un changement bienvenu par rapport à l'odeur de merde de l'extérieur. De la musique de danse provenait de l'étage. Stephanie fut la première à monter les marches, ses pieds collant à la moquette poisseuse.

Quand ils atteignirent la dernière marche, Stephanie vit les propriétaires de l'entreprise assis dans un petit bureau. Une lumière blanche et vive filtrait à travers la vitre, révélant un homme petit et une femme encore plus petite, dans la trentaine, assis à un bureau. La femme faisait défiler son téléphone tandis que l'homme tapait sur l'ordinateur.

Là-haut, l'odeur de sueur était encore plus forte. Le studio de danse s'étendait sur toute la longueur de la pièce, et le parquet étincelait sous les lumières. Stephanie laissa échapper un petit hoquet en s'apercevant dans le miroir qui courait le long d'un mur. Elle détestait son apparence et détourna rapidement son attention vers l'homme qui se levait de sa chaise. Son crâne rasé luisait sous les néons, et une barbe soignée et sculptée encadrait une mâchoire qui voyait clairement les bienfaits d'un kit de rasage chaque matin. Son visage portait le bronzage buriné de quelqu'un qui avait passé trop de temps dans les cabines de bronzage ou en vacances à Marbella, et il regarda Stephanie avec le regard méfiant d'un homme qui procédait constamment à des évaluations des risques mentales.

— Bonjour… dit-il, le ton empreint d'une épaisse prudence. — On peut vous aider ?

— Lieutenants Broadbent et Swinger. — Ils sortirent leurs cartes de service simultanément, comme s'ils l'avaient répété un millier de fois.

L'homme les jaugea avec curiosité et suspicion. — Il y a un problème ?

— Nous espérons que non. Nous avons juste quelques questions concernant la récente vague de cambriolages dont vous avez peut-être entendu parler.

— L'histoire du Croque-mitaine dont tout le monde parle ? demanda la femme en s'avançant. Plus petite que lui d'une bonne trentaine de centimètres, elle possédait la silhouette mince et nerveuse d'une danseuse de toujours, tonique aux bons endroits. Ses longues tresses noires étaient rassemblées en un chignon serré, et elle portait un sweat à capuche gris de la marque Pump & Jump. Elle se déplaçait avec une aisance féline, ses membres fluides et précis alors qu'elle rangeait son téléphone.

Stephanie frissonna à la mention du Croque-mitaine. Tout ce qu'elle put offrir en réponse fut un hochement de tête.

— J'ai vu ça partout sur les réseaux sociaux. Ma sonnette connectée doit arriver aujourd'hui à un moment ou à un autre. On n'est jamais trop prudent. Mais qu'est-ce que ça a à voir avec nous ?

Stephanie ne répondit pas. Au lieu de ça, elle balaya le studio du regard. Une barre en métal, à hauteur de hanche, courait le long du mur. Sur le mur du fond, le nom de l'entreprise avait été peint à la bombe sur de la brique apparente.

— C'est un bel endroit que vous avez là. Vous êtes les propriétaires ?

— Oui, répondit l'homme.

— Je n'ai pas retenu vos noms…

— Craig et Montana Robertson, expliqua Craig. — Nous n'avons pas de lien de parenté, il se trouve juste que nous avons le même nom de famille. — Il se gratta la poitrine, révélant une montre tape-à-l'œil à son poignet.

— Depuis combien de temps êtes-vous associés ? demanda Giles tandis que l'attention de Stephanie était ailleurs.

— On a cet endroit depuis une dizaine d'années. C'est drôle. Certaines de nos premières élèves ont amené certains de leurs enfants, donc on a la deuxième génération de danseurs qui s'y met maintenant, expliqua Montana en posant les mains sur ses hanches. — Mais on ne fait pas que des cours pour enfants – bien que ça constitue le gros de nos revenus – on propose aussi des leçons particulières, des entraînements pour les mariages, ainsi que des cours du soir pour adultes. Et on est partenaires avec beaucoup d'écoles, qui viennent pendant les vacances scolaires.

— Qui a trouvé le nom ? demanda Stephanie en admirant le graffiti sur le mur.

— Nos enfants, expliqua Craig. — Au début, on n'était pas convaincus, mais on a fini par l'apprécier avec les années.

— J'aime bien. — Elle se dirigea vers une fenêtre de l'autre côté du studio qui donnait sur la zone industrielle. — Combien de cours avez-vous par semaine ? lança-t-elle, sa voix résonnant de l'autre côté du studio.

— Une trentaine. La plupart ont lieu le soir après le travail, ce qui semble convenir à tout le monde. Mais nous avons aussi quelques cours l'après-midi et à l'heure du déjeuner. Notre journée la plus chargée est de loin le samedi. De l'aube au crépuscule, quasiment, expliqua Craig.

— Qu'est-ce que vous enseignez ?

— Un peu de tout. Hip-hop, ballet, contemporain. Pour les adultes, on fait de la danse de salon et du jazz. Certains sont plutôt bons, d'ailleurs. On a même eu un de nos élèves qui a participé à des compétitions.

Dehors, une Skoda Fabia grise s'arrêta sur le côté opposé de la route et y resta. Stephanie l'observa un instant. Il n'y eut aucun mouvement immédiat, aucun signe du conducteur ou du passager sortant du véhicule, ni personne se dirigeant vers celui-ci.

— Vous avez dit que vous étiez ici pour les cambriolages qui ont lieu, commença lentement Craig. — Mais qu'est-ce que ça a à voir avec nous ?

La question arracha Stephanie à la fenêtre. Elle traversa la piste de danse d'un pas nonchalant, faisant un signe de tête à Giles.

— Il a été porté à notre attention que toutes les victimes sont des élèves d'ici, expliqua l'agent. — Becky Wednesday, Layla Whitaker, et Mia Harris. Âgées de six à sept ans. Vous les connaissez ?

Craig et Montana échangèrent un regard. — Pas de mémoire. Il va falloir qu'on vérifie.

Stephanie et Giles les suivirent dans leur bureau, où ils consultèrent leur base de données d'élèves. Chaque entrée de leur système de classement contenait une photo des filles, ainsi que les coordonnées des parents.

— Maintenant, je m'en souviens, dit Montana. — Mais elles ne font pas partie des mêmes groupes de danse. Mia fait du hip-hop et du R&B le mardi, Becky fait du ballet le jeudi soir, et Layla de la danse contemporaine le mercredi.

Stephanie réfléchit un instant. — Qui d'autre donne les cours ?

— Juste nous.

— C'est assez intense.

— On le fait parce qu'on adore ça. Et parce qu'on sait ce qu'on fait. Les parents nous respectent et nous font confiance. Mais je ne vois toujours pas ce que ça a à voir avec nous.

— Vous comprendrez quand mon collègue vous demandera où vous vous trouviez tous les deux pendant les nuits où les cambriolages ont eu lieu, rétorqua Stephanie.

Aussitôt, les expressions de Craig et Montana se décomposèrent, et l'atmosphère dans la pièce changea, devenant plus tendue et plus sombre.

— De quoi est-ce que vous parlez ? Vous pensez qu'on pourrait avoir quelque chose à voir là-dedans ? On aide des enfants à apprendre à danser. On ne va pas s'introduire dans les chambres de petites filles pour les regarder dormir, dit Craig.

— Nous n'avons jamais dit ça, répondit Giles, intervenant avant que Stephanie ne puisse reprendre la parole. — C'est juste la procédure. Jusqu'à présent, votre école est le seul lien que nous ayons trouvé entre les victimes. On essaie juste de s'assurer que ça n'arrive à personne d'autre.

Craig ouvrit la bouche pour protester mais se retint avant de pouvoir articuler quoi que ce soit de cohérent.

— Nous avons trouvé des empreintes digitales et de l'ADN sur les différentes scènes de crime, continua Giles. — Bon, nous n'avons aucune raison de vous soupçonner de quoi que ce soit, mais ça aiderait vraiment notre enquête si vous pouviez venir au commissariat pour donner volontairement vos empreintes afin qu'on puisse vous innocenter.

— Non ! vint la réponse surprise de Craig. — Je ne veux pas de mes empreintes dans votre système. Non merci. Je préfère garder mes données pour moi, merci bien.

Le front de Giles se plissa, comme s'il s'était senti offensé.

— Personne ne vous y oblige, dit-il. — Mais comme je viens de l'expliquer, ça nous aiderait à vous innocenter.

— Si tu n'as rien à cacher, commença Montana, tentant de lui faire entendre raison.

— Je n'ai rien à cacher. Je ne veux juste pas que mes empreintes aillent au gouvernement. Ils me prennent déjà assez comme ça. Même si je me doute que ça me place probablement en haut de la liste des suspects, ajouta Craig en soupirant.

Stephanie décida d'intervenir. Ça ne servait à rien d'insister. — Pas du tout. — Son sourire narquois n'était pas convaincant. — Nous aurons besoin de voir une liste complète des informations de vos clients afin de pouvoir contacter chacun d'entre eux.

— Il ne vous faut pas un mandat pour ça ? demanda Craig, la voix résolue.

— Ce ne sera pas un problème. On peut en obtenir un sans difficulté si on a des raisons de croire que la personne qui fait ça pourrait cibler vos élèves. Avez-vous remarqué quelque chose d'étrange récemment ? Un des parents se comportant bizarrement ?

Craig et Montana échangèrent un bref regard, un air d'appréhension flottant entre eux. Stephanie sentit qu'il y avait quelque chose qu'ils voulaient divulguer.

— Rien… ne me vient à l'esprit, expliqua Montana. — Mais si on remarque quoi que ce soit, bien sûr, on vous le fera savoir.

Stephanie fit un signe de tête à Giles, signalant qu'ils avaient terminé et qu'il était temps de partir. Avant de s'en aller, l'agent lui transmit ses coordonnées – Stephanie refusait de donner à nouveau les siennes, craignant une autre rencontre avec Trent – puis se dirigea vers la sortie.

Elle s'aperçut dans le miroir – les couleurs qui étaient revenues sur sa peau, le poids qu'elle avait progressivement perdu sur son visage – et s'arrêta alors que ses yeux tombaient sur la fenêtre qui donnait sur la rue en contrebas.

— Je ne suppose pas que vous ayez remarqué non plus de comportement suspect *à l'extérieur* de cet endroit, n'est-ce pas ? Des voitures attendant pendant de longues périodes ? Des gens qui regarderaient peut-être les filles à leur sortie ?

Craig et Montana secouèrent tous les deux la tête. — On passe tout notre temps ici, dit-elle. — On a à peine le temps de regarder dehors. Mais j'imagine qu'il est difficile de repérer ce genre de chose quand on a des voitures qui vont et viennent pour déposer et récupérer les enfants.

C'est ce qu'elle craignait. Le chaos de dizaines de voitures arrivant et repartant en même temps, sans que personne ne sache qui était là pour quel cours. C'était l'environnement parfait pour que leur intrus se fonde dans la masse.

Stephanie les remercia pour leur temps, puis descendit les escaliers. Giles l'attendait près de la sortie, lui tenant la porte ouverte. Dehors, la pluie s'était calmée, se transformant en une fine brume.

— Qu'est-ce que tu penses de ça ? demanda Giles alors qu'ils se dirigeaient vers la voiture.

Stephanie n'entendit pas la question ; elle était trop distraite par la Skoda Fabia grise garée de l'autre côté de la route. Les nuages et le ciel gris se reflétaient sur les vitres, l'empêchant de voir à l'intérieur.

— Stephanie ? insista Giles.

— Quoi ?

— Qu'est-ce que tu en penses ?

Elle déverrouilla la voiture et posa la main sur la poignée. — Ils en savent assurément plus qu'ils ne le laissaient paraître, dit-elle alors que la Skoda démarrait son moteur et s'éloignait, filant à toute allure dans la rue.

CHAPITRE
VINGT-NEUF

Ils ont trouvé Devon adossé à sa chaise, un téléphone fixe collé à l'oreille, quand ils sont revenus au bureau. Stephanie se tenait au-dessus de son épaule, attendant qu'il termine son appel.

Après quelques instants, il a senti son impatience et a raccroché.

— Tout va bien ?

Elle a jeté un œil à l'écran de l'ordinateur. — Vous avancez ?

— C'était l'une des anciennes victimes. Un dénommé Marcus Vickery. Il a dit qu'il pouvait passer demain.

— Pourquoi pas aujourd'hui ?

— Parce qu'il est pris par son travail. Mais il a dit qu'il allait appeler les autres victimes.

— Les autres victimes ?

— Certaines sont décédées.

Bien sûr. Ça faisait trente ans. Toute une vie. Littéralement, dans certains cas.

— Marcus a dit qu'ils étaient restés en contact. Ils se voient régulièrement et vont boire un verre tous les deux ou trois ans.

— Et les anciens suspects ? Il y en a qui sont encore de ce monde ?

Devon a regardé l'écran, comme si la réponse s'y trouvait. Il a passé la main dans ses cheveux noirs et épais, qui semblaient toujours tout droit sortis des années quatre-vingt.

— Je crois que la plupart sont morts. Ils avaient tous la cinquantaine ou la soixantaine quand ça s'est passé. Quoique, je crois qu'il y en a peut-être un qui fait encore de la résistance… c'est bien ça, l'expression ?

— Pour vous, oui.

— Bref, c'était un jeune type. Il doit avoir dans les soixante-cinq ans maintenant. Vous voulez que je le contacte ?

Stephanie a hoché la tête. — Ce serait un début, a-t-elle dit. Et pendant que vous y êtes, pouvez-vous rédiger un mandat pour accéder aux fichiers clients de l'académie de danse Pump and Jump ?

— Pump and Jump ? Le bon vieux P and J ?

— Vous connaissez ?

— Non. Jamais entendu parler. Mais ça sonne comme un terrain de jeu pour pédophiles.

Une image de la Skoda Fabia grise a traversé son esprit. Elle ne savait pas pourquoi, mais quelque chose dans cette voiture la mettait mal à l'aise. Elle aurait aimé avoir relevé la plaque d'immatriculation.

— Il faudra que quelqu'un épluche leurs registres et contacte tous leurs clients dans les jours qui viennent, a-t-elle continué.

Devon s'est penché encore plus en arrière sur sa chaise, tentant de se défiler. — J'ai entendu dire que Giles est très doué pour passer des coups de fil. Vous devriez peut-être lui confier cette tâche.

— Personne n'a un meilleur contact au téléphone que toi, sergent, a rétorqué Giles de l'autre côté de la rangée de bureaux. Il s'est mis à imiter Devon d'une voix grave et rauque. — « Euh, ouais, je, euh, me demandais, euh, si je pouvais, euh, juste parler à M. Untel, quoi. C'est important. Je suis, euh, de la police, quoi. J'ai une grosse affaire en ce moment, euh, et j'ai besoin, euh, que Untel m'aide à la résoudre. »

Une vague de rires s'est propagée dans le bureau. Le sergent Noah Mackenzie, vêtu ce matin-là d'une chemise en satin orange, avec bretelles et chaussettes assorties, est revenu de la cuisine. — C'est troublant de ressemblance, Giles, s'est-il moqué. Fais gaffe, Devo, il pourrait te piquer ta vie.

Devon a ricané. — Il peut la prendre. Il n'y a rien qui vaille la peine d'être gardé en ce moment.

— Rien de tel pour plomber l'ambiance, mon pote, a dit Noah

en lui donnant une claque dans le dos alors qu'il retournait à son siège. Giles, tu peux prendre la mienne si tu veux. Mais tu peux te contenter de prendre les enfants. Fais gaffe, ils *vont* te réveiller au milieu de la nuit, et ils *vont* insister pour tout faire avec *Peppa Pig* en fond sonore.

La remarque a légèrement détendu l'atmosphère. Stephanie s'est surprise à rire, mais elle gardait un œil attentif sur la réaction de Devon : contenue, sans grand enthousiasme.

Elle lui a tapoté l'épaule.

— Je pense qu'on devrait contacter le directeur d'enquête de l'époque. Voir ce qu'il peut nous dire sur l'ancienne investigation.

Devon a montré le téléphone fixe. — C'est à lui que je parlais à l'instant. Je l'ai trouvé. Il est plus que ravi de nous parler.

CHAPITRE
TRENTE

Ils étaient restés assis en silence pendant cinq minutes, n'entendant que le son de la radio et le bruit sourd et mécanique des essuie-glaces balayant le pare-brise, jusqu'à ce que Giles demande :

— Comment je m'en sors ?

Depuis le siège conducteur, elle lui a jeté un coup d'œil, les mains crispées sur le volant.

— Bien, a-t-elle répondu. Tu t'en sors bien. Mais ce n'est que le début. Des moments plus difficiles pourraient survenir. Ça fait quoi d'avoir le contrôle ?

— Le contrôle ?

— Tu sais ce que ce mot veut dire, non ?

Il a levé les yeux au ciel.

— Bien sûr que je sais ce que ça veut dire. C'est juste étrange de t'entendre l'utiliser comme ça, c'est tout.

Le regard de Giles s'est porté par la fenêtre sur les collines du Surrey qui s'étendaient sur leur gauche. Une tapisserie de verdure, légèrement assombrie par les nuages, s'étendait à perte de vue. Des champs étaient parsemés de haies et de fines lignes d'arbres, telles des coutures sur une courtepointe.

— Je ne t'ai jamais posé de questions sur ton père, a-t-il dit, s'adressant toujours à la fenêtre.

La main de Steph s'est involontairement portée à son collier.

— Il n'y a pas grand-chose à dire. C'était une mauvaise personne, sans aucune qualité rédemptrice.

Je sais que tu aimes les cadeaux.

Je t'ai dit que je pouvais t'offrir le monde.

Giles a commencé à jouer avec ses mains. Il a fouillé dans sa poche, en a sorti un paquet de Tic Tac et en a mis un dans sa bouche, suivi d'un autre peu après.

— J'imagine que je me sentais coupable, c'est tout. N'importe quelle autre fois où quelqu'un perd un membre de sa famille, je prends de ses nouvelles. Ça se fait, tu sais. Mais avec toi, je crois que je me sentais...

— Mal à l'aise ?

— Ouais. Mal à l'aise.

Finalement, il a détourné son attention du paysage et l'a regardée dans les yeux.

— Comme je te l'ai dit, a-t-elle commencé, c'était un homme très mauvais. Il a fait des choses qu'aucun parent ne devrait jamais faire à un enfant. Et il a eu ce qu'il méritait.

— Je suis désolé d'entendre ça... Je dirais désolé pour ta perte, mais...

— Je ne le regrette pas, alors tu n'as pas à l'être.

Elle a ralenti la voiture jusqu'à l'arrêt en rejoignant la fin d'une file de circulation.

Giles a sorti de nouveau les Tic Tac de sa poche et en a placé un autre dans sa bouche.

— Tu adores tes pastilles à la menthe, pas vrai ? a-t-elle dit, sentant qu'il y avait autre chose qu'il voulait dire.

Il a eu un petit rire, baissant les yeux sur le paquet dans ses mains.

— C'est une habitude que je tiens de ma mère, a-t-il expliqué. Elle avait toujours un paquet sur elle, que ce soit à un mariage, une promenade avec le chien ou un enterrement. Son visage s'est figé tandis qu'il fixait le tableau de bord en plastique, perdu dans ses pensées. C'est drôle, j'ai encore le dernier paquet qu'elle ait jamais acheté. Une boîte de Tic Tac, comme celle-ci. Ils sont toujours dedans. Je n'ai jamais pu me résoudre à les finir. C'est sans doute mieux comme ça, j'imagine qu'ils sont périmés depuis longtemps.

Stephanie a souri en baissant le volume de la radio pour l'accorder à l'atmosphère.

— Ça fait combien de temps qu'elle est partie ?

La circulation a repris et elle a fait avancer la voiture.

— Environ vingt ans. Parfois, je perds le fil. Elle est morte quand j'étais adolescent.

— Ça fait beaucoup de pastilles.

Giles a d'abord été surpris par le commentaire. Mais une fois le choc initial passé, il en a vu le côté amusant.

sober

— Ça n'arrange pas mes dents.

— Et moi qui pensais que tu étais un grand fan d'Alex Ferguson.

— *Sir* Alex, a-t-il dit avec un sourire ironique. Ne te trompe pas.

Elle a levé les mains en signe de reddition.

— Toutes mes excuses. Je promets de ne plus jamais faire cette erreur.

Vingt minutes plus tard, les pneus crissaient doucement sur le gravier tandis que Stephanie engageait la voiture dans la grande allée. Des arbres bordaient chaque côté, soigneusement taillés et formant une voûte au-dessus de leur tête. À droite, une pelouse manucurée se déroulait comme un green de golf. La maison s'est dévoilée lentement, émergeant de derrière une courbe de rhododendrons. Une grande propriété de style géorgien, avec de hautes fenêtres à guillotine, des murs en pierre pâle et du lierre grimpant sur sa façade comme des veines vertes.

— On dirait la maison de retraite d'un méchant de James Bond, a marmonné Giles depuis le siège passager, en plissant les yeux vers la façade symétrique. Je me demande s'il a des douves à l'arrière.

— Ou une voiture amphibie dans le garage.

Les yeux de Stephanie étaient fixés sur la large porte d'entrée laquée, encadrée par quatre colonnes blanches. Des garnitures en laiton brillaient sur la poignée et la boîte aux lettres. Sur l'allée gravillonnée se trouvaient un Land Rover Discovery vert foncé qui semblait avoir traversé une forêt tropicale et une Aston

Martin Vantage des années 90. Une pour les affaires. Une pour le plaisir.

— À moins que ce type ne soit 007 en personne ! a dit Giles avec enthousiasme, en montrant l'Aston.

Stephanie a ri en sonnant. Un long carillon a résonné à l'intérieur, rapidement couvert par les aboiements soudains et sérieux d'un chien. L'agent a aussitôt sursauté, son corps se tendant.

— Tu n'aimes pas ça ? a-t-elle demandé.

Avant qu'il ne puisse répondre, la porte d'entrée s'est ouverte, révélant un berger allemand qui montait la garde, aboyant et retroussant les babines. Giles a reculé d'un pouce. Le chien se tenait à côté de l'ancien inspecteur principal Gavin Lockwood, qui semblait s'être roulé dans un magasin Barbour. Désormais septuagénaire, Gavin avait l'air du genre à chasser le renard et le faisan sept jours sur sept. Mais pas sans l'aide de son compagnon canin, qui continuait à aboyer furieusement, grimaçant et montrant ses incisives de deux centimètres et demi, capables de déchirer la chair humaine. L'ancien inspecteur principal a fait un geste de la main, et le chien s'est immédiatement arrêté, se léchant les babines d'un air contrit en s'asseyant doucement.

— Deux personnes, très bien habillées, a-t-il dit, en les examinant d'un air soupçonneux. Toutes deux à l'aise avec Frankie. Je dirais que vous êtes de la police.

— Mount Browne, a dit Stephanie, en tendant la main et en se présentant.

— Mon ancien terrain de jeu. Entrez, entrez, que je vous mette à l'abri. Ça rend fier d'être britannique, n'est-ce pas ?

Stephanie n'a rien dit en entrant dans la maison. À l'intérieur, il y avait d'autres preuves du style de vie de Gavin : des victimes de taxidermie accrochées aux murs comme des trophées à côté de photographies de Gavin célébrant ses chasses ; un étui à fusil gisait sur le sol à côté d'un équipement de camping.

L'ancien inspecteur principal les a conduits dans une grande véranda à l'arrière de la maison, où l'air était plus chaud et plus épais. Au-dessus, le doux crépitement de la pluie tombant sur la véranda emplissait l'espace. Apaisant. Relaxant. Gavin a pris leur commande de thé et de café, puis leur a offert des sièges.

Il y avait amplement d'espace dans la véranda, bien trop pour un homme vivant seul. En attendant, Stephanie s'est approchée de l'aquarium de cent litres posé sur un meuble et a regardé les poissons nager.

— Vous avez des guppys, des néons, des néons noirs, des scalaires et des barbus de Sumatra là-dedans. J'aime juste les regarder nager, a dit Gavin en leur tendant les boissons. Il s'est abaissé dans un fauteuil. Au pied, ma belle !

La chienne a été appelée et s'est aussitôt assise à côté de lui, gardant les yeux fixés sur Stephanie, avant de se tourner vers Giles, après avoir senti son subtil malaise.

— Bon, je ne crois pas avoir manqué de rendez-vous, a commencé Gavin. Alors qu'est-ce qui vous amène ?

— Nous sommes ici pour vous poser des questions sur une affaire dont vous étiez l'enquêteur principal il y a trente ans, dans les années quatre-vingt-dix, a-t-elle expliqué.

— Pourvu que je m'en souvienne !

— Est-ce que le nom « Opération Rainmaker » vous dit quelque chose ?

Le sourire sur le visage de Gavin a disparu.

— Le Croque-mitaine ? Sa voix était sans appel, teintée de peur.

— Vous vous en souvenez ?

— Bien sûr que je m'en souviens. Ça me hante encore aujourd'hui.

— Que pouvez-vous nous en dire ?

— Que voulez-vous savoir ? a demandé Gavin. Et surtout, *pourquoi* voulez-vous le savoir ?

— Parce que nous pensons que ça recommence. Il y a eu récemment une vague de cambriolages où rien n'a été touché, rien n'a été volé, tout ce qui a été laissé est un ballon dans la chambre des enfants.

Gavin a porté sa tasse à ses lèvres, puis l'a reposée.

— Vous plaisantez ?

— J'aimerais bien, a dit Giles, intervenant. Nous espérions que vous pourriez nous aider dans notre enquête en nous racontant ce qui s'est passé à l'époque.

L'ancien inspecteur principal a commencé à caresser le dos de Frankie. L'attention indéfectible de la chienne est restée sur Giles.

— J'étais inspecteur à l'époque. Je me souviens du jour où c'est arrivé pour la première fois. Il pleuvait des cordes, un temps glauque, comme aujourd'hui. Un jeune garçon s'était réveillé avec un ballon à côté de son lit, sans savoir d'où il venait. Sa mère a appelé au commissariat pour nous le signaler. Au début, on a tous trouvé ça un peu étrange, un peu bizarre, mais on n'y a pas prêté plus d'attention. Puis c'est arrivé à nouveau. Et une troisième fois. Une quatrième. Une cinquième. Ça n'arrêtait pas, mais à l'époque, nous étions impuissants. Ils ne laissaient aucune trace ADN, ou s'ils en laissaient, nous n'avions pas les avancées technologiques que nous avons maintenant pour nous aider. Ça se passait toujours au milieu de la nuit, donc personne ne voyait ni n'entendait rien. Et personne n'avait de vidéosurveillance à cette époque. C'étaient des temps plus simples.

Stephanie a hoché la tête, prenant une gorgée de sa boisson. Elle a laissé le liquide chaud couler dans sa gorge avant de parler.

— Il y a eu combien de victimes ?

— Environ neuf, de mémoire.

— Et est-ce que les choses ont déjà dégénéré ?

Gavin a secoué la tête.

— C'est ça qui était bizarre. Il entrait, les regardait dormir, puis repartait. Il ne les touchait pas, n'essayait rien de louche ; il entrait et il repartait, c'est tout.

— Comment savez-vous que c'était un homme ? a demandé Giles.

— Parce que nous avons eu un témoin clé qui a dit avoir vu quelqu'un de votre taille quitter la maison. Mais évidemment, il faisait nuit noire ; ils ne savaient pas ce qui venait de se passer, alors ils sont partis. Honnêtement, vous avez la tâche tellement plus facile maintenant.

Stephanie n'était pas d'accord, mais a choisi de ne rien dire. Certes, l'avènement de la technologie moderne et des réseaux sociaux avait changé le paysage, mais ils travaillaient sur plus d'affaires, avec des horaires plus longs, des budgets plus serrés et moins de soutien. Qui était le vrai gagnant ?

— La panique du public a été le pire, a poursuivi Gavin. Et les reportages n'aidaient pas non plus, en l'appelant ce foutu Croque-mitaine. Il a terrifié toute une génération d'enfants. Je pense que personne dans cette ville n'a dormi pendant une décennie. Tout le monde fermait ses portes à clé. Et ceux qui dormaient, dormaient avec une lumière allumée. J'ai même entendu des histoires d'adolescents et d'adultes dormant dans la chambre de leurs parents. Même s'ils n'étaient pas dans la tranche d'âge principale du prédateur !

— Des garçons de dix ans…

— Exactement. Quel est l'âge et le sexe de vos victimes maintenant ?

— Entre six et sept ans, des filles.

— Intéressant, a commenté Gavin. Une idée du pourquoi de ce changement ?

Stephanie a secoué la tête.

— Soit il a eu un changement d'avis soudain, soit c'est quelqu'un d'autre.

— Ce serait logique, a répondu Gavin.

— C'est-à-dire ?

— Eh bien, il s'attaquait aux maisons assez régulièrement. Une fois tous les quelques mois, presque à date fixe. Et puis, tout d'un coup, ça s'est arrêté. Il a claqué des doigts, alertant momentanément la chienne. Comme ça. Plus rien. Avec le temps, on a pensé que quelque chose lui était arrivé. Soit il s'était calmé, soit il était mort, ou…

— Ou il est allé en prison, a terminé Stephanie.

CHAPITRE
TRENTE-ET-UN

Stephanie a glissé la clé dans la serrure et a ouvert la porte avec précaution. Les gonds ont grincé tandis qu'elle entrait dans la maison froide, emplie d'un air oppressant. Elle est restée un instant sur le seuil, s'imprégnant du silence et du froid qui se répandaient autour d'elle, comme le frôlement d'un fantôme. Elle a refermé la porte derrière elle.

Le couloir était tel qu'elle l'avait laissé : les taches de sang, les éraflures sur le mur, les souvenirs. Inébranlables, tout comme la pensée qui la tourmentait depuis sa visite chez Gavin Lockwood : celle que son père avait été emprisonné au moment même où les visites du Croque-mitaine originel avaient cessé.

Elle ne savait pas pourquoi elle était là. Elle savait qu'elle ne trouverait aucune preuve pour étayer sa théorie ou démontrer qu'il l'avait fait. Mais elle avait senti une attraction, un appel, une force tangible qui l'attirait vers la maison de son enfance.

Peut-être était-ce la boîte en fer-blanc secrète nichée dans sa table de chevet, et la perspective de trouver une autre babiole de son passé.

Ou peut-être étaient-ce les dix mille livres qui lui brûlaient les doigts.

Si elle trouvait plus d'argent ici, elle serait tentée de le garder. Seulement parce qu'elle l'aurait trouvé — *voire volé* — plutôt qu'on ne le lui ait offert. Elle n'aurait aucun scrupule à voler l'homme qui l'avait privée de son enfance et d'une éducation aimante.

Stephanie est passée dans la cuisine et a ouvert tous les placards, cherchant jusqu'à trouver un verre vide. Ayant besoin d'être lavé, elle l'a passé sous le robinet et l'a rempli.

Au moment où elle s'apprêtait à remplir le verre une seconde fois, son portable a sonné.

Elle a sorti le téléphone de son sac et a poussé un lourd soupir de soulagement en voyant le nom de l'appelant. Kimberley. Pas Trent Whitaker, comme elle s'y attendait. Plus de vingt-quatre heures s'étaient écoulées depuis son dernier appel, et elle commençait à s'inquiéter pour lui.

— Kim, a-t-elle dit, avec une pointe de désespoir dans la voix. Est-ce que tout va bien ?

— Quand est-ce que tu retournes chez papa ? a demandé Kimberley, directe et sans détour.

— J'y… J'y suis, là. Tu veux me rejoindre ?

Elles étaient assises en tailleur au milieu de leur ancienne chambre, comme elles l'avaient si souvent fait des années auparavant. Stephanie fut transportée à une époque plus heureuse, quand Papa et Maman étaient au pub, la laissant s'occuper de Kimberley. Elle avait sorti le livre de coloriage et les feutres, et elles avaient passé les heures à colorier les dessins. Elles n'avaient pas besoin de dire quoi que ce soit ; elles étaient contentes. Pendant ces quelques heures, elles étaient heureuses, elles étaient libres.

Mais à présent, alors qu'elles étaient assises là à feuilleter les documents de leur père, la tension dans la pièce était palpable. Stephanie se sentait mal à l'aise. Bien sûr, elle avait l'habitude des silences, mais pas avec sa sœur, pas avec la personne qui comptait le plus pour elle au monde.

Enfants, elles s'étaient assises en silence parce qu'il n'y avait rien à dire. Mais maintenant, des choses restaient non dites, et elle ne le supportait pas.

Jusqu'à présent, elles avaient surtout trouvé des factures et des lettres ennuyeuses de la banque, l'informant de changements de taux d'intérêt et d'options pour de nouveaux comptes épargne.

Rien d'intéressant. Rien qui vaille la peine d'être gardé. Stephanie avait perdu la notion du temps. Les rideaux étaient tirés, coupant la pièce du monde extérieur. Le vent sifflait à travers une petite fente dans le cadre en bois de la fenêtre, le même bruit qui l'avait finalement aidée à s'endormir après que les hurlements et les cris avaient cessé.

Stephanie a posé une lettre du fonds de pension de son père sur le sol et a jeté un œil à l'heure.

— Tu as mangé ?

Kim a offert le plus subtil hochement de tête que Stephanie ait jamais vu.

— À emporter ?

Un haussement d'épaules, à peine plus évident que la première réponse de Kim.

— Je vais commander Domino's. Jambon-ananas, c'est toujours ta préférée ?

— Je suis surprise que tu t'en souviennes, a dit Kim en sortant un album photo de la pile.

— Qu'est-ce que ça veut dire ?

— Tu te souviens de ma commande de pizza, mais tu ne te souviens pas de me dire que notre père a tué notre mère et que toute ma vie est un mensonge.

Ça y est. Enfin.

— Ce n'est pas juste. Tu n'étais qu'une enfant. Tu ne pouvais pas comprendre. Je ne voulais pas que tu subisses le même traumatisme que moi.

— J'ai vraiment de quoi te remercier.

Stephanie a ricané, a ouvert la bouche pour répondre, mais a ravalé ses mots. Elle a rapidement commandé la nourriture, puis a jeté son téléphone sur la moquette.

— Je voulais te protéger autant que possible, a poursuivi Steph, sa main se déplaçant vers son collier.

— Tu m'as menti.

— C'était mieux que de vivre ce que j'ai dû vivre.

Kim a ouvert l'album photo au milieu. — Qu'est-ce que ça veut dire ?

Steph a balayé la question d'un geste de la main. Sa sœur ne savait pas la moitié de l'histoire : la violence psychologique, la violence physique, l'agression sexuelle. La façon dont ses mains se glissaient sur, dans et autour de son corps. Elle a frissonné à cette pensée.

— Tu comprendras quand tu auras le petit, est tout ce qu'elle put dire. Je t'ai traitée comme mon bébé *et* ma sœur. J'ai fait tout ce que j'ai pu pour te protéger.

Kim a levé les yeux de l'album. — Est-ce que tu avais l'intention de me le dire un jour ?

La question a pris Stephanie au dépourvu. Elle a relâché son collier et a commencé à jouer avec ses mains sur ses genoux. — Peut-être. Un jour. J'imagine qu'on ne le saura jamais.

— Je ne veux pas qu'il y ait de secrets entre nous, a dit Kim.

— Moi non plus. S'il y a quoi que ce soit que tu veuilles savoir, je te le dirai.

Kimberley a commencé à parler, mais une vague de nausée l'a assaillie, et ses yeux se sont révulsés. Stephanie s'est précipitée aux côtés de sa sœur.

— Qu'est-ce qui s'est passé ?

— Ça va, a répondu Kim en repoussant sa sœur. Ça va.

Stephanie s'est déplacée à côté d'elle et a jeté un coup d'œil à l'album sur les genoux de Kimberley. Quatre photos occupaient l'espace : deux photos de bébé de Kimberley, enveloppée dans une couverture sur fond blanc ; une de Stephanie jouant dans une pataugeoire ; et une photo du baptême de Stephanie. Leurs parents la serraient fort contre eux, souriant à l'appareil photo, flanqués de chaque côté par des hommes qu'elle ne reconnaissait pas.

— Comment ça va au travail ?

La question a surpris Stephanie. Non pas parce qu'elle n'avait pas de réponse, mais parce qu'elles parlaient enfin d'autre chose que de leur père. Un terrain d'entente. Un terrain neutre. Parler du travail était sans danger, peu susceptible de provoquer des disputes.

— Chargé, dit-elle doucement. Comme toujours.

— J'ai vu aux infos qu'il y a eu des cambriolages. Et un truc à propos d'un ballon ?

Des flashs du cauchemar qu'elle avait fait sont apparus dans l'esprit de Stephanie.

— Tu te souviens de quelque chose comme ça quand on était petites ? a demandé Stephanie.

Kimberley a secoué la tête. Ses yeux étaient vitreux et les couleurs avaient quitté son visage. — J'étais trop jeune. Mais ça ne m'étonnerait pas que ce soit le genre de choses que Papa faisait.

C'est exactement ce que je pense.

Au moment où Stephanie tournait la page de l'album photo, la tête de Kimberley a basculé en avant.

— Kim ?

Puis elle est tombée en arrière, atterrissant sur la moquette, les yeux fermés.

Jetant l'album de ses genoux, Stephanie s'est précipitée vers sa sœur, l'a attrapée par les épaules et l'a secouée doucement. Elle a placé le dos de sa main sur le front de Kimberley ; sa sœur était brûlante.

— Kim, tu m'entends ? Kim ?

Quelques instants plus tard, Kimberley a repris connaissance, se redressant péniblement, ses bras tremblant sous son propre poids.

— Je t'emmène à l'hôpital, a dit Stephanie, attrapant déjà ses clés de voiture.

— Steph, ça va. Je n'ai pas besoin de...

Du vomi est monté dans la gorge de Kimberley, et elle a eu un haut-le-cœur. Stephanie n'a pas perdu de temps pour soulever sa sœur et l'aider à aller jusqu'à la salle de bain. Pendant que Kimberley avait la tête dans la cuvette, Steph a rempli un verre d'eau du robinet et l'a tenu sous les lèvres de sa sœur.

— C'est quand la dernière fois que tu as mangé ?

— Tout à l'heure.

Stephanie ne l'a pas crue.

— Et bu ?

Kimberley lui a pris le verre, mais il a failli lui glisser des doigts dans son état de faiblesse.

— On a dit pas de secrets, a dit Steph.

Elle a tendu son petit doigt pour que sa sœur le prenne. Étonnamment, après tout ce qu'elles avaient traversé, elles n'avaient jamais eu besoin d'un geste ou d'un signe de la main pour signifier une telle chose, principalement parce que Stephanie avait porté seule le fardeau de ses secrets.

Kimberley a étudié le petit doigt un moment, puis a croisé le sien avec celui de Stephanie.

— Pas de secrets.

— Jason a dit que tu ne mangeais pas. *Quand* ?

— Je ne sais pas. Au petit déjeuner, peut-être… Je n'ai pas eu faim.

— Mais le bébé, si. Tu dois prendre soin de toi. Je ne veux pas qu'il t'arrive quelque chose.

Steph a porté l'eau aux lèvres de sa sœur. La sonnette a retenti. Le dîner. Elle a rapidement dévalé les marches, récupéré la pizza et est remontée en vitesse. L'odeur de graisse et de gras a ravivé les crampes de la faim dans son estomac. Des couleurs sont revenues sur le visage de Kim quand elle a vu la boîte bleue.

— Sortons de la salle de bain, tu veux bien ? a dit Steph en aidant sa sœur à se relever.

Elles sont retournées tant bien que mal dans la chambre, ont dégagé un grand espace sur le sol et ont commencé à dévorer la pizza. Entre deux bouchées, elles ont parlé de leur enfance, des rares souvenirs heureux, des moments peu fréquents où elles étaient autorisées à sortir du foyer d'accueil pour entrer dans le vrai monde. Elles ont ri pour la première fois depuis longtemps. Leur relation guérissait. Lentement, mais sûrement.

Pendant ce temps, au fond de l'esprit de Stephanie, une pensée lancinante la taraudait.

Alors qu'elle finissait la dernière bouchée de son repas, elle a baissé les yeux vers la moquette et a joué avec son collier.

— Qu'est-ce qui ne va pas ? a demandé Kim.

Stephanie a levé les yeux vers elle. — On a dit pas de secrets…

— Pas de secrets.

— Il faut que je te dise quelque chose. C'est à propos du testament de Colin…

CHAPITRE
TRENTE-DEUX

Marcus Vickery et Ethan Minter avaient maintenant une petite quarantaine, étaient mariés et avaient des familles avec de jeunes enfants. Ils menaient des carrières florissantes dans les secteurs de la finance et du textile, respectivement, et il était évident pour Stephanie qu'ils n'avaient pas laissé le traumatisme de leur passé – le traumatisme de cette nuit avec le Croque-mitaine – dicter le reste de leur vie. Marcus, le plus viril et séduisant des deux, portait une veste légère et un bonnet qui protégeait son crâne chauve. Ethan, quant à lui, était habillé comme en plein été, en short et en T-shirt. On aurait dit qu'il venait de rentrer de vacances aux Bahamas, ou qu'il se mettait dans l'ambiance pour en prendre. Les deux hommes étaient de corpulence et de taille similaires.

Elle, Devon et Giles étaient assis en face d'eux dans l'un des espaces de détente plus informels qui avaient été aménagés lors des récentes rénovations du bâtiment. La pièce était lumineuse et spacieuse, avec des murs colorés et un mobilier conçu pour apaiser et inspirer. Stephanie trouvait ça affreux.

Les hommes étaient assis chacun à une extrémité du canapé, mais à la façon dont ils se regardaient, il était évident qu'un lien invisible les unissait. Quelque chose qui les avait maintenus en contact au cours des trente dernières années, créant un lien fort, presque indestructible.

Stephanie a posé sa tasse sur la table entre eux et a dit :

— Merci d'avoir pris du temps sur votre travail pour venir nous parler. Nous vous en sommes reconnaissants.

— Ce n'est rien, a répondu Marcus en rajustant son bonnet. On est ravis de pouvoir aider. Désolé que les autres n'aient pas pu venir.

— Je suis sûre que nous les verrons en temps voulu, a dit Stephanie. Pourquoi ne nous racontez-vous pas votre expérience avec le « Croque-mitaine » ?

Elle a mimé des guillemets avec ses doigts pour le nom.

— Je n'ai jamais aimé ce nom non plus, a commencé Ethan. Mais il est resté. Il nous a tous terrorisés. J'ai eu de la chance, dans un sens, je ne savais pas vraiment ce qui se passait. J'ai dormi pendant presque tout le temps. Mais je suppose qu'une partie de moi a toujours senti qu'il était là. Par exemple, je crois que j'ai rêvé de lui cette nuit-là. Et quand je me suis réveillé, je pouvais le voir clairement, debout au-dessus de moi. Je devais être réveillé, et mon subconscient m'a dit ce que j'avais vu. C'était une expérience étrange.

— Vous souvenez-vous de son apparence ? a demandé Giles. Il tenait en main le dossier de l'affaire, qui contenait toutes les dépositions des témoins de l'enquête initiale, l'Opération Rainmaker.

— Je le *vois* encore de temps en temps, a répondu Ethan. Vague. Difforme. Surtout quand je vais aux fêtes d'anniversaire des amis de ma fille et que je vois des ballons partout, je pense qu'il n'est pas loin. Mais pour répondre à votre question, je ne l'ai jamais *vraiment* vu, donc je ne pourrais pas dire avec certitude sa taille ou sa corpulence. Il faisait nuit noire. J'ai essayé d'oublier ça autant que possible. C'est le genre de chose qui vous poursuit. Dieu seul sait combien de séances de thérapie j'ai suivies.

— Et vous, Marcus ? a demandé Devon, intervenant. Quelle est votre histoire ?

Lentement, Marcus a retiré son bonnet et a commencé à jouer avec entre ses doigts. Stephanie a gardé son regard fixé sur lui ; même jeter un œil à Ethan, en T-shirt et en short, lui donnait froid.

— C'est drôle… pour Ethan et toutes les autres victimes, ça ne devient jamais plus facile d'en parler. Mais je suis unique, je suppose. J'ai vécu ça différemment. Il a levé les yeux, les regardant un par un, en prenant son temps. J'ai toujours eu du mal à dormir quand j'étais gamin. Je détestais ça. Je pensais que je ratais tout. Alors, la plupart du temps, je restais juste allongé là, à écouter, à penser, à laisser mon imagination s'emballer. Mais quand je finissais par m'endormir, j'étais complètement parti, je dormais comme une souche.

— La nuit où le Croque-mitaine est venu chez nous, nous étions la quatrième maison qu'il visitait, et pourtant nous dormions tous avec nos portes fermées. Même ma mère, mon père et ma sœur, de l'autre côté de la maison. Je n'ai jamais été *ravi* de cette décision, et parfois j'essayais de dormir avec la porte ouverte, mais alors j'avais peur de ce que je pourrais voir dehors. Mon imagination me disait qu'il y avait des monstres et des silhouettes dans le couloir.

— Quand il est venu à moi, j'étais dans un sommeil de plomb. Tout ce dont je me souviens, c'est de m'être soudainement réveillé et de l'avoir vu là, dans ma chambre. Assis par terre, en tailleur, à me regarder. Tout de noir vêtu, portant un masque. On pourrait penser qu'à dix ans, j'aurais paniqué, surtout après toutes les fois où je l'avais imaginé dans ma tête. Mais j'étais étrangement calme. Je ne sais pas pourquoi, mais je n'ai pas eu peur ni été effrayé pendant toute la scène. Je pense qu'à un moment donné, j'avais dû déjà imaginer que ça arriverait, alors je me sentais préparé.

Stephanie a porté la tasse à ses lèvres mais l'a reposée sur la table sans boire ; elle était complètement absorbée.

— Il était juste assis là. Et pendant longtemps, je n'ai pas cru qu'il était réel. Je n'y connaissais pas grand-chose, mais quelqu'un à l'école avait parlé de la paralysie du sommeil – quand on est réveillé mais qu'on ne peut pas bouger – alors je lui ai demandé s'il était mon démon de la paralysie du sommeil, et il a dit que oui. Mais qu'il était là pour me protéger, pas pour me faire du mal. Qu'il était mon ange de la paralysie du sommeil.

— Il a dit ça ? a demandé Devon.

Tous les trois s'étaient, au cours des dernières minutes, légèrement penchés en avant, captivés par la version des faits de Marcus.

Marcus a hoché la tête. — Il a juste dit qu'il veillait sur moi pendant que je dormais, et qu'il s'assurerait que rien de mal ne m'arriverait jamais. Il était habillé en noir parce qu'il ne voulait pas que je le reconnaisse.

— Est-ce parce que vous auriez pu le connaître ? a demandé Stephanie.

Marcus a haussé les épaules. — Peut-être. Je ne sais pas. Et on ne l'a jamais découvert.

— Avez-vous reconnu la voix ?

Marcus a secoué la tête. — Je ne l'avais jamais entendue avant et ne l'ai jamais réentendue de ma vie. Comme je l'ai dit, il ne m'a pas attaqué, ne m'a pas touché, n'a rien tenté. Il m'a juste tendu le ballon et il est parti.

— Qu'avez-vous fait après ?

Marcus a cessé de jouer avec son bonnet. — Je me suis rendormi. J'ai passé la meilleure nuit de sommeil de ma vie. Je n'ai rien dit jusqu'au lendemain matin, quand mes parents se sont levés pour aller travailler et ont vu le ballon.

— À ce moment-là, il était loin, a ajouté Stephanie.

— Sauf s'il est de retour, a commenté Ethan. C'est pour ça que vous nous avez fait venir ? Vous pensez que c'est le même type qui fait ça ?

Stephanie a regardé Devon, qui a regardé Giles. — C'est une possibilité. C'est une piste que nous étudions.

— Il devrait avoir la soixantaine ou la septantaine maintenant, a dit Marcus. Il devait avoir l'âge de mes parents, peut-être plus, quand il est entré.

Stephanie a pensé à son père. Au fait qu'il avait à peu près le même âge que le premier Croque-mitaine.

— Sauf que cette fois, il s'introduit dans des chambres de filles, a dit Giles, alors que vous, les premières victimes, étiez tous des garçons.

— Savez-vous pourquoi cela pourrait être ? a demandé Stephanie.

Marcus et Ethan ont réfléchi un instant, se regardant. Finalement, après un certain temps, ils ont secoué la tête.

— Il ne m'a jamais rien dit sur qui il choisissait et pourquoi il nous choisissait. Tout ce que je sais, c'est ce que je vous ai dit, qu'il disait me protéger pour une raison quelconque.

Un parent. Un ange gardien. Ou peut-être était-ce juste ce qu'il avait dit à Marcus pour l'empêcher de crier.

— Vous avez une idée de qui ça pourrait être ? La question venait de Marcus, qui avait remis son bonnet sur sa tête.

— Nous suivons plusieurs pistes, a répondu Devon.

— On a beaucoup entendu ça aussi pendant l'enquête initiale, a ajouté Ethan. Parler à une personne, parler à une autre. Mais ça n'a pas vraiment fait de différence. Il a continué, et il s'en est tiré. Et Lenny… Je le tiens pour responsable pour Lenny…

Un silence s'est abattu sur la pièce. Stephanie a posé la question que ses collègues avaient peur de poser.

— Qu'est-il arrivé à Lenny ?

— Il ne supportait plus les cauchemars, alors il s'est assuré d'y mettre fin pour de bon.

CHAPITRE
TRENTE-TROIS

La porte de son bureau était fermement close et les stores de la fenêtre étaient baissés. Elle tapotait nerveusement du pied sur la moquette en attendant. Finalement, après près de cinq minutes, la musique d'attente s'est arrêtée et une voix s'est fait entendre.

— HMP Sutton, service des archives, a commencé la voix, d'un ton robotique et découragé. Ici Janice.

— Bonjour, ici l'inspectrice Stephanie Broadbent de la police du Surrey. Je m'excuse d'avance pour ma requête, mais je me demandais si vous pouviez m'envoyer les dossiers des compagnons de cellule du détenu 7348, Colin Broadbent ?

— Colin Broadbent ? a répondu Janice, avec une pointe de reconnaissance dans la voix.

— Vous le connaissez ?

— J'ai eu le triste plaisir de le connaître, oui. Une pause. Dommage qu'il ait commencé à déraper vers la fin, cela dit.

Stephanie se tapota nerveusement le genou. — Nous travaillons actuellement sur une enquête, et j'ai besoin de savoir avec qui il a partagé une cellule pendant son incarcération.

Elle ne savait pas pourquoi, mais elle était persuadée que l'histoire s'était répétée : que Wayne Lyons, l'homme qui avait été manipulé par son père et était responsable du meurtre de six personnes, n'avait peut-être pas été la seule victime de son père. Elle soupçonnait son père d'avoir lavé le cerveau de quelqu'un d'autre. S'il avait été le Croque-mitaine originel, il était possible qu'il ait contraint une autre personne à commettre des actes odieux. Maintenant que son père était mort, la personne qu'il avait influencée semblait lui rendre hommage en effectuant d'autres visites, et cela la révulsait.

Elle savait que c'était tiré par les cheveux, mais compte tenu de tout ce que son père avait fait, cela semblait plausible.

— Vous voulez ses dossiers ? a demandé Janice.

— S'il vous plaît.

— Vous avez un mandat ?

Elle a serré le poing. — J'espérais que nous pourrions contourner ça d'une manière ou d'une autre.

— Certaines de ces informations sont confidentielles. Je ne peux pas simplement donner les noms et adresses des gens comme ça, madame. Vous devriez le savoir.

Elle a poussé un lourd soupir, en essayant de le dissimuler au téléphone. — Je comprends.

— Si vous en avez besoin, vous devrez suivre la procédure officielle et obtenir un mandat pour ces informations. Je suis désolée, mais je ne peux rien faire pour vous.

CHAPITRE
TRENTE-QUATRE

*J*e triture la serrure. Elle est difficile, plus coriace que les autres. Doublement verrouillée. Cette famille a clairement été influencée par le battage médiatique sur les réseaux sociaux et dans les journaux. Je savais que ça finirait par arriver. Que les gens prendraient peur et commenceraient à installer des mesures de sécurité supplémentaires. Mais je ne fais rien. Je ne fais de mal à personne. Les filles – ces magnifiques, ces parfaites petites filles – sont en parfaite sécurité avec moi.

Heureusement, ils n'ont pas installé de caméras de sécurité. Du moins, pas encore. Ce n'est qu'une question de temps avant que chaque maison du pays en soit équipée. Mais d'ici là, avec un peu de chance, j'aurai terminé. Je me serai maîtrisé et j'aurai trouvé un substitut, même si je sais que ce désir, cette pulsion, ne disparaîtra jamais complètement.

Alors que j'entre par la baie vitrée de la salle à manger, je traverse la cuisine et j'aperçois une chatière dans la porte. Je m'arrête, à l'écoute du bruit de petites pattes qui s'approcheraient de moi sur le parquet ou du tintement d'une clochette alors qu'il sort de son sommeil.

Rien.

Je dois être extrêmement silencieux et vigilant. Les chats ne me dérangent pas – j'en ai un moi-même – mais je sais aussi à quel point ils peuvent être caractériels et protecteurs. Soit il s'enfuira pour se cacher, soit il me traitera comme un visiteur, comme un ami, soit il réagira de manière agressive. Au moins, le son de la clochette ne dérangera pas la *famille. Ça, ça arrivera s'il se met à hurler contre moi. Ou pire, s'il m'attaque.*

Néanmoins, je laisse le calme de la cuisine derrière moi et me dirige vers le couloir. Tout est immobile. Pas de ronronnement d'appareils électroménagers, pas de tuyaux qui grincent. Je prends une inspiration, la retiens dans ma gorge, j'écoute. Rien d'autre que le faible tic-tac d'une horloge. Le couloir est illuminé par le clair de lune qui s'infiltre par deux immenses velux à six mètres au-dessus de moi, se reflétant sur le lustre au plafond.

Certains ont plus d'argent que de bon sens.

En retenant mon souffle, je monte les marches, scrutant le rez-de-chaussée à la recherche du moindre signe de mon ami félin. Aucun en vue lorsque j'arrive en haut des escaliers. Ici, le parquet laisse place à de la moquette, ce qui rend tout bien plus silencieux. Il y a cinq pièces autour de moi. Toutes les portes sont fermées. Encore une mesure de contre-sécurité. J'ai vu quelqu'un le suggérer sur un des groupes Facebook. L'idée, c'est que je devrai toutes les ouvrir pour trouver la chambre que je cherche, comme s'il s'agissait d'un jeu de roulette. Ce qu'ils ne réalisent pas, c'est qu'on peut voir la chambre de la fillette de l'extérieur. L'indice le plus flagrant, ce sont les rideaux violets, les autocollants et les guirlandes lumineuses accrochés à la fenêtre, donc je sais exactement laquelle je cherche.

Prudemment, en traînant les pieds sur la moquette, je me dirige vers la chambre de la fillette, tel un fantôme. Un pas après l'autre. Sans me presser.

Un autre avantage à ce que toutes les portes soient fermées — du moins, pour moi —, c'est qu'il y a un obstacle de plus que le son doit traverser, donc je peux me permettre d'être plus bruyant.

Devant la chambre, j'attends, le souffle court et maîtrisé. À présent, je suis habitué aux nerfs et à l'adrénaline.

Posant délicatement la main sur la poignée, je l'abaisse puis j'ouvre la porte. Toujours pas de chat. La porte frotte contre la moquette, mais à travers l'entrebâillement, je peux voir la fillette, dormant dans une obscurité totale, imperturbable.

Elle reste parfaitement immobile, plongée dans un sommeil profond, blottie sous ses draps à motifs de licornes, une main posée sur son front comme si elle prenait un bain de soleil dans un rêve. Ses joues sont roses, un petit filet de bave perle au coin de sa bouche. Le son doux de sa respira-

tion emplit la pièce telle une musique. Je m'arrête pour le savourer. Pour m'en souvenir.

Je me tiens au pied de son lit, à la regarder. Dans ces moments-là, tout est parfait. Mon cœur est comblé. Je me sens vivant, je me sens entier. Je me sens pur.

L'instant ne dure pas longtemps. J'entends un bruit, un léger frottement sur la moquette. Je me retourne d'un coup et j'ai la peur de ma vie. Deux orbes jaunes, luisants dans la pénombre, me fixent depuis le sol, juste sous le rebord de la fenêtre. Il observe, tel un protecteur. La queue du chat s'agite lentement, d'un mouvement maîtrisé. Il devait dormir sur le rebord de la fenêtre et a sauté à terre. Pourtant il ne bouge pas. Il n'émet aucun son. Il se contente d'observer. Une confrontation silencieuse.

S'il avait peur, il se serait enfui pour se cacher.

S'il se sentait menacé, il aurait fait le gros dos.

Au lieu de ça, il a l'air calme et détendu. Je recommence à respirer normalement, laissant mon rythme cardiaque redescendre à un niveau normal. Je m'accroupis et je tends la main. D'abord, il est prudent, hésitant – comme le sont les chats – mais au bout de quelques secondes, il commence à me faire confiance et s'approche d'un pas nonchalant. Il renifle ma main, puis me laisse le caresser. Un parfait inconnu.

Il doit y être habitué.

Mon gant est couvert de ses poils. Je m'arrête et je me rappelle à l'ordre : je suis là pour la fille, pas pour le chat. Mais l'animal continue à se frotter contre ma cheville. Puis, sans prévenir, il s'agrippe à ma jambe, plantant ses griffes dans ma peau à travers mon pantalon. Sale bête !

Je contracte mon corps sous l'effet de la douleur, serrant les lèvres pour m'empêcher de pousser un cri. Il s'accroche, s'accroche, ne lâche pas, mordant sous différents angles jusqu'à trouver une bonne prise sur ma jambe.

J'essaie de l'attraper, mais je sais d'expérience que ça ne marchera pas. Je sens ses griffes s'enfoncer dans ma chair.

J'attends. Je réprime la douleur. J'attends.

Jusqu'à ce que finalement, son instinct de tueur s'estompe et qu'il se désintéresse, s'éloignant nonchalamment hors de la pièce.

Je me ressaisis, je contrôle ma respiration.

La douleur pulse dans ma jambe, mais je ne peux rien y faire. Je me concentre plutôt sur la fillette, et en quelques instants, la sensation s'efface.

Ce qui me fait penser… le ballon.

Je le sors délicatement de ma poche et je commence à le gonfler. Douce-ment. Lentement. Aucun bruit, hormis le caoutchouc qui s'étire. Une fois plein, je le noue et je me penche pour le poser juste à côté d'elle.

Et c'est là que j'entends le bruit.

Un grattement. Puis un miaulement rauque et désagréable.

Le chat.

Merde.

Un autre cri près de l'encadrement de la porte. Puis il entre dans la pièce. Mais il ne s'intéresse pas à moi. Il se dirige droit vers le ballon. Avant que je puisse l'arrêter, il bondit et envoie le ballon en l'air, qui se balance jusqu'au centre de la pièce. Le chat donne des coups de patte, ses griffes acérées scintillant comme des couteaux dans la pénombre.

BANG.

Le bruit est obscène. Il déchire le silence comme un cri. Le chat panique et s'échappe de la chambre en dérapant, percutant la porte au passage. La fillette se redresse d'un bond, mais je suis déjà en mouvement. Je sors en trombe de la chambre, je dévale les escaliers quatre à quatre et je traverse la cuisine. J'entends la fillette se mettre à pleurer. Derrière moi, des lumières s'allument. Une voix d'homme. Des pas lourds.

J'ai le cœur au bord des lèvres tandis que je suis le chat hors de la maison et que je m'enfuis dans l'obscurité.

CHAPITRE
TRENTE-CINQ

Stephanie a coupé le contact et a senti le haut de son corps se raidir tandis qu'elle fixait l'imposante maison de quatre chambres de l'autre côté de son pare-brise. Encore une. La quatrième en l'espace d'une semaine.

Ça devenait incontrôlable. À ce rythme, le croque-mitaine aurait rendu visite à tout Guildford d'ici la fin de l'année. Elle devait reprendre le contrôle de cette enquête, et vite. Quelques voitures de police sérigraphiées étaient stationnées à chaque bout de la rue, contrôlant les accès, mais ça n'avait pas empêché les passants et les voisins de s'approcher à pied jusqu'au périmètre de sécurité extérieur.

En sortant de sa voiture, elle a aperçu Trent Whitaker au milieu de la foule, vêtu d'un chino bleu foncé qui laissait peu de place à l'imagination et d'une veste Barbour légère. Il l'a remarquée et s'est précipité vers elle.

— Inspecteur, a-t-il dit, son ton dénué de toute émotion.

— Qu'est-ce que vous faites ici ?

— Arrivé avant vous, en plus. Ça ne fait pas très pro, n'est-ce pas ?

— Comment avez-vous appris ça si vite ? a-t-elle demandé. Il se révélait être un individu plutôt préoccupant, bien qu'elle ait remarqué qu'il l'avait moins harcelée ces derniers temps.

Un sourire suffisant s'est étiré sur son visage. — J'ai mes

sources. La famille a posté un message ce matin et m'a contacté à la première heure. Naturellement, j'ai dit que je viendrais pour leur montrer mon soutien.

— Votre *soutien* ? Elle a soutenu son regard. Qu'est-ce que ça veut dire ?

— Ces gens sont terrorisés dans leur propre maison. Ma femme et moi sommes en train de monter un groupe pour gérer ça. C'est tout ce que vous avez besoin de savoir.

Sauf que maintenant, elle voulait en savoir plus.

— C'est pour ça que je n'ai plus eu d'autres appels ou de visites impromptues de votre part ?

— Oh, inspecteur. Je vous manque ?

— Ne vous flattez pas. Son expression s'est durcie. Vous n'avez aucune raison d'être ici. C'est une scène de crime. J'apprécierais que vous partiez, s'il vous plaît.

Il a secoué la tête. — On est dans un pays libre. J'ai le droit de faire ce que je veux.

Stephanie a vite décidé qu'elle ne voulait pas perdre plus de son temps précieux avec cet homme insupportable, alors elle l'a planté là et s'est dirigée vers la maison. Alors qu'elle approchait, l'agent Giles Swinger a émergé de la porte d'entrée.

— Je vous ai vue arriver, a-t-il dit en sortant.

— Depuis combien de temps êtes-vous là ?

— Depuis quatre heures du matin.

Stephanie a accusé le coup et a vérifié sa montre.

— Depuis trois heures ? Je croyais que Devon était censé être de permanence.

Giles n'a rien dit et a regardé le sol, comme un enfant qui cherche à cacher la vérité.

— Giles… Où est Devon ?

— Je ne sais pas, a répondu l'agent. Le central n'a pas réussi à le joindre. Enfin, si, mais ils ont dit qu'il avait l'air de ne pas savoir sur quelle planète il était, alors ils m'ont appelé à la place.

Stephanie a pris son temps avant de répondre.

— Merci de m'avoir prévenue. Elle a fourré ses mains dans les poches de son manteau et a fait un geste vers la maison. Encore la même chose ?

— Presque, a dit Giles avec enthousiasme. Sauf que cette fois, le chat les a dérangés. D'après ce que j'ai compris, l'intrus est de nouveau entré par les portes-fenêtres, puis il est monté. La famille m'a dit qu'ils dormaient avec toutes leurs portes fermées, conformément aux conseils qui circulent sur les réseaux sociaux…

Stephanie a jeté un regard dans la direction de Trent. L'homme avait disparu.

— Donc on peut supposer soit qu'il a ouvert chaque pièce jusqu'à trouver la bonne, comme Boucle d'Or, a poursuivi Giles, soit qu'il a eu de la chance et a trouvé la chambre de la fille du premier coup, parce que les parents n'ont rien entendu.

— Comment se sont-ils réveillés et ont-ils donné l'alerte ?

Giles a expliqué ce qui s'était passé. — Le bruit a été assez fort pour les réveiller mais les parents ont été trop lents à réagir. La police scientifique est dans la chambre maintenant, elle relève ce qu'elle pense être des traces de fibres des vêtements de l'intrus. La théorie est que le chat a peut-être attaqué l'intrus et lui a arraché des fibres, et potentiellement de la peau, en même temps.

— Où est le chat ?

Giles a agité son index, l'enthousiasme quittant son visage aussi vite que l'eau s'écoule d'un évier. — J'espérais que vous ne me demanderiez pas ça. Il est quelque part dehors. Il se cache. La famille pense qu'il y est resté toute la nuit.

— Donc même s'il y avait de l'ADN sur lui, il aurait disparu à l'heure qu'il est ?

— Oui, à moins qu'ils ne trouvent du sang sur le sol ou dans les fibres.

Stephanie a expiré bruyamment par le nez.

— Et la petite ?

— Elle va bien. Secouée. Elle s'appelle Helen Lynas. Huit ans. Elle ressemble terriblement à toutes les autres victimes. Elle a dit qu'elle s'était réveillée au son du ballon.

— Elle a vu quelque chose ?

— Seulement la silhouette de quelqu'un qui quittait la pièce. Rien de plus.

— Les parents ?

Giles a secoué la tête. — Personne n'a vu grand-chose. Ce qui est bizarre parce qu'ils ont cette immense baie vitrée. Quand je suis arrivé, il faisait évidemment nuit dehors, mais je pouvais voir pas mal de choses au clair de lune.

— Peut-être qu'ils étaient à moitié endormis, a dit Steph. Des caméras de vidéosurveillance ?

Un autre hochement de tête, plus lent cette fois. C'était la réponse à laquelle Stephanie s'était attendue. C'était comme si l'intrus savait dans quelles maisons il pouvait s'en tirer. Quatre maisons et quatre victimes, c'était un chiffre trop élevé pour que ce soit une coïncidence.

— Vous pouvez finir ici, lui a-t-elle dit. Vous êtes là depuis assez longtemps. Et assurez-vous de vous ménager aujourd'hui. Vous avez beaucoup travaillé, et je ne veux pas vous voir faire un burn-out.

Il lui a offert un sourire soulagé. — Merci, chef. Je vous vois au bureau.

— Quand vous arriverez, rassemblez tout le monde.

— Tout le monde ?

Un signe de tête.

— Vous allez où ?

— Juste un petit détour.

— Vous en aurez pour longtemps ? On a le temps de faire une tournée de cafés ?

Elle a eu un sourire en coin. — Un moka pour moi, s'il vous plaît. Grand format. Double dose. Et bien chaud.

CHAPITRE
TRENTE-SIX

L'interphone a grésillé faiblement sous le pouce de Stephanie alors qu'elle appuyait sur le bouton de l'appartement 33B. Prenant du recul, elle a levé les yeux vers la façade lisse et vitrée de l'immeuble. C'était l'un de ces nouveaux programmes immobiliers chics, séduisants de l'extérieur mais excessivement stériles à l'intérieur. Construits le plus économiquement possible pour un profit maximal, ils modifiaient rapidement la silhouette des villes historiques. Celui-ci faisait tache au centre de Guildford, et bien qu'il n'ait été bâti que quelques mois plus tôt, des traînées d'eau de pluie striaient les flancs du bâtiment et de petits morceaux de brique manquaient en bas, probablement à la suite de chocs avec des voitures ou des cyclistes imprudents.

Elle ignorait si Devon avait toujours habité ici ou s'il s'agissait d'une étape temporaire pendant qu'il gérait son divorce, mais elle était sur le point de le découvrir.

Encore fallait-il qu'il la laisse entrer.

Un instant a passé. Puis le haut-parleur a grésillé.

— Ouais ?

— C'est moi. Ouvre-moi.

Un lourd silence a suivi, puis un léger déclic lorsque la serrure de la porte s'est déverrouillée. Elle l'a ouverte d'une traction et est entrée, un mur d'air froid et filtré lui a frappé le visage. Ignorant l'ascenseur, elle a commencé à monter les escaliers, le bruit de ses chaussures résonnant dans toute la cage d'escalier.

Quand elle a atteint le troisième étage, la porte d'entrée de Devon était entrouverte. Elle s'est approchée avec hésitation, puis l'a poussée en l'entendant bouger à l'intérieur.

L'appartement était petit, une seule chambre, un salon et une kitchenette. Le mobilier a confirmé ses premières impressions : tout avait été fourni par les promoteurs, flambant neuf, sans le moindre défaut, conservant encore son éclat d'origine. La cuisine semblait intacte, comme si elle sortait tout droit de l'usine, et Devon semblait faire de son mieux pour la préserver en vivant de plats préparés et de snacks. Des détritus jonchaient le sol. Des canettes de bière et des bouteilles d'alcool vides gisaient à côté du canapé, et l'air avait une odeur épaisse et rance d'alcool.

Un instant plus tard, Devon est sorti de la chambre, passant sa cravate à moitié nouée autour de son cou et la serrant nonchalamment.

— Qu'est-ce que tu en penses ? a-t-il demandé.

— Je pense que tu as besoin d'un peu d'eau, a-t-elle répondu.

— Et de l'appart ?

— Depuis combien de temps es-tu ici ?

Devon a regardé autour de lui avec la tendresse de quelqu'un qui ne se sentait pas à sa place. — C'est ma deuxième semaine.

Elle l'a considéré avec le regard d'une mère inquiète. — Quelqu'un est au courant ?

— Je ne crois pas.

— Pourquoi n'as-tu rien dit ? On aurait pu t'aider à déménager.

Il a haussé les épaules, laissant sa cravate quelques centimètres sous son col. — Comme tu peux le voir, il ne me reste plus grand-chose. Un divorce, ça vous fait ça.

Le regard de Stephanie s'est attardé sur ce qu'elle a supposé être une photo de Devon et sa famille sur le meuble télé, avant de réaliser qu'il s'agissait de l'image d'un bouquet de fleurs fournie par le promoteur.

— Vous êtes restés ensemble combien de temps ?

— Quinze ans. La plupart heureuses. Beaucoup qui ne l'étaient pas. Il a ajusté sa cravate. — Désolé, je suis en retard.

— Tu es plus qu'en retard. Tu étais censé être d'astreinte. Giles y est allé à ta place.

Il s'est gratté la joue, le bruit de ses ongles crissant dans sa barbe. — Je lui en dois une.

— Plus d'une, a-t-elle noté, jetant un œil aux preuves de négligence sur le sol. — Parle-moi.

— Je vais bien.

— Tu ne sens pas comme quelqu'un qui va bien.

Ses yeux se sont agrandis de peur. Il a marmonné quelque chose d'incohérent, cherchant ses mots.

— Je m'inquiète pour toi, a-t-elle dit.

— Je t'ai dit que j'allais bien.

Elle s'est dirigée vers le canapé, ramassant les bouteilles et les canettes vides, puis s'est rendue dans la cuisine. Ignorant les protestations molles de Devon, elle a rempli un sac poubelle noir et a trié les bouteilles en verre dans un sac Sainsbury's.

— Je pense que tu devrais prendre ta journée, a-t-elle dit. — Un jour de congé maladie, peut-être. Le temps de récupérer, de te vider la tête.

— Je n'en ai pas besoin. Comme je te l'ai dit, je vais bien.

— Tu es en état de conduire ?

— Quoi ?

— T'asseoir derrière un volant. Tu peux le faire ?

Il a hésité. — Ouais...

— Super. Alors viens. Allons faire un tour en voiture, juste nous deux. Nous avons un suspect à interroger à Southampton, a-t-elle menti. — On devra prendre l'A3, mais je peux te guider.

Elle a attrapé ses clés de voiture sur la table basse et les a tenues devant lui.

— Si tu penses que tu es assez en forme pour nous conduire à 110 kilomètres à l'heure, alors allons-y. Faisons-le.

Devon a longuement fixé les clés, la consternation se lisant sur son visage. Finalement, il les lui a prises mais les a ensuite laissé retomber sur la table basse.

— Tu ne vas pas bien, a dit Stephanie. — Et ce n'est pas grave. Je suis passée par là. Je sais ce que c'est.

Devon s'est laissé tomber sur le canapé. — Comment le pourrais-tu ? Comment pourrais-tu savoir ?

Stephanie a marqué une pause, puis lui a parlé de son trouble alimentaire, comment il avait commencé, comment il avait envahi chaque aspect de sa vie au début, comment elle avait cru ne jamais pouvoir le contrôler, et comment, au cours des derniers mois, elle avait recommencé à le dompter. Pendant ce temps, le visage de Devon s'est couvert de culpabilité et de gêne à mesure qu'il écoutait.

— Je n'en avais aucune idée, a-t-il dit doucement.

— Maintenant, si. Je ne prétends pas avoir la moindre idée de ce que *tu* traverses, mais je sais que tu dois trouver des stratégies d'adaptation, de meilleures façons de gérer ça. Ce n'est pas facile, mais au moins, je viens de te prouver que c'est possible.

Devon s'est relevé du canapé.

— Qu'est-ce que tu fais ?

— Tu m'emmènes au travail, a-t-il répondu.

— Hors de question. Tu restes ici. Tu as besoin de te reposer et de récupérer. Et je ne partirai pas tant que tu ne seras pas retourné au lit.

— Au lit ? Tu es ma… ?

Elle a levé une main. — Ne finis pas cette phrase. C'est comme ça que les rumeurs commencent. Je m'inquiète juste pour toi. En attendant, je vais te mettre en contact avec la médecine du travail.

Et la discussion était close. Il n'a pas eu son mot à dire ; la décision de Stephanie était sans appel. Elle lui a rempli un verre d'eau et l'a envoyé au lit, lui disant qu'elle ne s'attendait pas à avoir de ses nouvelles pour le reste de la journée. Avant de quitter son appartement une vingtaine de minutes plus tard, quand il a finalement réalisé qu'elle l'aidait plutôt que de l'humilier, elle a attrapé ses sacs de détritus et est descendue vers le local à poubelles commun.

En bas, elle a balancé le sac poubelle noir dans la grosse poubelle à roulettes, puis a commencé à placer les bouteilles en verre vides dans les conteneurs une par une.

Ce n'est qu'après avoir fini, en retournant à sa voiture, qu'elle a cru voir une Skoda Fabia grise s'éloigner de la rue d'en face.

CHAPITRE
TRENTE-SEPT

Quand elle est retournée au bureau, elle a trouvé toute l'équipe assise à sa place.

— Qu'est-ce qui se passe ? a-t-elle demandé en s'adressant à Giles, les bras ouverts. — Je croyais que tout le monde était prêt à partir ?

Giles l'a regardée en fronçant les sourcils, puis a balayé du regard les visages perplexes de ses collègues.

— C'était il y a une heure, Madame. Vous aviez dit qu'on aurait juste le temps de se faire un café.

Elle a jeté un œil à la tasse vide sur son bureau. — Et de le finir, à ce que je vois. D'accord, bien joué. C'est ma faute. Elle a regardé sa montre. — Cinq minutes ? Remplissez vos tasses et rejoignez-moi dans la salle de crise.

Un « Oui, Madame » unanime a retenti avant que l'équipe ne se lève et ne se dirige vers la cuisine. Elle s'est sentie comme un chef de cuisine qui venait de donner le coup d'envoi du service.

Quelques minutes plus tard, ils étaient prêts.

— Pour commencer, a-t-elle débuté, Devon sera absent ces deux prochains jours. Il n'est pas dans son assiette. Donc toutes les tâches et responsabilités dont il s'occupait vous reviendront. Je suis sûre que vous êtes tous au courant, mais ce matin, il y a eu une autre effraction impliquant une fillette et un ballon de baudruche bleu. Au départ, je pensais que c'était une affaire assez mineure pour que

Devon et Giles s'en chargent seuls sous ma supervision ; cependant, je réalise maintenant que ce n'est plus possible.

— Mieux vaut tard que jamais, Madame, a dit Fiona sur le ton de la plaisanterie, en se rongeant les ongles.

Stephanie lui a adressé un sourire entendu. — C'est notre quatrième victime en une semaine, et j'ignore combien de fois encore ça va se produire. Cependant, lors des deux derniers cas, le Croque-mitaine a fait des erreurs ; il a failli se faire prendre. Soit il devient trop sûr de lui, soit ses victimes sont de mieux en mieux préparées. J'aurais tendance à dire que c'est un mélange des deux.

— Nous ignorons qui est cette personne. Nous ignorons à quoi elle ressemble, car les témoins rapportent que le Croque-mitaine est tout de noir vêtu et porte une cagoule. Nous ne savons pas comment il entre, ni comment il s'enfuit. Personne à qui nous avons parlé n'a d'images de vidéosurveillance, et personne n'a été témoin des effractions en direct. Elles ont toujours lieu au milieu de la nuit. Alors, comme vous pouvez le constater, nous n'avons pas grand-chose à nous mettre sous la dent.

Stephanie a marqué une pause pour reprendre son souffle et jauger la réaction de l'équipe. Une flopée de regards attentifs étaient tournés vers elle.

— Ce ne sont pas des incidents isolés, a-t-elle continué. Il y a trente ans, une chose similaire s'est produite, sauf que le Croque-mitaine du passé ciblait des jeunes garçons au lieu des filles.

— Pourquoi ce changement ? a demandé Olivia en sirotant une canette de Coca Light, la seule à ne pas avoir de boisson chaude à la main.

— C'est ce qu'il nous reste à déterminer. Nous devons aussi découvrir *pourquoi* il fait ça, avant toute chose. Il ne semble y avoir aucun signe d'agression sexuelle sur aucune des victimes, bien que cela n'exclue pas la possibilité que celui qui fait ça en tire une forme d'excitation quand il est dans leur chambre.

— Y a-t-il eu des preuves ADN qui suggèrent que c'est le cas ? a demandé l'inspecteur Noah Mackenzie. Ce matin-là, il portait une veste de costume jaune foncé et un pantalon en velours côtelé assorti, comme s'il s'était inspiré du Colonel Moutarde du Cluedo.

— Non, a été la réponse sèche de Giles.

— Et les victimes du passé ?

— Je vais penser à leur demander, a poursuivi le brigadier. Toutefois, dans les dépositions initiales des victimes, la question a été posée, et toutes les victimes ont répondu qu'elles n'avaient rien vu de cette nature. Les garçons avaient dix ans à l'époque, donc ils ont pu être confus ou avoir menti. Ils ne savaient très probablement pas ce que c'était si ce genre de chose s'est produit. Je vais me noter de les recontacter pour leur poser à nouveau la question.

Steph a hoché la tête en signe de soutien.

— Donc, on a un voyeur avec un modus operandi changeant, qui aime s'introduire dans les chambres de jeunes enfants pour les regarder dormir. J'ai bien résumé ? a demandé Fiona.

—Oui.

— Ça a l'air simple. Qu'est-il arrivé à l'ancien Croque-mitaine ?

— Jamais attrapé. Jamais retrouvé.

— Donc ça pourrait être la même personne qui a juste décidé de changer d'avis et de préférer les fillettes ?

Le sentiment de désespoir grandissait. — Mon hypothèse, même si ce n'est pas vraiment une hypothèse, est qu'il pourrait y avoir deux options. La première, c'est la même personne qu'il y a toutes ces années qui, comme vous dites, a soudainement changé d'avis. Ça expliquerait pourquoi il est capable d'entrer et de sortir de ces maisons sans problème, car il l'a déjà fait et sait déjà comment s'y prendre. Le seul problème, c'est que s'il a commis ces crimes alors qu'il avait la trentaine ou la quarantaine, il aurait maintenant la soixantaine ou la septantaine, donc sa mobilité pourrait être un problème. La deuxième option, c'est que c'est quelqu'un de nouveau. Quelqu'un qui a peut-être lu des articles sur l'affaire originelle du Croque-mitaine il y a des années et qui, après trente ans, a décidé de l'imiter.

— Et une des anciennes victimes ? a demandé Olivia. — Est-ce qu'elle pourrait l'imiter ? C'est juste une idée, sinon, je me tais, pardon.

Marcus Vickery.

Le nom a jailli des lèvres de Giles en même temps qu'il apparaissait dans son esprit à elle.

— Lui et le Croque-mitaine ont parlé le soir où il lui a rendu visite, a expliqué Giles. — Une vraie petite discussion, apparemment. Il y a donc une possibilité qu'ils soient restés en contact, et qu'il continue maintenant l'héritage, pour ainsi dire.

— J'espère que mes enfants continueront mon héritage quand je ne serai plus là, a dit Noah.

— Quel héritage ?

— Mon style, mon incroyable style.

Fiona a reniflé. — C'est incroyable seulement si quelqu'un d'autre le dit. Sinon, c'est juste ridicule.

— Bref, a lancé Stephanie en levant la main, recentrons-nous pour le moment. J'ai une troisième hypothèse.

Une vague de silence a déferlé sur l'équipe comme un tsunami.

— Que le Croque-mitaine originel soit allé en prison pour autre chose, et que quelqu'un qu'il a rencontré pendant son incarcération continue son œuvre à sa place.

Personne n'a rien dit. Olivia a continué à boire son Coca Light, Giles a glissé deux Tic Tac dans sa bouche, et Noah s'est agité sur sa chaise, mal à l'aise. Seule Fiona est restée immobile.

Elle a aussi été la seule à avoir l'audace de la questionner.

— Ça n'aurait rien à voir avec votre père, n'est-ce pas ?

Stephanie a porté la main à son collier. — Pas forcément. Je dis juste que c'est une piste à laquelle nous devrions penser. Sortir un peu des sentiers battus.

Elle a senti à leurs expressions gênées qu'aucun d'eux ne la croyait, mais maintenant, c'était dit. Elle l'avait mis sur la table, donc si c'était une piste qu'elle voulait creuser davantage, l'équipe ne pourrait ni la questionner ni la juger.

Stephanie s'est éclairci la gorge. — Maintenant que vous êtes là tous les trois, on peut vraiment avancer dans ce pétrin. On sait que les trois premières victimes fréquentent une école de danse locale appelée Pump and Jump. Giles, des nouvelles de la dernière victime ?

Le brigadier a hoché la tête, soutenant son regard. — La dernière victime en est *aussi* membre.

— Parfait. Elle a jeté un regard à Fiona. — Devon devait appeler tous les parents pour les avertir, mais il attendait peut-être le mandat. Voyez où ça en est, prévenez les parents des mesures à prendre, et dites-leur que nous allons organiser une réunion demain soir pour les informer du risque pour la sécurité de leurs enfants.

Fiona a acquiescé. — Oui, Madame. Autre chose ?

— Les propriétaires ont eu un comportement suspect quand nous leur avons parlé. J'ai eu l'impression qu'ils cachaient quelque chose à propos de quelqu'un qui travaillait potentiellement là-bas ou de l'un des parents. Mettez-leur la pression et voyez si vous pouvez obtenir quoi que ce soit, puis revenez me voir.

— Compris.

C'était au tour de Wellard. — Olivia, rassemblez une petite armée d'agents en uniforme et menez des enquêtes de voisinage pour chaque victime. Lancez un appel sur les réseaux sociaux pour des vidéos et toute information que le public pourrait avoir. Quelqu'un, quelque part, doit bien avoir des images de *quelque chose*.

— Certainement, a répondu Wellard avec un petit salut militaire.

Enfin, Noah. — Mackenzie, pouvez-vous prendre le relais de Devon pour éplucher les preuves de l'affaire originelle et contacter les anciennes victimes ? Voyez si on peut les faire venir, et s'ils peuvent nous conseiller sur tout ce dont nous avons discuté ce matin ?

Noah a mimé un pistolet avec ses doigts dans sa direction. — À vos ordres, capitaine.

— En attendant, Giles, je crois qu'il y a un ancien suspect à qui nous devrions rendre une visite qui n'a que trop tardé.

Le visage de Giles s'est illuminé. — Ça promet d'être savoureux !

CHAPITRE
TRENTE-HUIT

Pour ce trajet, Stephanie a laissé Giles conduire. Elle était fatiguée, épuisée, et en avait assez de se frayer un chemin dans la circulation de Guildford. Ce n'était pas bon pour son cœur.

Alors qu'elle bouclait sa ceinture de sécurité, Giles a démarré. Aussitôt, elle s'est agrippée à la poignée de la portière, craignant pour sa vie.

— Vous avez toujours conduit comme si vous aviez dix-sept ans ?

Il a haussé les épaules. — Ma conduite n'a aucun problème, a-t-il répondu en s'engageant dans un carrefour alors qu'il y avait à peine la place.

— Je suppose que vous pensez que tous les autres conduisent mal ?

Il lui a jeté un regard, un sourcil haussé. — Vous avez déjà conduit dans le coin, non ? De nos jours, tout le monde se croit tout permis. Et j'adore quand ils oublient d'utiliser leur clignotant. Je suis persuadé que certains pensent que la route leur appartient. Je pense aussi que certains devraient être obligés de repasser leur permis tous les cinq ans environ. Ça mettrait tout le monde au pas.

Avant qu'elle ait pu répondre, ils sont arrivés à un feu vert qui est passé à l'orange. Stephanie a senti la voiture bondir en avant alors que Giles accélérait pour passer juste à temps. Elle s'est cramponnée à son siège. Ce n'était pas une manœuvre illégale. Juste stupide.

Les deux secondes que Giles avait espéré gagner ont été perdues lorsqu'ils se sont arrêtés à un autre feu rouge. Ils sont restés assis en silence. Dehors, les nuages s'étaient éclaircis et de petites parcelles de ciel bleu perçaient.

Giles a bâillé.

— Vous pouvez finir plus tôt, lui a-t-elle dit. Vous en avez assez fait ce matin.

— Je ne peux pas.

— Vous n'avez pas à jouer les héros. Je vous dis de prendre votre après-midi.

— Il nous manque un homme, a déclaré Giles fermement. Et vous m'avez confié cette enquête. Je ne veux pas vous décevoir.

— Vous ne me décevrez pas. Et puis, il ne nous manque pas un homme. Nous avons deux femmes en plus.

Un silence gênant s'est installé dans la voiture.

— Devon n'est pas malade, n'est-ce pas ?

Même si elle s'attendait à cette question, elle l'a tout de même prise par surprise.

— Il n'est pas en forme, a-t-elle répondu d'un ton évasif.

— Comment allait-il quand vous lui avez parlé ?

— Il a connu des jours meilleurs.

— Très diplomate. Vous auriez dû faire de la politique. Est-ce qu'il va s'en sortir ?

Elle a reporté son regard sur la voiture de devant, prenant son temps avant de répondre. — J'espère qu'il ira mieux bientôt.

— Ce n'est pas ce que je voulais dire. Vous n'allez pas vous débarrasser de lui, n'est-ce pas ?

— Je ne peux pas me débarrasser de lui parce qu'il est malade. J'aurais les RH sur le dos.

— Ce n'est toujours pas ce que je voulais dire. L'alcool. Ça ne va pas le couler, si ?

Elle a compris qu'il ne servait plus à rien de le cacher à Giles. — J'espère que non, a-t-elle répondu d'un ton solennel. Ce dont il a besoin en ce moment, c'est de ses amis proches, de ses collègues et d'un peu de soutien. Il traverse une période difficile.

Mais vous le connaissez mieux que moi. Pensez-vous qu'il va s'en sortir ?

Giles s'est mordu la lèvre. — Je le pense… Avec le temps.

— Alors c'est ce que nous devons tous croire.

CHAPITRE
TRENTE-NEUF

Myles Delaware avait passé sa vie entière à travailler comme manœuvre à Guildford. Les stigmates des années passées sous le soleil et la pluie étaient encore visibles : sa peau tannée pendait sur son corps comme un lycra trop ample ; la définition et les muscles de ses épaules, de ses bras et de sa poitrine ; les tatouages délavés par des années d'exposition. Approchant maintenant de la septantaine, il paraissait remarquablement en forme pour son âge — souple et agile —, témoignant d'une vie passée au grand air, constamment en mouvement. Il se déplaçait avec autant d'agilité que Stephanie et Giles alors qu'ils s'enfonçaient plus loin dans son domicile.

L'étroit couloir de son appartement d'une chambre au rez-de-chaussée était orné de photographies de voyages récents à Benidorm et Majorque avec des amis et sa famille. Dans le salon, un canapé deux places faisait face à un téléviseur qui semblait être une relique des années quatre-vingt-dix, sa couche de poussière suggérant qu'il n'avait pas été utilisé depuis son achat.

— Mettez-vous à l'aise, a dit Myles en désignant le canapé. Il parlait avec un accent cockney.

Giles et Stephanie ont décliné l'offre, préférant rester debout. — On passe beaucoup de temps assis, a-t-elle expliqué.

— C'est pas bon pour vous, ça. Venez, on peut s'asseoir dehors.

Myles s'est dirigé vers les portes-fenêtres arrière, les a déverrouillées avec une clé avant de sortir dans le jardin. Un banc de jardin de style pub occupait le centre de l'espace. Au fond du jardin se trouvait un abri fait main, construit avec différentes teintes de bois. Stephanie a remarqué du matériel de musculation derrière la vitre.

— On est bien mieux dehors d'toute façon, a-t-il dit en s'installant sur le banc.

Stephanie a levé les yeux au ciel ; un lourd nuage gris menaçait de déverser sa pluie.

— Une p'tite pluie a jamais fait d'mal à personne, a-t-il dit. Parfois, j'invite mes potes et on s'fait une p'tite session dans le jardin comme au bon vieux temps. Moins cher qu'au pub, ça j'peux vous l'dire.

Le regard de Stephanie est tombé sur les bouteilles de bière vides dans la caisse de recyclage, nichée dans un coin près de la maison. Il n'y en avait eu que quelques-unes de moins dans celle de Devon.

— Nous nous excusons pour cette intrusion, a commencé Stephanie.

— Y a pas d'mal. J'ai pas grand-chose d'autre de prévu aujourd'hui. Un des avantages d'être à la retraite, hein.

— Certainement. Nous enquêtons actuellement sur la vague de cambriolages dans le secteur, et nous voulions vous parler concernant votre implication dans une enquête similaire dans les années quatre-vingt-dix.

Son visage s'est durci et il a secoué la tête. — C'était un tas de conneries, ça. Vous comprenez bien ça, pas vrai ?

Stephanie a cru voir ses muscles se contracter. — C'était avant notre temps, a-t-elle dit dans une tentative immédiate de calmer la colère naissante de l'homme. — Pourquoi ne nous racontez-vous pas ce qui s'est passé ?

— Ça veut dire que j'dois me retaper tout ça ? Toutes ces emmerdes ? Vous avez pas les infos sur un ordi quelqu'part ? J'peux pas croire qu'on va avoir cette conversation *encore une fois* ! Sa voix a fait sursauter la faune d'un arbre voisin. Il a poussé un profond soupir. — J'sais pas pourquoi mon nom a été traîné dans la boue à l'époque. Ça a ruiné mon affaire, ça.

— Comment ? a demandé Stephanie.

— Ben, j'avais fait quelques aménagements de combles et des extensions et deux trois bricoles dans le coin pour les gens qui se faisaient cambrioler. Et puis, après que quelqu'un a dit que j'pouvais y être pour quelque chose, tout le monde a mis mon nom sur une liste noire et s'est assuré que j'aie plus de boulot une fois que tout ça s'est calmé. Du coup, j'ai dû commencer à bosser pour quelqu'un d'autre, et puis à la fin de ma carrière, je travaillais sur la construction de putains de lotissements et de nouveaux projets immobiliers. J'ai détesté ça. Tout ça parce que quelqu'un avait inventé que je m'introduisais dans les chambres de p'tits garçons pour les r'garder dormir.

— Et c'est ce que vous faisiez ?

Stephanie a grincé des dents au moment où Giles finissait de parler. De toutes les questions qu'il aurait pu poser, c'était probablement la plus stupide.

Myles était d'accord. — Bien sûr que non. Vous venez pas d'entendre c'que j'ai dit ? J'avais rien à voir avec ces cambriolages. J'avais juste fait des travaux pour un ou deux des victimes.

— Savez-vous qui a donné votre nom à la police ? a demandé Stephanie.

Myles a secoué la tête. — Jamais su. Mais si jamais vous l'trouvez, vous pourriez m'le dire ? J'aimerais bien leur rendre une p'tite visite.

Les muscles des avant-bras de l'homme se sont tendus et détendus comme les cordes d'un piano.

— Non, a répondu fermement Stephanie, mettant fin à cette conversation. — Nous ne pouvons pas faire ça. Pensez-vous à quelqu'un qui aurait pu vouloir vous faire ça ?

— Quoi ? Vous croyez que quelqu'un essayait de m'faire porter l'chapeau ?

Son expression n'a rien laissé paraître. — C'est une piste que nous pourrions explorer.

— Ça aurait pu être n'importe qui. Peut-être même un des clients pour qui j'avais bossé. Peut-être qu'ils pensaient que j'avais la tête de l'emploi.

Les yeux de Stephanie sont tombés sur les muscles bandés de l'homme et elle s'est demandé s'il avait l'adresse nécessaire pour s'introduire dans des propriétés sans faire de bruit. Peut-être avait-il le savoir-faire et les outils pour y parvenir, mais elle doutait qu'il ait le calme et la fluidité de mouvement requis pour se déplacer en silence.

— Ce type qui bossait sur l'enquête à l'époque, comment il s'appelait ? a demandé Myles.

— Quel type ? Il devait y en avoir plusieurs, a-t-elle répondu.

— Le gars, l'inspecteur.

— L'inspecteur principal Lockwood ?

Myles a claqué des doigts avec enthousiasme, en signe de reconnaissance. — C'est bien lui !

— Quoi, à son sujet ?

— Qu'est-ce qu'il fait maintenant ? Il vit toujours dans son immense manoir du côté de Blackheath ?

Stephanie a confirmé d'un subtil hochement de tête.

— J'ai fait des travaux pour lui là-bas à l'époque. Un drôle de type.

— Qu'est-ce qui vous fait dire ça ?

— J'sais pas. Il était juste un peu bizarre, vous voyez. Il a dit qu'on pouvait trouver un arrangement si je faisais des travaux pour lui en douce, vous savez. Qu'il pouvait faire disparaître mon nom, tant que ça en valait la peine pour lui. L'attention de Myles s'est reportée sur le banc. — J'ai passé six semaines à lui construire ce garage. Pour rien. Ça m'a presque mis sur la paille.

— N'empêche, au moins votre nom a été retiré de l'enquête, a dit Stephanie, tandis que son cerveau commençait à traiter rapidement l'information. — A-t-il dit *pourquoi* il ferait ça pour vous ?

Myles a haussé les épaules. — Juste qu'il voyait bien que j'avais rien à voir là-dedans, alors il s'est dit qu'il pouvait aussi bien en tirer quelque chose au passage. J'suis quasi sûr qu'ils étaient tous corrompus à l'époque. Des dessous-de-table et tout le toutim. Il a de nouveau claqué des doigts, son visage s'illuminant au souvenir d'une histoire oubliée depuis longtemps. — Y avait cet autre gars. Clive McGowan. Un type avec un nom écossais mais, pour autant que j'ai pu voir, pas une once de sang écossais dans les veines.

Un frisson glacial a parcouru le corps de Stephanie. Du coin de l'œil, elle a vu Giles se tortiller, mal à l'aise. — Quoi, à son sujet ?

— Il voulait de l'aide lui aussi.

— Pour quoi faire ?

Myles a hésité et a commencé à gratter le bois. — Disons juste que j'avais un autre problème, et qu'il a aidé à le faire disparaître.

CHAPITRE
QUARANTE

Stephanie tremblait en s'installant sur le siège passager et en refermant la portière derrière elle.

Elle n'en revenait pas. L'inspecteur en chef McGowan, un homme qu'elle connaissait depuis à peine plus d'un mois, venait de chuter dans son estime. Et l'attitude blasée et stoïque de Myles face à cette révélation, comme si c'était aussi banal que le commun des mortels le croyait.

Elle se sentait troublée et déstabilisée.

Pourquoi toutes les figures paternelles de sa vie, et les hommes de pouvoir qu'elle avait rencontrés, s'étaient-ils avérés être des connards ? Faire confiance aux gens devenait de plus en plus difficile pour elle.

— Tout va bien ? a demandé Giles alors qu'elle s'enfonçait lourdement dans le siège, mettant à l'épreuve la suspension de la voiture.

— J'essaie juste d'assimiler.

— Quoi donc ?

C'est alors qu'elle a réalisé que les implications échappaient à Giles. Toute sa vie, toute sa carrière, elle avait suivi les règles à la lettre. Elles l'avaient moulée, façonnée et guidée. Elle était inébranlable dans son approche du maintien de l'ordre et exécrait quiconque s'en écartait. Avec Giles, cependant, elle avait l'impression qu'il restait naïf face à tout ça.

— Vous l'avez entendu. Il a dit que McGowan était corrompu.

— C'est ce qu'il dit. Ça ne veut pas dire que c'est vrai. Tout comme il a prétendu n'avoir rien à voir avec ces garçons.

Elle n'avait pas envisagé les choses sous cet angle. Peut-être que c'était elle, la naïve.

— Ce qui me fait penser, a poursuivi Giles. Je vous dois des excuses.

— Pour quelle raison ?

— Les gens dans la soixantaine et la septantaine peuvent s'en tirer avec bien plus de choses que je ne le pensais.

Elle a eu un sourire suffisant. — Je vous l'avais dit. Ne vous laissez pas avoir.

Un silence lourd s'est installé dans la voiture.

— Votre père ?

Elle a hoché la tête en bouclant sa ceinture.

— Vous voulez en parler ?

— Il n'y a pas grand-chose à dire. Juste que... vous ne devriez sous-estimer personne. Peu importe sa taille ou son envergure.

CHAPITRE
QUARANTE-ET-UN

La maison était silencieuse. D'un silence angoissant. Pire que la dernière fois où elle s'était retrouvée seule ici. On n'entendait pas la pluie contre la vitre, ni le sifflement du vent le long des briques, pas même le craquement du plancher ou le gargouillement des canalisations. Juste elle et l'album photo, dont les visages étaient éclairés par la lumière jaune venue d'en haut et la lueur blanche et crue de la lampe de son téléphone.

Stephanie était assise en tailleur dans son ancienne chambre, le dos appuyé contre le bord du lit. Elle avait trouvé l'album photo dans le tiroir du bas d'une commode, enfoui sous une pile de DVD et de CD. Elle l'a attrapé et l'a ouvert à la première double page. Celle-ci était divisée en quatre, chaque partie contenant une photo : Stephanie qui jouait dans la boue ; son gâteau pour ses trois ans avec les bougies allumées ; le paysage quelconque d'un lieu de vacances ensoleillé ; et une photo de son père, en train de fumer une cigarette, affalé sur le canapé. Au-dessus de sa tête, une pancarte disait : « Bienvenue à la maison, ma puce ! »

Stephanie a retiré la dernière photo de sa pochette et l'a retournée. Au dos, écrite à l'encre noire si nette qu'on aurait dit qu'elle datait de la veille, il y avait la date du 19/03/1990.

La date de naissance de Kimberley.

Un mince sourire s'est dessiné sur son visage. En remettant la photo dans sa pochette, son sourire s'est rapidement effacé alors qu'elle croisait le regard de l'homme qui lui avait donné la vie. Elle n'avait jamais tourné une page aussi vite.

À la double page suivante, son sourire est revenu. Celle-ci était remplie de photos de sa sœur bébé, emmitouflée dans ses couvertures, les yeux fermés mais souriant déjà à l'objectif avec ce même sourire photogénique qu'elle avait toujours eu.

Stephanie a déverrouillé son téléphone, a pris une photo de la page et l'a envoyée à Kimberley avec un message : *Tu étais bien potelée.*

Après avoir appuyé sur « envoyer », elle a de nouveau tourné la page et s'est figée.

La photo qui l'avait ramenée ici – celle de Kimberley – lui est revenue à l'esprit. Toujours avec cet homme qu'elle ne reconnaissait pas. Sauf que cette fois, il tenait sa petite sœur dans un bras tandis que l'autre entourait les épaules de son père.

Qui était-il ? Et pourquoi ne se souvenait-elle pas de lui ?

Avant qu'elle puisse y réfléchir davantage, son téléphone a sonné, vibrant contre sa jambe.

— Tu n'as pas dit que tu y retournais, a dit Kimberley.

— Il y avait juste un truc que je voulais vérifier, pour le travail, a-t-elle répondu.

Kimberley n'a rien dit, mais Stephanie sentait que sa sœur avait quelque chose sur le cœur.

— Qui aurait cru que tu étais un bébé si mignon ? a-t-elle continué. Où est-ce que tout a dérapé ?

— C'est toi qui dis ça, a rétorqué Kim.

Un autre silence pesant.

— Je n'en veux pas, a-t-elle dit d'une voix tendue. L'argent. On n'en veut pas. On n'en a pas besoin. On ne veut rien qui vienne de lui.

— Je comprends. J'ai pensé que je devais proposer.

— Et on apprécie, mais non. On ne peut pas. Qu'est-ce que tu vas en faire ? Tu peux le donner à une association caritative ou à un refuge, un truc du genre ?

Stephanie a jeté un coup d'œil à l'album photo. — Je parlerai au notaire demain, mais je suis sûre qu'il existe une association d'aide aux victimes de violences conjugales à qui on pourrait le donner. Ce serait bien le dernier endroit où il voudrait que ça aille.

CHAPITRE
QUARANTE-DEUX

Stephanie a jeté un œil à sa montre, son impatience grandissant. Kieran Rowe l'avait fait attendre un peu plus de cinq minutes et, quand il est enfin sorti de son bureau, il n'a pas semblé pressé du tout.

— Désolé pour le retard, a-t-il dit en s'installant derrière son bureau et en laissant tomber sa sacoche en cuir toute neuve par terre, à côté de lui. Un appel de dernière minute que je ne pouvais pas éviter.

— Ça n'a aucune importance quand vous facturez par tranche de six minutes. Vous pouvez arriver aussi en retard que vous le souhaitez, vous êtes quand même payé à la fin.

Il a levé les mains, comme pour dire qu'il n'y pouvait rien.

— Comment va votre sœur ? a demandé Kieran.

Stephanie a été décontenancée par la question. — Elle va bien. Enceinte. Donc elle gère tout ce qui va avec.

Le visage du jeune homme d'une vingtaine d'années s'est vidé de toute expression, comme s'il n'avait aucune idée de ce dont elle parlait.

— J'ai vu qu'elle m'avait envoyé un message ce matin, mais je n'ai pas encore eu le temps de le regarder correctement.

— C'est probablement au sujet de ce dont je suis venue vous parler, a-t-elle dit. L'argent.

Il a entrelacé ses doigts sur le bureau. — Je m'en doutais.

— *Nous* n'en voulons pas. Nous préférerions le donner à une œuvre de charité.

Le visage de Kieran s'est crispé comme s'il souffrait. Il a levé un doigt et l'a tapoté sur le bureau. — Petit hic sur ce point.

Sans rien ajouter, il a allumé son ordinateur et s'est connecté, ses doigts cliquant de manière répétée sur la souris.

— Quel est le problème ? a-t-elle demandé.

Il n'a pas répondu, continuant de taper et de cliquer.

— Kieran ? Comment ça, il y a un hic ?

Finalement, il s'est arrêté et a posé ses avant-bras sur le bureau, l'air troublé.

— Mon équipe et moi avons examiné plus en détail le testament et l'homologation de votre père, et il semble qu'il y ait un détail qui nous a échappé au départ.

— Un détail qui vous a échappé ?

— Oui.

— Comment avez-vous pu le rater ? Pourquoi est-ce qu'on vous paie une somme ridicule ?

Elle a marqué une pause pour respirer, essayant de se calmer.

— C'est juste passé entre les mailles du filet. Ce sont des choses qui peuvent arriver. Évidemment, nous essayons de les réduire au maximum, mais nous ne sommes que des humains et parfois, des erreurs se produisent.

Je pourrais lui piquer cette réplique.

— Kieran, s'il vous plaît, accouchez. Qu'est-ce que c'est ? Je ne veux plus jamais de mauvaises surprises de la part de cet homme. Ma sœur et moi voulons en finir le plus vite possible.

— Je comprends parfaitement, c'est juste que… Il s'est éclairci la gorge. En ce qui concerne l'argent. Votre père a stipulé que, dans le cas où il ne pourrait être transmis à ses descendants — que ce soit par décès ou par choix — il reviendrait à quelqu'un d'autre.

— Quelqu'un d'autre ? Qui ? Il n'a personne d'autre.

Kieran a jeté un rapide coup d'œil à son écran.

— Ce n'est pas tout à fait exact. Sa voix s'est étranglée. Est-ce que le nom d'Elliot Broadbent vous dit quelque chose ?

Stephanie a cillé, le souffle coupé comme s'il s'était accroché à quelque chose de pointu. Un instant, Kieran et tout son bureau ont paru basculer sur le côté. Son estomac s'est noué.

— Elliot Broadbent ? a-t-elle répété d'une voix qui n'était guère plus qu'un murmure.

— Oui.

Puis elle a compris. L'homme sur les photos. L'homme qui tenait Kimberley dans ses bras. L'homme qui avait un bras passé sur l'épaule de son père.

— Vous le connaissez ?

Elle n'a pas pu répondre. Tout ce à quoi elle pouvait penser, c'étaient les photos dans l'album qui avaient fait resurgir des souvenirs longtemps enfouis.

— Nous pensons qu'il pourrait être le frère de votre père, a expliqué Kieran. Ce qui ferait de lui votre oncle. Et dans le cas où ni vous ni votre sœur ne souhaiteriez conserver l'héritage ou l'argent, tout lui reviendra.

CHAPITRE
QUARANTE-TROIS

Les mots de Kieran résonnaient dans sa tête.

Ça ferait de lui ton oncle.

L'homme sur la photo, cet homme dont elle ne savait rien, mais dont elle était pourtant certaine qu'il avait fait partie de sa vie pendant une période de son enfance qu'elle avait refoulée et presque entièrement oubliée.

Après une discussion animée avec l'avocat, elle l'avait convaincu de lui donner l'adresse d'Elliot Broadbent. À condition qu'il y habite encore, sa maison était un petit pavillon de plain-pied, coincé entre de nombreux autres le long d'une route passante du centre de Guildford. À quelques maisons de là se trouvait une supérette qui voyait défiler autant de monde qu'un repaire de camés. Le bâtiment était en brique, et un petit chemin traversait le jardin de devant.

Stephanie avança en traînant les pieds, le corps parcouru de tremblements, les mains secouées de spasmes, le pouls battant la chamade. Arrivée à la porte, elle leva la main et frappa une seule fois.

Un seul coup pouvait passer pour une erreur et lui laisserait amplement le temps de s'enfuir, de détaler pour ne jamais revenir.

Mais malgré son envie de fuir, elle ne le pouvait pas. Ses jambes refusaient de lui obéir. Quelque chose la maintenait fermement clouée sur place.

Maman.

Dès qu'elle avait découvert l'identité de son oncle, une question la taraudait plus que toute autre. Elle se fichait de savoir dans quel état il était ou ce qu'il faisait de sa vie. Elle ne voulait pas tisser de lien ni nouer de relation avec cet homme. Non. Elle voulait connaître la vérité : savoir s'il avait été coupable et complice des violences qu'elle avait subies. S'il avait su ce que son frère lui faisait.

Quelques instants plus tard, elle entendit du mouvement. Des pieds qui traînaient sur la moquette, un choc, quelque chose qui raclait contre le mur, une respiration forte et lourde.

Puis la porte s'ouvrit. Elle se figea, dévisageant l'homme qui se tenait devant elle. Elle savait que c'était impossible, que ça ne pouvait pas se passer ainsi. Mais à cet instant, au premier regard, elle crut voir son père — une version plus âgée, mal nourrie et gravement malade. Ils avaient les mêmes pommettes, les mêmes yeux bruns et vifs, la même bouche, le même sourire narquois. Sauf que cette fois, il n'y avait ni malveillance ni cruauté dans son expression. Seulement de la douleur et de la souffrance. C'était comme si quelqu'un avait pris son père, l'avait vidé de toute sa méchanceté, et n'avait laissé que la coquille vide.

De ses doigts tremblants, il s'agrippait à un déambulateur relié à un concentrateur d'oxygène qui roulait à ses côtés. La canule nasale, passée derrière ses oreilles, s'enfonçait dans ses narines, creusant de légers sillons rouges dans une peau qui semblait fine comme du papier et décolorée, marbrée d'ecchymoses jaunâtres et de capillaires éclatés. L'homme avait dans les soixante-dix ans mais en paraissait vingt de plus. Sa carrure, autrefois large comme celle de son père, s'était ratatinée en un amas voûté d'os et de peau tendue. Sa chemise de pyjama pendait de ses épaules comme si elle appartenait à quelqu'un d'autre, à une version plus jeune de lui-même. Sa respiration était laborieuse, même avec l'oxygène. Ses yeux avaient un éclat humide, du genre à suggérer que les larmes n'étaient pas loin, bien qu'aucune ne coule, et les ombres sous ses yeux étaient profondes et implacables.

— Oui ? Sa voix était à peine plus forte qu'un murmure, noyée par le bruit de la machine qui le maintenait en vie.

— Elliot ? Elliot Broadbent ?

Rester debout semblait être une lutte tandis qu'il répondait :

— Oui, c'est moi.

Les doigts de Stephanie se crispèrent sur la lanière de son sac à main.

— Le frère de Colin ?

— Colin ? Un peu de vie revint dans sa voix. Oui. Je connais Colin. Que s'est-il passé ?

Elle bégaya :

— Je m'appelle Stephanie. Stephanie Broadbent. Je suis votre nièce.

Et puis son visage s'illumina de l'émerveillement de l'avoir reconnue. Ses yeux s'écarquillèrent, et maintenant l'éclat dans son regard prit un nouveau sens : des larmes de joie plutôt que des larmes de douleur.

— Stephy ? Il la toisa de haut en bas. Mon Dieu, comme tu as grandi. Ça fait... Ça fait combien de temps ?

Elle ne put se résoudre à répondre. Elle frissonna en entendant ce surnom. Jusqu'à présent, seul son père l'avait appelée Stephy.

— Tu ferais mieux d'entrer.

Elliot tourna les talons sans un mot de plus et avança lentement dans le couloir en traînant le réservoir d'oxygène derrière lui. Stephanie hésita avant d'entrer et de refermer doucement la porte. L'air à l'intérieur était lourd, comme s'il n'avait pas vu d'air frais ni de désodorisant depuis longtemps.

— Par ici, dit Elliot par-dessus son épaule, la voix cassante.

Elle le suivit, marchant prudemment sur la moquette sale. Chaque surface qu'ils dépassaient semblait avoir été réquisitionnée comme espace de rangement. Des boîtes en carton écroulées sous leur propre poids, des piles de lettres non ouvertes, une canne de marche posée maladroitement au-dessus d'un porte-parapluies cassé.

Le salon n'était pas en meilleur état. Faiblement éclairée par de lourds rideaux tirés devant la fenêtre, la pièce ressemblait plus à un bunker qu'à une maison. Un grand fauteuil inclinable trônait au centre, entouré des produits de première nécessité à portée de main : un plateau pliant avec des boîtes de pilules alignées en rangs d'oignons, un radiateur d'appoint pointé directement sur le fauteuil, et une télécommande cabossée couverte de ruban adhésif.

À côté se trouvait un second fauteuil, intact, qui semblait ne pas avoir servi depuis longtemps.

Elliot fit un vague geste en direction du canapé.

— Assieds-toi, si tu veux. Je n'ai pas grand-chose à t'offrir, j'ai bien peur. Pas de thé. J'ai arrêté d'utiliser la bouilloire l'année dernière. Trop lourde.

Stephanie s'assit raidement sur le bord du canapé, écartant un exemplaire délavé du *Radio Times*.

— J'ai connu pire.

Il se laissa tomber dans son fauteuil avec un léger grognement, puis vérifia en tâtonnant la connexion de son tuyau à oxygène avant de s'installer. Sa respiration était superficielle mais régulière.

— Tu étais si petite la dernière fois que je t'ai vue.

Elle ne dit rien. Ne savait pas quoi dire.

— Tu es devenue une sacrée femme. Il scruta son visage. Tu as les yeux de ta mère, tu sais ? Tu lui ressembles terriblement. J'ai toujours pensé qu'elle avait les plus beaux yeux que j'aie jamais vus.

Elle resserra ses genoux et lissa sa jupe, mal à l'aise, incapable de le regarder.

— À quel point les connaissiez-vous bien ? l'interrogea-t-elle. Je vous ai vu sur des photos, tenant ma sœur après sa naissance.

— Kimberley ? Oh, comment va-t-elle ?

— Bien.

— C'est une bonne nouvelle.

— Étiez-vous proches ?

Son regard tomba sur un coin de moquette devant lui.

— On l'a été, à une époque. Et puis… eh bien, on s'est éloignés, on a perdu contact après ce qui… après ce qui s'est passé avec… enfin, tu sais.

Il n'arrivait pas à le dire. Stephanie se demanda si c'était par culpabilité ou par tristesse.

— Tu savais ce qu'il lui faisait ?

Il inspira profondément et retint son souffle. La machine râla et cliqueta. Pendant une seconde, elle crut qu'il venait de mourir devant elle, mais quand il relâcha tout son air, il dit :

— Bien sûr que non. Je n'ai jamais rien vu. Je n'ai jamais rien entendu. ce qui se passait entre ta mère et ton père, ça les regardait.

Je n'ai jamais été mêlé à leurs affaires. Ils gardaient leur relation pour eux. Son regard humide croisa le sien un instant avant de se détourner. Il déglutit. Je ne savais rien, Stephanie. Je te le jure.

Sa réponse était trop rapide, trop nette, trop bien répétée.

L'estomac de Stephanie se noua.

— Tu habitais au bout de cette putain de rue. Sa voix commença à monter. Tu étais tout le temps chez nous. Il y a des photos de toi avec moi, avec ma sœur. Et tu dis que tu n'as jamais vu ses bleus ? Jamais entendu ses pleurs ? Jamais…

— Je ne savais pas, répéta-t-il, plus sèchement cette fois. Colin et ta mère ne me mêlaient pas à leur mariage. Ça ne me regardait pas.

— Tu mens.

— Non.

— Si. Elle se leva, trop agitée pour rester assise. Tout son corps vibrait de fureur. Tu savais. Tu savais exactement ce qui se passait, et tu as choisi de détourner le regard. Ne reste pas assis là, haletant et pathétique, à prétendre que tu ne savais pas.

Elliot secoua la tête, sa poitrine se soulevant et s'abaissant lourdement. Sa respiration s'accéléra, chaque souffle paraissant plus faible, plus forcé.

— Tu crois que je n'aurais rien fait si j'avais su ? Tu crois que je ne l'aurais pas arrêté ? Je vis avec cette erreur chaque jour de ma vie. J'aurais tellement voulu faire quelque chose plus tôt. J'aurais voulu remarquer ou voir les signaux d'alarme avant, mais ça n'a pas été le cas. Je n'ai cessé de penser aux « et si ? » depuis. J'ai vécu avec la honte et la culpabilité de n'avoir rien fait. Mais la bonne nouvelle, c'est que je n'aurai plus à vivre avec ça très longtemps.

Elle le regarda, durement. Ses yeux examinèrent sa silhouette décharnée, ses cheveux clairsemés. La vie s'échappait lentement de son corps.

— Qu'est-ce qui ne va pas chez vous ?

Il se mit à tousser de manière incontrôlable, postillonnant, haletant. Stephanie s'avança pour l'aider, mais il la tint à distance, puis attrapa un masque à oxygène relié au réservoir, le pressant sur sa bouche, la regardant tandis qu'il inspirait profondément.

— Bronchopneumopathie chronique obstructive en phase terminale, dit-il aussi vite qu'il le put. Mes poumons sont foutus. Boussillés après quarante ans à respirer de l'amiante et Dieu sait quoi d'autre.

— Depuis combien de temps ?

— Ces deux dernières années.

— Non. Combien de temps il vous reste ?

Stephanie ne sut pas s'il haussa les épaules ou s'il frissonna simplement de froid.

— Des semaines. Des mois. Des années. Je serai bientôt avec ta mère.

— Non, vous ne le serez pas, rétorqua-t-elle en se levant. Vous serez en bas, avec *lui*, là où est votre place à tous les deux.

CHAPITRE
QUARANTE-QUATRE

Son esprit n'était qu'un enchevêtrement de pensées confuses alors qu'elle se tenait sur le pas de la porte. C'était comme si une explosion avait retenti dans sa tête, ne laissant que dix pour cent de son cerveau en état de marche. Elle n'a même pas remarqué le soleil qui perçait à travers une large trouée dans les nuages, lui réchauffant le dos. Cependant, avant qu'il ait pu avoir le moindre effet sur sa clarté d'esprit, la porte d'entrée s'est ouverte, révélant une femme sublime d'une petite trentaine d'années. Arborant de longs cheveux blonds élégants, une silhouette élancée et des yeux bleu mer étincelants au soleil, la femme a surpris Stephanie, qui s'est sentie légèrement inférieure.

— Oui ? a-t-elle demandé.

— Maman, viens vite ! Mr Beast a posté une nouvelle vidéo ! a crié une voix d'enfant de l'intérieur.

— Madame Lafferty ? s'est enquise Stephanie.

— Oui… La confusion initiale dans sa voix a laissé place à l'inquiétude. — Je vous connais ?

— Pas exactement. Je travaille avec votre mari… votre *ex*-mari.

— C'est toujours mon mari tant que tout n'est pas finalisé. Qui êtes-vous ? Lui est-il arrivé quelque chose ?

— Oui et non. Je m'appelle Stephanie. Je suis sa patronne. Puis-je entrer ?

Karen Lafferty a rapidement ouvert la porte et a conduit

Stephanie dans le couloir. Stephanie a aperçu le fils de Devon, enfoui dans le canapé, gloussant devant l'iPad qu'il tenait à quelques centimètres de ses yeux, inconscient de leur présence. Karen l'a guidée jusqu'à la cuisine.

Il était clair qu'ils avaient tous les deux beaucoup travaillé sur la maison au fil des ans. Un temps, un argent, une énergie et des efforts considérables avaient transformé la bâtisse en un foyer magnifique.

Stephanie a complimenté Karen à ce sujet.

— C'est surtout moi, a répondu Karen. Je pourrais probablement compter sur les doigts d'une main les choses pour lesquelles Devon a aidé.

En seulement quelques secondes de conversation, Stephanie s'était déjà fait une première impression défavorable.

— Vous ne m'avez toujours pas dit ce que vous faites ici, Stephanie.

Stephanie a mis les mains dans ses poches pour s'empêcher de tripoter ses ongles. — C'est au sujet de votre mari, a-t-elle dit simplement. Il ne court aucun danger immédiat, c'est juste que… Elle a inspiré profondément, ne sachant pas comment aborder le sujet. — Écoutez, je ne sais pas ce qui se passe entre vous deux, et ce n'est pas mon rôle de m'en mêler, mais il ne va pas bien ces derniers jours. Il… il a bu. Pas *énormément*, mais assez pour que ça affecte son travail. À tel point que j'ai dû le renvoyer chez lui pour quelques jours.

Karen se tenait là, appuyée contre l'îlot au centre de la cuisine, les bras croisés et le visage dur. Derrière cette façade robuste, Stephanie a senti une lueur d'affection et d'inquiétude pour l'homme qu'elle avait autrefois aimé. Elle n'avait pas complètement disparu.

— Je vous remercie d'avoir attiré mon attention là-dessus. Mais c'est dur pour moi aussi. Pour moi, ce n'est pas la vie en rose. J'ai un travail à gérer et je dois m'occuper de Finn. Qu'est-ce que vous voulez que je fasse ? Nous avons dépassé le point de non-retour. On ne peut pas se remettre ensemble. Pas après tout ça.

— Je comprends.

— Je n'ai jamais rien demandé de tout ça.

— Mais c'était votre choix de divorcer, n'est-ce pas ?

L'expression de Karen s'est encore durcie. L'inquiétude a fait place à la consternation.

— Vous avez peut-être l'habitude d'obtenir des gens qu'ils fassent ce que vous leur dites, inspecteur, mais malheureusement, ça ne marchera pas sur moi. Je connais mon mari. Je sais qu'il ne changera pas. Dieu sait que je lui ai donné tellement de chances et d'occasions d'essayer. Et je sais que c'est pour le mieux. Pour lui, pour moi, et pour Finn. Devon ne s'en rend peut-être pas encore compte, mais c'est le cas.

— Pas s'il continue à boire.

Un éclair de sympathie a traversé les yeux bleus de Karen avant de s'évanouir. — Vous avez un mari, inspecteur ?

Stephanie a secoué la tête.

— Un compagnon ?

Nouveau hochement de tête négatif. — Je vis seule et je n'ai personne, donc je ne suis pas la mieux placée pour comprendre ce que vous allez me dire.

— Ça veut aussi dire que vous n'êtes pas en position de donner des conseils, a rétorqué Karen.

— Je n'essaie pas de donner de conseils. Comme vous l'avez dit, je n'ai aucune idée de quoi je parle. Tout ce que je vous demande, c'est de prendre contact avec lui. De le soutenir. Vous ne l'aimez peut-être pas en ce moment ; vous le détestez peut-être... croyez-moi, je ne le connais que depuis quelques semaines et j'en suis déjà passée par là, mais je suis sûre qu'une partie de vous l'aime encore. Même si c'est une partie si petite et si enfouie que vous ne pouvez même pas la voir, il y a toujours une part de vous qui tient à lui. Et en ce moment, il a besoin de soutien. Je ne vous demande pas d'annuler le divorce et de vous remettre avec lui. C'est votre prérogative, votre choix. D'accord. Mais il souffre, et si les choses ne changent pas rapidement, votre fils pourrait grandir sans père. J'ai grandi sans aucun de mes parents, et je ne souhaiterais ça à mon pire ennemi.

CHAPITRE
QUARANTE-CINQ

Le moteur s'est arrêté, et bientôt le silence a envahi l'habitacle. Pendant un long moment, Stephanie est restée assise là, les doigts crispés sur le volant, les jointures blanches à cause de l'adrénaline et de la frustration.

Elle a baissé la tête sur le volant, puis a fondu en larmes, un déversement d'émotion soudain, incontrôlable et cathartique. Le rendez-vous avec son oncle, le malaise qu'elle avait ressenti en lui parlant et la discussion gênante avec Karen, tout ça l'avait submergée. C'était trop.

Elle a sangloté dans ses mains, laissant la tension et la frustration se déverser.

Une fois calmée, elle s'est essuyé les yeux du revers de la main, a reniflé une ou deux fois et est sortie de la voiture. En posant le pied dans l'allée, son estomac a commencé à lui faire mal, et les élancements familiers de la faim et de la culpabilité se sont installés.

Elle s'est dirigée vers la porte d'entrée, jetant son sac par-dessus son épaule, les jambes lourdes du stress d'une longue journée.

Alors qu'elle approchait de sa maison, elle a remarqué un éclat jaune dans les rideaux de son voisin. Un instant plus tard, il est apparu dehors, vêtu d'un jean et d'une chemise élégante, comme s'il était prêt à sortir.

— Salut, Jimmy, a-t-elle dit en insérant la clé dans la serrure.

— Bonsoir, Stephanie, a-t-il répondu. Ou devrais-je dire l'inspectrice ? Je ne sais jamais !

— Stephanie, ça ira, parce que c'est mon nom. Elle a fait de son mieux pour ne pas paraître impolie ou dédaigneuse.

— Compris. Ce sera Stephanie, alors. Grosse journée ?

— J'en ai eu de plus longues.

— J'espère que ça ne te dérange pas que je te dise ça, mais j'ai encore remarqué quelque chose de bizarre devant chez toi.

— Tu es notre surveillance de quartier. Il n'y a rien d'étrange à ça. On a besoin de plus de gens qui veillent les uns sur les autres.

Jimmy a souri poliment, presque timidement.

— Qu'as-tu remarqué ?

— Une Skoda grise, a-t-il dit. Juste garée de l'autre côté de la rue. Normalement, je ne remarquerais pas ce genre de choses, mais quand on vit ici depuis aussi longtemps que moi, on finit par savoir qui conduit quoi. Et celle-là, je ne l'avais jamais vue.

— Une Skoda grise ?

Il a hoché la tête avec enthousiasme. — Et ce qui est étrange, c'est qu'il y avait quelqu'un assis dedans. Un homme, je crois. Mais je n'ai pas bien vu.

— La plaque d'immatriculation ?

Jimmy a secoué la tête. — Ma vue n'est plus ce qu'elle était.

— Elle est restée là combien de temps ?

— Environ une heure. Juste là, arrêtée. Je ne pense pas que la personne soit sortie, et je n'ai vu personne monter non plus. On aurait dit qu'elle tripotait quelque chose à l'intérieur. Je me suis juste dit que c'était un peu étrange, et que tu voudrais peut-être le savoir.

Elle a ouvert la porte d'entrée. — Curieux, a-t-elle dit. Mais je suis sûre qu'il n'y a pas de quoi s'inquiéter.

— Bien sûr. Je me disais juste qu'il fallait que tu le saches.

Stephanie l'a remercié, lui a souhaité une bonne soirée, puis s'est précipitée à l'intérieur pour foncer droit sur le frigo, où une large sélection de barres chocolatées et de snacks l'attendait. Elle les a dévorés d'une traite, enfournant chaque friandise dans sa bouche avant d'avoir fini la précédente. Finalement, au bout d'une vingtaine de minutes, le flot incessant de chocolat a pris fin, et elle a sprinté vers l'étage, montant les marches deux par deux.

Au moment où elle est entrée dans la salle de bains, ses doigts étaient déjà au fond de sa gorge, la forçant à tout revomir. Juste avant que le contenu de son estomac n'éclabousse l'eau, elle a entraperçu le reflet de son oncle et de son père, bras dessus, bras dessous, qui ondulait à la surface. En arrière-plan, une Skoda grise s'attardait.

CHAPITRE
QUARANTE-SIX

J e n'arrivais pas à la quitter des yeux. Je ne savais pas ce que c'était, mais cette fille était si belle, si familière. La ressemblance était troublante. Dans l'obscurité, bien emmitouflée sous sa couette, elle paraissait sereine, paisible, comme un ange endormi.

Cette maison ne ressemblait à aucune autre. Elle était plus petite, plus compacte, et bien plus en désordre. Je devais faire attention à chacun de mes pas ; je ne pouvais pas me permettre le moindre faux pas. Mais le risque accru et mon cœur qui s'emballait en avaient valu la peine.

Je n'arrivais pas à la quitter des yeux.

J'ai perdu la notion du temps que j'ai passé ici ; dix minutes, vingt, peut-être même plus. C'était certainement la plus longue période que j'aie passée dans une chambre d'enfant. Mais je ne voulais pas partir. Je voulais m'imprégner de son essence autant que possible. Je l'aurais emmenée avec moi si j'avais pu, je l'aurais fait sortir de la maison en douce. Mais ça n'aurait jamais marché. Ça ne pouvait pas marcher. Ma couverture aurait sauté, et le monde aurait découvert l'identité du Croque-mitaine.

La chambre de la fille était exiguë, mais j'avais trouvé un coin qui faisait l'affaire. Ce n'était pas le plus confortable, mais ça en valait la peine.

Elle en valait la peine.

Ses cheveux bouclés, la structure de son visage, la courbe de ses cils, tout en elle était parfait. J'ai inspiré profondément, en me maîtrisant.

Autour de moi s'étalait un fatras de jouets sur la moquette. Des boîtes de Play-Doh, du bric-à-brac et une caisse de jouets. Des preuves de ses talents artistiques étaient fièrement accrochées aux murs. Dans la pénombre, j'ai repéré un dessin de la fillette et de sa famille. Des bons-hommes allumettes se tenant la main sous le soleil, avec une maison en arrière-plan. La leur, sans doute, bien qu'elle n'y ressemblât en rien. Pourtant, ce n'était pas si mal pour une enfant de huit ans.

Mieux que tout ce que j'aurais pu faire.

Cinq autres minutes se sont écoulées, accompagnées par le son régulier de sa respiration et de celle de ses parents qui dormaient dans une autre pièce.

Tout était parfait. J'aurais pu passer toute la nuit ici. Mais je savais que ses parents finiraient par se réveiller, que le soleil se lèverait à l'horizon, et que je me ferais prendre.

À contrecœur, j'ai sorti le ballon de baudruche de ma poche et j'ai commencé à le gonfler. Tandis que le son remplissait la pièce, elle a bougé.

Juste un léger mouvement. Une crispation de ses doigts.

Je n'ai pas bougé.

Une seconde de plus. Une autre inspiration pour gonfler le ballon.

Elle a de nouveau remué, plus lentement cette fois. Puis, sans prévenir, ses yeux se sont ouverts d'un coup.

Vagues. Confus.

Elle m'a regardé droit dans les yeux.

L'espace d'un battement de cœur, je me suis demandé si je ne l'avais pas imaginé. Mais non, elle me voyait. Pas entièrement. Pas clairement.

Elle s'est redressée.

Mon cœur s'est mis à battre la chamade.

— Maman ? a-t-elle murmuré, la voix rauque de sommeil.

J'ai reculé d'un demi-pas. J'étais dans l'ombre, mais ses yeux s'habituaient à l'obscurité. Elle voyait ma forme. Ma silhouette.

Puis son expression a changé. La peur a envahi son visage. Sa bouche s'est ouverte.

Elle allait crier.

J'ai paniqué. Je me suis jeté en avant sans réfléchir. Une main a couvert sa bouche pendant que l'autre cherchait l'oreiller à tâtons. Elle s'est débattue, plus forte que je ne m'y attendais. Ses jambes donnaient des coups de pied, ses poings martelaient mes bras, ses ongles griffaient mon poignet.

Mais elle était sans défense, impuissante. Pour elle, le combat était terminé avant même d'avoir commencé.

— Je suis désolé, ai-je murmuré. Je suis tellement désolé. Chut, s'il te plaît, juste chut...

Des cris étouffés se sont filtrés à travers les fibres du tissu, implorant de l'aide, me suppliant d'arrêter. J'ai imaginé son visage sous l'oreiller, écrasé, suffocant, cherchant de l'air.

J'ai appuyé plus fort. C'était elle ou moi.

Et puis elle est devenue immobile.

Totalement immobile.

Mes mains tremblaient.

Ce n'était pas le plan. Ça n'avait jamais été le plan.

Je l'ai regardée, fixant les contours doux de son visage sous l'oreiller.

C'était une erreur. Une terrible erreur.

J'ai lâché le ballon et je suis tombé à genoux. Des larmes me sont montées aux yeux. Je les ai chassées en clignant des paupières, la main sur la bouche.

Il fallait que je sorte d'ici. Il fallait que je coure. Il fallait que je m'enfuie.

Je ne pourrais jamais revenir.

CHAPITRE
QUARANTE-SEPT

Stephanie se tenait sur le seuil, une main gantée appuyée contre le chambranle de la porte tandis que l'autre triturait son collier sous sa combinaison de protection.

C'était arrivé. Un corps avait été découvert. Une enfant, de sept ans tout au plus, qui avait toute la vie devant elle, avait été étouffée dans sa chambre.

Le Croque-mitaine était passé à la vitesse supérieure. Il ne se contentait plus d'observer, d'attendre et de s'éclipser en silence par la porte de derrière. Maintenant, il tuait, s'emparant de ce qu'il considérait comme sien.

Elle est entrée seule dans la chambre. Juste elles deux : elle et la victime. La petite Yasmin. Elle a serré plus fort son collier en traversant la pièce, décorée en rose et tapissée d'étagères remplies d'ours en peluche. Un tas de peluches s'affaissait dans un coin. Les puissants projecteurs de la scène de crime jetaient une lueur presque fantomatique sur l'oreiller rose délicatement posé sur sa tête.

Cela a rappelé à Stephanie le cauchemar qu'elle avait fait l'autre nuit. La ressemblance frappante entre la fillette devant elle et l'image qu'elle avait de sa sœur, allongée dans le lit d'en face, pendant que Stephanie se noyait sous des billets.

Stephanie a jeté un œil au sol. Un ballon gisait, abandonné et dégonflé, sur la moquette. Aucune trace de ficelle, rien n'indiquant qu'il ait jamais été gonflé.

Bizarre, a pensé Stephanie.

Avant qu'elle ait pu y réfléchir davantage, on a frappé à la porte. Noah, arrivé peu avant elle en tant que sergent de permanence en l'absence prolongée de Devon, occupait presque tout l'encadrement de la porte avec sa large carrure, son pantalon bordeaux visible sous sa combinaison.

— Je peux entrer ?

— Je vous en prie.

Noah a franchi le seuil avec prudence et respect, et l'a rejointe.

— Je viens de parler à ses parents, a-t-il commencé. Ils ont dit avoir trouvé son corps en se réveillant à six heures et demie. Son père s'apprêtait à se préparer quand il l'a vue là, allongée. La première chose qu'il a remarquée, c'est l'oreiller, puis le ballon par terre.

Stephanie a regardé le morceau de caoutchouc bleu devant elle, les rouages de son esprit se mettant en marche.

— Ils n'ont rien entendu ?

Noah a secoué la tête. — Ils ont dormi tout du long, apparemment. Le tueur a dû s'assurer qu'elle ne fasse pas le moindre bruit.

Le regard de Stephanie s'est posé sur l'oreiller. La pauvre petite n'avait pas dû opposer beaucoup de résistance face à l'homme qui lui appuyait sur le visage. Elle n'avait eu aucune chance.

— Comment est-il entré ?

— La théorie, c'est qu'il est encore passé par la porte de derrière. Cette fois, il a déverrouillé la porte de la cuisine et s'est faufilé à l'intérieur.

— Des caméras ?

Nouveau hochement de tête négatif.

— Ça fait cinq sur cinq sans que personne n'ait rien vu ni entendu. Il doit se déplacer comme un chat, a-t-elle dit, plus pour elle-même que pour Noah. Il doit savoir quelles maisons ont des caméras de sécurité et lesquelles n'en ont pas. Sinon, je ne comprends pas comment il s'en sort à chaque fois.

Elle s'est accroupie pour examiner le ballon, son esprit tournant à plein régime. Pendant un long moment, elle est restée silencieuse, essayant d'imaginer la scène, de la visualiser. Elle sentait Noah planer derrière elle, mal à l'aise.

— À quoi pensez-vous, inspecteur divisionnaire ?

— Elle était réveillée quand elle a été tuée.

— Pourquoi dites-vous ça ?

— Le ballon. Il n'est pas terminé. Ça me dit que quelque chose a mal tourné.

— Mais quelque chose a mal tourné les deux fois précédentes. Il a été chassé de la maison, et le chat a fait éclater le ballon.

— Je sais, mais c'étaient des facteurs externes. Quelque chose qui s'est passé en dehors de la chambre. Cette fois... Elle a de nouveau touché son collier, imaginant le visage de sa mère sous l'oreiller. Cette fois, c'est arrivé *ici*. Dans aucune des effractions précédentes le Croque-mitaine n'a tué la victime, pareil pour celles d'il y a trente ans. Le mode opératoire a toujours été d'entrer, d'observer, de laisser un ballon, puis de repartir par le même chemin. Ça n'a aucun sens qu'il le modifie soudainement.

Elle s'est relevée, a fermé les yeux et a fait comme si elle était le Croque-mitaine, planant au-dessus de la fillette tel un monstre dans la nuit, l'observant, s'imprégnant de la vision. Elle a pris le ballon et a commencé à le gonfler. Puis la fillette s'est réveillée.

— Il a dû paniquer, a-t-elle dit à voix haute. Peut-être que la fillette l'a reconnu. Peut-être qu'elle a commencé à crier à l'aide. Mais le rituel n'était pas terminé – il n'avait pas gonflé le ballon – alors pour l'empêcher de crier et de révéler sa présence, il a étouffé son visage avec l'oreiller et l'a tuée.

— Pourquoi n'a-t-il pas terminé le rituel et gonflé le ballon après coup ?

Elle a réfléchi un instant. — La panique. La peur. Je crois qu'une partie de ça, une partie de ce rituel, c'est de les vénérer, pour une raison ou une autre. Et les tuer, leur ôter la vie, a dû le perturber assez gravement pour qu'il soit incapable de finir le travail. Je ne pense pas qu'il avait l'intention de tuer. Je pense que c'était une erreur.

— Tout est parti en vrille, a renchéri Noah.

Elle s'est tournée vers lui. — Ce qui signifie que notre travail va devenir beaucoup plus difficile.

— Comment ça ?

— Parce que je pense qu'il va se cacher. Après ça, je ne pense pas qu'il va ressortir pour faire d'autres visites. Ce qui veut dire qu'on pourrait ne jamais l'attraper.

Noah a ruminé cette pensée avant de baisser les yeux vers le corps en face d'eux.

— Le Croque-mitaine a disparu pour toujours. Une fois de plus.

— Pour les trente prochaines années, au moins. Jusqu'à ce que sa prochaine réincarnation apparaisse, a répondu Stephanie.

CHAPITRE
QUARANTE-HUIT

Elle a gardé la tête baissée pendant la longue marche qui la ramenait à sa voiture, garée de l'autre côté de la route, tout au bout de la rue. Elle a fait de son mieux pour éviter les regards curieux et effrayés des voisins de la victime, plus préoccupée par le risque de voir son visage capturé par les innombrables caméras braquées dans sa direction.

Ses efforts, s'est-il avéré, avaient été vains.

Au moment où elle s'apprêtait à se glisser dans la voiture, une silhouette s'est approchée d'elle. Une femme d'une cinquantaine d'années, vêtue d'un long manteau noir et de talons, a trottiné vers elle comme si elle sortait de l'ombre. Dans la faible lueur du petit matin, ses traits semblaient déformés.

— Inspecteur Broadbent ?

Elle s'est retournée et a vu le téléphone dans la main de la femme.

— Qui êtes-vous ? a demandé Stephanie.

— Pourquoi ce déploiement policier ? a répondu la femme. Est-ce qu'il s'est passé quelque chose de grave ? Le Croque-mitaine a-t-il encore frappé ?

Stephanie a immédiatement compris à qui elle avait affaire. Le ton de la femme avait quelque chose d'étrange. Ce n'était pas seulement les questions qu'elle posait — bien qu'elles aient été un indice de taille — mais la façon dont elle les posait. Son intonation suggérait que c'était quelqu'un qui n'acceptait pas un non comme réponse, quelqu'un qui s'accrocherait à chaque mot comme un chewing-gum collé sous une chaussure.

— Vous n'avez pas répondu à ma question, a répété Stephanie. Qui êtes-vous ?

La femme a affiché un sourire entendu et déterminé. Stephanie a cru reconnaître sa coiffure.

— Vous êtes une des journalistes de Louis ?

— Amelia Shaw. Elle a tendu la main.

Stephanie l'a ignorée et a ouvert la portière. Alors qu'elle se glissait à l'intérieur, Amelia a attrapé la portière, l'empêchant de la fermer.

— Qu'est-ce que vous faites ? a lancé Stephanie.

— J'ai juste quelques questions sur les derniers événements.

— Et moi, je dois aller quelque part. On dirait bien qu'une seule de nous deux obtiendra ce qu'elle veut.

Stephanie a essayé de fermer la portière, mais la force d'Amelia l'a surprise.

— Juste deux ou trois questions. Après vous pourrez y aller.

— Vous devez être nouvelle dans ce métier, a dit Stephanie en poussant un lourd soupir. Ça ne marche pas comme ça. Maintenant, s'il vous plaît, retirez vos mains de ma voiture.

Amelia n'a pas bougé ; sa poigne s'est resserrée. — Le public a le droit de savoir si ses enfants sont toujours en danger.

— Bien sûr qu'ils sont en danger, a répondu Stephanie. Ils sont en danger tous les satanés jours : en trébuchant et en s'empalant sur un couteau, en se faisant renverser sur le chemin de l'école, en tombant d'une certaine hauteur et en se brisant la nuque. Ils sont en danger chaque minute de chaque jour, tout comme vous et moi.

— Pas à cause du Croque-mitaine, nous.

— Si c'est ce que vous vouliez dire, vous auriez dû être plus claire. Ce n'est pas ce qu'on vous apprend en école de journalisme ? Le b.a.-ba du journalisme.

Les jointures d'Amelia ont blanchi de frustration et de gêne. Stephanie a croisé son regard et l'a soutenu.

— Pourquoi ce déploiement policier accru ? S'est-il passé quelque chose ? Le Croque-mitaine est-il passé à la vitesse supérieure ?

Stephanie savait que la femme pêchait des informations, cherchant un indice, un signe qu'elle était sur la bonne voie. Elle a veillé à ne rien laisser transparaître sur son visage.

— Comment êtes-vous arrivée ici si vite ? a demandé Stephanie.

— La communauté, a-t-elle répondu.

— Quelle communauté ?

De sa main libre, Amelia a fait un geste vers la rue. — Elle est partout. Ces gens veillent les uns sur les autres — en ligne, en personne, lors d'événements. Ils s'inquiètent pour la sécurité de leurs enfants, et pourtant nous n'avons eu aucune communication officielle de votre part. On dirait que vous ne jouez pas dans la même équipe.

Stephanie a levé les yeux au ciel. — Nous avons un travail à faire. Elle a attrapé la poignée et a tiré légèrement. — Et nous ne pouvons pas le faire si nous sommes harcelés toutes les deux minutes. Je sais que c'est Louis qui vous envoie. Mais vous allez devoir attendre que nous ayons évalué la situation. Le communiqué de presse officiel vous parviendra bientôt. Et vous pouvez dire à Louis qu'il sera le premier informé. Il pourra me remercier plus tard.

Stephanie a de nouveau tiré sur la portière, plus fort cette fois. Amelia a senti qu'elle avait perdu la bataille et a lâché prise. La portière a claqué avec un bruit sourd et satisfaisant. Stephanie a mis le contact et a démarré, ne prêtant que peu d'attention aux pieds d'Amelia, à quelques centimètres de ses roues.

CHAPITRE
QUARANTE-NEUF

La colère de Stephanie a continué de gronder pendant les heures qui ont suivi. Amelia, et par extension Louis, n'avaient aucun droit de la prendre à partie de cette manière. Ce n'était pas sa façon habituelle de gérer les choses. Elle s'était sentie acculée et, tel un chien effrayé, elle s'était défendue. Son comportement avait-il été peu professionnel ? Certes, mais on ne lui avait pas laissé le choix.

Plus elle travaillait pour la police du Surrey, plus elle commençait à voir le vrai visage de Louis se révéler. Pour l'instant, elle avait bloqué son numéro de téléphone, anticipant les nombreux appels qu'il pourrait tenter de passer.

Il fallait juste qu'elle pense à le débloquer.

C'était le début de l'après-midi, et l'équipe avait travaillé sans relâche sur la dernière mise à jour. Bon nombre d'entre eux, elle y compris, avaient sauté le déjeuner, bien que dans son cas, c'était pour des raisons différentes. Assise dans son bureau, seule avec ses pensées, elle continuait de réfléchir à son père et à son oncle, à leur relation, et aux violences qu'Elliot avait prétendu ignorer. Pour elle, c'était de la pure foutaise. Il aurait forcément vu les preuves. Il aurait forcément vu les bleus. Et pourtant, il n'avait rien fait. Il lui avait menti.

Mais d'abord, elle devait le prouver.

Elle a lancé HOLMES 2 sur son ordinateur et a cliqué dans le champ de recherche. Le curseur clignotait de façon rythmée sur l'écran. Elle l'a fixé un long moment, l'esprit assailli par une soudaine fringale.

Après quelques minutes, elle a tapé le nom de son père dans la barre de recherche. Immédiatement, un déluge de rapports est apparu. Tout en haut se trouvait celui concernant le meurtre de sa mère ; le reste était une liste de témoins et de suspects sans lien avec l'affaire portant le nom de Colin Broadbent au fil des ans.

Avec hésitation, elle a cliqué sur le premier résultat. Toute l'enquête sur la mort de sa mère était à portée de main. Pendant des années, elle avait lutté contre la tentation de regarder, de déterrer les horreurs de cette nuit, de revisiter les souvenirs qu'elle avait enfouis si profondément.

Et pendant des années, elle avait gardé la clé cachée.

Jusqu'à maintenant.

Mais avant qu'elle puisse commencer sa lecture, on a frappé à sa porte.

— Entrez, a-t-elle dit.

Un instant plus tard, Giles est apparu. — Tout le monde est prêt, madame.

Déjà ? Où était passé le temps ? Elle l'a remercié, a éteint son écran et l'a suivi dans la salle d'opérations, où l'équipe l'attendait. L'endroit semblait vide sans Eve, Devon, et même le DCI McGowan.

— Merci, l'équipe, a-t-elle commencé. — Je veux que ce soit bref, car je sais qu'on a beaucoup de pain sur la planche. Alors… qui veut commencer ?

Une main s'est levée. Wellard. — J'ai tout partagé avec *Surrey Live*, et nous avons posté sur les réseaux sociaux. Pour l'instant, on a eu des dizaines de commentaires de soutien. Une ou deux plaisanteries, mais rien de sérieux. Nous avons aussi partagé les mesures que les gens peuvent prendre pour assurer la sécurité de leur famille.

Stephanie a hoché la tête. — Qu'est-ce que *Surrey Live* a dit ?

— Rien.

Bien sûr que non.

— Est-ce qu'ils ont déjà publié leur article ?

— Moins de dix minutes après que je leur ai tout envoyé, a confirmé Olivia.

— Ça devrait les contenter pour le moment. Des nouvelles de Trent Whitaker et de son groupe Facebook ?

Olivia a secoué la tête. — Le groupe est public, alors je l'ai rejoint, mais ce sont surtout des gens qui partagent leurs théories et des photos qu'ils jugent utiles. Il y a quelques images de vidéosurveillance que je vais examiner, mais aucune ne semble avoir été prise dans les zones où les effractions ont eu lieu.

Stephanie a gémi. — Soyez prudent, soyez appliqué et ne perdez pas trop de temps sur des pistes inutiles.

— Bien sûr. Je vais me remettre au travail.

— En parlant de vidéosurveillance, a dit Stephanie en tournant son attention vers le DS Mackenzie. — Noah, où en est-on avec le porte-à-porte ?

Le sergent a croisé les jambes, révélant une paire de chaussettes avec des dinosaures bleus. — C'est terminé, madame. J'aimerais vous annoncer de bonnes nouvelles, cependant. La rue n'est pas bien grande et, sur les quinze maisons, tout le monde dormait. Ils disent n'avoir rien vu ni entendu. On a quelques enregistrements de sécurité à domicile qu'Olivia et moi allons devoir visionner, mais à part ça, rien de plus concret.

Stephanie a poussé un petit soupir et s'est tournée vers le tableau d'enquête derrière elle. Comme demandé, l'agent Wellard, en l'absence de Devon, avait imprimé une grande carte de Guild-ford et épinglé les maisons des victimes avec des marqueurs de couleurs différentes. De la vue aérienne, il était clair qu'elles parta-geaient un point commun : elles étaient toutes proches de grands champs ou de zones boisées, permettant au Boogeyman de s'échapper rapidement et facilement. Une vague tentative avait été faite pour deviner les points de sortie du Boogeyman, indiqués par un marqueur de couleur différente.

— Des avancées sur la façon dont il entre et sort ?

Silence. Stephanie a regardé Olivia, qui a répondu par un timide hochement de tête négatif.

— Et les suspects ? a-t-elle demandé. — Giles ? Du nouveau ?

— Pump and Jump, madame. Yasmin East y était aussi élève.

— Bon travail. Dans ce cas, je pense qu'on peut dire sans risque de se tromper qu'il faut qu'on se rende là-bas au plus vite. Je sais que vous vous êtes réparti la tâche, mais où en sommes-nous pour réunir les parents ce soir ?

— La plupart sont partants, a confirmé Giles.

— Fantastique. Fiona ?

L'agente a tressailli de manière inattendue. Elle a baissé les yeux sur ses genoux, puis les a relevés vers Stephanie.

— Noah et moi avons contacté les anciennes victimes, et j'ai rendez-vous avec elles plus tard dans la journée, juste pour vérifier leur emploi du temps…

— Ont-elles un lien quelconque avec l'école de danse ?

La confusion s'est dessinée sur ses lèvres. Finalement, Fiona a secoué la tête. — Pas que j'aie pu déterminer.

— Alors laissez tomber. Je ne vois pas comment elles pourraient être impliquées. Cette personne cible les filles de cette école de danse pour une raison très particulière. Notre réponse se trouve là-bas. De plus, nous avons leurs empreintes digitales et leur ADN dans nos dossiers, donc si quelque chose correspond, nous saurons où les trouver.

— Oui, madame. Voulez-vous toujours que j'assiste à l'autopsie ?

Ça lui a rappelé quelque chose. Leanna Moore, la légiste, lui avait demandé d'y assister, mais elle avait délégué la tâche à l'agent Singleton.

— S'il vous plaît, agente. Rapportez vos conclusions dès que possible. Il vaut mieux espérer que le tueur a fait une erreur et a laissé des empreintes ou de l'ADN derrière lui.

Stephanie est retournée à son bureau pour prendre ses clés de voiture. En tendant le bras au-dessus du bureau pour les attraper, son regard est tombé sur l'écran de l'ordinateur. Elle a pensé aux informations qui se cachaient dessous, à quelques clics de souris et de clavier.

Elle n'avait pas le temps de les lire maintenant, alors elle a rapidement déverrouillé l'ordinateur et a commencé à tout imprimer. L'imprimante de son bureau s'est mise en marche dans un vrombissement, et elle a senti une montée d'adrénaline, comme si elle faisait quelque chose d'interdit. Comme si elle enfreignait la loi d'une manière ou d'une autre. Même si elle avait accès à toutes les preuves de l'affaire de sa mère, elle avait l'impression que quelqu'un l'observait et que McGowan allait bientôt défoncer la porte pour la suspendre.

Alors que les pages commençaient à s'imprimer, son téléphone a vibré contre sa jambe.

— Louis, si tu as quelque chose à…

— C'est qui, Louis ? a demandé Kimberley.

Stephanie a expiré profondément, relâchant la tension soudaine qui avait contracté son corps. — Juste quelqu'un que j'apprécie de moins en moins.

— Je connais ce sentiment.

— Pourquoi j'ai l'impression que c'est une pique contre moi ?

— Ce n'en est pas une. Ce sont juste tes insécurités qui ressortent, a dit Kimberley sèchement.

— Toujours un plaisir de te parler, sœurette. Tu avais quelque chose d'important à me dire ? Je n'ai pas beaucoup de temps.

— On avait dit pas de secrets, non ?

Du coin de l'œil, Stephanie a vu les voyants de l'imprimante clignoter.

— C'est quoi, ce bruit ? a demandé Kim avant qu'elle ne puisse répondre.

— Juste l'imprimante de mon bureau.

— Qu'est-ce que tu imprimes, un livre ?

Elle a eu un petit rire. — Presque. Bref, tu disais pas de secrets ?

— Oui. Pas de secrets. Eh bien, je pensais que je devais te le faire savoir, vu que tu ne m'as rien dit l'autre jour, que je pars pour la maison.

— Oh. Je vois.

Elle ne savait pas pourquoi, mais elle s'est soudain sentie protectrice envers cet endroit, comme s'il était à elle et que personne d'autre n'avait le droit de s'en approcher. Comme si Kimberley devait demander la permission avant même de penser à y aller.

— Si je trouve quelque chose qui pourrait t'intéresser, je te le ferai savoir.

L'imprimante s'est enrayée, produisant un horrible crissement. Stephanie l'a fixée un instant, perdue dans ses pensées.

— En parlant de secrets, a-t-elle dit. — Ça me rappelle quelque chose. Il y a une chose que je dois te dire à propos de l'homme que nous avons vu sur la photo…

CHAPITRE
CINQUANTE

L'air de la morgue était froid, stérile, et dégageait une légère odeur de formol. Cela a rappelé à Fiona la maison de retraite du père de Stephanie, lorsqu'elle était arrivée sur les lieux du crime. C'était la première fois qu'elle mettait les pieds dans une maison de retraite, et l'endroit empestait la mort, là où ses résidents s'éteignaient lentement.

Maintenant, elle se trouvait dans un lieu de mort réelle, où les gens avaient déjà trépassé, laissés à hanter les couloirs et à murmurer des secrets dans les interstices des fenêtres et des portes.

Fiona a enfilé la tenue appropriée, puis a poussé les portes battantes. L'âcreté des produits chimiques lui a pris la gorge à travers son masque, lui donnant la nausée. Au centre de la morgue se tenait Leanna Moore, une vieille amie. Une *vieille* amie, à tous points de vue. Fiona et Leanna avaient fréquenté la même école dans le coin et avaient évolué dans des cercles sociaux similaires, bien que Leanna ait quelques années de plus. Depuis, elles étaient restées en contact par intermittence, et après l'entrée de Fiona dans la police, elles étaient devenues de bonnes amies, du genre à se voir en dehors du travail dès que leurs agendas respectifs le permettaient.

— Ce n'est pas une heure pour arriver, ça ? a demandé Leanna en ajustant ses gants. — Ça ne te ressemble pas d'être en retard.

— C'est toujours à la mode, non ?

— C'est à peu près la seule chose chez toi qui le soit.

Riant sous cape, Fiona s'est dirigée nonchalamment vers le petit corps étendu sur la table en métal, d'une blancheur éclatante sous le projecteur. Elle s'est arrêtée un instant, contemplant la scène. Peu importait le nombre de corps qu'elle avait vus ou leur état de décomposition, cela ne devenait jamais plus facile, surtout quand il s'agissait d'enfants.

Elle n'en aurait jamais, c'était une certitude. Mais cela ne l'empêchait pas de les aimer. Elle était habituée à sa nièce et à son neveu à petites doses, quand ils se comportaient le mieux possible, comme quand ils étaient les plus espiègles. Mais elle les adorait quand même. Ils étaient adorables, innocents, et lui réchauffaient souvent le cœur. Pourtant, elle avait vu des horreurs dans le monde, et ça l'effrayait.

— Prête ? a demandé Leanna.

— Pas vraiment, mais maintenant, je suis là.

Leanna a retiré le drap avec un soin presque maternel. Les traits de la fillette étaient pâles, presque translucides sous les lumières du plafond, encadrés par des cheveux emmêlés, ses lèvres légèrement entrouvertes comme si elle pouvait expirer, se remettre à respirer et se réveiller soudainement.

Fiona a fixé l'espace dans la rangée supérieure de ses dents. D'après les dépositions des parents, Yasmin avait perdu une dent de lait la veille au soir, et la petite souris avait laissé une pièce d'une livre sous son oreiller. Celle-ci avait ensuite été récupérée sur les lieux et mise sous scellés.

— Peut-être qu'elle a cru que le tueur était la petite souris, a murmuré Fiona pour elle-même.

— La pire petite souris de l'histoire, a répondu Leanna. — Même si je crois que la mienne n'était pas loin derrière. Chaque fois que je perdais une dent, j'avais droit à un caillou du jardin. Franchement, qu'est-ce qu'une gamine de sept ans est censée faire avec une pierre ?

Bien plus de choses que quelqu'un qui s'est fait tuer par ce qu'elle croyait être la petite souris.

Fiona a inspiré profondément, se ressaisissant et ignorant la sourde douleur du chagrin dans son estomac. — Qu'est-ce que tu peux me dire ?

— Pas grand-chose, pour être honnête, a expliqué Leanna. — Elle avait bien mangé. Probablement vers vingt heures, ce qui, m'a-t-on dit, est tard pour une enfant de cet âge. Elle était bien hydratée, en parfaite santé. Et elle est morte étouffée avec son oreiller.

— C'est tout ? Je pensais que tu m'avais fait descendre pour quelque chose de plus consistant.

Leanna a agité son doigt. — Il y *avait* quelque chose. Elle s'est approchée de la tête de la fillette, son doigt planant au-dessus du contour de son profil. — Il n'y a aucune ecchymose, a-t-elle ajouté. — Normalement, si quelqu'un vous maintient un oreiller sur le visage, il appuie sur le visage même pour vous empêcher de respirer, ce qui peut contusionner ou enflammer certains muscles, peut-être même casser le nez. Mais là… cette fois, je ne vois rien de tout ça. J'en ai vu tellement que j'arrive à sentir comment ils sont morts, à quel point ça a pu être horrible ou douloureux pour eux. Mais avec elle, j'ai l'impression que c'était doux…

— Comme si le tueur s'était retenu ?

— Comme s'il n'avait pas vraiment eu envie de le faire. Comme si c'était une erreur.

CHAPITRE
CINQUANTE-ET-UN

Aucun secret. C'était leur accord. Aucun secret. Mais Stephanie avait déjà manqué à sa parole, rompant l'armistice en gardant secrète l'identité de leur oncle pendant une journée. Il lui avait confirmé qu'elle lui avait rendu visite seule, et pourtant, elle n'avait rien dit. Elle avait gardé un secret.

Alors maintenant, c'était au tour de Kimberley.

L'air à l'intérieur du grenier était sec et étouffant, chargé de l'odeur de vieil isolant et d'humidité. La poussière s'accrochait au fond de la gorge de Kimberley tandis qu'elle se déplaçait avec précaution entre les poutres basses, une main en appui sur le plafond mansardé pour garder l'équilibre, l'autre protégeant le bébé dans son ventre. Jusqu'à présent, le reste de la maison ne lui avait offert guère plus qu'une montagne de factures, de courriers de la mairie et de prospectus de Papa John's, de Domino's et des agences immobilières du coin. Elle avait donc changé de tactique. Elle n'avait rien à faire à grimper sur des échelles et à se frayer un chemin à travers des tas de laine de verre, mais ça n'allait pas l'arrêter. Elle était certaine que d'autres secrets étaient cachés au sein de sa famille. Quelque chose qu'Elliot Broadbent avait dit, quelque chose à quoi il avait fait allusion sans entrer dans les détails.

Quelque chose que son père avait su ou fait.

Les yeux de Kimberley se posèrent sur un bac en plastique rempli de vieilles décorations de Noël et une valise marron cabossée, nichée à côté d'un matelas de camping dégonflé ; le genre d'objet qui appartenait à la famille depuis trois générations mais qui ne s'était jamais aventuré plus loin que les îles Britanniques.

Elle s'agenouilla et tira la valise pour la dégager d'un tapis de papier cadeau.

Au moment où elle se releva, le grenier se mit à tourner. Sa vision se brouilla sur les bords, et sa main jaillit pour chercher un appui, attrapant la poutre la plus proche. Une vague de nausée la submergea, comme une marée qui l'entraînait vers le fond. Elle se força à prendre des respirations régulières. Elle n'avait rien mangé ni bu depuis des heures. Ce n'était que ça.

Elle s'assit sur la marche du haut, reprenant son souffle. Avant d'ouvrir la valise, elle attendit et tendit l'oreille. Elle crut entendre un bruit. Un mouvement.

L'endroit lui donnait la chair de poule. Elle avait l'impression de ne pas être à sa place. Pour Stephanie, c'était différent ; elle connaissait les lieux avant qu'elles n'en déménagent. Elle avait des souvenirs, aussi bien heureux que terribles. Tandis que Kimberley ne se souvenait de rien. Il n'y avait rien dans sa psyché ou son subconscient à quoi elle pouvait se raccrocher. Aucune image de sa mère la tenant dans ses bras. Aucune de son père entrant dans sa chambre tard le soir. Elle ne pouvait qu'essayer de visualiser ce que Stephanie lui avait raconté et de se l'approprier.

Elle se sentait comme une étrangère dans sa propre maison.

Au bout d'une minute, son rythme cardiaque ralentit. D'une main aux doigts raides, elle défit les fermoirs de la valise et l'ouvrit. Par-dessus se trouvait une fine couverture en tartan qu'elle reconnut sur une des photos. Elle venait de leur ancien canapé dans le salon. Elle la replia.

En dessous, il y avait des piles de papier : des dossiers, des reçus, des enveloppes jaunies et d'autres photographies. L'odeur de moisi était forte.

Ses yeux tombèrent sur un dossier plus épais que les autres. Elle hésita, les doigts planant au-dessus. Puis elle l'ouvrit. Son souffle se coupa. Mais avant qu'elle ne puisse analyser ce qu'elle voyait – avant que les pièces du puzzle ne s'emboîtent complètement – son téléphone vibra vivement contre sa cuisse. Le bruit soudain la ramena brutalement à la réalité du grenier.

Elle le saisit d'un geste vif : Stephanie.

Kimberley refusa l'appel et fixa à nouveau le dossier, son estomac se nouant.

Un instant passa. Puis un autre.

Elle referma la valise.

Aucun secret. C'était leur accord. Sauf que Stephanie avait rompu le pacte. Maintenant, c'était au tour de Kimberley de faire de même.

CHAPITRE
CINQUANTE-DEUX

Une rafale de vent s'abattit sur Stephanie alors qu'elle sortait de la voiture et levait les yeux vers le studio de danse Pump & Jump au premier étage. Au-dessus de sa tête, une nuée de mouettes planait, lorgnant curieusement leur prochain repas en contrebas, tandis que la puanteur de la station d'épuration, située à quelques centaines de mètres au coin de la rue, lui montait aux narines.

— Entrons avant qu'on nous prenne pour les restes de poulet de quelqu'un ou qu'on tombe dans les pommes à cause de l'odeur, lança Giles de l'autre côté de la voiture.

— D'accord. Mais si les mouettes nous attaquent, je te sacrifie en premier.

— *Moi ?*

— Tu es plus jeune, et tu as l'air plus appétissant. Tu es plus en chair.

Giles baissa les yeux vers son ventre. — Tu es en train de me traiter de gros ?

Stephanie paniqua soudain. — Non, bien sûr que non. Je voulais juste…

— Ce n'est pas grave, répondit Giles avec un petit rire qui la calma aussitôt. Je plaisantais. Il en faudra bien plus pour me vexer. J'ai grandi avec deux frères aînés et j'étais dans une école de garçons.

Stephanie poussa un soupir de soulagement. La dernière chose qu'elle voulait, c'était de vexer quelqu'un sur son poids ; elle connaissait d'expérience l'impact psychologique et physiologique que cela pouvait avoir.

À l'instant où Giles lui tint la porte, la musique résonna à travers les murs, et elle sentit les vibrations sous ses pieds.

— Tu savais qu'il y avait un cours ? demanda Stephanie.

Giles secoua la tête. — À ton avis, c'est quoi ? De la danse de salon ?

Elle s'arrêta, écoutant le martèlement lourd et répétitif de la basse qui vibrait dans l'air. — Mon petit doigt me dit que c'est du ballet, dit-elle d'un ton sarcastique.

Lorsqu'ils atteignirent le haut des marches, la musique drum and bass emplit leurs oreilles. À l'intérieur du studio de danse, un groupe de trente enfants de dix ans était en plein milieu d'une chorégraphie, agitant bras et jambes dans un chaos synchronisé. Les garçons portaient des shorts et des t-shirts (quelques-uns portaient des débardeurs), tandis que les filles avaient des leggings et des brassières de sport noirs assortis. Des bouteilles d'eau fluo et des sweats à capuche abandonnés jonchaient les bords du studio. Au fond de la salle se tenait Montana Robertson, vêtue d'un sweat à capuche noir avec *P&J CREW* inscrit en sequins dans le dos. Elle frappa deux fois dans ses mains puis fit un geste tranchant dans l'air, coupant la musique en plein milieu d'une mesure.

— Bon, ça suffit pour l'instant, les enfants. Pause hydratation, allez, allez, allez !

Les enfants se dispersèrent vers les bords de la salle, prirent leurs affaires et s'assirent par terre, leurs soixante petits yeux perçants fixés sur eux.

Montana s'approcha avec précaution, tentant de masquer son malaise. — Je suppose que vous n'êtes pas là pour le cours de claquettes pour adultes que nous avons ce soir ?

— Peut-être que Giles se laisserait tenter plus tard, dit Stephanie. Mais pour l'instant, nous nous demandions si nous pouvions vous parler dans le bureau. Elle jeta un œil vers l'espace bureau au fond de la pièce, qui était vide. Où est Craig ?

— Dehors, répondit Montana. Il est parti à Londres pour la journée.

— Ah bon ? Quand est-ce qu'il y est allé ?

— Pourrions-nous faire ça dans une dizaine de minutes ? Le cours se termine à l'heure pile, et nous pourrons discuter après que tout le monde aura été récupéré.

Stephanie jeta un coup d'œil à sa montre. Elle n'avait aucune obligation immédiate. Peut-être qu'elle pourrait essayer de rappeler sa sœur. — Ça vous dérange si on regarde ? demanda-t-elle. Ne vous inquiétez pas, nous avons tous les deux subi une vérification de nos antécédents.

Montana eut un rire gêné, puis accepta.

Stephanie et Giles se dirigèrent vers la fenêtre à l'autre bout du studio. Aussitôt, les enfants se levèrent d'un bond et se précipitèrent au centre de l'espace, chacun se tenant à égale distance des autres, parfaitement entraînés et disciplinés. Dès que la musique démarra, ils commencèrent à danser avec athlétisme et professionnalisme, leurs mouvements vifs, mesurés et synchronisés. Stephanie regardait, admirative, se sentant comme un juge dans le jury de *La France a un incroyable talent*. Puis quelque chose du coin de l'œil la distraya, une Skoda Fabia grise garée de l'autre côté de la route, son conducteur dissimulé par le reflet des nuages.

Stephanie pivota sur place et se dépêcha de sortir. Giles la rappela, mais elle ne lui prêta guère attention. Elle se surprit à danser en se faufilant entre les enfants et en descendant les escaliers. Déboulant dehors, elle accéléra le pas jusqu'à se mettre à trottiner.

Mais il était trop tard. À l'instant où elle mit le pied dehors, la Skoda démarra. Elle ne se concentra pas sur le conducteur ; au lieu de ça, elle porta son attention sur la plaque d'immatriculation, celle qu'elle essayait de relever depuis plusieurs jours.

Avant qu'elle ne disparaisse de sa vue, tout ce qu'elle put déchiffrer furent les deux premières lettres et peut-être le premier chiffre.

LF4.

Ce n'était pas grand-chose, mais c'était un début. Alors qu'elle tapait la plaque d'immatriculation dans un message pour Fiona, Giles sortit du bâtiment.

— J'ai cru que tu allais me faire rentrer au bureau à pied, dit-il.

— Il n'est pas trop tard, répondit-elle par-dessus son épaule.

— C'était quoi ?

— Une voiture qui me suit partout.

— Un admirateur secret ?

— Ou un taré sadique qui aime regarder les enfants dormir.

Giles eut un sourire en coin. — Il paraît que les rencontres, c'est vraiment la galère en ce moment. On finit par racler les fonds de tiroir.

Alors qu'ils retournaient à l'intérieur, une série de voitures s'arrêta le long de la rue, prêtes à récupérer les enfants. Stephanie s'arrêta près de la porte et attendit la fin du cours. Quand les enfants commencèrent à sortir, elle invita personnellement les parents à la discussion qu'elle tiendrait plus tard dans la soirée, puis les observa retourner à leurs voitures. Il y avait une très forte possibilité que l'un des parents des cours soit le Croque-mitaine, qu'il soit venu aux cours, ait sélectionné ses victimes à leur sortie des lieux, puis les ait suivies chez elles, préparant le terrain pour ses nuits de terreur.

Une fois le studio vidé, ils retournèrent au premier étage, où ils trouvèrent Montana en train de balayer avant le cours suivant.

— Nous n'aurons plus besoin d'utiliser votre bureau, dit Stephanie.

Montana posa le balai dans le coin de la pièce, à côté des enceintes, et s'épousseta. — Il s'est passé quelque chose ?

— Qu'est-ce qui vous fait dire ça ?

— Pourquoi seriez-vous ici, sinon ?

— En fait, oui, expliqua Giles. Yasmin East. Ce nom vous dit quelque chose ?

Montana hocha la tête presque immédiatement.

— Sa maison a été cambriolée par la même personne que nous pensons responsable de tous les autres cambriolages, continua Giles. Elle a été tuée au milieu de la nuit.

Montana plaqua une main sur sa bouche, étouffant le hoquet qui s'était déjà échappé de ses lèvres. — Il l'a tuée ?

— Nous avons annoncé la nouvelle au public et sur les réseaux sociaux ; cependant, nous voulions nous adresser aux parents des membres du cours ici, nous avons donc organisé une réunion qui se tiendra dans ce studio ce soir.

— *Ce soir ?*

— J'espère que cela ne pose pas de problème, répondit Stephanie, tout en faisant comprendre que la réunion aurait lieu quoi qu'il arrive. Mon collègue était censé vous prévenir.

— Non… personne n'a appelé. Mais… il faudra juste que j'annule le cours de claquettes, dit Montana.

— Et moi qui m'en réjouissais tant, répondit Steph, tentant d'injecter un peu de légèreté dans la conversation.

Ça ne fonctionna pas. Montana enlaça ses propres bras et fixa le sol. — Je n'arrive pas à croire qu'elle a été assassinée. Les enfants vont être anéantis. Je ne suis pas obligée de le faire, n'est-ce pas ? Enfin, je le ferai. Mais ça a déjà été assez dur de leur annoncer pour Maddie, que…

— Nous l'annoncerons aux parents ce soir, et ce sera à eux de voir comment ils en informent leurs enfants, répondit Giles.

— Qui est Maddie ? La curiosité de Stephanie prit le dessus.

— Maddie Vickery. L'une de nos meilleures élèves, répondit Montana avec adoration et enthousiasme. Honnêtement, la meilleure que j'aie jamais vue. Et elle n'était qu'une enfant. Elle avait du potentiel. Elle suivait beaucoup de cours par semaine, mais elle est décédée subitement il y a quelques semaines. Et le jour de son anniversaire, en plus. Ça a pris tout le monde par surprise.

Stephanie laissa à la femme un moment de recueillement.

— Vickery ? Vous avez dit que son nom de famille était Vickery ?

Montana hocha la tête. — Sa pauvre famille. J'ai essayé de contacter sa mère, mais, ce qui est compréhensible, elle n'a pas répondu.

— Un lien avec Marcus Vickery ? Stephanie jeta un coup d'œil à Giles, dont les yeux s'écarquillèrent avec un soupçon de reconnaissance alors que les rouages de son esprit s'activaient.

— Je ne suis pas sûre. Je ne sais pas qui c'est.

Mais Stephanie, elle, le savait. Le nom était clair dans son esprit. Marcus Vickery, l'une des premières victimes du Croque-mitaine.

Il fallut quelques instants à Stephanie pour rassembler ses esprits. Finalement, quand elle reprit ses esprits, elle dit : — Je sais que c'est beaucoup à encaisser pour vous, mais le but de notre visite était de savoir si vous ou Craig aviez eu le temps de réfléchir à qui pourrait être responsable de ces intrusions ou si vous aviez remarqué quelque chose d'étrange ou de différent dans le comportement de quelqu'un.

Montana n'eut pas besoin de réfléchir longtemps. Elle se mordilla la lèvre et les regarda tous les deux intensément.

— Nous allions dire quelque chose l'autre jour, commença-t-elle, la voix rauque et faible, mais nous ne savions pas si c'était la bonne chose à faire. Nous nous sommes dit que vous le découvririez par vous-mêmes après avoir examiné nos dossiers de toute façon, mais...

Elle fit une pause.

— Nous avons reçu quelques plaintes concernant l'un des pères dont la fille vient ici.

L'intérêt de Stephanie fut piqué au vif. — Des plaintes concernant... ?

La gorge de Montana se contracta lorsqu'elle déglutit. — Sa fille vient ici le mardi pour les cours de danse contemporaine. Mais certains des parents dont les filles suivent d'autres cours pendant la semaine ont commencé à le voir à l'extérieur du bâtiment.

— Alors qu'il ne devrait pas y être ? demanda Giles.

— Il n'a aucune raison d'être là, confirma-t-elle. Nous avons essayé de lui en parler, mais il prétend toujours qu'il a des affaires dans la zone industrielle et qu'il utilise cet endroit pour se garer parce que c'est gratuit ici. Personne d'entre nous ne le croit, mais nous ne l'avons rien vu faire de répréhensible ou de sortant de l'ordinaire pour penser le contraire.

— Parfois, ce n'est pas nécessaire. Le simple fait que vous pensiez que quelque chose ne va pas est suffisant pour agir. Pourquoi ne nous avez-vous rien dit avant ?

Montana hésita. — Nous ne voulions pas lui attirer d'ennuis inutiles.

À ce moment-là, une idée vint à Stephanie. — Nous vous serions reconnaissants de préparer cet endroit pour la réunion de ce soir. En attendant, nous allons avoir besoin de son nom et de son adresse dès que possible.

CHAPITRE
CINQUANTE-TROIS

Adam Keegan habitait dans le petit village de Worplesdon, au nord de Guildford. Il travaillait comme directeur mondial du contrôle de crédit pour un grand conglomérat et s'était trouvé dans les bureaux de Londres lorsque Stephanie et Giles avaient essayé de le contacter. Ils avaient donc été contraints d'attendre dix-neuf heures qu'Adam rentre chez lui, soit tout juste une heure avant leur rendez-vous prévu au studio de danse.

Ils attendaient dans l'allée quand Adam est arrivé au volant d'un gros BMW X5 qui dominait l'espace. Son visage s'est crispé d'appréhension en posant les yeux sur Stephanie.

— Merci d'avoir attendu, a-t-il dit en sortant de la voiture et en récupérant un sac sur la banquette arrière.

— Tout le plaisir est pour nous, a répondu Stephanie avec un sourire sarcastique, en se présentant, elle et Giles.

Adam s'est avancé lentement vers la maison, insérant la clé avec une appréhension évidente. Stephanie a observé chacun de ses gestes tandis qu'il entrait et posait son sac. Elle a suivi son regard, s'attendant à moitié à voir sa fille dévaler les escaliers pour l'accueillir. Au lieu de ça, la maison est restée vide et silencieuse.

— Où est votre fille ?

— Chez sa mère. On s'est séparés il y a quelques mois.

Stephanie a remarqué l'état impeccable de la maison. Selon toute apparence, il gérait bien la situation.

— Vous la voyez souvent ?

— Un week-end sur deux.

— Et pendant les cours de danse ?

Soudain, Adam s'est arrêté et s'est tourné vers eux. — Les cours de *danse* ? Je veux dire… oui. Désolé, je voulais aussi mentionner ça. Les cours de danse, ouais.

Une sonnette d'alarme a commencé à retentir dans l'esprit de Stephanie tandis qu'il les conduisait dans la somptueuse cuisine. La propreté des lieux indiquait qu'ils n'étaient utilisés que par une seule personne : un couteau, une fourchette, une cuillère, une tasse et une assiette séchant sur l'égouttoir étaient tout ce dont il avait besoin.

Stephanie et Giles ont tous deux décliné son offre de boisson, observant en silence Adam remplir un verre d'eau et le vider d'un trait. Stephanie a senti qu'il désirait quelque chose d'un peu plus fort.

— Comment s'appelle votre fille ? a demandé Stephanie.

— Michaela.

— Quel âge a-t-elle ?

— Sept ans. Huit l'année prochaine.

— Depuis combien de temps va-t-elle à Pump and Jump ?

Adam a hésité. — Quelques mois. On a accepté de l'inscrire que récemment. Ça lui plaît beaucoup. Ça la rend heureuse, ce qui me rend heureux.

Ses réponses semblaient froides et évasives. Ses yeux passaient nerveusement de Giles à Stephanie, comme s'il jouait une partie de Pong.

— Êtes-vous au courant de la récente vague de cambriolages dans le secteur ? a demandé Giles, reprenant là où Stephanie s'était arrêtée.

Adam a posé son verre. — J'en ai entendu parler, ouais.

— Il est apparu que la personne responsable cible les membres des groupes de danse de Pump and Jump.

— Pas possible.

— Avez-vous remarqué quelque chose de suspect récemment ? Quelqu'un qui rôdait autour de votre maison, peut-être, ou de celle de votre ex-compagne ?

Adam a secoué lentement la tête. — Rien. Vous pensez qu'il

pourrait cibler Michaela ?

— On fait simplement le tour, a expliqué Stephanie. Pour sensibiliser les gens, attirer l'attention de tout le monde. Vous êtes l'une des premières personnes à qui nous parlons ; nous avons commencé par le groupe de votre fille et nous allons progressivement passer en revue toutes les autres classes.

— Vous avez du pain sur la planche. — Les épaules d'Adam ont semblé se détendre légèrement, comme s'il était soulagé.

— Si ça nous permet de protéger ces jeunes filles, on fera n'importe quoi.

— Bien sûr, a-t-il dit en hochant poliment la tête. Eh bien, je vous remercie de m'avoir prévenu. Je vais certainement transmettre l'information à mon ex-femme et lui dire d'être sur ses gardes.

Stephanie a esquissé un sourire. — Ce serait très apprécié. Ça nous facilite vraiment la tâche.

Un silence gênant s'est installé entre eux. Dehors, le vent s'est levé, faisant bruire les feuilles d'un arbre dans le jardin, et Adam a commencé à s'agiter, mal à l'aise.

— S'il n'y a rien d'autre, alors…

Stephanie a levé un doigt. — En fait, il y avait une chose, une chose qui a attiré notre attention. — Elle a marqué une pause. — Quels jours votre fille va-t-elle à l'école de danse ?

— Le mardi, a-t-il répondu, une pointe de nervosité perçant dans sa voix.

— Bien. Alors pourquoi un ou deux parents ont-ils rapporté vous avoir vu dans votre voiture d'autres jours de la semaine, quand votre fille n'a pas cours ?

Adam a ricané, l'incrédulité gravée sur son visage. Sa tentative d'avoir l'air surpris n'était pas convaincante. — Quoi ? De quoi vous parlez ? Quels parents ? Qui a dit ça ?

— Nous avons reçu des témoignages indiquant que vous avez passé un temps préoccupant devant l'école Pump and Jump. Vous ne sauriez rien à ce sujet, par hasard ?

— Prouvez-le. Prouvez que c'était moi.

— Il y a plusieurs témoins oculaires.

— Qu'est-ce qu'ils disent que je faisais ?

— Ils ne sont pas sûrs. C'est pour ça qu'ils sont inquiets. On espérait que vous pourriez nous le dire. Admettez-vous avoir été là-bas des jours autres que ceux où vous devez récupérer votre fille ?

Adam a ouvert la bouche, puis l'a refermée, en proie à une lutte intérieure.

— Ce sera mieux pour vous si vous l'admettez maintenant, a ajouté Giles. On ne veut pas avoir à revenir, mais on le fera si on pense qu'il y a une raison.

Finalement, après quelques instants d'hésitation supplémentaires, Adam a cédé. — J'y suis peut-être allé une ou deux fois, a-t-il dit. Au cours des deux dernières semaines.

— Pourquoi ?

— Pour… pour deux ou trois raisons. Mon ex-femme y est allée un jour juste pour parler avec Montana et Craig des performances de notre fille et du paiement des cours. Et puis… — Son esprit a rapidement inventé une excuse. — Et puis les autres fois, j'observais.

— Vous observiez *qui* ? a demandé Stephanie, son inquiétude grandissant.

— Une des mères, a expliqué Adam, la voix brisée. Je l'ai vue une fois. Je ne me souviens plus ni quand ni comment, mais je l'ai trouvée séduisante. Le seul problème, c'est que je ne l'ai pas revue depuis. Et… et donc je suis allé à un ou deux des cours de danse de sa fille. J'allais sortir pour lui parler, mais à chaque fois j'ai paniqué et je suis parti.

Stephanie a pris un moment pour digérer ses paroles. C'était plausible, oui, mais était-ce crédible ? Elle n'en était pas si sûre. Il y avait quelque chose de troublant dans sa façon de parler — une minute contrôlé, la suivante paniqué — comme s'il essayait désespérément d'inventer un mensonge convaincant pour les faire partir.

— Donc, ça n'a rien à voir avec le fait de regarder des filles mineures ? a sondé Stephanie.

Sa bouche s'est de nouveau ouverte, une lueur de sueur se formant sur son front.

— Comment osez-vous ? Absolument pas. Je… je trouve cette insinuation absolument odieuse.

Elle a ignoré ses protestations. — Les noms de Becky Wednesday, Layla Whitaker, Mia Harris, Helen Lynas et Yasmin East vous disent-ils quelque chose ?

Adam a secoué la tête.

Stephanie a récité les dates des cambriolages. — Que faisiez-vous à ces dates ?

— J'étais ici. En train de dormir.

— Seul ?

— Oui, seul. Vous ne voyez personne d'autre vivre ici, n'est-ce pas ?

Il s'est rapproché, le mouvement subtil mais l'intention claire.

Stephanie est restée de marbre, tenant sa position.

— Pouvez-vous prouver que vous étiez ici les soirs en question ?

— Vous m'accusez sérieusement d'être le Croque-mitaine ?

— Comment saviez-vous qu'on faisait référence au Croque-mitaine ?

— Parce que je sais faire le rapprochement. — Un autre mouvement, un autre centimètre plus près.

Giles s'est avancé, réduisant l'écart entre eux, mais Stephanie se sentait plus que capable de gérer la situation elle-même.

— Alors peut-être comprendrez-vous pourquoi nous vous posons ces questions. Vous êtes un homme intelligent — vous venez de le dire vous-même —, donc vous pouvez imaginer pourquoi nous pourrions être préoccupés qu'un homme qui vit seul ait traîné autour de l'école de danse où plusieurs filles ont été traumatisées et une a été tuée. Ou est-ce trop difficile pour votre intellect ?

Cela a semblé fonctionner. Adam a reculé, baissant les mains et s'appuyant contre le comptoir de la cuisine. Il a ramassé le verre et a commencé à le faire tournoyer sur la surface. Un bref instant, Stephanie a cru qu'il allait le lui lancer.

— Je comprends comment ça peut paraître, mais honnêtement, je n'ai rien à voir avec ces cambriolages. Il n'y a rien que je puisse dire ou faire pour le prouver. Mais si vous n'avez aucune preuve, alors nos options sont claires : je vais continuer ma soirée, et vous allez quitter ma maison. Maintenant.

CHAPITRE
CINQUANTE-QUATRE

À vingt heures, les parents des filles âgées de six à onze ans étaient rassemblés dans le studio de danse Pump & Jump. Un petit nombre d'entre eux avaient amené leurs enfants, tandis que la plupart étaient venus seuls. La pièce bourdonnait d'un mélange de méfiance et de peur, des dizaines de conversations résonnant plus fort que tout ce que les enceintes pouvaient produire. Stephanie, Giles, Montana et Craig — qui était rentré de Londres peu de temps auparavant — se tenaient dos aux miroirs.

Stephanie a levé la main et, instantanément, le groupe d'adultes, dont l'âge allait de la fin de la vingtaine à la fin de la quarantaine, s'est tu, leurs conversations s'évanouissant dans un silence feutré.

Son cœur s'est emballé et une fine couche de sueur a recouvert son corps. Elle détestait parler en public et n'avait jamais excellé à s'adresser à une foule. Quelques semaines plus tôt, on l'avait chargée de parler devant des centaines d'étudiants et ses nerfs avaient été mis à rude épreuve. Elle ne savait pas si ce serait plus facile ou plus difficile.

Quoi qu'il en soit, elle n'avait pas le choix.

— Merci d'être venus ce soir, a-t-elle commencé d'une voix rauque et sèche. Je m'excuse de ne pas avoir abordé ce sujet plus tôt, cependant, nous avons seulement appris récemment que toutes les victimes des visites du Croque-mitaine proviennent de l'académie Pump and Jump. Elle a fait une pause pour balayer du regard les adultes dans la salle. Malgré l'invitation, elle n'a vu aucun signe de la présence des parents des récentes victimes. Nous comprenons que cette période soit préoccupante pour vous, surtout après les récents événements concernant Yasmin, qui nous attristent tous profondément. Le but de cette soirée est de vous assurer que nous travaillons activement pour retrouver cet individu. Nous faisons tout ce qui est en notre pouvoir.

— Nous vous demandons également de signaler tout ce que vous pourriez voir ou suspecter, aussi anodin ou dérangeant que cela puisse paraître. À cette fin, nous exhortons tous les résidents du quartier et les membres du groupe à prendre des précautions supplémentaires le soir. Le Croque-mitaine a un mode opératoire clair : il frappe au milieu de la nuit, pendant que tout le monde dort. Nous vous recommandons de vous assurer que toutes les portes sont verrouillées avant de vous coucher et, si possible, piégées. Si vous avez des caméras de sécurité, veuillez vous assurer qu'elles sont allumées, chargées et dirigées vers l'arrière de la maison. Si, dans le cas malheureux où le Croque-mitaine vous rendrait visite, nous vous prions de ne toucher à rien de ce que vous trouverez le lendemain matin. Les traces d'ADN sont cruciales sur une scène de crime, et toute trace que nous pourrons recueillir sera appréciée.

— Et s'il tue nos filles comme il a tué Yasmin ? a lancé une voix grave et rauque dans la foule. Stephanie a cherché sa provenance, mais n'a pas réussi à localiser l'intervenant dans l'attroupement.

— Je comprends votre inquiétude, a-t-elle répondu, plus assurée cette fois. Cependant, notre opinion professionnelle est que sa mort, bien que tragique, était un incident isolé. Nous ne pensons pas que cet individu tuera de nouveau. Cela dit, nous faisons tout notre possible pour le retrouver, et il répondra de ses actes devant la justice, dans toute la rigueur de la loi.

— Comment savez-vous qu'il ne s'agit pas de la même personne qui s'en est tirée il y a trente ans ? Et si elle s'en tirait encore ?

Stephanie a dégluti difficilement avant de répondre, se concentrant sur la femme qui avait posé la question et soutenant son regard.

— Je peux vous assurer qu'elle ne s'en tirera *pas* une seconde fois. Vous avez ma parole.

CHAPITRE
CINQUANTE-CINQ

Il était un peu plus de vingt-deux heures quand Stephanie est enfin rentrée chez elle. Elle avait dû supporter une heure de plus à répondre aux questions de la foule de parents inquiets. Finalement, elle était convaincue d'en avoir fait assez pour apaiser leurs craintes et les conseiller sur les meilleures mesures à prendre pour protéger leurs foyers et leurs familles de toute intrusion. Le seul problème, maintenant, c'est qu'elle était fatiguée. Et qu'elle avait faim.

Elle n'avait rien mangé, et son estomac le lui rappelait toutes les quelques secondes, gargouillant et la réprimandant de ne pas avoir pris de repas. Elle a baissé les yeux vers son téléphone, son reflet sur l'écran noir l'interpellant.

Ne le fais pas.

Ne le fais pas.

Mais elle l'a fait ; elle a déverrouillé son appareil, a trouvé l'application Uber Eats et a commandé une pizza bien grasse à la pizzeria indépendante de la rue principale. Elle avait goûté ce qu'ils faisaient quelques semaines plus tôt et avait été impressionnée par la saveur de leurs plats. Et d'un bon rapport qualité-prix, en plus.

En attendant, elle a erré dans la maison, rangeant et nettoyant, essayant de se distraire des documents imprimés dans son sac. Le dossier sur l'enquête du meurtre de sa mère reposait bien rangé, lui hurlant de le lire, la suppliant de s'y plonger.

Découvre la vérité.
Vois à quel point tu peux faire confiance à ton oncle.
Découvre ce qu'il savait.

Elle s'est immobilisée à l'entrée de son salon, fixant le sac comme si c'était un test de grossesse. Le livreur serait là dans dix minutes. Assez de temps pour commencer. Assez de temps pour manger un peu avant de se convaincre qu'elle devait tout revomir.

Elle savait quels démons cette lecture ferait ressurgir. Elle savait quelle bête elle réveillerait en elle, une bête qui montrerait son visage hideux. Mais c'était un mal nécessaire si elle voulait découvrir la vérité sur l'implication de son oncle dans les violences subies par sa mère et son meurtre.

Au cours de toute sa carrière dans la police, elle n'avait jamais ressenti le besoin de se plonger dans le passé, de revivre les souvenirs qu'elle avait enfouis depuis si longtemps.

Expirant profondément, elle s'est approchée du sac et en a sorti le dossier. Il semblait lourd dans sa main, comme si elle portait une brique. Près de deux cents pages.

Elle l'a emporté jusqu'au canapé, s'est assise en tailleur et l'a posé délicatement sur ses genoux. Son téléphone a vibré. La pizza serait là dans cinq minutes. Elle l'a ignoré.

Elle a ouvert le dossier.

Les premières pages étaient administratives : noms du personnel, numéros de rapport, registres d'incidents tapés à la machine. Puis venaient les photos de la scène de crime – floues à cause de scans numériques de mauvaise qualité et d'objectifs encore pires – montrant l'intérieur de la maison qu'elle ne connaissait que trop bien : la cuisine, le couloir, la salle de bains et le salon. Une photo montrait une femme affalée sur le canapé, ses cheveux étalés sur le coussin, un bras pendant le long de son corps. Inerte.

Une boule s'est formée dans sa gorge tandis qu'elle a étudié l'image aussi longtemps qu'elle a pu le supporter. Même dans la mort, sa mère était toujours une belle femme.

Elle a lentement tourné la page, rendant un dernier hommage à sa mère.

Puis sont venues les dépositions des témoins.

Au moment où elle s'apprêtait à les lire, la sonnette a retenti, envoyant une décharge de peur à travers son corps. Elle a sursauté et a failli laisser tomber le dossier par terre. Le mettant de côté, elle s'est précipitée vers la porte, a arraché la boîte à pizza des mains du livreur sans un merci, et est retournée au canapé, jetant la nourriture sur le coussin à côté d'elle. Elle était trop concentrée maintenant. Son esprit était passé en mode professionnel. Elle avait mis de côté ses sentiments personnels et traitait cela comme si c'était une affaire sur laquelle elle travaillait.

Après une profonde inspiration, elle a reporté son attention sur les dépositions des témoins. Beaucoup provenaient de la famille et d'amis, mais les plus révélatrices étaient celles des voisins. Elle avait longtemps cru que ses voisins n'avaient rien fait concernant les violences de son père, qu'ils étaient restés les bras croisés et s'étaient rendus complices du meurtre de sa mère. Mais en lisant leurs déclarations, elle a réalisé à quel point elle avait eu tort. À plusieurs reprises, ils avaient fait part de leurs inquiétudes à la police, mais après quelques visites de routine – dont Stephanie ne se souvenait plus – leurs signalements avaient été classés sans suite. Dans tous les cas, sa mère avait nié toute violence de la part de Colin. Elle l'avait défendu jusqu'au bout.

Après avoir lu cela, elle a commencé à enfourner quelques parts de pizza dans sa bouche.

Tout s'est arrêté quand elle a tourné la page et est tombée sur la déposition de son oncle. Le document était daté de deux jours après la mort de sa mère.

Elle a commencé à le lire, ligne par ligne.

Je l'avais vue le week-end d'avant, à un barbecue chez eux. Tout semblait normal, même si j'ai remarqué qu'elle était plus silencieuse que d'habitude. Elle parlait à peine à Colin. Il y avait une tension, mais je me suis dit que c'était juste une banale histoire de couple, et je ne voulais pas m'en mêler, vous voyez ? Est-ce que j'ai remarqué des bleus sur elle ? Non. Je ne peux pas dire que j'en ai jamais vu.

Sa respiration s'est suspendue. Ses doigts se sont crispés sur le papier.

Elle a continué à lire. Quelques minutes plus tard, l'inspecteur en charge de l'affaire avait confronté Elliot sur la question des ecchymoses.

Est-ce que mon frère a déjà eu un sale caractère ? Oui, bien sûr. On en avait un tous les deux. Ma mère nous surnommait le Joker et Batman parce que c'était notre bande dessinée préférée à l'époque et qu'on se battait tout le temps. C'était toujours lui qui commençait, et c'était toujours lui qui gagnait aussi parce qu'il était beaucoup plus grand que moi, et il me rappelait sans cesse que je ne serais jamais assez costaud pour être Batman. Moi, je pouvais toujours me cacher et me faufiler dans des endroits étroits si j'avais besoin de m'échapper. Mais au fil des ans, on a arrêté de se battre, comme le font les enfants. Et après la naissance des petites, je ne l'ai jamais vu lever la main sur elles, ni sur sa femme d'ailleurs. Je ne sais pas d'où tout ça sort.

La bouche de Stephanie est devenue sèche. Il n'avait pas été au courant des violences. Il avait été aussi ignorant que la police dans sa réponse aux inquiétudes des voisins.

Puis elle a lu un autre passage : la déposition d'une amie de la famille, une femme qui prétendait être la meilleure amie de sa mère. Dedans, elle mentionnait que, lors d'une petite réunion, à laquelle elle et Elliot étaient présents, ils avaient vu Colin être violent avec sa mère, lui laissant des bleus sur l'épaule gauche et le haut de la cuisse. Suite à l'incident, selon le récit de l'amie, sa mère avait défendu les actions de Colin, déclarant qu'il n'y avait pas de quoi s'inquiéter ; et Elliot avait balayé l'incident d'un revers de la main comme si c'était un événement courant, comme si c'était simplement ainsi que fonctionnait leur mariage.

Ils font toujours ça, avait dit Elliot. *Mais ils s'aiment toujours. Et parfois, elle le frappe en retour tout aussi fort.*

Interrogé à ce sujet dans une transcription ultérieure, Elliot avait nié en avoir connaissance et avait continué à défendre son frère, le protégeant de l'enquête de la police. Ce qui signifiait qu'il avait menti à la police. Elliot avait su ce que Colin était capable de faire à sa mère. Il avait menti pour protéger son frère.

Et il continuait à le faire, continuant à mentir, continuant à protéger son frère même s'il était mort.

Stephanie a attrapé la boîte à pizza et a enfourné une autre part de graisses et de glucides dans sa bouche. Quand tout a été fini, elle a sprinté à l'étage et a tout revomi.

CHAPITRE
CINQUANTE-SIX

Bien emmitouflée, blottie dans sa couette, elle se sentait au chaud et en sécurité — au chaud face au froid glacial de l'hiver dehors, au chaud face à l'air glacé qui persistait dans la chambre. À côté d'elle, Kimberley, qui n'avait pas plus de deux ans, dormait à poings fermés, le pouce dans la bouche, coupée du monde.

Paisible au milieu des ténèbres.

Si calme que Stephanie pouvait entendre le léger sifflement du nez de sa sœur tandis qu'elle sombrait plus profondément dans le sommeil. Maintenant que Kimberley dormait, elle s'est permis de fermer les yeux.

Jusqu'à ce qu'elle entende les bruits. Des pas qui crissaient en direction de la porte de la chambre, des ombres qui vacillaient le long de la fente de lumière sous celle-ci.

Stephanie s'est tendue, consciente de ce qui pouvait arriver. L'argent. La noyade.

Puis la porte s'est ouverte dans un long et lent grincement, bien moins subtil que son père ne l'avait jamais été. Peut-être avait-il bu davantage ce soir-là, ou peut-être avait-il simplement cessé de se soucier de qui il dérangeait en la tourmentant.

Stephanie a fixé la photo accrochée au mur. Un cliché d'elle-même, de Kimberley et de leur mère en randonnée dans les montagnes, très, très loin.

Son père est entré. Elle a serré la couette plus fort contre son visage, fermant les paupières pour s'isoler du monde, pour s'isoler de son père violent.

Mais il y a eu une immobilité, un silence. Aucun mouvement.

L'avait-elle imaginé ? Ou était-il simplement là, debout ?

Prudemment, elle a ouvert les yeux et s'est décalée dans le lit pour mieux voir. L'attente était le pire. La torture mentale qu'il lui infligeait pendant qu'elle patientait. Le ferait-il ? Ne le ferait-il pas ? Certaines nuits, il la laissait complètement tranquille, se contentant de rester là à observer, en faisant des bruits étranges et dérangeants. D'autres... elle essayait de ne pas y penser.

Mais cette fois, c'était différent. L'ombre qu'il projetait était plus petite, plus fine, et le poids de ses pieds sur la moquette était plus étouffé, plus doux, plus silencieux. Au fil des années, elle avait appris à remarquer ce genre de détails.

Lentement, elle a ouvert un œil. S'est figée.

La lumière de la rue éclairait juste assez ses traits pour qu'elle voie que ce n'était pas son père.

C'était son oncle. L'homme qu'elle n'avait rencontré qu'une poignée de fois, et avec qui elle s'était toujours sentie mal à l'aise.

Il se tenait là, les bras le long du corps, les épaules voûtées. Se contentant d'observer. De fixer. *En souriant.* Un sourire en coin mielleux, subtil et narquois, comme celui d'un homme qui venait d'être mis dans la confidence d'un sombre secret.

Ses yeux luisaient dans la pénombre tandis qu'il la regardait de haut.

Stephanie ne pouvait plus bouger. Ses doigts s'agrippaient à la couette, mais ils lui semblaient inutiles, mous. Ses jambes refusaient de donner des coups.

Pourquoi était-il ici ? Où était son père ?

Puis elle l'a remarquée. La ficelle.

Pendant de sa main droite, juste à côté de sa cuisse, un fin ruban blanc dansait légèrement dans l'air immobile. Et au bout, flottant juste au-dessus du poignet de l'homme, il y avait un ballon. Bleu. Doux et rond, presque lumineux.

Il a fait un pas de plus vers elle.

La poitrine de Stephanie s'est resserrée, comme si la pièce avait soudainement rétréci et que tout l'oxygène en avait été aspiré. Elle a essayé d'appeler Kimberley, mais sa bouche s'est ouverte et aucun son n'en est sorti.

Son oncle se tenait maintenant au pied de son lit, la tête penchée comme un enfant curieux. Puis il s'est avancé vers elle, se glissant presque sans bruit, à l'exception du froissement de ses pieds sur la moquette.

Les yeux de Stephanie se sont écarquillés en croisant les siens. Pourtant, il n'a montré aucun signe d'inquiétude ou de peur d'être vu. Au contraire, il s'est arrêté près de sa tête et a laissé tomber le ballon à côté d'elle.

Sans rien dire, il est resté un instant avant de lui tourner le dos et de sortir de la chambre. Dès que la porte s'est refermée, elle s'est réveillée en hurlant intérieurement, la poitrine soulevée, haletante.

CHAPITRE
CINQUANTE-SEPT

Ce n'était qu'un rêve, s'était-elle dit, et elle se l'était répété sans cesse depuis son réveil, couverte de sueur. Juste un rêve. Le fruit de son imagination.

Son subconscient avait confondu son oncle et son père, les fusionnant en une seule figure sinistre, un unique prédateur. Ça devait être de famille.

Elle est restée allongée là pendant des heures, à fixer la porte de sa chambre, s'attendant à la voir s'ouvrir. Elle avait serré Bart, son ours en peluche adoré, contre elle et, ensemble, ils avaient repoussé le croque-mitaine.

Maintenant, cependant, elle en payait le prix. Elle était fatiguée ; exténuée, en fait. Luttant pour garder les yeux ouverts, elle s'est laissée rouler hors du lit et s'est traînée jusqu'aux toilettes. La lumière de la salle de bains était crue et l'a presque aveuglée. À l'intérieur, l'odeur de bile flottait encore dans l'air. Il lui faudrait plus de désodorisants pour masquer la puanteur.

Alors qu'elle descendait les escaliers à pas feutrés, ses pieds semblaient lourds sur les marches, comme si ses muscles n'étaient pas encore tout à fait réveillés. Elle s'est arrêtée à mi-chemin, une main glissant sur la rampe, l'autre posée à plat sur sa bouche pour étouffer un bâillement.

Là, sur le paillasson, se trouvait une grosse enveloppe matelassée.

Pas de timbre. Pas de nom. Pas d'adresse. Rien n'indiquait qu'elle était passée par un service de livraison.

Elle avait été remise en main propre, glissée par la fente de la boîte aux lettres à un moment ou un autre de la nuit. Quand ? L'avait-elle entendue ?

Elle a descendu lentement les escaliers, gardant un œil sur l'enveloppe et l'autre sur le couloir. Le corps tendu, elle a attrapé une chaussure, a ignoré l'enveloppe pour le moment et a fouillé le reste de la maison : la cuisine, le salon, la salle de bains du rez-de-chaussée. À la recherche d'un intrus, à la recherche du croque-mitaine.

Une fois la maison inspectée, elle s'est dirigée vers la porte d'entrée, s'est penchée et a ramassé l'enveloppe. Elle était marron, du genre qu'on trouve dans les placards de fournitures de bureau. Lourde, comme si elle contenait une épaisse liasse de papier. Un instant, elle s'est demandé si elle contenait les dix mille livres qui lui avaient été accordées dans le testament de son père, mais elle a vite rejeté l'idée.

Une terreur glaciale lui a parcouru la nuque. Elle a retourné l'enveloppe et a commencé à décoller le rabat, en faisant attention de ne pas le déchirer. Une fois l'enveloppe ouverte, elle a jeté un œil à l'intérieur. Incapable d'en discerner le contenu, elle y a plongé la main et a commencé à en sortir les documents.

Puis elle les a vues. Des photographies. Près d'une douzaine, imprimées sur un papier glacé épais qui suggérait qu'on n'avait pas lésiné sur les moyens pour les lui envoyer.

C'étaient des photos d'elle.

Dans sa voiture. En sortant du commissariat. En entrant dans le bureau de l'avocat. En entrant dans l'appartement de Devon. En ressortant, cette fois avec des bouteilles de vodka et de bière vides — plusieurs clichés de ce moment, comme si le photographe avait choisi de se concentrer sur cet incident précis.

Elle les a regardées attentivement, absorbant la signification de chacune. Au fond de son esprit, les rouages se sont mis en marche. Qui les avait envoyées ? Pourquoi ? Et qu'est-ce que cela signifiait ?

Elle avait une vague idée — la Skoda Fabia — mais quel était le rapport avec le croque-mitaine ?

Mais des pensées plus urgentes ont surgi. Devon. Il était absent du travail depuis quelques jours maintenant, et elle ne l'avait ni vu ni entendu.

Pendant le trajet, Stephanie s'était préparée à trouver Devon gisant dans une mare de son propre vomi, une situation qu'elle n'avait rencontrée qu'une seule fois dans sa carrière. Elle a poussé un profond soupir de soulagement quand sa voix a enfin répondu à l'appel sur son interphone.

— Allô ?

— Je te croyais mort, a-t-elle dit.

— Tu as l'air déçue, a-t-il répondu, sa voix résonnant comme s'il était dans l'espace.

Elle a levé les yeux vers l'immeuble. — Tu vas me laisser entrer ou quoi ?

— Seulement si tu promets d'arrêter de t'occuper de moi.

Un instant plus tard, alors qu'une rafale de vent lui cinglait les chevilles, le buzzer a retenti, et elle a tiré la porte pour l'ouvrir, poursuivie à l'intérieur par une poignée de feuilles qui tentaient d'échapper aux conditions automnales rigoureuses.

Le temps qu'elle commence à monter les escaliers, ses jambes s'étaient réveillées, et elle a grimpé avec aisance.

La porte d'entrée de l'appartement de Devon était déjà ouverte pour elle. Elle a croisé un de ses voisins en entrant, l'a salué d'un signe de tête poli et a refermé la porte derrière elle.

Quand elle s'est retournée, elle s'attendait à ce que l'appartement soit dans le même état que lorsqu'elle l'avait trouvé la dernière fois : un capharnaüm et du désordre partout. Au lieu de ça, elle a découvert le contraire. Le jour et la nuit. Propre, bien rangé. Aucune trace ne suggérait que quelqu'un avait vécu là, et encore moins un homme au début d'une mauvaise pente avec l'alcool.

Devon se tenait à côté du canapé. — Qu'est-ce que tu en penses ?

— Je pense que tu as oublié un bout de la plinthe près de la télévision. Elle a montré le coin de la pièce pour souligner son propos.

Devon y a jeté un coup d'œil rapide, puis a réalisé qu'elle plaisantait. — Sois pas conne.

— Toutes mes excuses. Tu as fait du bon boulot. Tu t'es bien occupé.

Il a eu un petit rire méprisant. — Qu'est-ce que j'allais faire d'autre ? Il me fallait quelque chose pour occuper mon temps. Je ne sais pas comment certaines personnes peuvent passer toute la journée à la maison.

— Tu as eu un entretien avec la médecine du travail ?

Devon a mis ses mains dans les poches de son pantalon et a baissé les yeux vers le sol. — On a eu un appel vidéo, ouais.

— Et ?

— Et ils m'ont donné quelques conseils, des ressources. Ils veulent que je vienne pour une expertise et des tests.

— Des tests ?

— Pour voir si je suis apte à travailler.

Elle l'a examiné dans sa tenue de travail. — C'était quand, la dernière fois que tu as bu ?

— Pas depuis que tu t'es occupée de moi.

Elle était contente de l'entendre. — Quand est-ce que tu pensais revenir ?

— Aujourd'hui, si tu me laisses faire.

— Tu penses que tu es prêt ?

Il a inspiré profondément et a hoché la tête. — Ça va. Pas parfait, mais ça va.

Elle a souri. — C'est tout ce que j'avais besoin d'entendre. Mais avant qu'on y aille… Elle a sorti les photographies de son sac. — Tu ne saurais rien sur la prise de ces photos, par hasard ?

Devon a pris les photos qu'elle lui tendait avec précaution, comme si elles contenaient quelque chose de dangereux. Puis il a commencé à les parcourir, en prenant son temps. Son expression ne laissait rien paraître.

— C'est devant chez moi, ça ? a-t-il demandé, en faisant référence à l'image où elle tenait les bouteilles.

— Malheureusement, oui.

— Où est-ce que tu les as eues ?

— Je les ai trouvées dans ma boîte aux lettres ce matin. Sans rien dessus. Pas de timbre, pas d'adresse.

— Donc elles ont été livrées en main propre, a dit Devon, pensif.

Tu crois qu'elles viennent du croque-mitaine ? Tu crois qu'il essaie de te faire peur pour que tu laisses tomber ?

Elle a haussé les épaules. — C'est possible. Tu n'aurais pas vu une Skoda Fabia grise traîner dans le coin, par hasard ?

Devon n'a pas eu besoin de réfléchir longtemps. — Je ne peux pas dire que j'ai prêté beaucoup d'attention à ce qui se passait dehors. J'étais plus concentré sur ce qui se passait là-haut. Il s'est tapoté le côté de la tête. — Et puis, je suis nul en voitures. Tout ce que je sais, c'est que tant qu'elle a quatre roues, un moteur et quelques portières, c'est bon pour se déplacer.

Il lui a rendu les photographies. Stephanie les a prises, une expression solennelle sur le visage.

— Tu as peur ?

Elle a eu un sourire en coin. — De quoi devrais-je avoir peur ? Je ne suis pas une fillette de sept ans. Et crois-moi, j'ai déjà affronté des monstres bien pires que cette personne par le passé.

CHAPITRE
CINQUANTE-HUIT

Stephanie était furieuse contre Giles. Il était censé être en congé, mais il avait choisi de venir travailler. Pas parce qu'il était débordé, mais parce qu'il estimait le devoir aux victimes et à l'enquête. Elle l'avait pris à part pour lui expliquer qu'ils avaient largement assez d'aide et que, pour l'essentiel, tout était sous contrôle, mais il avait choisi de lui tenir tête.

— La bonne nouvelle, a-t-il commencé en lui souriant depuis son siège dans la salle de crise, c'est que, et je suis sûr que vous serez tous d'accord, il n'y a eu aucun signalement de nouvelle effraction depuis la mort de Yasmin East.

Une petite acclamation a résonné au sein de l'équipe. Timide, mais sincère. Oui, il y avait de quoi se réjouir. Mais l'équipe était douloureusement consciente qu'une jeune fille avait perdu la vie aux mains du Bonhomme Sept Heures.

— Je ne sais pas si c'est une bonne ou une mauvaise chose, a dit Stephanie.

— Comment ça, madame ? a demandé Giles.

— Eh bien, c'est une excellente nouvelle, car, comme je le soupçonnais, ça signifie que personne d'autre ne sera terrorisé par cet individu. Mais c'est aussi une mauvaise nouvelle parce qu'il… eh bien, parce qu'il s'est terré, il est entré dans la clandestinité. Maintenant, nous courons le risque que l'histoire se répète et qu'il se volatilise.

Giles a hoché la tête, pensif. — Ça n'a pas l'air aussi réjouissant.

— Pas réjouissant, en effet. Nous devons donc faire tout ce qui est en notre pouvoir pour que ça n'arrive pas. — Elle a balayé du regard le reste de l'équipe et a été heureuse d'y revoir Devon. Ils étaient de nouveau au complet. — Mais ça me pousse à me demander : quel est le *mobile* ici ? *Pourquoi* cette personne fait-elle ça ? Il semble, du moins en ce qui concerne les événements récents, que le Bonhomme Sept Heures ne s'intéresse qu'à observer ces jeunes filles. Pourtant, maintenant que quelque chose a mal tourné, il s'est terré. Je suis convaincue que la mort de Yasmin East était une erreur. Alors pourquoi fait-il ça ? Qu'est-ce qu'il y gagne ? Et pourquoi s'arrêter après le meurtre ? S'il s'agissait d'une escalade de comportement, similaire à ce que l'on pourrait voir chez un tueur en série, je m'attendrais à ce que d'autres corps apparaissent. Mais jusqu'à présent, ça n'a pas été le cas.

— Il vaut mieux espérer que ça n'arrive pas, a commenté Giles, baissant rapidement les yeux quand l'équipe s'est tournée vers lui.

Au moment où Stephanie s'apprêtait à répondre, Fiona a levé la main tout en se rongeant les ongles de l'autre. Ce matin-là, elle avait attaché ses cheveux en une queue de cheval, ce qui la rajeunissait. — Excusez-moi, madame, a-t-elle commencé, et j'espère que vous ne m'en voudrez pas de dire ça, mais vous vous souvenez de la psychocriminologue que nous avons fait venir il y a quelques semaines ?

Stephanie a grogné en signe d'assentiment.

— Eh bien, je l'ai contactée hier pour savoir ce qu'elle avait à dire sur tout ça. Et… eh bien, elle pense que cet individu revit une sorte de traumatisme.

— De quelle manière ?

Fiona a cessé de se ronger les ongles et a regardé les membres de l'équipe. — Elle a dit qu'ils l'utilisaient peut-être comme une forme de deuil. Elle a souligné qu'il est étrange qu'il n'y ait aucun élément sexuel, aucune nature sordide derrière tout ça, et que le ballon représente un lien avec un enfant dont ils pourraient, ou non, faire le deuil.

— Marcus Vickery, a-t-elle dit sans réfléchir. Sa nièce est morte l'autre semaine.

— Ou Adam Keegan, a ajouté Giles, un chewing-gum pendant

de sa bouche. Il ne voit pas son enfant autant qu'il le voudrait probablement. C'est une *forme* de traumatisme, j'imagine.

— Je confirme, a ajouté Devon avec un hochement de tête.

Un silence gêné est tombé sur l'équipe.

— Ça casse l'ambiance, a commenté Noah en donnant une tape amicale sur le bras de Devon. Merci pour ça.

Stephanie a ignoré l'atmosphère et a demandé : — Et le lien avec l'ancien Bonhomme Sept Heures ? Qu'est-ce qu'elle a dit à ce sujet ?

— Elle a dit que ça pourrait être la même personne ou quelqu'un de nouveau, a expliqué Fiona, tant qu'il y a un élément de traumatisme ou de deuil impliqué. Si c'est quelqu'un de nouveau, il faudrait que ce soit une personne familière avec l'affaire du passé ou quelqu'un qui en a tiré des leçons.

Ou quelqu'un à qui on avait *appris* comment faire, a pensé Stephanie, son esprit se tournant de nouveau vers son père. Le traumatisme, dans ce cas, aurait été sa mort. Peut-être que la personne qu'il avait potentiellement manipulée en prison utilisait des petites filles comme un exutoire à son deuil à la place de garçons.

— Excellent travail, Fiona, a répondu Stephanie. Vraiment bien. Vous avez pensé hors des sentiers battus. Je suis impressionnée. Mais le travail n'est pas encore terminé. Où en sommes-nous avec tout le reste ?

Un par un, les membres de l'équipe lui ont présenté leurs dernières avancées. Le seul problème, c'est qu'il n'y avait rien à signaler. Toujours personne n'avait rien vu ni entendu. Les enregistrements de vidéosurveillance et des caméras s'étaient taris, ne menant nulle part. Fiona et Noah avaient parlé aux victimes restantes des années 90 et vérifié leurs alibis ; tous avaient été écartés de la liste des suspects potentiels. Tout ce qu'ils avaient, c'étaient les résultats ADN et d'empreintes digitales prélevés sur les anciennes et les nouvelles victimes, qui devaient arriver d'un moment à l'autre.

Stephanie a pointé du doigt Fiona, qui avait supervisé leur progression.

— Suivez ça de près, en urgence, a-t-elle dit. Le labo m'a dit que nous les aurions en une semaine, et nous ne les avons toujours pas vus.

— Oui, madame, a répondu Fiona d'un ton maussade, en baissant la voix.

Stephanie a tapé dans ses mains, mettant fin à la réunion.

— Bon travail, l'équipe. Quelqu'un a-t-il autre chose à ajouter ?

Aucune réponse. Aussitôt, les membres de l'équipe ont commencé à se lever de leurs chaises et à retourner à leurs bureaux. Tous sauf une : l'agent Olivia Willard, qui est restée en retrait et a attendu que Stephanie s'approche.

— Madame, a-t-elle commencé, d'une voix douce et hésitante. Il y avait… il y avait quelque chose que je voulais vous montrer. Mais je ne voulais pas le faire devant l'équipe, et je n'étais pas sûre que vous en soyez déjà au courant, mais…

— Accouchez, Willard, a lancé Stephanie, puis elle s'est souvenue d'ajouter : S'il vous plaît.

Olivia a récupéré son ordinateur portable sur la chaise à côté d'elle, a ouvert l'écran et s'est connectée. À l'écran se trouvaient le bleu reconnaissable du logo et de la bannière supérieure de Facebook. En dessous, une image d'en-tête contenait des photos des récentes victimes du Bonhomme Sept Heures. Stephanie a reconnu les photos parmi celles accrochées au tableau d'enquête derrière elle. Sous l'en-tête se trouvait le nom du groupe Facebook : *Justice pour les victimes du Bonhomme Sept Heures de Guildford.*

Sans rien dire, Olivia a fait défiler l'écran légèrement vers le bas, révélant une série d'images.

Stephanie a eu le souffle coupé, et son rythme cardiaque s'est accéléré.

Là, condensées en plusieurs petites vignettes, se trouvaient les images qui avaient été glissées sous sa porte ce matin-là, la plus grande la montrant en train de tenir les bouteilles de vodka.

— Qui a posté ça ? a-t-elle demandé.

— C'est une publication anonyme, a répondu Olivia.

— Qu'est-ce que ça dit ?

Olivia n'a pas eu le courage de le lire, alors elle a passé l'ordinateur à Stephanie.

« *Voici la personne en charge de l'enquête sur le Bonhomme Sept Heures. Une ivrogne ! Est-ce le genre de personne à qui nous pouvons faire confiance pour protéger nos enfants de cet individu malade ? L'inspectrice Stephanie Broadbent a prouvé son inefficacité, et la mort de Yasmin East est de sa responsabilité. Nous devons faire quelque chose. Cela ne peut pas et ne doit pas continuer. »*

Le sang de Stephanie s'est glacé. Une multitude d'émotions ont explosé en elle : fureur, vengeance, culpabilité, frustration, regret.

Elle a jeté un œil aux statistiques d'engagement de la publication : plus de cinq mille personnes avaient aimé la publication.

Plus de cinq mille avaient vu les images d'elle avec les bouteilles à la main. Plus de cinq mille personnes pensaient maintenant qu'elle était inapte à ses fonctions.

Plus de cinq mille personnes s'étaient ralliées pour prendre les choses en main.

CHAPITRE
CINQUANTE-NEUF

La porte s'est refermée doucement dans un léger déclic, étouffant les bruits du bureau, mais cela n'a pas suffi à combattre la cacophonie qui tourbillonnait dans son esprit. Les photos, les publications, les commentaires et le nombre effarant de gens qui partageaient leur opinion. Tout ça avait été monté en épingle par une source anonyme.

Pourtant, elle était convaincue qu'il ne s'agissait pas du tout d'une source anonyme. Elle croyait qu'une seule personne était responsable, un individu déterminé à lui pourrir la vie depuis que le Croque-mitaine était entré dans la sienne : Trent Whitaker.

Ce petit salaud.

Au moment où elle attrapait son portable, celui-ci s'est mis à sonner dans sa poche. Elle a sorti l'appareil et a jeté un œil au nom qui s'affichait.

Louis Brown.

Elle a fixé son nom un long moment, pesant le pour et le contre avant de répondre.

Finalement, juste avant que l'appel ne bascule sur sa messagerie vocale, elle a appuyé sur la grosse touche verte en bas de l'écran.

— Bonjour, Stephanie, a-t-il dit.

— Louis…

— Comment ça va ?

Ne te laisse pas atteindre. Ne lui montre pas que tu les as vues.

Elle a grincé des dents. — Nous n'avons reçu aucun signalement de nouvelles visites du Croque-mitaine, alors on considère ça comme une victoire.

— Et à juste titre. Est-ce que vous approchez de son identité ou de sa localisation ?

Stephanie a marqué une pause avant de répondre. Louis était bien plus gentil que d'habitude, plus amical.

— Nous poursuivons toutes les pistes d'enquête actives. Malheureusement, je n'ai rien de plus à vous donner.

— C'est parce que c'est à mon tour de *vous* donner quelque chose.

Elle est restée silencieuse et a attendu qu'il continue.

— Je ne suis pas sûr que vous soyez au courant, mais il y a des photos qui circulent…

Elle n'a toujours rien dit.

— Des photos de vous qui tournent sur les réseaux sociaux… sortant d'un immeuble avec des bouteilles de vodka, entrant dans un cabinet d'avocats…

— Je sais, je les ai vues.

— Évidemment, ce n'est pas très reluisant.

— Ce n'est pas à vous que je vais l'apprendre.

— Mais ce que je voulais vous dire, c'est que nous avons reçu les mêmes photos, et on nous a demandé de faire un article sur vous.

Stephanie s'est humecté les lèvres et a retenu son souffle, se préparant à ce qu'il allait dire.

— Mais nous n'allons pas le faire, a-t-il dit.

Le cœur de Stephanie s'est remis à battre la chamade, et elle a eu un hoquet bref et sec. — Répétez ça ?

— C'est une entreprise de démolition, a expliqué Louis, et ce n'est pas notre genre. C'est peut-être le style de certains journaux, mais certainement pas le nôtre. Je sais que vous et votre équipe faites du bon travail, et je ne veux pas compromettre ça. Mais ça ne veut pas dire que les mêmes photos n'ont pas été envoyées à d'autres journalistes…

— Vous pensez qu'ils vont s'en emparer ?

Louis a soupiré au téléphone. — C'est possible. Je peux passer quelques coups de fil, mais ça risquerait de vendre la mèche.

Stephanie faisait les cent pas dans son bureau, son esprit tournant à plein régime alors qu'elle imaginait les conversations difficiles qu'elle allait devoir avoir. Tout ça à cause d'un seul homme.

— Vous savez qui les a envoyées ? a-t-elle demandé en s'appuyant contre son bureau, sentant l'adrénaline monter en elle.

— Oui…

— Allez-vous me le confirmer ? Parce que nous savons tous les deux de qui il s'agit. Mais vous êtes le seul à le savoir avec certitude.

Une pause.

— Trent, a-t-il dit d'une voix égale.

— Bingo. Dix bons points pour moi, a-t-elle répondu, sarcastique.

Bien sûr que c'était lui. Cela expliquait pourquoi elle n'avait pas eu de ses nouvelles depuis plusieurs jours, pourquoi elle ne l'avait pas vu traîner devant le commissariat, à l'attendre, elle ou quelqu'un d'autre impliqué dans l'enquête.

— Il y a autre chose que vous devez savoir.

Le ton de Louis lui a coupé le souffle.

— Quoi ?

— On m'a dit de ne pas vous le dire, mais je pense que vous avez le droit de savoir.

— Continuez.

— Ce n'est pas Trent qui a pris les photos. Elles viennent de quelqu'un d'autre. Il ne fait que les financer.

Stephanie a retourné l'information dans sa tête. — Qu'est-ce que vous voulez dire ?

— Je veux dire qu'il a engagé un détective privé.

Stephanie s'est figée.

— Le détective a pris les photos, mais c'est Trent qui me les a envoyées, et je suis presque certain que c'est aussi lui qui les a postées en ligne.

— Un détective privé ? a-t-elle répété, son esprit peinant à suivre.

— Oui.

— Qui ?

— Je ne sais pas. C'est tout l'intérêt d'un détective privé. On ne sait pas qui il est.

Une image de la vieille Skoda Fabia lui est apparue en tête. Le détective privé était-il au volant en train de prendre les photos, ou était-ce le Croque-mitaine ?

— Pourquoi a-t-il engagé un détective ? Juste pour me saboter ? a-t-elle demandé. Sa tête commençait à lui faire mal, alors elle s'est assise à son bureau.

— Trent et les familles des autres victimes l'ont engagé pour attraper le Croque-mitaine.

— Vous savez s'ils avancent ?

— Non. Mais vous savez comment est Trent. C'est un homme qui a des relations.

— Qu'est-ce que ça veut dire ?

— Que, où que vous alliez, il ne sera jamais très loin derrière.

CHAPITRE
SOIXANTE

Encore un appel en absence.

Le troisième en dix minutes : Jason s'inquiétait, se demandant où elle était, où elle avait bien pu aller. Ridicule. Où était cette sollicitude quand elle était assise dans le salon, à se morfondre, à essayer d'accepter que sa vie ait été mise sens dessus dessous ? C'est vrai : il était à l'étage, dans son bureau, en train de travailler. *Lui laisser du temps et de l'espace pour être seule.* C'était la dernière chose dont elle avait eu besoin. Au contraire, il lui fallait du réconfort et du soutien : émotionnel, physique, mental. Et pourtant, il l'avait complètement ignorée. Elle traversait la pire période de sa vie, et lui était trop occupé par son travail, à s'inquiéter de la dernière transaction en cours ou de la dégringolade des marchés ce jour-là. Ce n'était pas suffisant, et maintenant, c'était lui qui jouait les victimes, l'accusant de le négliger et de l'exclure.

J'ai une très bonne raison pour ça, Jason ! voulait-elle lui hurler. *Et pas qu'une.*

Pire, elle avait envie de l'étrangler. En ce moment, il ne se comportait pas comme l'homme dont elle était tombée amoureuse. Il avait été gentil, doux, prévenant. Il avait été là pour elle chaque fois qu'elle passait une sale journée à l'école ou quand les gamins se conduisaient comme des connards et lui donnaient l'impression de ne valoir rien. Il avait été là quand elle souffrait le martyre à cause de ses règles et qu'elle voulait juste passer la journée au lit avec plusieurs tablettes de chocolat. C'était même lui qui les lui fournissait.

Mais maintenant… maintenant, il était distant, différent. Ailleurs. Mentalement, physiquement et littéralement. Parfois, quand elle lui parlait, elle avait l'impression de s'adresser à un chien. Il se contentait de la regarder, de hocher la tête, de sourire aux bons moments, mais il ne se passait absolument rien derrière ses jolis yeux. Sans compter qu'il n'était jamais à la maison. Toujours en déplacement pour le travail, à des afterworks, passant le plus de temps possible loin d'elle.

Ils étaient dans un TGV en première classe à destination du divorce ; elle le sentait.

Mais heureusement, une distraction s'était présentée. Quelque chose pour la détourner de ses pensées sur son père meurtrier, sa sœur menteuse et son mari inutile.

Elle a regardé l'heure. Il avait cinq minutes de retard.

Compréhensible, vu la situation. Elle l'avait trouvé en ligne, lui avait envoyé un message et, après quelques échanges, ils avaient convenu de se rencontrer.

Elle a senti un nœud se former dans son estomac. Le genre de nœud enivrant qu'on ressent à l'adolescence avant un premier rendez-vous.

Elle a tapoté nerveusement ses doigts sur le volant tandis que la pluie martelait régulièrement le pare-brise, estompant la rue en une brume de toits gris. Un homme est passé sur le trottoir. Son cœur lui est monté à la gorge, puis est redescendu.

Ce n'était pas lui.

Une femme avec une poussette a suivi. Pas elle non plus.

Sa prise sur le volant s'est resserrée.

Cinq minutes sont devenues dix. Dix sont devenues quinze. Le nœud a continué de se serrer.

Finalement, un message de sa part : *Désolé, je suis en retard. Le trafic est un cauchemar. Hâte de te rencontrer.*

Puis, comme s'il l'avait envoyé à ce moment précis à dessein, il est apparu de derrière le débit de boissons et s'est dirigé vers elle, lui faisant de grands signes en approchant.

Dès qu'elle l'a vu, le nœud dans son estomac a disparu, et toutes les pensées concernant sa sœur, son père et son mari ont été balayées par la pluie.

CHAPITRE
SOIXANTE-ET-UN

Stephanie s'est forcée à refouler ses pensées concernant Trent, les images et le détective privé. Elle avait une mission à accomplir, même si cela devenait de plus en plus difficile.

Elle ne pouvait s'empêcher de penser à son apparence horrible sur les photos. À quel point son visage paraissait plus joufflu que d'habitude. S'était-elle fait vomir la veille de la prise des photos ? Elle ne s'en souvenait pas. Mais le simple fait de se voir ainsi lui a donné envie de recommencer.

Trent. Pour qui se prenait-il ? La menacer de cette façon. Car c'est ce que ces images représentaient : une menace. La menace que d'autres secrets sur sa vie seraient révélés si elle n'attrapait pas le Croque-mitaine. Ce qui soulevait la question : qu'est-ce qu'il savait de plus ? Elle s'est souvenue que son voisin lui avait dit avoir vu une voiture étrange rôder dans la rue l'autre jour. Et si le détective privé s'était introduit chez elle ? S'il avait trouvé la boîte à bijoux, son ours en peluche ? S'il avait découvert la vérité sur son père ?

Puis une autre pensée a surgi : et si c'était la raison pour laquelle il la harcelait depuis le début ? Et s'il y avait un lien entre son père et Trent ? Était-ce possible ? Trent pouvait-il être le Croque-mitaine, cherchant à se venger du meurtre de son mentor ?

Ses pensées commençaient à partir en vrille. Radicalement. Mais avant qu'elles ne puissent aller plus loin, ils se sont garés devant la maison de Marcus Vickery à Shalford, un F3.

Stephanie s'est tournée vers Devon. Ils avaient fait tout le trajet en silence, et il était clair, à voir son expression fatiguée et usée, qu'il avait livré ses propres batailles intérieures pendant le voyage.

— Prête ?

— Prêt.

L'odeur de viande en train de cuire s'est échappée de la porte d'entrée dès que Marcus Vickery l'a ouverte, vêtu d'un jean et d'un T-shirt, un tablier pendant à son cou.

— Qu'est-ce que vous faites là ? a-t-il demandé, surpris.

— Nous avons d'autres points à aborder avec vous, a expliqué Stephanie, avant de présenter Devon. J'espère que nous ne dérangeons pas.

Tandis qu'ils entraient dans la maison, Marcus a répondu :

— Ma sœur est là pour un dîner en avance. Je viens de finir de cuire des burgers et des saucisses, si vous en voulez ?

Elle a inspiré profondément, l'arôme de la nourriture cuite émoustillant ses sens. Elle ne désirait rien de plus que de manger, mais elle ne pouvait pas avoir une crise de boulimie devant ces gens, surtout quand l'un d'eux était un suspect potentiel dans une enquête pour meurtre.

— On peut rester pour un café.

Un instant plus tard, ils sont entrés dans la cuisine. Au centre se trouvait un îlot présentant les fruits de la cuisine de Marcus pour le déjeuner : plusieurs assiettes de blancs de poulet, de saucisses et de steaks hachés, des bols remplis de salade et de légumes verts, un petit sac de pains à burger, et autant de condiments qu'on en trouverait dans le rayon d'un supermarché. Il y avait assez de nourriture pour une famille de dix personnes.

De l'autre côté de la cuisine se tenait la sœur de Marcus, Connie. Elle a levé les yeux lorsqu'ils sont entrés, une main enroulée autour d'un verre de limonade trouble, l'autre nonchalamment appuyée sur le bord de l'îlot. La trentaine bien entamée, peut-être un peu plus, avec des cheveux auburn foncé ramenés en une tresse épaisse qui lui arrivait au bas du dos. Elle portait du noir de la tête aux pieds — jean, pull, bottes — la seule touche de couleur sur elle étant une trace de rouge à lèvres cerise et l'éclat d'un stud argenté dans son nez.

— Connie, voici les inspecteurs qui travaillent sur la nouvelle affaire du Croque-mitaine, a expliqué Marcus.

Elle a promené son regard amande entre Stephanie et Devon.

— Vu le succès que vous avez eu avec la dernière. Marcus m'a dit qu'il était de retour.

Marcus a contourné l'îlot et a donné un petit coup de coude à sa sœur.

— Sois sympa, a-t-il dit.

Stephanie a ignoré le commentaire et a désigné la nourriture.

— On dirait que vous avez un vrai festin.

— Mon frère ne sait pas cuisiner pour moins de huit personnes, a répondu Connie en sirotant sa boisson.

— Au moins, il y aura des restes pour demain, a noté Devon. Rien de mieux qu'un burger ou une saucisse froide le lendemain matin.

— On aurait eu une bouche de plus à nourrir, a dit Marcus. Mais…

Il s'est tourné vers sa sœur et lui a frotté le bras avec compassion.

— Je suis désolée pour votre perte, a dit Stephanie à Connie.

La sœur de Marcus a posé son verre, a mis la main sur sa poitrine et a incliné la tête.

— Merci. J'apprécie. C'est dur. Elle me manque terriblement. Mais je tiens le coup.

— *On* tient le coup, l'a corrigée Marcus. Un pas à la fois.

— Un pas à la fois. Elle a levé les yeux vers Stephanie. Désolée, vous vouliez lui parler. Je vais vous laisser.

Limonade à la main, Connie a pris son assiette et s'est dirigée vers le salon. Le silence est tombé dans la cuisine, comme si un certain malaise s'y était installé. Stephanie a attendu que la porte se referme avant de commencer.

— J'ai reconnu votre visage au studio de danse hier.

— Oui. Et ?

— Pourquoi étiez-vous là ?

— J'y suis allé parce que Connie ne se sentait pas capable d'y aller, et je me sentais redevable envers les autres parents présents.

— Comment en avez-vous entendu parler ? Mon équipe ne vous a pas contacté.

— J'en ai entendu parler par certains des autres parents, et quelques personnes ont aussi posté dans le groupe Facebook.

Son estomac a gargouillé. Son regard a dérivé vers la nourriture sur le plan de travail.

— Quel est votre lien avec cet endroit ?

— À part le fait que ma nièce y allait, vous voulez dire ?

La mâchoire de Stephanie s'est crispée tandis qu'elle hochait la tête.

— Je ne vois pas où est le problème, a-t-il dit. Quelques parents m'ont contacté depuis que tout ça a commencé, pour me demander du soutien, pour avoir ma version des faits. Alors j'ai pensé y aller, juste au cas où quelqu'un poserait une question à laquelle j'aurais pu aider à répondre.

— Mais vous ne l'avez pas fait. Vous vous êtes fait discret.

— C'est parce que vous avez répondu à tout ce qui vous a été demandé. Marcus a ricané, a balancé un steak haché dans un pain, l'a noyé sous le ketchup et se l'est enfourné dans la bouche. Je n'allais pas commencer à tout ramener à moi. Si je suis honnête, ça me va très bien que les gens ne connaissent pas mon lien avec le Croque-mitaine.

Et pourquoi donc ? s'est-elle demandé. Parce que secrètement, vous êtes lui et vous ne voulez pas attirer l'attention sur vous ?

— Parlez-moi de votre relation avec votre nièce, a dit Stephanie, changeant de tactique.

Marcus était en train de mâcher sa nourriture, mais il n'allait pas laisser ça l'arrêter.

— Elle avait un nom, au fait. Emma. Et c'était la plus belle petite âme que j'aie jamais rencontrée. Je l'aimais comme ma propre fille. Connie et Emma étaient toujours là. On jouait tout le temps dans le jardin ou on allait se promener. Ça nous a anéantis quand Emma est morte. Mais je ne vois toujours pas ce que ça a à voir avec quoi que ce soit.

— Juste ma propre curiosité, a répondu Stephanie. Je ne peux même pas imaginer la douleur que vous devez ressentir. C'est… c'est dur.

Marcus a grogné, a avalé une bouchée de nourriture, puis l'a fait descendre avec une bière.

— C'est tout ce que vous êtes venue me demander ? À propos de ma nièce ?

— Pas tout à fait, a répondu Devon. Nous étions curieux de connaître votre relation avec l'ancien Croque-mitaine.

— Quelle relation ?

— Eh bien, vous étiez la seule des victimes avec qui il a parlé. Avez-vous gardé le contact ?

Marcus s'est essuyé la bouche avec le dos de la main.

— Gardé le contact ? On était quoi, à votre avis ? Des correspondants ? Enfin, on a reçu une lettre étrange par la poste quelques semaines après les faits, mais…

— Que disait-elle ?

Marcus a haussé les épaules.

— Je ne l'ai jamais vue. Papa et Maman l'ont eue avant moi, et ils ne m'ont jamais dit ce qu'il y avait dedans.

— Se souviennent-ils de ce qu'elle disait ?

— Probablement pas. Ils sont décédés il y a une quinzaine d'années.

Stephanie a laissé échapper un petit souffle de résignation par le nez.

— Je suis désolée de l'apprendre.

— Moi aussi. Maintenant, si c'est tout, ma sœur et moi aimerions reprendre notre dîner.

Stephanie a levé un doigt. Marcus s'est figé.

— Nous voulions aussi nous renseigner sur votre emploi du temps la nuit où Yasmin East a été tuée ?

— Pardon ?

— Vous m'avez entendue, a répliqué Stephanie, avec une pointe d'agressivité dans la voix.

— Vous êtes sérieuse ? Pourquoi voulez-vous savoir ça ?

— Enquête de routine, a répondu Devon.

— « Enquête de routine ». Ouais, enquête de routine, mon cul. J'étais ici. En train de dormir. Et si vous ne me croyez pas, vous n'avez qu'à passer mes empreintes et mon ADN dans le système. Je croyais que vous le faisiez déjà ?

— Les tests sont en cours. La dureté avait disparu de sa voix, comme si elle venait d'abattre toutes ses cartes d'un coup et d'avoir perdu.

Marcus a enfourné un peu plus de nourriture dans sa bouche.

— Eh bien, quand vos tests reviendront et prouveront que je n'étais pas là, vous serez les bienvenus pour revenir vous excuser d'avoir gâché mon après-midi. Vous savez, j'avais beaucoup de respect pour ce que vous faites, les gars, mais ça fait trente ans que ça dure, et entre ça et les choses que je vois sur Facebook, je commence à comprendre pourquoi les gens ne vous font plus autant confiance qu'avant.

CHAPITRE
SOIXANTE-DEUX

Ils roulaient en silence depuis cinq minutes, aucun des deux ne voulant le rompre.

Finalement, Devon a dit :

— Je ne t'ai jamais remerciée, au fait.

— Pour quoi ? a demandé Stephanie.

— D'avoir parlé à Karen.

— Ah bon ?

— Elle est passée hier soir et elle a mentionné que tu étais venue lui signaler mon état.

— Et comment ça s'est passé ?

Devon a haussé les épaules.

— On a parlé. Beaucoup. De nous. Du mariage. De Finn.

— Mon intention n'était pas d'arranger les choses entre vous…

— Et tu n'y es pas parvenue. Enfin, je crois que j'ai fini par réaliser hier que c'était la fin. Pour tourner la page, tu vois ? C'était comme si j'avais été dans le déni jusque-là. Je pense que c'est ce qui m'a poussé à boire.

Stephanie est restée silencieuse en ralentissant à un feu rouge.

— Donc, il n'y a pas de retour en arrière possible ?

Devon a secoué la tête.

— C'est sans doute mieux comme ça. On avait arrêté de communiquer, et quand on le faisait, ça finissait toujours en dispute. Il n'y avait plus de lien, plus d'émotion. Rien. À la fin, il n'y avait plus d'amour. Notre mariage était mort, et rien au monde n'aurait pu le ressusciter.

— Je suis désolée d'apprendre ça. C'est tout ce qu'elle a trouvé à dire.

— Ne le sois pas. C'est une bonne chose...

— Tant que tu as pris cette décision par toi-même et que personne ne t'a forcé à le croire.

Devon a eu un petit rire.

— Ne t'inquiète pas, je suis un grand garçon. Je peux réfléchir par moi-même. Mais je suis surpris que tu te soucies de moi à ce point.

— Que veux-tu dire ?

— Si tu n'avais pas parlé à Karen, je ne sais pas où j'aurais fini.

La circulation a repris et Stephanie a doucement appuyé sur l'accélérateur.

— Tu es un membre précieux de l'équipe, a-t-elle répondu. Je sais que Giles et Noah auraient été anéantis s'il t'était arrivé quelque chose.

Il a reniflé.

— Mais pas toi ?

Elle n'a pas répondu.

— Dans tous les cas, je vous en dois une, cheffe.

— Je m'en souviendrai, a-t-elle dit.

Ils ont roulé en silence un moment jusqu'à ce qu'ils s'arrêtent à un autre feu rouge.

— Qu'est-ce que tu penses de cette histoire de Croque-mitaine ? a-t-il demandé, brisant à nouveau le silence.

Stephanie a poussé un long soupir et a resserré sa queue de cheval.

— Honnêtement, je n'en ai aucune idée. Mon esprit part dans tous les sens avec ça. Je ne sais toujours pas avec certitude si c'est l'ancien Croque-mitaine qui est de retour ou si c'est une nouvelle personne. Je n'arrive pas à savoir si c'est l'une des anciennes victimes ou quelqu'un de complètement extérieur. Pendant un instant, j'ai même pensé que mon père aurait pu être impliqué.

Son cœur s'est arrêté quand elle a réalisé ce qu'elle venait de dire. La peur l'a saisie. Et s'il la jugeait ?

— Ton père ? a-t-il demandé. Pourquoi ?

Son ton était dénué de tout jugement, ce qui lui a donné le courage d'être honnête et directe — d'être vulnérable — avec lui.

— C'est stupide, mais... eh bien, il lui arrivait de disparaître la nuit et de ne jamais revenir. À ce jour, je ne sais toujours pas où il allait. Et puis, l'autre nuit, j'ai fait un cauchemar où il y avait lui et un ballon. Et pour rendre les choses encore plus troublantes, les apparitions du Croque-mitaine dans les années quatre-vingt-dix se sont arrêtées presque exactement au moment où il est allé en prison pour ce qu'il a fait à ma mère.

Devon a hoché la tête, songeur. Du coin de l'œil, elle l'a vu se mordre la lèvre.

— Mais, Steph... tout ça a l'air bizarre et tout... mais ton père est mort.

Elle a éclaté de rire, réalisant soudain à quel point cela paraissait étrange.

— Ce détail ne m'a pas échappé, a-t-elle répondu. Ce qui est drôle, c'est que j'étais tellement convaincue que c'était lui que j'ai essayé de contacter sa prison pour voir si je pouvais obtenir des informations sur certaines des personnes avec qui il avait partagé une cellule, au cas où il les aurait transformées en cette incarnation plus récente, mais ils ont refusé ma demande.

— Je peux le faire pour toi, a immédiatement répondu Devon.

— Pardon ?

— Ouais, j'ai un pote dans l'administration pénitentiaire. Il me doit une ou deux faveurs et il pourrait probablement nous obtenir les infos si je lui demande assez gentiment.

— Tu... tu ferais ça ?

Il lui a donné un petit coup de coude dans l'épaule.

— Comme je l'ai dit, je t'en dois une.

Un sourire s'est dessiné sur son visage.

— Si tu fais ça pour moi, on sera quittes.

CHAPITRE
SOIXANTE-TROIS

S'il y avait une chose pour laquelle elle n'était pas particulièrement douée — et, à son humble avis, il y en avait plusieurs, mais celle-ci remportait la palme —, c'était bien d'attendre. Les longs moments de creux qui s'étiraient souvent à l'infini entre les différentes tâches d'une enquête. Comme les analyses ADN et d'empreintes digitales qu'ils attendaient toujours. Et maintenant, plus récemment, il y avait l'attente pour découvrir les noms de ceux avec qui son père avait partagé une cellule pendant son incarcération. Devon avait dit que ça prendrait du temps. Il n'avait pas précisé combien. Juste — *du temps*. Elle comprenait que son contact devait composer avec certaines procédures et certains protocoles, mais elle n'était vraiment pas douée pour attendre.

D'habitude, pour combler le vide, elle serait allée courir, aurait enfourché son VTT, ou se serait trouvé un mur ou un arbre à escalader. Mais à la place, elle s'est surprise à faire défiler les réseaux sociaux, un passe-temps auquel elle ne s'était pas adonnée depuis des mois. C'était une perte de temps inutile qui, en général, la laissait encore plus déprimée qu'avant. Le *doomscrolling*, comme on disait.

Et dès qu'elle a ouvert Facebook, elle a compris pourquoi.

En haut de l'écran se trouvaient les images qui hantaient ses pensées depuis qu'elle les avait vues pour la première fois : les bouteilles vides, l'état dans lequel elle était, et l'insinuation derrière les allégations.

Pendant un long moment, son doigt a plané au-dessus de la section des commentaires. Elle savait qu'elle ne devrait pas — savait que c'était une très mauvaise idée —, mais quelque chose l'y a poussée.

Elle se sentait nulle. Tout ce qu'on disait contre elle semblait justifié, car cela faisait écho à ce qu'elle avait entendu toute sa vie.

Tu n'es rien.

Tu ne vaux rien.

Tu ne mérites même pas d'être là.

Pas seulement de la part de son père, mais aussi des assistants sociaux et des familles d'accueil qui avaient essayé — et échoué — de s'occuper d'elle et de sa sœur au sein d'un système défaillant.

Elle se punissait quotidiennement. Alors, quelle différence quelques messages haineux pouvaient-ils faire ?

Comme prévu, aucun des commentaires n'était bienveillant. Ils se plaignaient de l'inactivité de la police et citaient leurs propres exemples de son indifférence. Quelqu'un a même raconté qu'on lui avait répondu : « Et qu'est-ce que vous voulez qu'on y fasse ? » après un cambriolage récent.

Elle a secoué la tête, consternée. Pas bon. Pas bon du tout.

Ils allaient devoir faire quelque chose. Et vite. La confiance du public était au plus bas, et sa gestion de l'enquête ne faisait qu'empirer les choses.

Il y avait, cependant, une poignée de commentaires plus amicaux. Mais seulement une poignée. Pas assez pour endiguer la vague de culpabilité qu'elle sentait monter en elle.

Elle a quitté le groupe des habitants de Guildford et a continué à faire défiler son fil d'actualité. Elle s'est arrêtée en voyant de nouveau les photos, cette fois-ci postées dans un autre groupe de Guildford.

Elles devenaient virales, se propageant partout. Tout ça parce qu'un homme s'était mis en tête de lui pourrir la vie.

Trent Whitaker.

Elle a verrouillé l'écran et a balancé son téléphone sur le coussin à côté d'elle, ramenant plus fermement ses jambes contre sa poitrine. À cet instant, elle ne pouvait penser qu'à son bourreau. Son bourreau actuel.

La Skoda Fabia.

Et si elle était garée dehors, en train de la surveiller ?

Elle a jeté un coup d'œil aux rideaux et aux fenêtres, s'assurant qu'ils étaient tous tirés et qu'il n'y avait aucune fente. Sautant du canapé, elle s'est approchée des rideaux du salon et a regardé à travers. Dans la faible lumière des lampadaires, elle n'a vu la Skoda nulle part.

Elle a poussé un soupir de soulagement, a refermé soigneusement les rideaux et est retournée sur le canapé. Il lui fallait quelque chose pour se changer les idées. Puis elle est montée dans sa chambre. Du tiroir de sa table de chevet, elle a sorti la boîte en fer-blanc qu'elle avait prise dans sa maison d'enfance et s'est mise à jouer avec le bracelet à l'intérieur, se remémorant des temps plus heureux.

Bientôt, la paranoïa a commencé à se dissiper, et le bruit dans sa tête à s'estomper. Jusqu'à ce que ses yeux tombent sur le dossier violet contenant les notes d'enquête sur le meurtre de sa mère. Elle l'avait monté avec elle l'autre soir pour lire un peu avant de dormir, puis l'avait oublié.

Posant délicatement la boîte sur le lit, elle s'est dirigée vers le dossier. C'était une autre forme de punition, un autre moyen de faire dérailler son état mental.

Prenant une profonde inspiration, elle a soulevé le dossier et a repris là où elle s'était arrêtée : sa propre déposition de témoin, rédigée à l'âge de dix ans. Elle s'en souvenait très bien. Assise dans la petite pièce, entourée d'adultes qui lui parlaient gentiment, pleurant, sirotant un verre de jus au goût étrange et métallique. Et puis elle avait expliqué ce qu'elle avait vu, comment elle était restée là, impuissante, pendant que son père étranglait sa mère à mort.

Elle a ravalé une larme en poursuivant sa lecture. Ensuite, elle est tombée sur un nom qui lui a sauté aux yeux : Gavin Lockwood.

L'homme qui avait mené l'enquête initiale sur le Croque-mitaine. Il avait également été l'inspecteur en charge de l'enquête sur le meurtre de sa mère, gérant les deux simultanément, avec un chevauchement de quelques mois.

Y avait-il eu plus qu'un simple chevauchement ? Son père avait-il été le Croque-mitaine originel, mais n'avait été inculpé que pour la mort de sa mère ? Y avait-il autre chose ? Ou était-ce simplement une coïncidence ?

Il était tout à fait normal qu'il travaille sur plusieurs enquêtes à la fois — elle-même faisait de même —, mais quelque chose au fond d'elle sentait qu'il y avait plus que ça, qu'il était lié d'une manière ou d'une autre. Elle ne pouvait se défaire du sentiment que son père et le Croque-mitaine étaient liés.

Que l'inspecteur divisionnaire Lockwood et son équipe avaient ignoré plusieurs plaintes concernant les abus subis par sa mère. Que, d'une certaine manière, ils avaient protégé son père de toute enquête plus approfondie.

Qu'ils l'avaient peut-être aussi protégé de l'opération Croque-mitaine.

CHAPITRE
SOIXANTE-QUATRE

Le soleil était trop éclatant. Le ciel trop bleu. L'herbe trop verte. Tout baignait dans la lumière douce et tamisée des vieilles photos d'enfance. Elle avait de nouveau dix ans, pieds nus sur la pelouse du jardin, hurlant de rire en se cachant derrière la maisonnette en plastique, serrant dans ses petites mains un pistolet à eau vert fluo. Le soleil tapait sur elle, lui brûlant la nuque et les bras. À ce stade, la crème solaire était partie avec l'eau, mais elle s'en fichait. Elle s'amusait trop.

La voix de sa mère a retenti comme une mélodie.

— Tu ne peux pas te cacher éternellement ! Prête ou pas, j'arrive…

Un jet d'eau a fusé vers elle, ricochant sur la maisonnette en plastique et l'aspergeant d'une fine bruine. Presque en plein dans le mille.

Stephanie a serré fort son pistolet à eau, le doigt parfaitement positionné sur la gâchette.

Elle a retenu son souffle tandis que le silence tombait sur le jardin, à l'affût du bruit feutré de pas qui approchaient sur l'herbe. Maman était proche, mais Stephanie était prête à l'accueillir.

Et puis – elle est apparue !

— Touchée !

Stephanie a poussé un cri d'excitation et a appuyé frénétiquement sur la gâchette de son pistolet à eau. Sa mère a poussé des cris à chaque jet qui lui atterrissait sur le visage et les bras. Puis est venu le jet d'eau en représailles, qui a atteint Stephanie à l'épaule alors qu'elle s'élançait hors de sa cachette, ripostant avec des cris de joie.

Elles ont dansé à travers le jardin, s'aspergeant l'une l'autre jusqu'à être trempées. Les cheveux de sa mère étaient relevés en un chignon désordonné, mouillé par endroits, sa robe lui collant aux genoux. Elle était magnifique. Vivante. Et Stephanie ne se souvenait pas de la dernière fois qu'elle l'avait vue comme ça – pas dans le monde réel.

Tout dans le rêve était chaleureux. Lumineux. Sûr.

Jusqu'à ce que la porte de derrière s'ouvre dans un grincement. Stephanie s'est figée en plein rire, son pistolet à eau pendant au bout de sa main.

Elles sont restées là toutes les deux, les bras le long du corps, immobiles. Comme les jumelles de *Shining*.

Colin et Elliot Broadbent.

— Bonjour, les filles, a dit Elliot, sa voix froide et mince.

Le soleil a semblé baisser d'intensité. La chaleur s'est échappée de l'air. Stephanie a senti l'herbe devenir froide sous ses pieds.

Le bras de sa mère s'est abaissé doucement, son pistolet à eau oublié le long de son corps.

— Je ne savais pas que tu venais, Elliot, a-t-elle dit, son ton poli mais raide.

— C'est moi qui l'ai invité, a répondu son père. Ça ne va pas poser de problème, n'est-ce pas ?

Quelque chose dans le ton de son père lui a indiqué que son oncle allait rester, même si c'était un problème.

Stephanie l'a dévisagé. Il souriait toujours, mais c'était plus troublant. Ça la déconcertait, la mettait mal à l'aise.

— Pas du tout, a répondu sa mère en forçant un mince sourire. Bienvenue. Plus on est de fous, plus on rit. Je vais commencer à préparer à manger. Steph, tu veux venir avec moi dans la cuisine ?

— Non, l'a interrompue Colin avant qu'elle ne puisse répondre. Elle peut rester dans le jardin avec nous. On a une surprise pour elle.

— Oui, a poursuivi Elliot. Une petite surprise d'anniversaire.

— Tu peux y aller maintenant, a dit Colin à sa mère.

Prudemment, comme si elle était sur le point de laisser sa fille avec une meute de lions, sa mère s'est dirigée vers la cuisine, baissant la tête en se faufilant près d'eux dans l'embrasure de la porte.

Stephanie s'est figée au milieu du jardin, le doigt en suspens sur la gâchette. Elle ne savait pas pourquoi, mais elle sentait le besoin de se défendre.

— Quel âge as-tu aujourd'hui, Stephy ? a demandé Elliot en entrant dans le jardin.

— Neuf ans…

— C'est un bel âge. Tu deviens une grande fille, maintenant. Tu passes un bon anniversaire ?

— Ouais.

— Tu veux voir ton cadeau ?

Sa prise s'est resserrée sur le pistolet. Elle a hoché la tête.

Elliot s'est approché et a passé la main derrière son dos.

Il a sorti quelque chose.

Un ballon, déjà gonflé.

Bleu. Brillant. Attaché à une longue ficelle blanche qui s'enroulait comme un serpent.

— C'est pour toi, ma chérie, a-t-il dit en le lui tendant.

Stephanie ne l'a pas touché.

— Il ne te plaît pas ?

Elle est restée figée.

— Pourquoi es-tu si ingrate ? a sifflé Colin. Il s'est jeté sur elle, lui a attrapé le bras et l'a poussée contre son oncle, la forçant à prendre le ballon. — Espèce de petite conne ingrate. C'est pour ça qu'on ne te donne jamais rien, idiote.

Mais Stephanie a résisté, agitant les bras, se défendant autant qu'elle le pouvait. Dans la bagarre, elle a laissé tomber le pistolet par terre, ses jambes tremblantes.

Elle s'est libérée et a essayé de courir vers sa mère.

Mais le ballon a éclaté, et tout ce dont elle se souvenait avant de se réveiller, c'était d'avoir été emportée dans les bras de son oncle.

Son téléphone a vibré sur le bureau, la ramenant brusquement au présent. Elle s'était assoupie, le regard perdu dans le vide devant l'ordinateur. Le cauchemar l'avait encore privée de sommeil, et elle en sentait les effets.

Elle a jeté un œil à l'écran. Il lui a fallu un instant pour que le nom s'imprime dans son esprit.

— Chef..., a-t-elle dit d'une voix morne, juste au moment où elle commençait à bâiller.

— Bonjour, Stephanie, a dit l'inspecteur en chef McGowan. Où êtes-vous ?

— À mon bureau.

— Vous avez l'air à moitié endormie.

Elle a fini son bâillement. — J'ai passé une nuit de merde. Vous n'êtes pas en train de vérifier ce que je fais, j'espère ? Vous êtes censé être encore en vacances.

— En fait, c'est le cas. Malheureusement, on m'a informé que certaines photographies circulaient, et je voulais prendre les devants avant mon retour.

Elle a senti un nœud se serrer dans sa gorge.

— Je peux tout expliquer, a-t-elle dit.

— J'espérais bien. Dois-je écourter mes vacances ?

Stephanie s'est levée d'un bond de sa chaise et s'est dirigée vers la fenêtre. Elle a regardé le champ au-delà de la vitre, en serrant son collier.

— C'est l'un des parents de la victime, chef. Il a engagé un détective privé qui est déterminé à chercher des failles dans cette enquête.

— Qui ?

— Un type qui s'appelle Trent Whitaker. Il a posté les photos anonymement, les modérateurs du groupe Facebook nous l'ont confirmé.

— Qu'est-ce qui est fait à ce sujet ? Il ne peut pas s'en tirer comme ça.

— Je m'en occupe, chef.

— Bien. Il a fait une pause. — Mais... je dois admettre que les photos ne donnent pas une bonne image, Steph.

— Je sais.

— Y a-t-il quelque chose que vous devez me dire ?

Il faisait référence aux bouteilles de vodka. Bien sûr que oui. Elle a visualisé l'image dans son esprit.

— Je peux vous expliquer, mais pas maintenant. Tout ce que vous devez savoir, c'est qu'on s'en occupe. C'est sous contrôle.

— Steph, s'il y a quelque chose que je dois savoir…

— Faites-moi confiance, a-t-elle insisté. On s'en occupe. Vous n'avez aucune raison de vous inquiéter. Je ne vais pas gâcher le reste de votre week-end. Vous devez déconnecter.

— Vous aussi, Steph. N'hésitez pas à faire de même.

CHAPITRE
SOIXANTE-CINQ

La porte s'est ouverte après ce qui a semblé être une éternité. De l'autre côté se tenait Gemma Whitaker, vêtue d'un pull bleu marine et d'un jean, ses cheveux vaguement attachés sur la nuque. Elle avait une expression de stupeur silencieuse.

— Inspecteur Broadbent, a-t-elle dit, sans ciller. Qu'est-ce que vous faites ici ?

Stephanie s'est légèrement redressée. — Je voulais vous faire un point, à vous et à votre mari. Trent est à la maison ?

Comme s'il répondait à l'appel, l'homme qu'elle commençait rapidement à détester est apparu au fond du couloir. Il portait une tenue similaire à celles dans lesquelles elle l'avait déjà vu, et son expression a reflété celle de sa femme dès que son regard s'est posé sur Stephanie.

Peut-être pensaient-ils sincèrement que leurs actes n'auraient aucune conséquence.

— Inspecteur…, a commencé Trent, la voix tendue, c'est une… surprise.

Stephanie n'a pas attendu d'autorisation. Elle a franchi le seuil et est entrée dans la chaleur de la maison des Whitaker.

Gemma a refermé doucement la porte derrière elle. Une atmosphère de malaise les a enveloppés.

Stephanie a eu un sourire narquois. — On y va ?

Les Whitaker ont échangé un regard. — Où préférez-vous ? La cuisine ou le salon ? a demandé Gemma.

— Là où vous serez le plus à l'aise.

Stephanie a senti la tension dans la maison et l'a savourée. Ça lui faisait déjà du bien.

Gemma lui a fait signe d'entrer dans la cuisine. L'espace avait été rangé depuis sa dernière visite, mais des jouets de Layla restaient éparpillés sur les surfaces.

Où est votre fille ?

À l'école, a répondu Gemma.

Comment va-t-elle ?

Mieux. Elle… elle redort. Et dans sa propre chambre en plus, ce qui est une bonne chose.

Stephanie s'est servie d'un des tabourets de bar au comptoir. — C'est une bonne nouvelle. Vous devez être soulagée.

Gemma a rapidement jeté un coup d'œil à son mari, puis est revenue à Stephanie. — Oui, tout à fait.

Stephanie a offert un léger sourire. — Vous voulez d'autres bonnes nouvelles ?

Un autre regard, rapide et anxieux. — Bien sûr…

— Il n'y a plus eu d'autres visites du Croquemitaine signalées.

Gemma a souri. — C'est une excellente nouvelle. Est-ce que ça veut dire que vous l'avez trouvé ?

Stephanie a secoué la tête. — Nous travaillons à…

— Il a suffi qu'un enfant *meure*, l'a interrompu Trent. Ce n'est pas vraiment quelque chose à fêter, n'est-ce pas ? Il est toujours en liberté.

— J'en suis bien consciente. Mais pour l'essentiel, on dirait que personne d'autre ne sera blessé ou traumatisé. Peut-être que vous devriez partager ça sur vos réseaux sociaux.

Les yeux de Trent se sont écarquillés. — Pardon ?

— Oh, vous n'étiez pas au courant ? Où vous faites juste semblant de ne rien savoir ?

Stephanie a pivoté sur le tabouret pour faire face à Trent. Gemma s'est déplacée de l'autre côté de la cuisine, hors du champ de vision de Stephanie. Le mouvement était révélateur ; c'était une femme qui prenait ses distances avec son mari et qui savourait la perspective qu'il fasse face aux conséquences de ses actes.

— Il a été porté à mon attention que des photos de moi circulent sur Internet, en particulier sur divers groupes Facebook, a expliqué Stephanie.

— Ah oui ? C'est intéressant.

— Vous ne sauriez rien à ce sujet, par hasard ?

Trent a pincé les lèvres et haussé les épaules. — Ça ne me dit rien.

Stephanie a ri bruyamment. — Allons, Trent. Vous avez été une nuisance tout au long de cette enquête ; vous avez été le plus virulent. Je pensais que vous seriez le premier à l'admettre. Après tout, vous êtes un homme qui obtient ce qu'il veut.

Il a croisé les bras sur sa poitrine, comme pour se protéger. Un peu trop tard.

— Je vous l'ai dit, je ne sais pas de quoi vous parlez.

Stephanie a attrapé son téléphone, l'a sorti et a chargé une photo de sa pellicule. C'était une capture d'écran de l'administrateur de la page communautaire de Guildford, révélant le vrai compte derrière les publications anonymes. Elle lui a montré le téléphone.

— C'est bien votre nom en haut de l'écran, n'est-ce pas ? Trent… Whitaker. Elle a commencé à l'épeler pour lui.

— Je… je…, a-t-il commencé à bafouiller.

— Oups, vous ne vous attendiez pas à ça, hein ? Que quelqu'un découvre ce que vous avez fait et vous mette face à vos responsabilités. Vous pensiez sérieusement que vous pouviez ruiner la réputation de quelqu'un et vous en tirer comme ça ? Vous pensiez pouvoir vous cacher derrière votre clavier ? Ça ne marche pas comme ça.

— Comment… comment… ?

— Parce que nous sommes la police. On finit toujours par savoir. D'ailleurs, les publications anonymes sur Facebook ne sont pas anonymes du tout. Peut-être que vous y réfléchirez à deux fois avant de publier à nouveau quelque chose comme ça. Ayez au moins les couilles d'y mettre votre nom. Lâche.

La bouche de Trent est tombée. Stephanie s'est tournée vers sa femme, qui secouait la tête de dégoût. Elle a laissé le commentaire flotter dans l'air un instant.

— C'était quoi le but, Trent ? Qu'est-ce que vous espériez obtenir en faisant prendre ces photos de moi ? Vous essayiez de me faire virer ?

Il n'a pas répondu. Il ne pouvait pas.

— Parce que ça n'a pas marché, et ça ne marchera pas. C'est juste triste, en fait. Je sais que vous êtes bouleversé par ce qui est arrivé à votre fille — je le suis aussi — mais en ce moment, vous ne faites qu'interférer, vous mettre en travers de notre chemin. Vous nous empêchez activement de poursuivre cet individu.

— Comment ?

— Parce qu'on doit passer notre temps à essayer de trouver quel lâche a posté ces photos.

— Mais aller chez l'avocat alors que vous êtes censée travailler, ce n'est pas une perte de temps pour la police ?

— C'est personnel.

— Je sais. Je suis au courant pour votre père, et je sais ce qu'il a fait.

Stephanie a eu le souffle coupé.

— Oups, vous ne vous y attendiez pas, *hein* ? a-t-il rétorqué, sa voix retrouvant de l'aplomb.

— Comment ?

— Je vous l'ai déjà dit : j'obtiens ce que je veux.

Vous n'avez aucun droit de faire ça, Trent. Vous marchez sur une ligne très fine. Vous entravez le cours de la justice et, très franchement, ce que vous faites est considéré comme du harcèlement. Je vous donne ce dernier avertissement : arrêtez tout et rappelez votre détective privé. Sinon, la prochaine fois que je viendrai ici, ce sera pour vous arrêter, et vous ne verrez pas votre fille avant très longtemps. Pensez-y une seconde. Vos actes auront des conséquences, Trent, tout comme ceux du Croquemitaine. Et une fois que j'en aurai fini avec lui, je viendrai m'occuper de vous.

CHAPITRE
SOIXANTE-SIX

Stephanie venait d'atteindre la voiture quand elle a entendu quelqu'un l'appeler.

— Inspectrice, attendez !

Elle a marqué une pause et s'est retournée pour voir Gemma qui se hâtait dans sa direction. Au-dessus d'elles, le soleil a commencé à percer les nuages, lui réchauffant la nuque.

— Inspectrice…, a dit Gemma, à bout de souffle en s'arrêtant. Je… je suis désolée pour lui. Je suis désolée pour son comportement. Je lui avais dit de ne pas publier ces photos. Je lui avais dit de ne pas engager le détective. Je l'avais prévenu que ça ne finirait pas bien, que ça ne changerait rien, mais… quand Trent a une idée en tête, il fait une fixation dessus. Il… il ne lâche tout simplement pas l'affaire.

— Merci de me le faire savoir, a répondu Stephanie, momentanément aveuglée par le reflet du soleil sur la vitre d'une voiture voisine.

— Je sais que ça ne change rien à ce qu'il a fait, mais je voulais que vous compreniez à quel point je suis désolée.

— Est-ce que c'est fini ? a demandé Stephanie.

Gemma Whitaker a marmonné quelque chose d'incohérent. — Je… je ne sais pas.

Stephanie a immédiatement senti le mensonge.

— Je ne sais pas ce qu'il a prévu. Il me tient à l'écart depuis que j'ai piqué ma crise à propos des photographies. Je ne sais pas ce que lui et les autres préparent.

— *Les autres* ?

— Les autres parents, a dit Gemma, réalisant soudain qu'elle en avait trop dit. Ils sont…

— Gemma, si vous savez quelque chose, aussi infime ou insignifiant que cela puisse vous paraître, il faut que vous me le disiez. Il faut que je sois mise au courant. La dernière chose que je souhaite, c'est que quelqu'un soit blessé dans cette histoire. Ne vous inquiétez pas pour moi, j'ai le cuir épais et je peux supporter ce genre de pression, mais je ne veux pas qu'un innocent soit victime de l'idée tordue que votre mari se fait de la vengeance.

L'expression de Gemma était tiraillée. Elle a évité le regard de Stephanie et a baissé les yeux vers le sol. — Je suis désolée, a-t-elle dit. J'aimerais pouvoir vous aider. Je… je ne sais rien.

Stephanie a soufflé, s'est retournée et s'est dirigée vers le côté conducteur. En ouvrant la portière, elle a dit : — Vous avez mes coordonnées si vous vous souvenez de quelque chose. Peu importe l'heure du jour ou de la nuit.

Elle est montée dans la voiture et a claqué la portière derrière elle. Elle était maintenant dans son espace sûr. Son cœur qui battait la chamade, qui avait commencé à s'emballer dans la maison des Trent, s'est rapidement calmé, et elle a poussé un long soupir de soulagement. Elle a levé la main, ses doigts tremblant à cause de l'adrénaline.

Elle est restée assise là un moment, songeuse. Au moment où elle s'apprêtait à démarrer, son téléphone a sonné.

Devon.

Elle l'a mis sur haut-parleur.

— SB ! s'est-il exclamé. J'ai des bonnes nouvelles pour toi, et pas qu'un peu !

— À t'entendre, ça a intérêt à être la meilleure nouvelle de l'année.

Devon a marqué une pause en rigolant. — Tu voulais un nom. Je t'ai trouvé un nom.

— Pardon ?

— Mon contact à l'administration pénitentiaire a rappelé plus tôt que prévu. Et il t'a trouvé un nom.

CHAPITRE
SOIXANTE-SEPT

Perry Watson vivait dans un petit logement social à Woking, une ville en plein essor à quelques kilomètres au nord de Guildford. Ces dernières années, l'horizon avait été transformé par plusieurs nouveaux projets immobiliers, et des tours d'habitation étaient désormais visibles de partout dans le Surrey.

D'après le contact de Devon en prison, Perry avait partagé une cellule avec Colin Broadbent pendant cinq ans avant d'être transféré dans un autre établissement pour mauvaise conduite. Initialement incarcéré pour plusieurs délits liés à la drogue, il s'était vite retrouvé à la prison de Belmarsh, où il avait rapidement compris qu'il n'était pas le caïd et avait fait profil bas. Alors qu'il approchait de la fin de sa peine, au bel âge de soixante ans, il avait plaidé pour une libération anticipée pour bonne conduite, et comme la prison était de plus en plus surpeuplée, ils n'avaient eu d'autre choix que de le laisser partir. C'était il y a quatre ans, et il vivait à Woking depuis, essayant de mener une vie normale, pour autant que ses agents de probation et d'aide sociale aient pu en juger.

Des sept prisonniers que Colin Broadbent avait considérés comme ses compagnons de détention durant sa peine à perpétuité pour le meurtre de sa mère, Perry était le seul à être en liberté. Les autres étaient soit morts, soit toujours emprisonnés, soit à l'étranger, tandis que Perry habitait dans la région. C'était un ancien criminel qui savait comment déjouer la vidéosurveillance et l'ADN, et il avait passé un temps fou avec l'un des êtres humains les plus abjects au monde. Dans l'esprit de Stephanie, cela faisait de lui le candidat idéal pour potentiellement porter le masque du Croque-mitaine.

Son corps tremblait sous l'effet de l'adrénaline alors qu'elle se tenait devant sa porte d'entrée, son cœur battant à lui rompre les tympans et ses doigts parcourus de tremblements. Elle respirait lourdement, essayant de se ressaisir. Inspirer par le nez, expirer par la bouche. Des voitures passaient à toute allure, et des enfants qui auraient dû être à l'école jouaient dans la rue, mais elle n'y prêtait aucune attention. Faisant abstraction du bruit, elle s'est concentrée sur la caméra de la sonnette connectée, fixant l'objectif du regard.

Puis elle a frappé.

L'attente a semblé une éternité. Elle se tenait parfaitement immobile, le dos droit, les épaules en arrière, les bras le long du corps.

Finalement, la porte s'est ouverte, et elle s'est retrouvée face à Perry Watson.

Sa réaction initiale a été une déception immédiate. Tout comme sa deuxième et sa troisième : l'homme était frêle, tassé sur lui-même. Sa silhouette était voûtée par l'âge ou la maladie, peut-être les deux, et par-dessus son épaule, on apercevait un scooter électrique qui bloquait le couloir derrière lui. Son visage était anguleux et buriné, ses joues creuses et la peau de son cou flasque, avec un teint gris-jaune qui laissait deviner un tabagisme de longue date, ou peut-être pire. Ses yeux étaient saisissants et vifs, suggérant une vie riche en expériences. Elle a senti qu'il était le genre de personne qui, à une autre époque, avait un sale caractère et pouvait basculer à tout moment. Maintenant, cependant, ces yeux semblaient perdus, empreints de souffrance.

— Perry Watson ?

— Oui, a-t-il répondu en la regardant avec méfiance. Qui êtes-vous ?

— Je m'appelle Stephanie Broadbent. Je crois que vous avez connu mon père.

Perry a relevé la tête. — Voilà un nom que je n'ai pas entendu depuis un moment.

— Je pourrais entrer ? Il y a certaines choses dont j'aimerais discuter avec vous. Vous avez le temps ?

— Pour la famille d'un vieil ami, j'ai tout le temps du monde.

Cette remarque a pesé lourdement sur l'estomac de Stephanie tandis qu'elle le suivait dans le salon, qui tombait doucement en ruine. La moquette était tachée et gondolait le long des plinthes. Près du radiateur électrique, un paquet de couches pour adultes non ouvert était appuyé contre un mur maculé de remontées d'humidité. Le papier peint, autrefois à rayures, boursouflait dans un coin où la moisissure s'en était emparée. Au-dessus, le plafond était craquelé comme une carte routière. Mais le pire était l'odeur : un mélange de tabac froid, d'eau de Javel bon marché et de sueur.

Stephanie s'est perchée sur le bord de la table basse, la surface en bois lui sciant les os tandis qu'elle observait les lieux.

— Ce n'est pas grand-chose, a haleté Perry, essoufflé par l'aller-retour jusqu'à la porte. Mais ça me suffit. Et c'est bien assez.

— J'imagine que quand on a connu l'intérieur d'une cellule de prison, tout est mieux, non ?

Perry a eu un sourire en coin, une lueur de jeunesse perçant à travers son expression.

— Vous pouvez le dire. Même si ça me manque, qu'on s'occupe de moi pour tout. Je n'avais pas à préparer mes repas. Je n'avais pas à payer de loyer. C'était comme un hôtel… pas un très bon, c'est sûr, probablement l'un des pires où l'on puisse aller… mais il y avait un étrange sens de l'hospitalité là-bas. Et puis, certains types étaient sympas, j'imagine. — Perry a toussé, attrapant un mouchoir sur l'accoudoir de son fauteuil pour s'essuyer le nez. — Alors, qu'est-ce qui vous amène jusqu'ici, ma petite ?

— J'avais quelques questions sur mon père, a-t-elle répondu.

Perry a hoché la tête, baissant le regard. — Un type bien. Enfin, pas *bien*, évidemment. Mais je m'entendais bien avec lui. On se respectait mutuellement.

— Vous savez ce qu'il a fait, n'est-ce pas ?

— Tout le monde le savait. Et il en a pris plein la gueule pour ça. Les maris violents et les pédophiles ne s'en sortent pas très bien dans ce genre d'endroit. Il a clairement eu ce que certains considéraient comme la justice pour ce qu'il avait fait.

— Il est mort il y a quelques semaines, a dit Stephanie sans détour.

L'expression de Perry n'a pas changé, comme si la mort, quelle que soit sa forme, n'était pas une chose rare pour lui.

— Je suis désolé de l'apprendre, a-t-il répondu.

— Ne le soyez pas. C'est une bonne chose qu'il soit parti. Le monde est meilleur sans lui. Mon monde est meilleur sans lui, mais il trouve encore le moyen de s'y immiscer.

— Il avait le chic pour ça. Il se mêlait toujours des affaires des autres. D'habitude, les gens font profil bas, mais votre père voulait tout savoir sur tout et sur tout le monde. Il m'a dit un jour qu'il était comme une éponge, qu'il aimait piocher des morceaux des crimes des autres et en tirer des leçons. Et croyez-moi, il y avait de vrais salopards dans cette tôle.

Cela ne surprenait pas Stephanie. Son père avait montré de quoi il était capable lors des meurtres du Tueur Vaudou, au cours desquels plusieurs étudiants avaient perdu la vie.

— Il y avait ce jeune, une vraie crevette, il devait avoir dans les vingt-deux ans. Il a ouvert sa grande gueule dans la cour un jour. Colin n'a même pas sourcillé. Il a juste attendu. Cette nuit-là, il a glissé au type un paquet de biscuits entre les barreaux. Des Hobnobs au chocolat. Blindés de laxatifs écrasés et d'eau de Javel. Le pauvre con a chié du sang pendant une semaine.

Stephanie a frémi, mal à l'aise face à cette histoire. Elle n'était pas là pour entendre à quel point son père était horrible. Mais ce qui la troublait le plus, c'était la façon dont Perry parlait de lui : comme s'il vénérait son père, le respectait.

— Comme je l'ai dit, c'est une bonne chose qu'il soit parti. Maintenant, il ne peut plus faire de mal à personne.

— Il parlait de vous, vous savez ? a continué Perry. Il s'asseyait sur sa couchette le soir et marmonnait à propos de ses filles. Parfois des choses gentilles, parfois non. Il disait qu'il voyait beaucoup de lui en vous.

L'estomac de Stephanie s'est noué.

— Il disait qu'il voyait un côté sombre. Que vous preniez soin de votre sœur et que vous vous interposiez entre elle et lui, et il disait que vous le faisiez parce que vous aimiez ça. Que vous étiez un peu masochiste.

— J'étais une enfant. Je protégeais ma sœur. Je ne lui ressemble en rien.

— Il a dit que vous étiez entrée dans la police ?

Stephanie a hoché la tête.

Perry a affiché un sourire entendu. — Colin disait que vous le feriez. Que c'était poétique, en fait. Que vous passeriez de victime à protectrice. Que vous vous mettriez en travers du chemin de toutes les mauvaises personnes que vous rencontreriez.

— Ce n'est pas pour ça que je me suis engagée.

— Il ne le disait pas comme quelque chose de mal. Il le disait comme s'il était fier. Que vous aviez enfin accepté ce que vous étiez.

— J'étais une enfant, Perry.

— Il disait que quand il vous regardait, il voyait quelqu'un qui comprenait la douleur. Pas seulement qui l'endurait, mais qui la comprenait. Il disait qu'il vous avait façonnée ainsi, pour que vous puissiez devenir qui vous êtes aujourd'hui.

Stephanie a dégluti difficilement. — Il faisait du mal aux gens parce qu'il aimait ça. Je protège les gens contre les gens comme lui.

— Mais vous choisissez toujours d'être au contact de ça. La plupart des flics qu'on a rencontrés en taule ne tenaient pas cinq ans avant de jeter l'éponge ou de faire un burn-out. Mais vous, vous êtes toujours entourée par ça, en plein milieu du brasier. — Perry a attrapé un verre de sirop sur une table à côté de lui et a bu une longue gorgée. — Votre père disait toujours que vous étiez née dans la douleur, tout comme lui. Mais vous avez grandi dedans. Et maintenant, vous vivez dedans. Comme lui autrefois. Vous appelez juste ça différemment, au bout du compte.

Stephanie n'a rien dit. Son esprit était vide, rempli d'un bruit blanc et de parasites qui semblaient s'amplifier et résonner.

— Pourquoi êtes-vous venue ici, Stephanie ? Je suppose que ce n'était pas pour en apprendre sur votre vieux.

— Le Croque-mitaine, a-t-elle seulement pu dire.

— J'ai entendu parler de lui. Vous pensez que c'était votre père ?

Elle a hoché la tête, incapable d'articuler ses pensées.

— Eh bien, s'il est mort, je ne pense pas que ça puisse être lui.

— Avant. Il y a… C'est arrivé dans les années quatre-vingt-dix, avant que mon père n'aille en prison. Est-ce que… est-ce qu'il… ?

— Est-ce qu'il a déjà mentionné quelque chose à ce sujet ? Non.

Il ne m'a jamais rien dit de tel. Enfin, il a avoué beaucoup de choses pendant qu'il était là-bas – des choses qu'il a faites à votre mère, des choses qu'il vous a faites – mais jamais rien sur le fait de s'introduire dans les chambres d'enfants pour les regarder dormir.

Les épaules de Stephanie se sont affaissées. — Rien du tout ?

Perry a secoué la tête. — Ça ne veut pas dire qu'il n'était pas impliqué. Ça veut juste dire qu'il ne m'en a jamais parlé.

Stephanie a senti les muscles de son corps commencer à se détendre. Elle n'avait que sa parole, mais il était impossible, dans l'état actuel de Perry, qu'il soit la réincarnation du Croque-mitaine. Peut-être qu'elle s'était trompée depuis le début sur l'implication de son père.

— Je ne sais pas si ça peut aider, a-t-il poursuivi. Mais votre père était très ouvert sur beaucoup de choses, sauf une. — Il a levé un doigt pour illustrer son propos. — Il écrivait beaucoup de lettres.

— Des lettres ?

— À son frère et à d'autres personnes. Je n'ai jamais su de quoi elles parlaient, mais il restait en contact avec des gens à l'extérieur.

— Qu'est-ce qu'il en faisait ? Vous savez s'il en gardait des copies ou celles qu'il recevait ?

— Et comment ! Mais personne, et je dis bien personne, n'avait le droit de les voir ou de les lire, sinon c'était milkshake aux laxatifs et à l'eau de Javel pour le petit-déjeuner.

CHAPITRE
SOIXANTE-HUIT

Stephanie a déboulé dans la maison et s'est précipitée dans les escaliers, gravissant les marches deux par deux.

En haut, elle s'est arrêtée net, le souffle court, les yeux rivés sur la chambre de ses parents. Celle qu'elle évitait. Celle qu'elle n'avait pas eu le courage d'affronter depuis son retour dans la maison de son enfance.

Les souvenirs. Les visions. Les sévices.

Elle pouvait entendre les faibles cris de sa mère provenant de derrière la porte. Un frisson a parcouru son corps, et une boule s'est nouée dans sa gorge. Elle avait fouillé le reste de la maison et n'avait trouvé aucune trace des lettres datant de son incarcération. Si elles se trouvaient quelque part, c'était derrière cette porte.

Le seul problème était là : avait-elle le courage de l'ouvrir ?

Stephanie a tendu la main et a enroulé ses doigts autour de la poignée, la même poignée qu'il avait touchée. Tremblante, elle l'a tournée, a hésité un instant, puis a poussé.

La porte s'est ouverte en grinçant sur ses gonds récalcitrants, et elle est entrée. La pièce était presque parfaitement conservée. Le lit double semblait fraîchement fait, les oreillers rebondis. Sur la table de chevet la plus proche, sous une lampe couverte de poussière, se trouvait le vieux réveil de sa mère, son cadran figé sur 3 h 12.

Elle a pivoté lentement, s'imprégnant de la scène.

L'armoire se dressait à sa gauche, portes closes. Elle savait qu'il ne resterait plus aucun vêtement de sa mère à l'intérieur — ils avaient tous été jetés à sa mort — mais elle les imaginait quand même là, attendant qu'elle choisisse une tenue quand elles jouaient à se déguiser. Stephanie avait envié les vêtements de sa mère et essayait souvent ses chaussures et ses hauts avant de finir fréquemment par tomber et se faire mal. Maintenant, l'espace était rempli par les tenues de son père.

À côté se trouvait une petite coiffeuse, sa surface en bois déformée par le temps. Souvent, elle y trouvait sa mère en train de se maquiller, et elles le faisaient ensemble, Stephanie assise sur ses genoux. Elle a décidé d'essayer là en premier.

Ses pas étaient lourds, presque assourdissants, tandis qu'elle approchait. Elle a effleuré la surface du meuble, la poussière s'accrochant à sa peau. Elle a attrapé le tiroir du haut et l'a ouvert lentement.

À l'intérieur se trouvait une poignée de documents. Elle a soulevé la couche supérieure et a découvert une petite pile de lettres en dessous. Des dizaines de lettres. Des gribouillis d'encre séchée sur du papier d'écolier à lignes. Dans le coin supérieur gauche, il y avait le nom de son père et l'adresse de la prison. De l'autre côté, l'expéditeur : E. Broadbent.

Son sang s'est glacé.

Elle a jeté un œil à la lettre du dessus et a vu la date : deux semaines après que Colin avait été placé en détention provisoire.

La pièce a semblé se rétrécir autour d'elle. Les murs se penchaient. L'air est devenu plus froid.

Lentement, tenant les lettres dans ses mains, elle s'est assise sur le bord du lit et a commencé à lire.

———

Très cher frère,

J'ai pensé à toi tous les jours.

Ça me fait encore bizarre que tu ne sois plus là. Je n'arrive pas à croire que tu sois parti. Je ne pensais pas que c'était possible, même si je suis sûr que ton équipe d'avocats fera tout son possible pour te sortir de cette situation.

Comment est la prison ? C'est comment ? Les gens sont aussi terribles qu'on le dit à la télé ?

Au moins, tu n'as pas raté grand-chose avec le temps qu'il fait. Depuis que tu es parti, il est horrible. De la pluie, de la pluie, de la pluie, et encore de la pluie.

Je sais que tu t'inquiètes probablement pour moi, mais tu n'as pas besoin. On va très bien. Et je me sens beaucoup mieux. Tu seras aussi content de savoir qu'il n'y a plus eu de visites depuis que tu es parti. Je n'en ressens plus le besoin. Je crois que j'ai été guéri, et tout ça, c'est grâce à toi, mon frère. Tu as changé ma vie d'une manière que je ne peux exprimer. Je t'en suis éternellement reconnaissant.

Prends soin de toi là-bas.

Batman.

———

Stephanie n'a réalisé qu'elle avait arrêté de respirer que lorsque sa vision a commencé à se brouiller sur les bords. La lettre tremblait entre ses doigts, le papier soudainement trop léger et trop lourd à la fois.

Elle l'a relue, plus lentement cette fois.

Les visites ont cessé.

Il n'en ressent plus le besoin.

Il a été guéri.

Grâce à son père.

Elle a fixé le surnom à la fin.

Batman. Le croque-mitaine.

C'était Elliot.

Son oncle.

Un autre monstre dans la famille.

CHAPITRE
SOIXANTE-NEUF

Dès que la porte s'est ouverte, elle a bousculé son oncle et est entrée dans la maison.

— Steph… ? Qu'est-ce que… ?

L'ignorant, elle a foncé dans le salon et a commencé à faire les cent pas. L'adrénaline parcourait tout son corps, et son esprit tournait à cent à l'heure. Finalement, après ce qui a semblé être une éternité, Elliot Broadbent a péniblement passé la porte, traînant sa bouteille d'oxygène derrière lui, le souffle court dans son masque, comme s'il allait rendre son dernier soupir.

— Stephanie, a-t-il dit. Tu aurais dû appeler. J'aurais…

— Pas un mot, a-t-elle lâché en le menaçant du doigt. Pas un mot de plus avant que j'aie fini.

Il l'a regardée, le regard vide.

— Je *sais*.

— Tu sais quoi ?

— Je sais tout, voilà. Je suis au courant pour les lettres. Je connais ton *secret*. Et je sais que mon père t'a aidé à tout étouffer.

Elliot a ouvert la bouche pour parler, mais a fini par remettre le masque sur son visage, peinant à respirer.

— Comment ? Sa voix n'était qu'un murmure.

— J'ai trouvé les lettres que tu lui as écrites en prison, disant que les visites avaient cessé depuis sa mise en détention provisoire. Elles coïncident avec les visites initiales du croque-mitaine. Elle a serré la mâchoire, luttant pour retenir ses larmes. — C'était toi. *Tu* étais le croque-mitaine.

Elliot a lentement baissé son masque et a montré le canapé du doigt. — Je peux m'asseoir ?

Elle a réalisé qu'elle n'avait pas le choix et lui a fait signe d'avancer. Il s'est assis avec précaution sur le coussin, s'agrippant à son appareil.

— C'est vrai ? a-t-elle demandé. C'est toi qui étais le croque-mitaine, il y a toutes ces années ?

— Steph…

— Elliot, c'est vrai ?

— Steph…

— Réponds-moi ! Sa voix a résonné dans la pièce.

Elliot a grincé des dents, ses yeux brillant d'humidité. Il n'a pas parlé tout de suite. Au lieu de ça, il a fermé les yeux, comme s'il cherchait la réponse derrière ses paupières.

Puis, lentement et péniblement, il a hoché la tête.

Stephanie a reculé d'un pas, comme si on venait de lui donner un coup de poing dans l'estomac. L'air a été chassé de ses poumons. Ses doigts se sont recroquevillés en poings, et pendant un instant, elle n'a pas su ce qu'elle allait faire : crier, pleurer, lui jeter quelque chose à la figure ou à travers la pièce, ou s'enfuir.

— Je peux tout t'expliquer… a-t-il commencé.

Elle a inspiré profondément, a bombé le torse, et a desserré son poing. — Tu as intérêt.

— J'… J'… J'avais un fils, a-t-il dit. Il… il était tout pour moi. Il était mon univers. Et puis un jour, on me l'a arraché. Il est mort le jour de ses dix ans. Il a rampé sous un château gonflable et est resté coincé. Un accident stupide. Ça n'aurait jamais dû arriver. J'étais anéanti. Je me suis senti perdu pendant longtemps après ça. Je voulais me tuer ; je voulais que tout s'arrête. Et puis j'ai trouvé un exutoire, un moyen de faire mon deuil…

— T'introduire dans la chambre de petits garçons pour les regarder dormir, a-t-elle dit, la gorge nouée.

Elliot a hoché la tête. — Pendant ce bref instant, quand j'étais dans la chambre de ces garçons, j'avais l'impression d'être avec lui ; je me sentais proche de lui. Tu ne peux pas comprendre, mais… Il a pris une autre longue inspiration sur sa machine. — Je ne voulais pas le faire. Je ne voulais pas terroriser ces garçons et leurs familles, mais c'était le seul moyen.

— Et mon père était au courant ?

— Oui. Parce que… parce que j'ai essayé avec Kimberley et toi. Il m'a laissé entrer à une ou deux occasions, mais ce n'était tout simplement pas la même chose.

Le souffle de Stephanie s'est coupé. Les cauchemars. Les rêves. Ce n'était pas son imagination ; ce n'était pas de la fiction. C'était réel.

— Tu es venu dans notre chambre ?

Elliot a acquiescé.

— Mais je ne vous ai jamais touchées, tout comme je n'ai jamais touché ces garçons. Ça n'a jamais été une question de *ça*. Ça n'a jamais été quelque chose de bizarre. J'avais juste besoin d'être proche d'eux, proche de mon garçon.

— Est-ce que mon père et toi, vous faisiez ça ensemble ?

— Non, jamais. C'était juste moi. Ton père, il… il m'a juste aidé. Il était au courant, il me guidait, s'assurait que je reste hors de portée de la police.

Stephanie était tétanisée. Les battements de son cœur tonnaient à ses oreilles.

— Dans tes lettres, tu as dit qu'il t'avait aidé à arrêter. *Comment ?*

Elliot s'est repris avant de parler. — C'est difficile à comprendre pour toi. Il s'est perdu dans ses pensées un instant, le visage vide. — L'arrestation de ton père m'a forcé à arrêter. C'est tout. C'était aussi simple que ça. J'ai vu ce qui arriverait si je me faisais prendre, alors j'ai décidé de laisser tomber.

Stephanie ne l'a pas cru. Il y avait plus que ça, mais pour une raison ou une autre, il gardait le silence. Elle approfondirait cette piste d'enquête plus tard, quand il serait en salle d'interrogatoire dans de bonnes conditions. Mais pour l'instant, il y avait des questions plus urgentes auxquelles elle avait besoin de réponses.

— Tu sais qui fait ça maintenant ?

Son visage a perdu toute couleur, et il a secoué la tête. Un autre mensonge.

— Qui est-ce, Elliot ?

Son oncle a pris une autre bouffée d'air, courte et vive. Il en avait de toute évidence besoin pour respirer.

— Je ne sais pas, a-t-il dit dans le bref instant où il a retiré le masque de son visage. Ça pourrait être n'importe qui. J'aimerais bien le savoir.

— Peut-être qu'une salle d'interrogatoire et une nuit en cellule de dégrisement te rafraîchiront la mémoire. Elle a sorti son téléphone de sa poche et s'est dirigée vers le couloir, portant l'appareil à son oreille. — Devon, il faut que tu me rendes un service. Oui, encore un. Mais pas comme ça. J'ai besoin que tu envoies deux véhicules du GSI à l'adresse de mon oncle. Je le tiens. Je tiens le croque-mitaine originel.

CHAPITRE
SOIXANTE-DIX

Le bureau était plongé dans le noir, seule la lueur bleutée de l'écran du téléphone de Stephanie éclairait son visage. Elle avait tripoté l'appareil ces dix dernières minutes, le faisant rouler entre ses doigts et tapotant le dos de l'appareil avec son ongle. Assise en silence, elle digérait tout, essayant de se faire à l'idée qu'il y avait un autre monstre dans sa famille : un duo de frères criminels.

Elle n'arrivait pas à y croire. Son père avait su pour les crimes de son oncle et n'avait rien fait. De même, son oncle avait protégé son père. Ils avaient veillé l'un sur l'autre, se défendant mutuellement face à la police jusqu'à la toute fin.

Stephanie a cessé de jouer avec l'appareil et a fixé son écran de verrouillage : une photo d'elle et de Kimberley.

Kimberley.

Sa sœur.

Elle a pensé à la promesse qu'elles s'étaient faite.

Pas de secrets.

Plus de mensonges.

Elle a déverrouillé l'appareil et a cherché les coordonnées de sa sœur dans son répertoire. Son doigt a hésité au-dessus de la touche d'appel. Elle devait le dire à Kimberley. Elle avait le droit de savoir. Mais à quoi bon ? Lui annoncer qu'un autre membre de la famille, quelqu'un qu'elle connaissait à peine, était presque aussi diabolique

que leur père ? Et si Kimberley se mettait à croire que c'était de famille, qu'elles étaient toutes les deux capables de pécher ? Qu'elles étaient toutes les deux intrinsèquement mauvaises ?

La conversation que Stephanie avait eue plus tôt avec Perry Watson lui est revenue en mémoire. Était-elle vraiment si différente de son père ? Le fait de l'avoir poignardé à plusieurs reprises jusqu'à ce qu'il meure suggérait qu'ils étaient plus proches qu'elle ne l'aurait voulu.

Non. C'était des conneries. Elle était différente. *Unique*. La seule chose de lui qui coulait en elle, c'était le sang dans ses veines et l'ADN dans son corps. Mais ça ne la définissait pas. Ça ne déterminait pas qui elle était.

Ils ne se ressemblaient en rien.

L'écran est devenu noir, et Stephanie l'a posé. Kimberley n'avait pas besoin de savoir. Du moins, pas pour l'instant. Elle a laissé le téléphone tomber de sa main sur le bureau dans un bruit sourd.

Elle a fermé les yeux et s'est adossée à son fauteuil, laissant l'obscurité l'envelopper. Son esprit était un stade assourdissant, où les pensées s'entrechoquaient et les souvenirs se percutaient comme des auto-tamponneuses.

Puis la porte s'est ouverte à la volée.

Elle s'est redressée d'un coup.

C'était Olivia, essoufflée et les yeux écarquillés. — Madame, vous devez venir. *Tout de suite.*

Stephanie s'est levée sur-le-champ. — Qu'est-ce qu'il y a ?

— C'est votre oncle. Il vient de s'effondrer dans la cellule de garde à vue.

L'estomac de Stephanie s'est noué. — Qu'est-ce qui s'est passé ?

— Il ne respire plus. Je crois qu'il est peut-être mort.

CHAPITRE
SOIXANTE-ET-ONZE

Elliot Broadbent, son oncle, cet homme qu'elle ne connaissait de nouveau que depuis quelques jours et qu'elle avait rencontré encore moins de fois, était effondré sur le sol de sa cellule de garde à vue, allongé sur le dos, les doigts serrant le masque à oxygène posé à côté de lui. Il était entouré d'une poignée de policiers, qui se précipitaient tous à son secours en attendant l'arrivée de l'ambulance. Stephanie n'était pas médecin, mais elle voyait bien qu'il était mort. Dès que les secouristes arriveraient, ils constateraient le décès.

Son visage s'était déjà vidé de toute couleur, et le regard vitreux et humide de ses yeux avait disparu ; il avait versé sa dernière larme.

Stephanie se tenait à l'entrée de la cellule, inconsciente du bruit et du chaos qui l'entouraient. Un tourbillon de pensées s'agitait dans son esprit. Premièrement, c'était une catastrophe en matière de santé et de sécurité. Elliot était un homme malade, souffrant d'un problème de santé très grave et évident, et pourtant il était mort sous leur responsabilité. Une évaluation des risques avait-elle été effectuée ? Quelqu'un l'avait-il surveillé ou avait-il reconnu les signes avant-coureurs ? Ou n'était-ce qu'un accident imprévisible que personne n'aurait pu anticiper ? Elle s'est souvenue de la façon dont Elliot avait cherché son souffle, comme si sa vie en dépendait, chez lui ; avait-*elle* raté les signaux d'alerte ?

Deuxièmement, il était le Croque-mitaine originel ; il était la clé qui pouvait potentiellement débloquer l'enquête en cours, et maintenant, il était mort. Pire encore, elle était la seule à connaître la vérité. Il lui avait tout confié en privé et, dans son état de panique et sous l'emprise de l'adrénaline, elle n'avait fait aucun effort pour enregistrer leur conversation. C'était sa parole contre celle d'un mort.

Troisièmement, et c'était peut-être le point le plus significatif, étant donné sa position en bas de sa liste, il était son oncle. Un membre de sa famille. Sa chair et son sang. Pourtant, elle ne ressentait rien pour lui. Aucune sympathie, aucune douleur, aucune angoisse. Il n'était qu'un criminel de plus qui avait échappé à la véritable poigne de la justice.

— Steph ?

La question a semblé lointaine, presque comme si elle venait de son oncle lui-même, l'appelant, implorant son aide.

— Steph ?

Ce n'est que lorsque Devon est entré dans son champ de vision qu'elle a réalisé que la question venait de lui.

— Madame, qu'est-ce que vous voulez qu'on fasse ?

— Je… Elle avait besoin d'un instant pour rassembler ses esprits. Mais ils n'avaient pas ce luxe. — Il a tout avoué. Elle a regardé Devon dans les yeux, mais son visage est vite devenu flou. — Il a avoué être le Croque-mitaine originel. Il a perdu son fils le jour de son anniversaire et il s'est introduit dans des chambres d'enfants pour l'aider à faire son deuil.

— Il a perdu son fils ? a répété Devon.

— Mais nous n'avons aucune preuve. Rien qui le prouve. Tout ce que j'ai, ce sont des lettres qu'il a écrites à mon père en prison, disant que les visites avaient cessé.

— Qu'est-ce que vous voulez qu'on fasse ?

Et puis, quelque chose a changé en elle. Elle était de retour dans la pièce. Elle était de nouveau inspectrice principale, chargée de diriger une équipe dans des conditions de pression intense.

— Des preuves, a-t-elle dit. Il nous faut des preuves. Il y a peut-être des lettres chez Elliot Broadbent qui confirment qu'il était le Croque-mitaine, alors il nous faut une équipe pour fouiller sa maison dans les moindres recoins. Faites venir la police scientifique dès que possible. L'ADN... nous devons aussi prélever son ADN et l'envoyer pour analyse.

— À quoi ça servira ?

— L'enquête initiale. Il y a peut-être des preuves ADN d'avant auxquelles on peut le relier. Je ne sais pas pourquoi je n'y ai pas pensé plus tôt.

Devon a hoché la tête. — Je mets l'équipe dessus. Et je vais demander à quelqu'un d'éplucher plus en détail les notes de l'ancienne enquête.

— Je vais les aider, a-t-elle dit en hochant lentement la tête. Je vais y jeter un œil aussi.

Sur ce, Devon s'est dépêché d'exécuter ses ordres.

Pendant un instant, Stephanie est restée là où elle était, tandis que les gens continuaient de s'agiter autour d'elle. Puis les secouristes sont arrivés, la forçant à s'écarter. Elle a regardé en silence tandis qu'ils s'accroupissaient près du corps d'Elliot et confirmaient rapidement ce qu'elle savait déjà.

— Il est parti, a déclaré le premier secouriste d'un ton neutre.

Un frisson glacial l'a parcourue. Elle a baissé les yeux vers son oncle, et en étudiant son visage, l'image de son père se vidant de son sang sur le sol du couloir de leur maison familiale a refait surface. Elle a été frappée par leur ressemblance : les pommettes, les yeux.

Un autre rappel de son père et des horreurs au sein de sa famille.

Dans son esprit, les lumières au plafond se sont mises à vaciller, et les murs ont semblé se refermer sur elle. La nausée est montée et le monde a basculé sur son axe. Elle est sortie de la cellule en titubant, heurtant les murs et des membres de son équipe tandis qu'elle se dirigeait vers la sortie. Dehors, elle a aspiré une grande bouffée d'air frais du soir, mais cela n'a rien fait pour soulager la sensation dans sa tête et son estomac.

Il n'y avait qu'une seule solution à ça.

Une seule solution qui anesthésiait tout.

Elle a traversé le parking d'un pas chancelant, est montée dans sa voiture et a démarré lentement. Elle n'était qu'à moitié consciente des lampadaires et de la circulation en quittant le commissariat.

Cinq minutes plus tard, elle est arrivée.

L'enseigne du restaurant était brillamment éclairée, présentant des images de ses délices. Immédiatement, l'odeur de gras, de sel, de graisse et de regret l'a frappée comme une gifle.

Kebab Grill.

Un vieil ami.

Verrouillant sa voiture derrière elle, elle a monté les marches quatre à quatre et est entrée dans le restaurant.

À l'intérieur, l'odeur s'est intensifiée, et le propriétaire a levé les yeux de derrière le comptoir, lui souriant comme à une vieille amie.

— Bonsoir, mademoiselle ! Laissez-moi deviner, comme d'habitude ?

CHAPITRE
SOIXANTE-DOUZE

Elle avait beau mâcher des chewing-gums et sucer des pastilles à la menthe, le goût âcre de la bile persistait. Elle se détestait. Tout avait été si bien maîtrisé. Elle avait enfin repris le contrôle, et pourtant, depuis que son oncle était entré dans sa vie et que l'implication de son père dans l'affaire du Croque-mitaine s'était intensifiée, sa boulimie avait refait surface.

Pour contrer l'angoisse, le regret et la culpabilité qui lui rongeaient ce qu'il restait de la paroi de son estomac, elle avait passé toute la nuit plongée dans les détails de l'affaire originale du Croque-mitaine. Elle avait perdu la notion du temps, réalisant seulement que le jour se levait et que la plupart de l'équipe était rentrée chez elle depuis longtemps. Elle a levé les yeux de son ordinateur et a regardé par l'entrebâillement de sa porte. La salle de crise était vide et d'un calme inquiétant, à l'exception du vrombissement de la salle des serveurs quelque part dans le bâtiment.

Stephanie appréciait ce silence ; il l'aidait à calmer les voix et le bruit dans sa tête.

Elle a reporté son attention sur son ordinateur, où elle examinait une déposition de témoin. Le rapport avait été rédigé par l'inspecteur Oliver Reed et enregistré une semaine avant la clôture de l'enquête. À ce stade, dix maisons avaient été cambriolées et la vie de dix garçons avait été irrévocablement changée.

On pouvait y lire :

. . .

Date : 18/07/1994
De : Inspecteur Oliver Reed
Soumis à : Inspecteur principal Gavin Lockwood

Début :

[CLASSIFIÉ] a été amené le matin du 18/07/1994 dans le cadre de l'Opération Rainmaker. Il a été signalé que le suspect avait été vu en train de rôder autour de l'école que tous les garçons fréquentaient. Bien sûr, on pourrait arguer que n'importe quel parent d'élève pourrait être vu faisant de même – mais le plaignant a noté que [CLASSIFIÉ] ne semblait pas venir chercher un enfant. Il a été observé assis dans une Vauxhall Astra grise pendant près de quarante-cinq minutes, à surveiller les grilles de l'école. Après un interrogatoire informel de certains membres du personnel de l'école, il est apparu que [CLASSIFIÉ], qui, d'après ses amis et sa famille, aime se faire appeler Batman, avait un enfant qui fréquentait la même école. Malheureusement, ce même enfant a perdu la vie dans un terrible accident de château gonflable lors de la fête de son dixième anniversaire.

Je me suis entretenu avec [CLASSIFIÉ], et il est clair qu'il est en proie à un immense chagrin suite à la perte de son fils et que, par conséquent, il a passé du temps devant l'école dans le cadre de son processus de deuil.

Entretien mené, mais sur demande de l'inspecteur principal Lockwood, non-suivi d'une mise en garde officielle.

Aucune suite n'a été donnée.

-Inspecteur Reed

Stephanie a relu la note deux fois de plus. Une fois terminé, elle s'est adossée à sa chaise, en essayant d'assimiler l'information. Il était évident pour elle qu'ils faisaient référence à Elliot Broadbent. Non seulement il y avait la mention du fils décédé, mais aussi son habitude de rôder autour de l'école pour cibler ses victimes.

Le coup de grâce, c'était le surnom : Batman.

Stephanie n'avait aucune idée de la raison pour laquelle il avait été inclus dans le rapport, mais elle était reconnaissante que ce soit le cas.

Plus préoccupant, cependant, était l'omission du nom de son oncle. Pourquoi avait-il été classifié ? Et par qui ?

Avant qu'elle ne puisse poursuivre ses pensées, un bruit l'a interrompue. Giles est apparu à l'autre bout du bureau, vêtu d'un imperméable luisant de pluie. Dès qu'il l'a aperçue, il s'est précipité vers elle, laissant goutter des gouttes de pluie sur la moquette. Stephanie a jeté un coup d'œil derrière elle et a remarqué des gouttelettes sur la fenêtre.

— Vous êtes là, a dit Giles, essoufflé. Je ne pensais pas que vous seriez là.

Stephanie a continué à regarder par la fenêtre.

— Vous avez passé la nuit ici ? a-t-il demandé.

— Depuis combien de temps il pleut ?

— Ça répond à ma question. Giles a franchi le seuil de son bureau et s'est approché de son bureau. Je crois que je tiens quelque chose.

Peu à peu, les rouages de son esprit fatigué ont commencé à tourner. Elle venait à peine de réaliser qu'elle avait passé toute la nuit au bureau.

— Tu es là de bonne heure. *Tu* as dormi, toi ? a-t-elle demandé.

— Et vous ?

— On ne parle pas de moi. On parle de toi. Qu'est-ce que tu fais ici à cette heure ?

Rayonnant comme un enfant excité, Giles a retiré son sac à dos de son épaule et l'a posé sur la chaise. Il a commencé à fouiller dedans et en a sorti une feuille de papier.

— Je n'arrivais pas à dormir. Je n'arrêtais pas de penser à cette affaire. Ça me tracassait depuis le début, puis j'ai trouvé quelque chose d'intrigant et je ne pouvais pas laisser tomber.

Stephanie s'est penchée en avant sur sa chaise. — Tu as toute mon attention…

— L'ADN. Devon a dit que vous nous aviez demandé de chercher dans les archives de l'affaire précédente tout ce qui concernait l'ADN.

Elle a hoché la tête, attentive.

— Eh bien, j'ai trouvé un rapport journalier daté du dix-huit juillet, rédigé par un type du nom d'inspecteur Oliver Reed, et dedans, il dit que des échantillons d'ADN ont été prélevés sur un suspect, mais que l'ADN a été perdu par la suite.

— D'accord... a dit Stephanie, les rouages de son cerveau semblant se réveiller en même temps que le reste de l'équipe, alors que des silhouettes commençaient à affluer par la porte.

— Ça m'a paru un peu bizarre, a poursuivi Giles.

— À qui... à qui le rapport a-t-il été soumis ?

— Une certaine inspectrice Stephanie Penrose, leur responsable des scellés.

— Est-ce que le nom du suspect y figure, ou a-t-il été classifié ?

Les yeux de Giles se sont écarquillés de joie. — Il est nommé, commissaire.

— Qui ?

— L'échantillon d'ADN a été prélevé sur un certain M. Elliot Broadbent.

CHAPITRE
SOIXANTE-TREIZE

Quelques heures plus tard, Oliver Reed avait accepté de la retrouver à Pastry Bakes, un petit café indépendant et chaleureux niché sur la rue principale de Dorking, à une demi-heure de route du commissariat. Situé au cœur des Surrey Hills, Dorking ressemblait à une scène de carte postale de la campagne, encadré par des collines verdoyantes et vallonnées et d'épaisses forêts qui prenaient des teintes or et pourpre en automne. Pour arriver en ville, elle a emprunté des routes sinueuses bordées de cottages pittoresques et de murs en pierre usés par le temps. Le centre-ville lui-même était un patchwork d'antiquités charmantes et d'opulence discrète.

Quand Stephanie a ouvert la porte du café, elle a été accueillie par une odeur de café brûlé et le sifflement de la machine à expresso en arrière-plan. L'endroit était vide, à l'exception d'un couple de personnes âgées assis près de la fenêtre. Elle a cherché Oliver du regard et s'est brièvement demandé s'il lui avait fait faux bond. Ce n'est qu'après avoir fait quelques pas hésitants qu'elle a aperçu une silhouette masculine voûtée dans le jardin à l'arrière. Il était affalé sur une chaise, vêtu d'une veste en toile cirée usée qui avait connu des jours meilleurs, une tasse de thé intacte posée devant lui.

Elle s'est approchée de lui.

Il s'est lentement tourné vers elle alors qu'elle sortait.

— Inspecteur ?

— Agent ?

Oliver s'est levé de sa chaise et lui a serré la main, le bleu vif de ses yeux illuminant son visage d'un sourire. Stephanie lui a donné la soixantaine bien entamée.

— Ça fait longtemps que personne ne m'a appelé comme ça, a-t-il dit avec énergie.

— Je vous remercie d'avoir accepté de me rencontrer.

Ils se sont assis l'un en face de l'autre, se penchant en arrière sur leurs chaises avec l'attitude détendue qu'ils avaient tous deux acquise au fil des années à interroger des criminels endurcis.

— Pour être honnête, je pensais que toute cette affaire était morte et enterrée, alors j'ai été un peu surpris de recevoir votre appel. Puis j'ai été un peu déçu quand vous m'avez dit qui vous étiez.

— Que voulez-vous dire ?

— Je pensais que vous étiez peut-être de Netflix ou un truc du genre, et que vous veniez demander à l'un des vieux flics de l'affaire s'il voulait bien parler de son expérience pour un nouveau documentaire.

Stephanie a eu un petit rire étouffé. — Il est encore temps.

Oliver a jeté un coup d'œil à sa boisson, puis à l'espace vide sur la table en face d'elle. — Je vous offre quelque chose ?

Elle a décliné l'offre d'un signe de tête. — Non, merci.

— Pas le temps ? Je me souviens de cette époque. Maintenant, j'ai tout le temps du monde.

Quelle chance.

— Ça vous manque ?

Oliver a enveloppé sa tasse de ses mains. — Vous plaisantez ? Tous les jours. Mais je ne pourrais jamais revenir en arrière. J'ai tourné la page, vous voyez ce que je veux dire ? Je me suis trouvé de nouveaux passe-temps, de nouvelles choses pour m'occuper l'esprit... et rester sain d'esprit. De nos jours, tout tourne autour de la santé mentale. Santé mentale par-ci, santé mentale par-là. À mon époque, on appelait ça avoir le cafard. Mais... je dois admettre que c'est important. Rester assis à ne rien faire toute la journée, ça vous bouffe. C'est important de garder le contact avec les gens, d'avoir des conversations.

— Ou, dans notre cas, de parler de vieilles enquêtes, a ajouté Stephanie.

— Touché. Il a enfin porté la tasse à ses lèvres et a bu une petite gorgée. — Dites-moi, Stephanie, qu'est-ce que le Croque-mitaine a de si important pour que vous veniez jusqu'à Dorking ?

Stephanie s'est redressée sur sa chaise, laissant la question en suspens entre eux. Elle s'est penchée en avant, les coudes sur la table. — Ça a recommencé. Je ne sais pas ce que vous avez pu voir aux infos ou sur internet, mais il y a eu d'autres cambriolages récemment, et la personne impliquée a laissé des ballons derrière elle.

— Le même mode opératoire qu'avant, a dit Reed doucement, son expression se voilant alors qu'il revivait les événements de son enquête.

— Sauf que cette fois, il a tué quelqu'un, a expliqué Stephanie. Quelque chose a mal tourné. Je crois que c'était une erreur, car depuis, c'est le calme plat.

Oliver a hoché la tête d'un air songeur. — Vous pensez que c'est le même type ? Celui qu'on n'a jamais attrapé ?

Elle a secoué la tête. — Non. Il y a des similitudes, oui. Mais il y a aussi une différence majeure : au lieu de cibler des garçons, il s'en est pris à des filles.

Un autre hochement de tête, plus lent cette fois. Le visage d'Oliver s'est crispé, et il a détourné le regard vers le jardin, observant les plantes qui survivaient à peine dans les suspensions.

— Alors, à quoi vous pensez, un imitateur ?

— C'est obligé. C'est la seule explication. Soit quelqu'un qui connaissait l'ancien Croque-mitaine, soit quelqu'un qui a fait des recherches d'une manière ou d'une autre.

Oliver s'est frotté le dessous de l'œil. — Et moi, quel est mon rôle dans tout ça ? Nous n'avons jamais trouvé le responsable. Vous le savez, n'est-ce pas ?

Elle a hoché la tête.

— L'une des affaires les plus préoccupantes de ma carrière, et on n'a jamais trouvé ce salaud. Ça me ronge encore.

Elle a senti les coins de sa bouche esquisser un sourire. — Vous pouvez dormir sur vos deux oreilles. Je crois qu'on l'a trouvé.

— Vous avez la personne qui a fait ça ? a demandé Oliver, ses yeux s'écarquillant d'excitation.

— Possiblement. Espérons-le. C'est là que vous entrez en jeu. J'espère que vous pourrez me confirmer une ou deux choses.

Oliver s'est avancé sur sa chaise, poussant sa tasse de thé de côté pour qu'il n'y ait plus rien entre eux. — Je suis tout à vous.

Stephanie a sorti les rapports journaliers qu'elle avait lus au bureau et les lui a tendus. — Ce nom a été expurgé, a-t-elle expliqué. Vous vous souvenez de qui il s'agissait ?

— Elliot Broadbent, a-t-il dit sans hésiter.

Stephanie a réussi à ne pas laisser transparaître sa surprise. — Vous en êtes sûr ?

— Je n'ai jamais oublié ce nom.

— Pourquoi ?

— Parce que je pensais que c'était notre principal suspect.

— J'ai parcouru les dossiers de l'affaire. Son nom n'est mentionné que deux fois, et vous n'aviez rien de concret contre lui. Qu'est-ce qui vous rend si sûr de vous ?

— L'intuition. Vous savez de quoi je parle. Ce pressentiment tenace qui ne vous lâche jamais. Quand on peut lire la réaction de quelqu'un et sentir immédiatement que quelque chose ne tourne pas rond. C'était notre homme. Est-ce que ça correspond à votre suspect ?

Stephanie a simplement hoché la tête en guise de réponse.

Oliver a claqué des doigts triomphalement. — Putain de salaud. Je le savais. Puis il a percuté. — Attendez… *Broadbent*.

Stephanie a rapidement expliqué sa relation avec Elliot et comment elle s'était terminée au milieu de la nuit.

— Je n'en reviens pas, a finalement dit Oliver, son sourire s'élargissant d'une oreille à l'autre. Je n'arrive pas à croire que vous l'ayez eu. *Enfin*.

— Presque. Tout ce que nous avons, c'est sa parole contre la mienne. Nous n'avons rien de concret à lui relier… pour l'instant. C'est une autre raison de ma présence ici. Stephanie s'est éclairci la gorge et a tourné la page devant Oliver. — Dans un de vos autres rapports journaliers, il est dit que l'échantillon d'ADN que vous aviez contre mon oncle a disparu…

— Ah, oui. L'affaire de l'échantillon d'ADN égaré accidentelle-ment exprès. Je m'en souviens très bien. Oliver a joint ses mains.

— Que s'est-il passé ?

Il a réfléchi un instant. Une légère brise a balayé le jardin, faisant se balancer les plantes d'un côté à l'autre. — J'ai fait en sorte qu'El-liot donne son ADN, ce qu'il n'était pas très enclin à faire, d'ailleurs. Je l'ai envoyé, et quand j'ai voulu faire le suivi, j'ai découvert qu'il avait été perdu.

— Qui l'a perdu ?

— Gavin Lockwood.

Elle a eu le souffle coupé. — L'inspecteur divisionnaire ?

— C'est lui qui s'était chargé de l'envoyer à la place de notre responsable des scellés, ce que je n'avais jamais vu auparavant, et que je n'ai jamais revu depuis.

— C'*est* inhabituel. Il n'a pas voulu obtenir un autre échantillon ?

— Je l'ai confronté à ce sujet, mais il a juste haussé les épaules. Il a dit que ça ne valait pas le coup de perdre du temps ou de l'argent à faire revenir Elliot. Puis, le lendemain, il m'a retiré de l'affaire et m'a affecté à une autre enquête. Oliver a pincé les lèvres, son expression se durcissant, clairement encore dérangé par cette déci-sion. — Autant vous dire que je ne l'ai pas invité à dîner depuis.

— Donc vous n'avez jamais su ce qu'il était devenu ?

Oliver a secoué la tête et a commencé à tapoter la table avec sa phalange.

— Pouvez-vous me dire ce qui s'est passé avec le nom expurgé ? Pourquoi a-t-il été expurgé et qui l'a fait ?

Il a penché la tête sur le côté. — Vous connaissez déjà la réponse. La même personne qui a aidé l'ADN à disparaître miracu-leusement a fait s'évanouir l'identité de votre oncle.

Stephanie a pris un moment pour digérer cette information.

— Il devait se passer quelque chose, a-t-il dit. Mais je ne sais pas *quoi*.

Elle a levé son regard pour croiser le sien. — Je crois que je vais aller le découvrir.

CHAPITRE
SOIXANTE-QUATORZE

Le soleil, ou ce qu'il en restait, déclinait sur les Surrey Hills, jetant de longues ombres sur les bois qui bordaient Peaslake. L'air était lourd du parfum de la terre humide et de la poudre à canon. Quelque part au loin, un coup de fusil a rompu le silence, suivi par le bruissement d'ailes d'oiseaux prenant leur envol et le son d'aboiements excités.

La voiture de Stephanie a crissé sur le chemin de gravier, les pneus projetant des cailloux alors qu'elle gravissait la pente douce vers l'entrée fermée par un portail. Il n'y avait aucun panneau. Aucun numéro. Juste un robuste portail en bois, fermé par du grillage rouillé et une pancarte peinte à la main qui disait : PRIVÉ – CHASSE EN COURS.

Elle a coupé le moteur et est sortie, ses chaussures s'enfonçant légèrement dans l'accotement boueux. Les bruits de la campagne étaient assourdis ici, absorbés par les arbres denses. Une rangée de Land Rover, éclaboussés de boue, était garée sur le côté. La scène ressemblait plus à un campement militaire qu'à une zone de loisirs pour gentlemen.

Stephanie a jeté un coup d'œil au chemin qui disparaissait entre les arbres. Des coups de feu ont de nouveau retenti, deux cette fois, rapides et secs. Plus loin sur le sentier, des silhouettes se déplaçaient parmi les arbres : une file d'hommes vêtus de vestes cirées et de casquettes plates, piétinant les sous-bois avec des chiens se faufilant entre leurs jambes. Au-dessus, une volée de faisans est sortie de sa cachette, les ailes battant frénétiquement.

Elle a plongé la main dans son manteau et a sorti sa carte de police. Un homme s'est détaché du groupe. Même de loin, elle l'a reconnu. L'ancien inspecteur principal Gavin Lockwood.

Il a abaissé son fusil dans le creux de son bras et a enlevé son casque antibruit. Le berger allemand à ses côtés s'est arrêté, dévisageant Stephanie avec méfiance.

— Inspectrice… ?

— Inspectrice Stephanie Broadbent, a-t-elle répondu d'un ton sévère.

— Vous avez prévenu de votre visite ? J'aurais dû vous attendre ?

— Parfois, je préfère les surprises.

— Ce sont les surprises qui vous valent de vous faire tirer dessus sur un terrain privé dans un endroit comme celui-ci.

— Pardonnez-moi, monsieur Lockwood, mais cela ressemble à une menace.

— Non, a-t-il dit avec un léger sourire en coin. J'énonce juste un simple fait, ma belle.

Stephanie a grimacé. — Ne m'appelez pas « ma belle », s'il vous plaît. Les temps ont changé depuis votre époque.

Il a ricané. — À qui le dites-vous.

Gavin Lockwood et son chien se sont résolument déplacés sur le côté du chemin, tandis que son groupe d'amis, tous vêtus de tenues presque identiques, a continué sa route en la dépassant.

— Alors, qu'est-ce qui vous amène dans ce coin perdu ? a-t-il demandé.

« Court et direct », s'est-elle rappelé. « Droit au but. »

— Est-ce que le nom d'Elliot Broadbent vous dit quelque chose ?

Le signe de reconnaissance sur son visage était évident, mais il a fait de son mieux pour le masquer.

— Ça ne me dit rien du tout. Ça devrait ?

— C'était le nom de l'un des suspects dans l'enquête initiale sur le Croque-mitaine.

— Fascinant, a-t-il répondu d'un ton sarcastique.

— C'est aussi le nom de mon oncle.

— Encore plus. Qu'est-ce qu'il a ?

— Il est mort aux premières heures de ce matin.

Gavin l'a étudiée, ses yeux parcourant chaque centimètre de son corps. — Pour quelqu'un qui vient de perdre un proche, vous n'avez pas l'air trop bouleversée.

— Nous n'étions pas proches. Mais il était proche de son frère. Peut-être que vous vous souvenez de *son* nom : Colin Broadbent.

Gavin a feint l'indifférence ; il n'avait aucune intention de l'aider.

— Vous vous souvenez peut-être mieux de lui comme de l'homme qui a tué ma mère.

— Oh là là, quelle famille vous avez.

Au-dessus de leurs têtes, un écureuil a sprinté entre les arbres, faisant bruisser les feuilles immobiles. Quelques instants plus tard, une brindille est tombée au sol. Le chien l'a ignorée, gardant son attention sur Stephanie, en attente des ordres de son maître. Pendant ce temps, Gavin donnait l'impression de s'ennuyer de la conversation alors qu'il commençait à inspecter la mire de son fusil.

— Je pense que vous les connaissez, a-t-elle dit, la voix plus grave.

Il s'est arrêté. — Pardon ?

— Je pense que vous connaissez mon père et mon oncle. Et je pense que vous les avez protégés. Je pense que vous avez essayé de leur éviter la prison.

Gavin n'a pas levé les yeux immédiatement. Ses doigts épais ont ajusté le canon du fusil avec un soin méthodique. Puis il l'a délicatement posé sur un banc de tir voisin et s'est tourné pour lui faire face carrément. Pendant une fraction de seconde, Stephanie a craint qu'il ne lui tire dessus.

— Ce sont de graves accusations, inspectrice, a-t-il dit. On dirait que le chagrin de la perte de votre père et de votre oncle vous a finalement rattrapée.

Elle a serré la mâchoire. — Elliot Broadbent était un suspect clé dans l'enquête sur le Croque-mitaine. Un de vos inspecteurs l'a interrogé et a prélevé son ADN, mais vous vous êtes interposé.

— Qu'est-ce qui vous fait penser qu'il était le Croque-mitaine ? La voix de Gavin était froide et tranchante.

— Parce qu'il me l'a avoué, juste avant de mourir.

— Il ne serait pas mort de la même manière que votre père, par hasard ?

Stephanie a ouvert la bouche, puis s'est vite reprise. — De quoi... de quoi parlez-vous ?

Un sourire en coin s'est dessiné sur le visage de Gavin alors qu'il s'approchait lentement d'elle. — Inspectrice, vous oubliez qui je suis. J'ai encore beaucoup d'amis dans la police. Après votre petite visite l'autre jour, j'ai posé quelques questions, demandé une ou deux faveurs, et j'ai découvert comment votre père est mort. Sauvage, brutal. Mais bien sûr, c'était de la légitime défense, n'est-ce pas ? C'est souvent le cas dans ces affaires. Et laissez-moi deviner, votre inspecteur en chef a aidé à ce que ça reste comme ça ?

Stephanie n'a rien dit, pensant à ce qu'elle avait entendu sur Clive qui aurait touché des pots-de-vin dans les années quatre-vingt-dix, comment il avait aidé à faire disparaître des choses par le passé.

Gavin s'est arrêté juste devant elle. — On fait tous des choses pour aider les gens de temps en temps. Je suppose qu'on pourrait en dire autant de vous. J'ai cru comprendre que votre collègue avait quelques problèmes d'alcool ces derniers temps.

Ses yeux se sont rétrécis en le fixant.

— Donc votre casier n'est pas exactement irréprochable non plus, a-t-il continué. Maintenant, je ne sais pas ce que vous êtes venue insinuer, ou ce que vous vous êtes mis en tête que j'ai fait, mais tout est faux. Il n'y avait rien de suspect ou d'inquiétant chez Elliot. Votre oncle a été un temps suspect dans l'enquête du Croque-mitaine, mais l'attention s'est rapidement détournée de lui.

— Pourquoi ?

— Vous savez comment ça se passe. Les enquêtes sont des organismes vivants. Elles grandissent, elles changent, elles s'adaptent. Et nous devons nous adapter avec elles. À l'époque, pour une raison ou une autre, j'ai jugé bon de changer de direction. Ne me demandez pas pourquoi, parce que c'était il y a longtemps et je ne m'en souviens pas.

— Vous souvenez-vous que son échantillon d'ADN a disparu peu de temps après avoir été envoyé pour analyse ?

— Je ne crois pas, non, a répondu Gavin. Mais c'était endémique à l'époque. Les procédures n'étaient pas aussi strictes que maintenant. Ce genre de chose arrivait souvent. Il a haussé les épaules. — Probablement une erreur administrative.

Elle a ricané. Une erreur administrative. C'était son excuse, sa justification. Si l'enquête avait été mieux menée il y a trente ans, elle aurait eu deux membres de sa famille derrière les barreaux, et Yasmin East serait peut-être encore en vie.

— Est-ce la même erreur administrative qui a fait que mon père s'en est tiré après que ni vous ni votre équipe n'ayez enquêté sur les violences qu'il infligeait à ma mère ?

Gavin n'a pas répondu.

— Pourquoi les couvriez-vous, Gavin ? Qu'est-ce que c'était ? D'abord, vous avez permis à mon père de continuer à maltraiter ma mère, même si quelqu'un dans votre position devait savoir ce qui lui arriverait si on le laissait continuer. Et ensuite, vous avez empêché mon oncle d'aller en prison pour qu'il puisse continuer à s'introduire dans les chambres d'enfants. Pourquoi ? Qu'est-ce qu'ils avaient sur vous ? Quel genre d'accord aviez-vous conclu tous les trois ? Ce n'était sûrement pas juste des tarifs préférentiels pour l'agrandissement de votre maison, n'est-ce pas ?

La mâchoire de Gavin s'est contractée lentement. Finalement, il a dit : — Vous n'avez aucune preuve. Vous n'avez rien pour prouver aucune de vos hypothèses ridicules. Vous ne savez pas de quoi vous parlez. Pourquoi ne demandez-vous pas à votre père et à votre oncle ? Ah, mais non, vous ne pouvez pas, parce qu'ils sont morts. Parce que vous les avez tués, emportant avec eux tous les secrets qu'ils détenaient.

CHAPITRE
SOIXANTE-QUINZE

Il avait été quasiment confirmé qu'Elliot Broadbent, l'oncle de Stephanie, était le croque-mitaine originel, la cause des cauchemars qui hantaient les enfants de la région trente ans plus tôt. En grandissant, Giles se souvenait que sa mère le menaçait avec des histoires du croque-mitaine, qui entrerait dans sa chambre la nuit et l'emmènerait s'il se comportait mal à la maternelle ou à l'école. Cela suffisait à dissuader Giles de faire des bêtises, mais ça ne l'empêchait pas de guetter la mystérieuse silhouette les jours où il n'avait pas été sage. À chaque fois, il ne parvenait pas à surprendre le monstre tapi juste derrière sa porte.

Jusqu'à maintenant.

Dès qu'il avait appris qu'Elliot Broadbent était devenu le croque-mitaine après la mort de son fils, l'esprit de Giles n'avait fait qu'un bond vers la seule conclusion inévitable, une conclusion qui avait abouti à l'homme qui se trouvait devant lui.

— Ça devient ridicule, maintenant, a dit Marcus Vickery, les bras croisés sur sa poitrine. Combien de fois vais-je devoir vous expliquer que je n'ai rien à voir avec ce qui est arrivé à ces filles ?

— Monsieur Vickery…

— Je continuerai à le marteler s'il le faut, mais à ce stade, ça ressemble à du harcèlement. Je n'ai rien fait de mal.

Giles n'arrivait pas à se défaire de l'image qu'il avait en tête de Marcus Vickery, debout dans les chambres des filles. Il correspondait au profil physique : fin, mince et agile. Et c'était la seule ancienne victime qui avait jamais parlé au croque-mitaine originel. Qui pouvait dire qu'ils n'étaient pas restés en contact ?

Il s'est ressaisi avant de répondre.

— Le nom d'Elliot Broadbent vous dit quelque chose ?

Marcus l'a regardé d'un air vide.

— Non. Absolument aucune idée de qui vous parlez. C'est la personne qui fait ça maintenant ?

— C'est la personne qui le faisait avant.

— A-a-avant… ? a-t-il balbutié, la voix brisée comme s'il avait une boule dans la gorge. Vous… vous l'avez attrapé ?

Giles a hoché la tête.

— Nous pensons que c'est lui, oui.

— Comment… ? Est-ce que je peux… ? Je… Il a secoué la tête, son regard tombant sur la table. Désolé, c'est beaucoup d'informations à digérer d'un coup.

— Je comprends. Prenez tout le temps qu'il vous faut.

— Vous avez une photo de lui ?

— Pas sur moi, non. Quelle différence cela ferait-il ? Je croyais que vous n'aviez jamais pu voir son visage ?

Marcus a haussé les épaules, le regard dans le vide.

— C'est vrai, mais je veux juste voir, vous savez. Après toutes ces années. Pour tourner la page, je suppose.

Giles pouvait le comprendre. Une partie de lui croyait cet homme. Il y avait quelque chose de sincère dans la voix de Marcus, quelque chose d'authentique qui le convainquait qu'il n'avait rien eu à voir avec les effractions. Mais il n'allait pas baisser sa garde si facilement.

— Ce nom ne vous évoque absolument rien ? a-t-il demandé. Quelqu'un que vous auriez pu rencontrer au cours des trente dernières années ? Quelqu'un au travail ? Quelqu'un qui vous a vendu une voiture ? Quelqu'un qui a réparé votre plomberie ?

Marcus a réfléchi un instant.

— Rien. La seule chose qui me dit quelque chose, c'est le nom de famille. Broadbent… Broadbent… A-t-il un lien de parenté avec l'inspectrice qui n'arrête pas de venir chez moi ? C'est pour ça que vous êtes obsédée par moi ; elle essaie de détourner l'attention d'Elliot, alors elle revient sans cesse à la charge ?

— Absolument pas. C'est…

On a frappé à la porte. Giles s'est levé vivement et l'a ouverte. Dehors se tenait Fiona. Il est passé par l'entrebâillement et a refermé la porte avec soin derrière lui, l'entraînant plus loin dans le couloir. Elle avait l'air à la fois effrayée et excitée.

— Qu'est-ce qu'il y a ? a-t-il demandé.

— Les rapports ADN, a dit Fiona. Les résultats de l'analyse de l'ADN de Marcus viennent d'arriver.

— Et ?

Giles a retenu son souffle.

— Ce n'est pas lui. Il n'y a aucune correspondance entre son ADN et ceux retrouvés sur les ballons sur les scènes de crime.

Exactement comme il l'avait dit. Il disait la vérité. Marcus Vickery n'était pas le croque-mitaine.

Giles a remercié Fiona pour l'information, puis est retourné dans la salle d'interrogatoire, se tenant sur le seuil.

— Vous… vous pouvez y aller, a-t-il dit avec prudence.

— Pardon ?

— Nous n'avons plus besoin de vous à ce stade de l'enquête.

Marcus s'est levé de sa chaise avec hésitation, soupçonnant un piège.

— Pourquoi ce revirement soudain ?

S'éclaircissant la gorge, Giles a répondu :

— Les résultats de l'analyse de vos échantillons d'ADN sont arrivés, et il n'y a pas de correspondance.

Un mince sourire s'est étalé sur le visage de Marcus alors qu'il s'approchait.

— Ridicule. Absolument ridicule. Est-ce que vous avez la moindre idée du stress et du chagrin que vous avez infligés à ma famille ?

Giles est resté silencieux.

— Absolument ridicule… ont été les derniers mots de Marcus alors qu'il passait devant Giles et sortait du bâtiment.

CHAPITRE
SOIXANTE-SEIZE

La circulation sur le chemin du retour depuis la forêt avait été en accordéon, si bien que lorsque Stephanie a quitté la route principale pour s'engager sur les petites routes de campagne plus calmes menant au commissariat de Guildford, elle était d'une humeur massacrante. D'habitude, être coincée dans les embouteillages ne la dérangeait pas ; ça lui laissait le temps de décompresser, de se détendre et de digérer les choses. Mais sa conversation avec Gavin Lockwood l'avait frustrée et agacée. Elle se la repassait en boucle dans son esprit. Gavin ne s'était montré guère coopératif, et tout ce qu'il avait dit sonnait juste : elle n'avait aucune preuve matérielle pour confirmer une quelconque collaboration entre lui et les membres de sa famille.

Pas encore.

Elle avait encore du temps. Le temps de fouiller dans les livres d'histoire et dans les affaires d'Elliot et de son père.

Cependant, avant même qu'elle puisse y réfléchir, quelque chose devant l'entrée grillagée du commissariat a attiré son attention. Elle a pilé et a garé sa voiture d'un coup de volant derrière un autre véhicule.

— Je n'en crois pas mes yeux, a-t-elle marmonné.

C'était une Skoda Fabia grise, garée de manière incongrue sur le bas-côté de la voie d'accès, cachée derrière un panneau de signalisation de travaux amoché qui n'avait pas bougé depuis des semaines. Derrière le pare-brise, elle a aperçu la silhouette d'un homme appuyé contre la vitre latérale. Un homme. Elle en était certaine. Mais les reflets des nuages déformaient ses traits.

Les mains de Stephanie se sont crispées sur le volant tandis que son regard se faisait plus perçant. Aucun doute dans son esprit, c'était la même voiture. Même si elle n'avait jamais bien vu la plaque d'immatriculation, elle savait que c'était celle-là. Il y avait la même bosse sur le côté avant gauche du pare-chocs et les phares embués.

La voiture qui l'avait narguée et suivie.

Ici. Maintenant.

Elle a coupé le moteur, le regard fixé sur le véhicule. Un long moment, elle n'a pas bougé. L'homme à l'intérieur n'avait ni bougé ni ne l'avait vue ; son attention était trop concentrée sur son rétroviseur extérieur, attendant quelque chose, attendant quelqu'un.

Stephanie a jeté un coup d'œil au siège passager, où se trouvaient son téléphone et sa carte de police. Elle a attrapé les deux, puis a ouvert la portière lentement et silencieusement. Malgré ses efforts, les charnières métalliques ont grincé, un bruit heureusement couvert par le chant des oiseaux et le bruissement des arbres au-dessus d'elle.

Une vive rafale de vent a rabattu ses cheveux sur son visage. Elle les a remis derrière ses oreilles en s'avançant vers la Fabia, d'un pas rapide et déterminé.

Elle ne voulait pas que l'homme prenne la fuite, comme il l'avait fait tant de fois auparavant.

Elle s'est placée au milieu de la route et a marché d'un pas décidé vers lui. Pas d'échappatoire.

Finalement, alors qu'elle approchait du véhicule, l'homme l'a aperçue et a sursauté. Puis son visage est devenu net. Enfin. La petite quarantaine, des taches de rousseur, dégarni, une barbe naissante le long de la mâchoire.

Stephanie s'est figée au milieu de la route.

— Montrez-moi les clés de votre voiture et ouvrez la fenêtre, a-t-elle lancé d'une voix forte et claire.

Il n'a pas bougé.

Elle a fait un pas en avant. — Les clés. La fenêtre, a-t-elle répété.

Finalement, après un temps, l'homme a tendu la main vers la

colonne de direction, a sorti les clés de la voiture, les a posées sur le tableau de bord et a baissé manuellement la vitre, levant les mains comme pour se rendre.

— Oh là, qu'est-ce qui se passe ? Je ne fais rien de mal, a-t-il dit, la voix aiguë et haletante. J'attends juste quelqu'un.

— Cette personne, ce serait moi, par hasard ?

Il a ouvert la bouche, mais aucun son n'en est sorti.

— Je vous ai vu me suivre devant les studios de danse Pump and Jump. Je sais que vous êtes responsable des photos de moi qui circulent en ligne. Comment vous appelez-vous ?

— Écoutez, je fais juste un boulot, je fais ce pour quoi on me paie.

— Pas très bien, vu que vous venez de vous faire pincer. Elle s'est approchée d'un pas prudent. — Votre nom. Maintenant.

— Philip. Philip Easons. Et je ne fais rien d'illégal, soit dit en passant.

Elle n'était pas de cet avis.

— C'est Trent Whitaker qui vous a engagé ?

— Je… je ne me souviens plus.

— Conneries. Combien il vous paie ? Je parie que vous n'avez aucun mal à vous souvenir de ça.

Philip s'est raclé la gorge. — Deux… deux cents livres par jour.

Bon sang… Deux choses ressortaient clairement de cette déclaration. La première : Trent Whitaker avait vraiment plus d'argent que de bon sens. Et la seconde : elle ne faisait pas le bon métier.

— Qu'est-ce qu'on vous a demandé de faire d'autre ?

— Rien.

— Seriez-vous prêt à répéter ça devant un juge ?

Le front de Philip s'est plissé de confusion. — Vous me menacez ? Ça fait longtemps que je fais ce métier, ma petite dame. Vous ne pouvez pas me menacer comme ça.

— Je le peux si vous portez atteinte à ma vie privée.

— Je n'ai rien fait de tel. Tout ce que j'ai fait, c'est ce qu'on m'a demandé, et maintenant j'ai terminé.

— Alors pourquoi êtes-vous encore là ?

Philip a ouvert la bouche pour répondre, mais a buté sur ses propres mots.

— Il faut que j'y aille.

— Non, attendez…

Il a enfoncé les clés dans le contact, a démarré la voiture, et a donné un grand coup de volant. Le mouvement a été si brusque et si soudain qu'il a pris Stephanie par surprise ; elle a fait un bond sur le côté, impuissante à l'arrêter. En quelques secondes, il était au bout de la route, tournant à gauche.

Stephanie est restée là un instant, reprenant son souffle et laissant l'adrénaline s'évacuer lentement de son corps.

Le refus de Philip de répondre à sa question l'inquiétait. Pourquoi était-il encore là ? Les photos d'elle avaient déjà fuité. Qu'est-ce qu'il lui fallait de plus ?

Quelque chose au fond d'elle lui disait que Trent Whitaker, sa femme et le reste des parents des victimes préparaient quelque chose en coulisses.

La seule question qui restait était : quoi ?

CHAPITRE
SOIXANTE-DIX-SEPT

Les couleurs de la salle de crise s'étaient fondues en un mélange stérile de gris et de bleu. Dans un coin se dressait le tableau blanc, couvert de photographies, de documents et d'une grande carte du Surrey. Stephanie se tenait sur le seuil, le regard perdu dans le vide. La pièce bourdonnait d'un bruit de fond : le ronronnement de l'imprimante, le cliquetis d'un clavier au fond de la salle et une bouilloire qui sifflait dans le couloir.

— Tout va bien, chef ?

La voix l'atteignit à peine.

— Chef ? Tout va bien ?

Olivia. Wellard. La maman du bureau, qui venait à sa rescousse.

L'agente s'approcha avec précaution, apparaissant peu à peu dans son champ de vision, comme si Stephanie regardait à travers l'objectif d'un appareil photo et que les contours de son corps et de ses cheveux devenaient nets.

— Chef ?

Ce ne fut que lorsqu'Olivia posa une main sur son bras que Stephanie revint brusquement à la réalité.

— Pardon. J'étais à mille lieues d'ici.

— Tout va bien ?

— Très bien, mentit Stephanie. Qu'est-ce que… qu'est-ce que j'ai manqué ?

À cet instant, Giles surgit de derrière son bureau, en levant à moitié la main.

— J'ai fait venir Marcus Vickery pour l'interroger au sujet d'Elliot Broadbent.

— C'est une excellente nouvelle.

— Et puis j'ai dû le relâcher.

— Ça, c'est moins bien. Que s'est-il passé ?

Devon pivota sur sa chaise en agitant plusieurs documents.

— ADN, fut tout ce qu'il dit.

— ADN ? répéta Stephanie.

— Les résultats du labo sont enfin arrivés, et ils n'ont trouvé aucune correspondance entre son ADN et les échantillons prélevés au domicile des victimes, expliqua Devon.

La réalité de la situation lui apparut brutalement.

— Donc, ce n'est pas notre homme ?

Chacun d'eux secoua la tête, l'air aussi abattu qu'elle se sentait à ce moment-là.

— Pour être honnête, il n'a pas du tout apprécié qu'on le suspecte, dit Giles.

— On ne peut pas vraiment lui en vouloir.

— Ça ne m'étonnerait pas qu'il aille traîner avec Trent Whitaker, ajouta Giles. C'est la dernière chose dont on a besoin, qu'il aille crier sur tous les toits qu'on n'arrête pas de l'interroger.

Stephanie posa les mains sur ses hanches, perdue dans ses pensées. C'était une idée sur laquelle elle ne tenait pas à s'attarder.

— Qu'est-ce que… qu'est-ce que j'ai besoin de savoir d'autre ?

Cette fois, ce fut Fiona qui apparut de derrière son bureau, en agitant une feuille de papier.

— J'ai fait ce que vous avez dit, chef, et j'ai demandé au labo d'intercaler l'ADN d'Elliot Broadbent avant celui de quelqu'un d'autre dans la file d'attente. Après les avoir convaincus – bon, après les avoir *beaucoup* convaincus – ils ont fini par accepter.

Stephanie lorgna les documents que Fiona tenait en main. Les ongles de la jeune femme étaient rongés presque jusqu'au sang. — C'est le résultat que vous avez là ?

Fiona hocha la tête.

— Je peux ?

Elle ne voulait pas entendre le résultat. Elle ne le croirait pas. Elle voulait le lire, le voir de ses propres yeux.

Fiona lui tendit la feuille et Stephanie se mit à lire. Ses yeux parcoururent les lettres si vite qu'elle faillit ne pas les comprendre. Jusqu'à ce qu'elle atteigne le texte en gras vers le bas de la page, qui déclarait que l'échantillon de preuve prélevé sur le ballon trouvé dans la chambre de Marcus Vickery trente ans plus tôt correspondait à quatre-vingt-dix-neuf pour cent aux récents échantillons de cheveux et de salive d'Elliot Broadbent.

Stephanie serra la mâchoire, encaissant l'information.

C'était confirmé, de manière définitive et indéniable.

Elliot Broadbent avait été le Croque-mitaine. Et maintenant, elle pouvait le prouver.

CHAPITRE
SOIXANTE-DIX-HUIT

La porte de son bureau s'est refermée avec un claquement sec, un son définitif qui a résonné plus fort qu'il n'aurait dû.

Stephanie est restée un instant en silence, le dos plaqué contre la surface froide, son cœur cognant contre ses côtes. Elle a traversé la pièce jusqu'à son bureau et s'est assise lentement, se laissant tomber dans son fauteuil comme si son corps s'était alourdi, maintenant que le poids de la vérité pesait sur ses épaules.

La pièce était sombre ; une unique lampe projetait de longues ombres sur les piles de dépositions et les rapports tachés de café. Dehors, le bourdonnement du commissariat se poursuivait, mais ici régnait le calme, un silence quasi absolu.

Le rapport était excellent. Remarquable, même. Elle avait des preuves solides. Mais maintenant, qu'en faire ? Auparavant, elle aurait suggéré de garder l'information en interne, à l'abri des regards indiscrets du public, mais c'était trop précieux pour ne pas s'en servir. Surtout avec les publications de Trent Whitaker sur les réseaux sociaux qui la talonnaient, sans parler de Marcus Vickery qui représentait maintenant une menace potentielle.

Non, elle savait ce qu'elle devait faire.

Elle a pris son téléphone sur le bureau et a fait défiler ses contacts jusqu'à ce qu'elle trouve son nom.

Louis Brown.

Il a décroché au bout de deux sonneries.

— Tiens, quelle surprise, a-t-il dit. À quoi dois-je le plaisir ?

— Je suis en train de payer mes dettes. Tu es assis ?

— C'est ce genre d'info ?

— On va voir, tu ne crois pas ? Mais je décline toute responsabilité si tu te blesses.

Il y a eu un léger rire à l'autre bout du fil. Elle a entendu le clic d'un capuchon de stylo, suivi du bruissement discret de pages qu'il tournait pour en trouver une vierge. Une pause. Puis :

— J'ai trouvé un siège. Qu'est-ce qui s'est passé ?

— Le vieux croque-mitaine… On l'a retrouvé.

Une pause. Elle a vérifié que la communication n'avait pas été coupée.

— Louis ? Tu es là ?

— Enfin, cette vieille affaire est classée. C'est qui ?

— Un homme du nom d'Elliot Broadbent.

Elle a retenu son souffle en attendant sa réponse.

— S'il te plaît, dis-moi qu'il n'a aucun lien de parenté avec toi.

— J'aimerais pouvoir te dire que ce n'est pas le cas.

— Mais qu'est-ce qui cloche dans ta famille ?

— J'aimerais bien le savoir.

— C'était qui pour toi ?

— Mon oncle. Mais je ne veux pas que ça apparaisse dans le communiqué de presse.

Une autre pause.

— Tu veux qu'on publie l'article ?

Elle s'est adossée à son fauteuil.

— C'est pour ça que je t'ai dit que je payais mes dettes. Je te donne l'exclusivité. Tu vas pouvoir publier un véritable article. Pas de spéculation. Juste des faits. Dis la vérité à tes lecteurs. Le vrai croque-mitaine a été démasqué, après trente ans.

Elle l'a entendu fredonner au téléphone.

— Considère la dette comme remboursée. J'apprécie, merci. On peut avoir une photo pour accompagner l'article ? Une belle photo d'identité judiciaire pour aller avec ?

— Léger contretemps sur ce point. On n'en a aucune. Il est mort en garde à vue.

Il a laissé échapper un petit ricanement.

— L'intrigue s'épaissit.

— À qui le dis-tu. Il m'a tout avoué avant de mourir, mais la bonne nouvelle, c'est qu'on a des preuves scientifiques pour le confirmer.

— C'est largement suffisant pour moi, a-t-il dit d'un ton détaché.

— Il y a autre chose aussi, a-t-elle poursuivi. L'ancienne enquête. Apparemment, elle n'a pas été très bien menée. Le public mérite de le savoir, donc je ne verrais pas d'inconvénient à ce que quelques noms soient cités.

— Ah oui ?

— Il y a celui-ci, le vieil inspecteur, qui avait trempé dans des affaires louches, si tu vois ce que je veux dire.

— Officieusement ?

— Officieusement, a-t-elle répété.

— Ce n'est pas la première fois que j'entends ça. Je crois que le vieil inspecteur avec qui j'avais affaire, en supposant qu'on parle du même type, était assez réputé pour être un bon à rien qui s'occupait plus de ses propres intérêts que de toute autre chose.

Oui, s'est-elle dit, et je vais découvrir lesquels.

CHAPITRE
SOIXANTE-DIX-NEUF

Pend ant presque toute la journée, une équipe de la police scientifique a minutieusement passé au crible la maisonnette d'Elliot Broadbent à Guildford, saisissant tout indice susceptible d'être lié à l'affaire, tout en relevant des empreintes et des traces ADN dans l'espoir qu'Elliot ait reçu des visiteurs ces dernières semaines.

Il était un peu plus de dix-neuf heures et, au lieu de rentrer chez elle, elle s'est retrouvée garée sur le bas-côté, devant la maison de son oncle. Elle a levé les yeux vers les fenêtres et la porte, qui lui semblaient étrangement familières, comme si elle se souvenait d'être venue quand elle était plus jeune, avec sa mère et son père, avant la naissance de Kimberley, mais les souvenirs précis lui échappaient.

L'équipe d'investigation de la scène de crime avait terminé pour la journée, et la seule indication de leur présence était un ruban de balisage « scène de crime » tendu entre deux points, à la barrière menant à la porte d'entrée.

Stephanie s'est sentie obligée d'être là. Sa conversation plus tôt avec Gavin Lockwood résonnait dans sa tête. Elle était convaincue qu'il y avait quelque chose de caché parmi les affaires de son oncle que l'équipe avait pu manquer. Elle avait besoin d'entrer pour faire taire les pensées qui galopaient dans sa tête et pour se trouver quelque chose à faire pendant que l'équipe des scellés traitait l'immense quantité d'informations, de documents et de photos récupérés. Il faudrait au moins un jour de plus avant que tout soit consigné et mis en ligne.

Prenant la clé sur le contact, elle a attrapé son téléphone sur le siège passager et a ouvert la portière, posant le pied dans une fine flaque. Une pluie légère était tombée sur la zone ces dernières heures, détrempant rapidement tout ce qui se trouvait à portée de vue. Des perles d'eau s'accrochaient aux feuilles et aux mauvaises herbes le long du chemin menant à la porte d'entrée. Stephanie avait reçu un double de la clé de la part du responsable de la scène de crime, et elle l'a introduite dans la serrure.

L'air à l'intérieur était rance, et tout ce qui n'avait pas été saisi comme preuve était resté exactement à sa place. Stephanie a traversé la cuisine lentement, en ouvrant tiroirs et placards avec la minutie d'un démineur. Elle veillait à ne pas se précipiter ni casser quoi que ce soit.

Comme elle n'avait rien trouvé d'important dans la cuisine, elle est allée dans la chambre.

La pièce était petite et étroite, avec des plafonds en pente qui lui donnaient un côté claustrophobe, comme si les murs se refermaient lentement sur eux-mêmes. La moquette était tassée par endroits, sa couleur masquée par des années d'usure et de poussière. Un lit une place était poussé contre le mur du fond, couvert d'une couette bleue délavée, les draps tordus par un sommeil agité. La tête de lit était éraflée, et une pile de vieux journaux reposait bien alignée au pied du lit, comme si Elliot s'était construit son propre petit trône.

Stephanie s'est arrêtée sur le seuil.

Près du lit, elle a remarqué d'autres indices de ses multiples affections qui l'avaient maintenu au bord de la mort. Mais ce qui a accroché son regard, c'était une petite boîte transparente qui dépassait de sous le lit. On aurait dit qu'on l'avait tirée, fouillée, puis repoussée, le précédent fouilleur ayant jugé son contenu sans intérêt.

Stephanie s'est agenouillée et a récupéré la boîte sous le lit. À l'intérieur se trouvait une grosse pile d'albums photo en plastique. Elle a sorti le premier et a commencé à le feuilleter. La plupart des clichés étaient anodins : des photos du jardin, une nouvelle télé, son oncle affalé sur le canapé, profitant de son nouveau chez-lui.

Mais à mi-parcours, elle s'est interrompue.

Une photographie a glissé sur ses genoux.

Elle montrait Elliot Broadbent au début de la quarantaine, torse nu, avec un jeune garçon, sept ou huit ans peut-être, assis sur le capot d'une Vauxhall Astra rouge. Le garçon avait de grands yeux sérieux et portait l'uniforme de l'école du coin, avec une cravate effilochée. Il était pâle, avec des boucles sombres et une petite cicatrice au-dessus du sourcil gauche.

Stephanie l'a fixée longtemps, le cœur battant à tout rompre.

Était-ce le fils d'Elliot ? La raison pour laquelle son père était devenu le Croquemitaine ?

Elle a retourné la photo. Au dos, il y avait écrit : *R+E, c.91.*

Stephanie a posé le regard une seconde de plus sur la photo avant de sortir son téléphone de sa poche et de composer le numéro du bureau. Elle a attendu un moment avant que quelqu'un ne décroche.

Finalement, après un second appel, Devon a répondu.

— Qu'est-ce que tu fais encore au bureau ?

— Je vends mon âme au diable, a-t-il répondu. Et je rattrape mes e-mails et le boulot de la semaine. Tu es où ?

Stephanie le lui a dit.

— Déterrer les squelettes de ton placard. J'ai toujours dit que c'était la meilleure façon de passer ta soirée.

Elle a abrégé, peu impressionnée. — J'ai besoin que tu fasses quelque chose pour moi. Est-ce que quelqu'un s'est penché sur l'acte de naissance et le certificat de décès du fils décédé d'Elliot ? Je voudrais encore savoir si la raison qu'il m'a donnée pour expliquer comment tout a commencé est vraie.

— Un instant, s'il vous plaît, a-t-il dit, en prenant sa plus belle voix de service client. — Votre appel est important pour nous et peut être enregistré à des fins de contrôle et de formation.

Un bref sourire a effleuré le visage de Stephanie pendant qu'elle attendait. Ça lui faisait du bien d'entendre un peu de vie et d'humour revenir dans la voix de son collègue.

Après quelques minutes, Devon s'est éclairci la gorge.

— La bonne nouvelle, c'est que je vois que Wellard a retrouvé un acte de naissance et un certificat de décès pour la même personne.

— Qui ?

— Ryan Broadbent.

— Quand ? Donne-moi les dates. Il est mort quand ?

— Environ deux semaines avant la première visite signalée du Croquemitaine.

Stephanie a baissé les yeux vers le sol. Donc, Elliot avait dit la vérité. Elle avait eu un cousin qui était décédé et qui avait été le déclencheur de tout ce merdier.

— Tu as dit qu'il s'appelait Ryan ?

— Oui.

— Tu es sûr ?

— Oui. Tu ne me crois pas ?

— Si. C'est juste... je veux être sûre.

— Je sais que l'alcool te fait voir des choses qui ne sont pas toujours là, mais ce que j'ai sous les yeux est assez clair.

— D'accord. Tu as raison. Je te présente mes excuses.

Stephanie l'a remercié pour son temps et ses efforts, lui a dit de ne pas rester trop tard, puis a raccroché.

Un instant, elle est restée là, à fixer la photo du jeune garçon, ce cousin qu'elle n'avait jamais connu. S'étaient-ils rencontrés ? Elle ne se souvenait pas de lui, ce qui paraissait étrange au vu de tout ce dont elle se souvenait de son enfance. Peut-être avait-il été une bonne part de cette enfance, et quelqu'un, quelque part, avait décidé qu'elle ne retiendrait que le pire.

Avant qu'elle ne puisse y réfléchir davantage, son téléphone a sonné. Elle a répondu précipitamment sans regarder l'identifiant d'appel.

— Je croyais t'avoir dit de rentrer, a-t-elle dit.

— Et moi, je croyais t'avoir dit : plus de secrets, Stephanie ?

Aïe. C'était Kim. Et elle utilisait son prénom en entier. Elle a laissé tomber l'album photo par terre et a replié les genoux contre sa poitrine.

— De quoi tu parles ? a demandé Steph.

— Ne fais pas l'idiote. Qu'est-ce qui se passe ? Pourquoi ai-je dû l'apprendre aux infos qu'un autre membre de notre famille était un criminel ?

Stephanie a enfoui son visage dans sa main.

— On a dit : plus de secrets. Tu aurais dû me parler de notre oncle.

En se massant le front, Stephanie a répondu : — J'allais le faire. J'ai juste été débordée.

— Toute la journée ? Tu aurais pu m'envoyer un message, juste un truc qui disait : « Salut, Kim, juste pour te dire que notre oncle — l'homme que ni toi ni moi ne connaissions très bien — s'est avéré être un criminel, celui que tout le monde appelait autrefois le Croquemitaine. »

La voix de sa sœur dégoulinait de venin. Elle n'avait jamais entendu Kim aussi remontée.

— Ce n'est quand même pas le genre de truc qu'on annonce par texto, si ?

— Arrête d'esquiver la question, Steph. Kim a commencé à craquer au bout du fil. Un instant plus tard, elle s'est mise à renifler. — Qu'est-ce qui cloche avec notre famille ? Pourquoi est-ce que tout le monde est une mauvaise personne ?

— Toi, non, a dit Steph. Et moi non plus.

— Mais... mais ce qu'on a fait à Papa—

— Était nécessaire. Je t'ai dit quand c'est arrivé d'arrêter de voir les choses comme ça. On a agi en légitime défense. Si on ne l'avait pas fait, tu sais qu'il nous aurait tuées toutes les deux. C'était lui ou nous.

Un silence. Puis Kimberley a dit : — Je sais, je sais. C'est juste... et si le bébé devenait comme eux ?

— Ne dis pas de bêtises. Ça n'arrivera pas. Ton bébé sera aimé comme toi et moi ne l'avons pas été. Ton bébé aura tout ce qui nous a manqué, et je serai là pour m'assurer qu'il n'y ait aucune possibilité qu'il grandisse pour ressembler à notre père ou à notre oncle. Tu as ma parole.

CHAPITRE
QUATRE-VINGTS

Stephanie n'avait presque pas dormi. La sensation de creux dans son estomac, mêlée aux images de son oncle, de son cousin et de son père, l'avait tenue éveillée, celles-ci surgissant derrière ses paupières chaque fois qu'elle essayait de les fermer. Elle avait fini par abandonner vers une heure du matin et était partie courir, ce qui ne l'avait guère aidée à se vider la tête. Quand elle était rentrée, un peu avant deux heures, son corps était à bout de forces, alors elle s'était rempli l'estomac avec les restes du chinois de la veille, qu'elle n'avait pas tardé à vomir.

Elle a tiré la chasse, en faisant attention aux éclaboussures, et s'est relevée du sol. Alors qu'elle commençait à se laver le visage et à se rincer la bouche à l'eau du robinet, un bruit l'a interrompue. Ça ressemblait à un coup frappé à la porte, mais elle n'en était pas sûre. C'était faible, presque imperceptible.

On a frappé de nouveau. Plus clair, plus distinct cette fois.

Elle a coupé l'eau et est descendue prudemment, vérifiant le reste de la maison avant d'entrouvrir la porte d'entrée avec hésitation. Là se tenait Gemma Whitaker, la femme de Trent, en jean et manteau. Ses cheveux blond foncé étaient attachés en un chignon brouillon, et ses yeux étaient rouges, soit à cause des larmes, soit par manque de sommeil. Elle avait l'air anéantie.

Seulement, ce n'était pas la préoccupation de Stephanie.

— Gemma, a-t-elle dit, paniquée. Qu'est-ce que tu fais ici ? On est en plein milieu de la nuit. Comment tu sais où j'habite ?

— C'est mon mari. Le détective privé qu'il a engagé nous a donné ton adresse. Mais ne t'inquiète pas, Trent ne sait pas que je suis là. Est-ce que je… est-ce que je peux entrer ?

Stephanie a jeté un rapide coup d'œil par-dessus l'épaule de Gemma, à la recherche de la Skoda Fabia grise, puis s'est écartée pour la laisser entrer. — Bien sûr.

Gemma a pénétré dans le couloir comme quelqu'un qui s'attendait à se faire plaquer à tout moment. Ses mains étaient serrées en poings anxieux. Stephanie a refermé doucement la porte et l'a conduite à la cuisine en lui désignant une chaise. Gemma ne s'est pas assise. Au lieu de ça, elle est restée debout au milieu de la pièce, transférant son poids d'un pied à l'autre.

— Est-ce que tout va bien ?, a demandé Steph. Tu n'es pas blessée, j'espère ?

— Quoi ?

— Blessée. Tu ne cours aucun danger, hein ?

— À cause de Trent ? Gemma a secoué vigoureusement la tête, portant les mains à ses lèvres. Oh, mon Dieu, non. Absolument pas. Non, il ne m'a pas fait de mal, si c'est ça qui t'inquiète. C'est… c'est autre chose. Il y a quelque chose que tu dois savoir.

Stephanie s'est préparée à entendre le pire : que leur fille était devenue la dernière victime du croque-mitaine.

— On a fait quelque chose de mal, a seulement dit Gemma.

L'estomac de Stephanie s'est noué. — Qui, « on » ?

Gemma a hésité. — Moi. Et Trent. Et les autres parents. Sa bouche a remué silencieusement un instant, comme si l'aveu était physiquement difficile à formuler. Puis elle a dit : — Je leur ai dit de ne pas le faire. J'ai dit que c'était une très, très mauvaise idée. Mais ils n'ont pas voulu m'écouter. Ils ont dit que si je ne voulais pas savoir ce qui se passait, alors je devais juste les laisser tranquilles et les laisser…

Stephanie a levé la main, calmant aussitôt Gemma pour l'empêcher de devenir hystérique.

— Respire. Calme-toi. Dis-moi ce qui s'est passé. Qu'est-ce qu'ils préparent ?

— Marcus Vickery, a-t-elle dit.

Stephanie n'a pas réagi tout de suite.

Gemma a dégluti, les lèvres tremblantes. — Tout a commencé l'autre jour quand Trent a créé le groupe de discussion avec tous les autres parents. Ils ont décidé qu'ils voulaient prendre les choses en main et, et, et… et c'est là qu'il a engagé le détective privé pour te suivre. Mais ce… ce n'était pas tout. Ses yeux se sont écarquillés de peur. Il t'a suivie, toi et tes collègues, pour voir qui était interrogé dans le cadre de l'enquête sur les cambriolages, et c'est là qu'il a commencé à faire son rapport sur Marcus, disant que vous lui aviez parlé plusieurs fois et qu'il était une personne d'intérêt majeur. Je ne sais pas pourquoi, on n'avait aucune preuve, mais Trent a commencé à faire une fixation sur ce pauvre homme, et je savais que c'était mal, mais à la fin, ils étaient tous convaincus. Absolument tous. Ils ont dit que si la police n'agissait pas, eux, ils le feraient.

La gorge de Stephanie était sèche. — Qu'est-ce que tu veux dire par *ils le feraient* ?

Gemma a pris une inspiration tremblante. — Ce soir, Trent est parti après le dîner. Il a dit qu'il avait une réunion. Je pensais que c'était pour le travail, mais j'ai regardé ses textos – il a laissé son téléphone déverrouillé sur le comptoir – et j'ai vu un message d'un des parents. Ça disait juste : « On l'a eu. »

L'atmosphère dans la pièce est devenue fragile comme du verre. Sur le point de se briser.

Les mains de Stephanie se sont lentement resserrées sur le bord du plan de travail. — Gemma, a-t-elle dit prudemment, est-ce que tu es en train de me dire que ton mari a enlevé Marcus Vickery ?

Les yeux de Gemma se sont remplis de larmes. Elle a hoché la tête presque imperceptiblement. — Ils l'ont emmené. Je ne sais pas où. Je n'ai vu aucun de ces messages. Et maintenant, ils ont éteint leurs téléphones. Ils ne répondent à rien. Je suis restée debout toute la nuit, espérant que Trent rentrerait, mais il ne l'a pas fait. Et maintenant, je… je ne sais pas quoi faire. Je ne pouvais plus garder ça pour moi ; il fallait que je le dise à quelqu'un.

Stephanie s'est détournée de la table, pressant sa paume contre son front, arpentant la pièce. Ses pensées fusaient trop vite pour qu'elle puisse les suivre. Enlèvement. Justice personnelle. Torture ? Meurtre ? Les frontières se brouillaient dans son esprit, les implications tourbillonnant plus vite qu'elle ne pouvait les saisir.

— Il y a combien de temps que le message a été envoyé ?, a-t-elle demandé.

— Juste avant vingt heures. Et c'est tout ce que le message disait. Rien d'autre. La voix de Gemma s'est brisée. Je ne sais même pas s'il est en vie. Je ne sais pas ce qu'ils lui ont fait. J'ai peur.

Stephanie a cessé de bouger et a surpris son reflet dans la porte du micro-ondes. Ignorant la femme paniquée dans sa cuisine, elle a attrapé son téléphone. Elle a composé le numéro de Devon. Le sergent a répondu en quelques secondes.

— Chef ?

— Où êtes-vous ? J'ai besoin de vous au poste. Maintenant. Rassemblez tout le monde. On a un problème.

La voix de Devon est devenue instantanément alerte. — Quel genre de problème ?

— Marcus Vickery a disparu. Je crois qu'il a été enlevé.

— Par qui ?

— Par une bande de parents effrayés, stupides et désespérés.

La ligne est redevenue silencieuse, à l'exception d'un souffle de parasite.

— Je vous retrouve dans vingt minutes, a dit Devon.

Stephanie a raccroché, a attrapé sa veste et a pointé Gemma du doigt.

— Qu'est-ce que tu attends ? Tu viens avec moi.

CHAPITRE
QUATRE-VINGT-UN

Stephanie a immobilisé lentement la voiture sur le bas-côté et a coupé le moteur tandis qu'un convoi de véhicules de police — certains banalisés, d'autres non — passait, se déplaçant furtivement dans l'obscurité, tous feux éteints, les pneus crissant sur le gravier et les débris de verre. La zone industrielle de Slyfield était déserte à cette heure, à l'exception d'un bâtiment d'où une faible lumière jaune filtrait à travers les stores. Des ombres dansaient derrière, bien qu'il fût difficile de dire combien il y en avait. Cependant, les données télémétriques de l'équipe indiquaient qu'au moins sept téléphones portables avaient été actifs pour la dernière fois à cet endroit précis. Grâce à la fonctionnalité « Localiser » du téléphone de Gemma, ils savaient que le dernier signal de celui de Trent Whitaker le situait parmi eux.

Dès que le convoi s'est mis en position juste à l'extérieur du bâtiment, Stephanie est sortie de sa voiture, serrant fermement sa radio. Un grand véhicule d'intervention armée est arrivé sur sa droite et, quelques instants plus tard, une équipe de policiers habilités au port d'arme, leurs MP5 attachés contre leur torse, en est sortie et s'est rapidement dirigée vers l'entrée du bâtiment, leurs mouvements précis et coordonnés. Chacun comprenait son rôle, chacun savait ce qu'il avait à faire.

Au bout de quelques secondes, les policiers d'intervention étaient en position, tandis que des agents en uniforme sécurisaient le périmètre, certains contournant le bâtiment pour couvrir toutes les issues en cas de fuite.

Puis une silhouette a émergé de derrière le fourgon de police et s'est approchée de l'avant du véhicule : le chef des opérations. Dans l'obscurité, son visage n'était que partiellement éclairé. Il a porté une radio à ses lèvres et a commencé à parler.

— Alpha, situation.

— En position, a été la réponse immédiate dans la radio.

— Vous avez le feu vert.

Les policiers d'intervention ont d'abord testé la poignée de la porte, mais comme elle ne bougeait pas, un agent en uniforme s'est précipité avec un bélier. Il a balancé l'engin contre la porte en bois fragile, et les policiers se sont immédiatement engouffrés dans le bâtiment, le martèlement de leurs bottes résonnant tandis qu'ils montaient les escaliers en courant.

De l'extérieur, Stephanie a entendu les cris.

— Police ! Ne bougez plus !

— Mains en évidence ! Au sol ! Tout de suite !

Il y a eu le fracas d'une chaise, un cri, la chute de quelque chose de lourd, puis un hurlement.

Stephanie a lutté contre l'envie de se précipiter à l'intérieur pour voir par elle-même ce qui se passait.

Au lieu de ça, elle a attendu le signal, la confirmation.

Une voix a grésillé dans la radio qu'elle tenait à la main.

— Étage sécurisé. Zone sécurisée. Aucune menace. Suspects appréhendés. Un homme ligoté, demande assistance médicale.

Sans attendre l'autorisation, Stephanie a rapidement gravi l'étroit escalier en métal qui s'accrochait à l'extérieur du bâtiment. L'acier a résonné sous ses bottes pendant qu'elle montait, sa main effleurant la rampe froide pour garder l'équilibre.

La porte de l'étage supérieur avait été défoncée, ses gonds tenant à peine. Des éclats de bois jonchaient le sol là où elle s'était brisée contre la serrure. Les faisceaux puissants des lampes frontales des agents balayaient les murs couverts de miroirs et les parquets cirés, révélant plusieurs silhouettes allongées, plaquées au sol : Trent Whitaker ; Laura et Dean Wednesday ; Mark et Tina Harris ; Karen et Steve Lynas ; Jade et James East ; et enfin, deux personnes qu'elle ne s'attendait pas à voir — Craig et Montana Robertson, les propriétaires du studio.

Au centre de tout cela, Marcus Vickery était affalé sur une chaise pliante, les bras ballants et le visage relâché par l'épuisement. Un agent, accroupi à côté de lui, retirait avec précaution les derniers morceaux de ruban adhésif de ses poignets. Stephanie s'était attendue à voir du sang sur ses mains et son visage, mais il était impeccable, indemne.

— Ne dites rien ! Ne leur dites rien du tout !

La voix était sans équivoque. Celle de Trent Whitaker.

Il s'est débattu sous le poids des deux agents qui le maintenaient au sol, le visage déformé par la rage.

Stephanie n'a rien dit. Pas tout de suite. Au lieu de cela, elle a franchi la porte cassée et a pénétré dans la chaleur de la pièce, ses bottes glissant sur le parquet lustré. L'air était lourd d'adrénaline, de panique et de peur.

Trent a continué à crier, même lorsque les agents ont serré les menottes et l'ont forcé à se remettre au sol.

— On ne vous dira rien ! Vous ne nous tirerez pas un mot ! On a fait ce que vous étiez incapables de faire !

— Non, Trent. Vous ne l'avez pas fait. Sa voix était tranchante comme la glace. Marcus a été mis hors de cause il y a quelques jours. Ce n'est *pas* le Croque-mitaine.

Un silence de mort est tombé.

La bouche de Trent s'est ouverte, puis refermée. Toute combativité l'a quitté. Son regard s'est tourné vers les autres. Ils étaient tous pâles, commençant à saisir l'énormité de ce qu'ils avaient fait.

— Vous mentez, a murmuré Trent, bien que le doute se lise déjà dans ses yeux. Vous le couvrez. Vous essayez juste de…

— Non, ce n'est pas le cas. Stephanie a secoué la tête. Son nom était sur une liste. Une *piste*. Mais son ADN ne correspondait pas. Vous avez enlevé un homme innocent. Félicitations.

Derrière elle, l'un des agents lui a murmuré à l'oreille : — Madame, les blessures de la victime semblent minimes. Il a été ligoté mais pas battu. Pas de sang. Pas de traumatisme visible.

Marcus Vickery restait assis, immobile, au centre de la pièce, se massant les poignets là où le ruban adhésif avait été retiré.

Stephanie ne l'a pas regardé. Elle ne le pouvait pas. À la place, elle s'est concentrée sur Trent, dont le visage avait pris une teinte blanche alarmante.

— Vous et vos amis allez être inculpés de séquestration, de voies de fait, probablement d'association de malfaiteurs en vue de commettre des violences graves, et de tout ce qu'on pourra vous reprocher d'autre.

Trent fixait le sol. — Je voulais juste que ça s'arrête, a-t-il dit doucement. Je voulais que nos filles soient de nouveau en sécurité.

— Moi aussi, a répondu Stephanie, la voix tendue. Mais on n'a pas le droit d'enfreindre la loi juste parce qu'on a peur. Vous avez franchi la ligne. Vous tous. Et maintenant, vous avez offert au vrai Croque-mitaine une meilleure couverture que jamais.

Elle s'est tournée vers le chef des opérations. — Faites-les sortir d'ici, et mettez la victime à l'arrière d'une ambulance. Je veux que cet endroit soit bouclé et que la police scientifique soit partout dans les dix prochaines minutes.

Alors que l'équipe s'activait derrière elle, Stephanie a franchi le seuil de la porte brisée et est sortie dans la nuit.

L'air était frais et vif sur sa peau. Au loin, quelque part, une sirène a résonné dans l'obscurité, et alors qu'elle traversait le gravier, une pensée a résonné plus fort que le reste : le Croque-mitaine était toujours là. Dehors. Attendant. Observant. Riant.

CHAPITRE
QUATRE-VINGT-DEUX

Stephanie était assise à son bureau, épluchant la pile de transcriptions qui s'étaient accumulées dans le système. Les enregistrements étaient en cours de traitement et le CPS avait déjà été informé, mais les premiers résumés des interrogatoires des parents des victimes étaient désormais disponibles.

Trent Whitaker n'avait rien dit. Pas un mot. À partir du moment où ses droits lui ont été notifiés et qu'il a été assis en face de Devon, Trent s'est adossé à sa chaise, a croisé les bras et a répété la même phrase, encore et encore : « Sans commentaire. »

À chaque question.

Les autres, en revanche, n'avaient pas été aussi silencieux. Comme le disait un de ses anciens collègues, ils avaient tout déballé sans aucune retenue.

Craig Robertson avait craqué le premier, admettant que Montana et lui avaient été approchés par Trent et les autres parents. Ils avaient accepté par désir de protéger les filles de leurs groupes de danse, pour s'assurer que personne d'autre ne serait blessé. Il a confirmé que le détective privé, un homme nommé Morgan Fletcher, avait enregistré et suivi la dernière visite de Marcus Vickery au poste de police, ce qui avait été plus que suffisant pour que Trent et les parents des autres victimes se persuadent — sans preuve — qu'il était l'homme responsable de la terreur infligée à leurs filles.

Montana avait pleuré pendant la majeure partie de son interrogatoire, avouant tout.

La plus discrète des parents du groupe, une mère nerveuse du nom de Tina Harris, avait livré son récit en détail, révélant comment ils avaient frappé à la porte de Marcus Vickery, l'avaient enlevé et jeté à l'arrière de la voiture de son mari et d'elle. De là, ils l'avaient emmené dans leur repaire et l'avaient attaché à une chaise dans le studio de danse. Personne ne savait quel était le but final, ni comment cela se terminerait ; tout ce qu'ils savaient, c'était qu'ils tenaient leur homme, et qu'il serait incapable de faire du mal à d'autres de leurs précieuses petites filles.

Stephanie a fait défiler le résumé numérique sur son ordinateur, les doigts tremblant légèrement. Le caractère coordonné de toute l'affaire, la préméditation, la surveillance, le lieu de séquestration. C'était alarmant de voir à quel point ils avaient collaboré. Le tout orchestré par l'homme qui obtenait toujours ce qu'il voulait. Sauf que quelque chose lui disait qu'*il* ne *voulait* pas passer quelques mois dans une cellule de prison.

Elle s'est arrêtée sur une ligne de la déposition de James East, le père de Yasmin :

On s'est juste dit que si la police n'allait rien faire, c'était à nous d'agir.

— Beau travail, les gars, a-t-elle dit, sardonique. Du boulot fantastique.

Au moment où elle s'apprêtait à ouvrir un autre document sur l'ordinateur, on a frappé à la porte. Un instant plus tard, Olivia Willard a passé la tête dans l'entrebâillement. Ses cheveux étaient relevés en une queue-de-cheval pratique et un KitKat à moitié mangé dépassait de son autre main. Ses yeux étaient fatigués mais vifs, du même genre d'épuisement fébrile qui avait maintenu tout le service en alerte pendant des jours.

— Qu'est-ce que tu fais encore ici ? a demandé Stephanie. Je pensais que vous étiez tous rentrés chez vous.

— C'est le cas. Il ne reste que moi. Olivia a ouvert la porte, révélant un bureau vide. Après tout, il était un peu plus d'une heure du matin.

— Et tes enfants ? a demandé Stephanie.

Olivia a balayé le commentaire d'un revers de main. — Ils s'en sortiront. Ils ont mon portable s'ils ont besoin de moi pour quoi que ce soit, et puis je peux les localiser sur leurs téléphones. Mais ce n'est pas pour ça que je viens te déranger. Elle s'est glissée dans la pièce, refermant la porte derrière elle. Je me suis dit que tu devrais savoir, l'équipe des scellés a fini de cataloguer sur HOLMES tout ce qu'on a récupéré dans l'appartement d'Elliot Broadbent.

Stephanie s'est redressée. — Il était temps.

— Ils ont mis en ligne les scans d'une boîte remplie de lettres manuscrites. Des centaines. On dirait une correspondance qui remonte à trente ans. Peut-être plus.

— Des *lettres* ?

Olivia a hoché lentement la tête. — Tu veux que je reste ? On peut les regarder ensemble ?

Stephanie a secoué la tête. — Non. Tu en as fait plus que de raison. Rentre chez toi, Olivia. Va dormir un peu. Va voir tes enfants.

Olivia a hésité. — Tu es sûre ?

— Sûre et certaine. Je vais les éplucher.

Olivia lui a adressé un sourire las. — D'accord. Ne reste pas trop tard.

— Ne t'inquiète pas pour moi.

— Ça, je ne peux pas m'en empêcher, j'ai peur, c'est mon instinct maternel.

Dès que la porte s'est refermée derrière elle dans un déclic, Stephanie s'est levée et a traversé la pièce pour s'assurer que le couloir était vide. Quand elle a été certaine qu'Olivia avait quitté le bâtiment, elle est retournée à son bureau, s'est connectée à HOLMES et a ouvert la première des lettres sur laquelle elle est tombée.

C'était un mot d'un oncle et d'une tante éloignés lui souhaitant un joyeux trentième anniversaire.

Elle est passée à la suivante. Et à la suivante. Et la suivante. Elle les a parcourues pendant des heures, cherchant la bonne — ou quelque chose qui sorte du lot — jusqu'à ce qu'elle en trouve une un peu après quatre heures du matin.

Pièce à conviction numéro : HK/1248/B.

Le papier scanné est apparu en noir et blanc, l'écriture en pattes de mouche mais étrangement soignée. Elle était adressée à Elliot et datait du début des années 2000, plusieurs années après les visites initiales du Croque-mitaine. On pouvait y lire :

Mon Croque-mitaine,

J'espère que tu vas bien. J'ai commencé l'école cette semaine, et c'était très difficile. Il y avait beaucoup d'enfants méchants, et beaucoup d'entre eux s'étaient déjà fait des amis. Je ne connaissais personne, alors c'était dur de parler aux gens et je me sentais un peu seule. Mais ensuite, je me suis souvenue de ce que tu m'as dit. Je me souviens que tu as dit que ce n'était pas grave d'être seule parfois, et que parfois, être seule est un super-pouvoir. Et que même les plus grands héros ont besoin de super-pouvoirs.

Je t'écris cette lettre pour te dire merci d'être venu dans ma chambre, de m'avoir parlé. Ça a vraiment rendu ma vie différente. Merci !

Est-ce que je vais te voir bientôt ? Parfois, je crois t'entendre arriver, ou je te vois dans le noir. Parfois, j'aimerais que tu viennes, pour qu'on puisse discuter encore.

Tu me manques, Croqui !

Sunshine

Le sang de Stephanie s'est glacé.

Mon Croque-mitaine.

Merci d'être venu dans ma chambre.

Sa bouche était devenue sèche. Une sueur froide perlait sous ses aisselles. Elle s'est adossée à son fauteuil, une main posée à plat sur le bureau, se retenant pour contrer la nausée qui montait dans son ventre.

Ce n'était pas seulement le contenu. C'était le ton, la chaleur désinvolte, la gratitude innocente et naïve. Ce n'était pas une lettre écrite par une adulte. C'était une enfant. Une enfant qui remerciait quelqu'un qui était entré dans sa chambre pendant la nuit. Quelqu'un qu'elle appelait Croqui, comme si c'était un petit nom affectueux.

Et puis la signature.

Sunshine.

Stephanie l'a fixée comme si elle pouvait prendre feu.

Qui que soit Sunshine, cette personne avait non seulement connu Elliot Broadbent, mais était aussi restée en contact avec lui. Volontairement. Affectueusement.

Un seul nom lui est venu à l'esprit.

Elle a ouvert une autre lettre, datée de quelques années plus tard. La même écriture, un peu plus mûre mais toujours reconnaissable.

Devine quoi ? J'ai rencontré quelqu'un aujourd'hui. Pas sûre que ça va durer, mais ça m'a fait penser à toi. Personne ne m'a jamais vraiment comprise comme toi.

L'estomac de Stephanie s'est noué.

Elle a ouvert une autre lettre.

Celle-ci datait de la fin des années 2010. Elle était plus brouillonne, plus hâtive, l'écriture effilochée sur les bords, comme si elle avait été rédigée dans la précipitation ou l'agitation.

Désolée de ne pas avoir pu venir la dernière fois. C'est un peu le bazar en ce moment. Mais je ne t'ai pas oublié.

Stephanie s'est figée. Elle a cliqué pour revenir à l'index des pièces à conviction et a recherché toutes les lettres signées par Sunshine.

Seize résultats.

Seize lettres s'étalant sur quinze ans. Certaines à un an d'intervalle. D'autres regroupées. Toutes avec un cachet de la poste du Surrey. Chacune empreinte de la même loyauté tordue.

Elle s'est penchée en arrière, les yeux rivés sur la dernière ligne de la lettre la plus récente.

Je pense encore à ce que tu as dû traverser, et je suis désolée que ça te soit arrivé. Je ne peux pas imaginer la douleur que tu as subie. Je sais pourquoi tu as fait ce que tu as fait à l'époque. Je le comprends maintenant.

Un frisson lui a parcouru l'échine. La lettre avait été datée d'il y a six semaines.

Stephanie s'est levée d'un coup et a traversé la pièce jusqu'à la fenêtre. Elle l'a déverrouillée, laissant entrer l'air froid et vif de la nuit. Il a rempli ses poumons et a dissipé le brouillard qui s'accumulait derrière ses yeux.

Quelque part, dehors, Sunshine écrivait encore des lettres.

CHAPITRE
QUATRE-VINGT-TROIS

L'air matinal était lourd d'humidité. Stephanie se tenait devant la porte d'entrée de Marcus Vickery et frappa de ses phalanges contre le verre dépoli. À l'intérieur, elle entendit de légers bruits : des lattes de parquet qui craquaient, suivies d'une toux étouffée. La porte s'entrouvrit, la chaîne de sécurité toujours en place. Marcus jeta un œil à travers l'embrasure, les yeux injectés de sang et les cheveux emmêlés après une nuit agitée.

— Inspecteur Broadbent, dit-il d'une voix pâteuse. Qu'est-ce que vous venez faire ici ?

— Je voulais m'assurer que vous alliez bien. Et j'ai autre chose dont je dois discuter avec vous.

— *Vraiment* ? Ça ne peut pas attendre ? Il n'y avait aucune émotion dans sa voix, plus aucune combativité, comme s'il avait baissé les bras.

— Non, je ne pense pas. C'est à propos de votre…

— Marcus ? Tu les veux brouillés ou au plat ? l'interrompit une voix depuis le fond de la maison. Une voix féminine. Familière.

Marcus ferma brièvement les yeux, la mâchoire contractée. — Entrez.

Stephanie entra et le suivit dans le couloir. La maison sentait légèrement le pain grillé et la lessive. Dans la cuisine se tenait une femme devant la cuisinière, vêtue d'un tee-shirt trop grand et d'un pantalon de jogging. Connie Vickery, la sœur de Marcus.

Son expression changea furtivement quand elle vit Stephanie.

— Déjà de retour ? demanda Connie en attrapant une spatule. Quand est-ce que vous allez le laisser tranquille ?

— Il s'agit en fait d'une visite de courtoisie. Je suis venue voir si votre frère allait bien.

Marcus se gratta l'arrière de la tête. — J'ai connu mieux. Je suis encore un peu endolori. Je n'ai pas très bien dormi.

— Bien sûr. Eh bien, sachez que nous sommes là pour vous offrir notre soutien si vous en avez besoin.

Marcus hocha la tête, grimaçant de douleur en le faisant.

— Il y a autre chose dont je voulais discuter avec vous, poursuivit Stephanie, jetant un rapide coup d'œil en direction de Connie avant de reporter son attention sur Marcus. Ça concerne votre lien avec Elliot Broadbent.

— Encore ? Il vous a déjà dit qu'il n'en avait aucun, lança Connie d'un ton sec.

— Au contraire. Stephanie sortit son téléphone de sa poche et afficha les documents scannés sur son écran. Nous avons trouvé des lettres chez Elliot Broadbent. Nous avons fouillé sa propriété après avoir compris qui il était et nous avons découvert de nombreuses lettres écrites au cours des trente dernières années environ. Certaines, en particulier, par la même personne, avec la même écriture.

Marcus se pencha légèrement en avant. — Des lettres ?

Stephanie jeta un œil à l'écran et commença à réciter les phrases.

— « Merci d'être venu dans ma chambre cette nuit-là. Je me suis sentie différente après. Spéciale. » Ses yeux se relevèrent. « Tu as toujours dit qu'être seule était une sorte de super-pouvoir. » Ça vous dit quelque chose ?

Marcus secoua la tête. — Non. Je n'ai jamais écrit ça.

Stephanie s'approcha. — « Parfois, je t'entends arriver dans le noir, et j'aimerais que nous puissions nous reparler. » Elle marqua une pause. Vous êtes sûr que ça n'a rien à voir avec vous ?

Marcus secoua la tête. Du coin de l'œil, elle remarqua que Connie posait délicatement la spatule, en silence.

— Et il y avait un nom. Un surnom utilisé à la fin d'une des lettres.

Elle le fixa droit dans les yeux.

— Sunshine.

Marcus cilla. Une fois. Deux fois. Puis il se tourna lentement pour regarder sa sœur, tandis que la vérité faisait rapidement son chemin dans son esprit.

— Sunshine, c'était le surnom de Connie quand on était petits, dit-il, la voix à peine plus forte qu'un murmure. C'est comme ça que Maman et Papa l'appelaient.

Connie se figea, la main toujours suspendue au-dessus de la cuisinière. Sa mâchoire se serra et son visage se vida de toute couleur.

Stephanie garda un ton calme. — Il est entré dans votre chambre la même nuit, n'est-ce pas, Connie ?

Marcus se redressa, son cœur battant de manière audible dans le silence qui s'était installé entre eux. — C'était toi. C'est toi qui lui écrivais des lettres.

Les lèvres de Connie s'entrouvrirent légèrement, comme si elle allait nier, mais aucun son n'en sortit.

— C'est pour ça que tu étais toujours si bizarre avec le courrier quand on était plus jeunes, dit Marcus, les yeux plissés. Il n'y a jamais eu de correspondant en Afrique, n'est-ce pas ? Je me souviens, tu attendais près de la porte tous les jours. Et après... après la mort d'Emma...

Il s'interrompit.

Stephanie intervint. — Vous avez décidé de prendre exemple sur Elliot.

Connie tressaillit, comme si les mots avaient touché une corde sensible. — Vous ne savez pas ce que c'était, dit-elle doucement, le vernis de son calme se fissurant. Il est entré dans ma chambre par erreur, et je l'ai écouté. Et il m'a écoutée. On se comprenait.

— C'était un prédateur, cracha Marcus. Il a ruiné notre enfance.

— Non, lança-t-elle sèchement en se tournant vers lui. Il était incompris. Il faisait ça parce que son fils venait de mourir, et c'était sa seule façon de faire son deuil.

Marcus se leva, sa chaise raclant brusquement le sol carrelé. — *Tu* as tué quelqu'un, Connie. Tu es entrée par effraction dans cette maison et tu as assassiné cette pauvre fille.

— Je ne voulais pas... Sa voix se brisa. C'était un accident ! Je ne l'ai jamais voulu. Tu penses sérieusement qu'après ce qui est arrivé à Emma j'aurais voulu ôter la vie à une petite fille ? Non ! Absolument pas.

La voix de Connie se cassa dans la cuisine, un bruit rauque et étranglé qui réverbéra dans le silence.

Stephanie fit un pas lent en avant, la voix basse mais ferme. — Connie Vickery, je vous arrête pour suspicion de meurtre. Vous n'êtes pas obligée de répondre…

Mais elle ne termina jamais sa phrase.

Les yeux de Connie lancèrent des éclairs. En un éclair, elle projeta la spatule sur Stephanie depuis l'autre côté de l'îlot central. Stephanie leva les mains pour se protéger et recula d'un pas.

— Connie ! cria Marcus en titubant derrière elle. Ne fais pas ça !

Mais elle était déjà partie. La porte arrière s'ouvrit avec un claquement sec, la lumière du matin aveuglante en inondant la cuisine.

Stephanie se reprit instantanément. Elle contourna Marcus en courant et s'engouffra par la porte pour se retrouver dans le jardin, ses chaussures dérapant sur les dalles humides.

— Connie ! Arrêtez-vous !

Le jardin était étroit mais long, flanqué d'une clôture en bois d'un côté et d'une rangée d'arbustes envahissants de l'autre. Connie était rapide – plus rapide que Stephanie ne l'avait prévu – ses cheveux volant, ses pieds nus martelant la terre. Le monde se réduisit à cette course. Stephanie se baissa sous les branches basses d'un pommier et accéléra, ses bottes creusant des trous dans la pelouse boueuse.

Connie jeta un regard en arrière, les yeux hagards et désespérés. — Je ne voulais pas !

Connie atteignit la clôture du fond, une barrière basse en bois déformée par des années de pluie. Elle y posa les mains et bondit, ses genoux heurtant la planche supérieure. Pendant une seconde, elle resta suspendue là, s'agrippant, essayant de se hisser par-dessus.

Stephanie la rattrapa au moment où elle basculait en avant.

Saisissant sa veste en pleine chute, Stephanie tira d'un coup sec. Connie s'effondra de l'autre côté en un tas informe, heurtant le chemin de gravier du jardin voisin dans un cri. Stephanie escalada la clôture à sa suite, atterrissant lourdement sur le côté. Une douleur explosa dans ses côtes, mais elle roula, se mit à genoux et se jeta sur elle. Elles se débattirent au sol, Connie donnant des coups de pied et hurlant, se démenant comme une bête sauvage, ses ongles déchirant la veste de Stephanie.

Stephanie para les coups et projeta rapidement Connie sur le ventre, l'immobilisant au sol en l'enfourchant avant de lui tordre les bras dans le dos. Elle porta la main à sa hanche et trouva la paire de menottes qu'elle avait apportée – juste au cas où Connie serait de passage. Elle les sortit et les serra autour des poignets de Connie. Connie cessa de se débattre, sa poitrine se soulevant et s'abaissant en halètements profonds et saccadés. Des larmes striaient son visage, traçant des sillons dans la saleté.

Stephanie se rassit sur les talons, reprenant son souffle. Le jardin du voisin était calme, le chant des oiseaux reprenant timidement au-dessus de leurs têtes.

C'était fini. Elle avait réussi. Elle avait attrapé le Croque-mitaine *et* la femme Croque-mitaine.

CHAPITRE
QUATRE-VINGT-QUATRE

De toutes les maisons qu'Elliot Broadbent avait visitées, aucune n'était comparable à celle-ci. Sa splendeur était stupéfiante ; chaque pièce en révélait une nouvelle, dévoilant de nouveaux espaces à chaque tournant. Le mobilier était digne d'un rêve, bien au-delà de tout ce qu'il pourrait jamais s'offrir. Les lieux respiraient l'opulence, tandis qu'un sentiment de sécurité tranquille enveloppait la famille pendant son sommeil, alors que leur protection avait été tout sauf garantie.

Elliot se déplaça au rez-de-chaussée tel un filet de fumée, silencieux et insaisissable. Il passa devant le salon ouvert, avec ses canapés en cuir et ses lourds rideaux de velours tirés pour occulter l'obscurité. Il admira les moulures complexes au plafond, l'horloge de parquet ancienne qui montait la garde près de l'escalier, et l'épais tapis persan qui s'écoulait comme une rivière depuis la porte jusqu'au mur du fond. Une vitrine exposait de délicates figurines en porcelaine, et il s'arrêta un instant pour admirer leur fragilité et leur innocence.

Puis il continua son chemin.

La cuisine, en marbre, était épurée et immaculée. Même la corbeille de fruits semblait avoir été composée avec soin, ne contenant qu'une seule grappe de raisin, deux poires et une pomme Pink Lady. Sur le frigo, des photos maintenues par des magnets pailletés immortalisaient des moments de la vie de deux enfants, un garçon et une fille : pièces de théâtre à l'école, fêtes d'anniversaire, vacances.

Elliot leur jeta un bref regard avant de se diriger vers l'escalier.

Il posa une main gantée sur la rampe, dont le bois sombre avait été poli jusqu'à obtenir un éclat de miroir, et monta lentement. Les marches, peut-être en marbre, étaient silencieuses sous ses pieds.

En haut, le palier était long et silencieux. Il marqua une pause pour examiner les portes en face de lui. Elles étaient toutes fermées. Au hasard. Une devinette.

Il tendit l'oreille et attendit. Des ronflements s'échappaient de la porte juste en face de lui, alors il l'écarta. Puis il se glissa jusqu'à la suivante ; rien ne permettait de distinguer la chambre du garçon de celle de la fille, ce qui en faisait une loterie – une pêche au canard.

Avec précaution, il posa la main sur la poignée. La porte s'ouvrit avec un léger déclic et pivota largement, glissant sur le sol carrelé.

Il comprit son erreur trop tard.

Il était entré dans la mauvaise chambre. La lumière extérieure se faufilait par les interstices des rideaux, illuminant doucement les peluches, les posters sur les murs et le pouf au centre de la pièce, placé devant une télévision.

Sous sa couette reposait la fille, dormant paisiblement, inconsciente du monde.

Mais au moment où il se tournait pour partir, il entendit des bruits derrière lui : un mouvement, le froufrou de la couette, et un bâillement discret ponctué par un hoquet de surprise.

Elliot se figea, cloué sur place. Il n'osa ni bouger ni se retourner pour lui faire face, de peur qu'elle ne hurle. Bien qu'il fût déguisé de la tête aux pieds, c'était un risque qu'il ne pouvait pas se permettre de prendre. Prudemment, il porta un doigt à ses lèvres, prêt à chuchoter.

— Ne t'inquiète pas, dit-elle d'une voix douce et délicate. Je ne crierai pas.

Sa voix semblait mature, plus vieille que son âge.

Pour des raisons qu'il ne pouvait expliquer, il se sentit obligé de la regarder. Il se retourna et la vit assise contre la tête de son lit, la couette reposant légèrement sur ses genoux. Il n'y avait aucune peur dans ses yeux, aucune inquiétude dans son expression. Elle paraissait étrangement calme, comme si elle l'avait attendu.

— C'est toi, l'homme dont maman et papa m'ont dit de me méfier ?

Elliot remarqua que sa voix était plus forte qu'avant – par assurance plutôt que par panique – et il referma la porte avant de s'approcher d'elle sur la pointe des pieds.

— Possible, répondit-il en s'immobilisant. Probablement.

À côté d'elle se trouvait une petite peluche *E.T.* Elle l'attrapa, la cala sous son bras et se mit à jouer avec ses oreilles.

— Tu as peur ? demanda Elliot.

La fillette secoua la tête.

— Pourquoi pas ? Les autres ont peur.

— Les choses ne me font pas peur. J'ai vu tous les films d'horreur.

Elliot eut un petit rire, intrigué par cette petite fille. — Quel âge as-tu ?

— Huit ans. Et toi, quel âge as-tu ?

— Vieux, répondit-il. Très vieux.

— Mon papa dit aussi qu'il est trop vieux. Il se plaint tout le temps d'avoir mal au dos et aux genoux.

Un autre rire lui échappa, plus sonore cette fois. — C'est ce qui arrive quand on grandit.

— Comment tu t'appelles ? demanda-t-elle, avec une curiosité digne d'un enfant surfant sur Internet.

Il bafouilla. — Je... Je ne peux pas te le dire. C'est un secret. Mais... que dirais-tu de m'appeler Batman ?

— Batman ? Comme *le* Batman ?

Il hocha la tête. — Et toi, comment puis-je t'appeler ?

— Je m'appelle Connie. Mais si tu veux mon surnom, maman et papa m'appellent toujours Sunshine.

Il remarqua le large sourire sur son visage ; le surnom était approprié.

— Qu'est-ce que tu fais ici, Batman ? demanda-t-elle. Tu es venu voir mon frère ?

Il hocha la tête.

— Pourquoi ?

— Pourquoi je suis venu le voir ?

— Pourquoi tu fais ça ?

Elliot sentit une boule se former dans sa gorge. Il ne savait pas pourquoi, mais il se sentait attiré par cette petite fille. Il se sentait en sécurité avec elle, comme s'il pouvait lui confier ses secrets les plus sombres ; si elle avait eu l'intention de le trahir et de crier, elle l'aurait déjà fait.

— Je suis en deuil, répondit-il en s'installant confortablement par terre à côté d'elle. Tu sais ce que ce mot veut dire ?

Une main sur l'oreille d'E.T., elle répondit : — Je crois, oui.

— Ça veut dire que je suis très triste en ce moment. Mon fils, qui a le même âge que ton frère, est mort il y a quelques semaines, et j'ai découvert que regarder des garçons comme ton frère pendant qu'ils dorment me fait du bien, parce que ça me rappelle mon fils quand il dormait.

Connie prit un moment pour digérer cette information.

— Je comprends, dit-elle doucement. Je n'aime pas quand les gens sont tristes. J'avais un poisson qui est mort, et ça m'a rendue très triste. Alors je connais ce sentiment.

Il gloussa devant sa naïveté. Elle était trop jeune pour saisir la différence entre les deux situations et que la perte d'un poisson n'était pas comparable à celle d'un enfant.

— Ce n'est pas très agréable, n'est-ce pas ?

Connie secoua la tête. — Tu vas quand même voir mon frère ?

— Je ne crois pas. Plus maintenant. Peut-être une autre fois.

— Tu peux, si tu veux. Je ne t'arrêterai pas. Je vais me rendormir.

Il n'en revenait pas. — Tu es sûre ?

— Oui. C'était sympa de te rencontrer, Batman. Bonne nuit.

— Puis il a simplement quitté ma chambre, dit Connie en triturant un morceau de mouchoir entre ses mains. Tout ce dont je me souviens du reste de la nuit, c'est d'être restée allongée dans mon lit, à l'écouter se déplacer dans la maison et gonfler le ballon avant de se glisser par la porte de derrière.

Le silence qui s'ensuivit fut lourd. Connie ne leva pas les yeux. Son regard était fixé sur le morceau de mouchoir froissé sur ses genoux, qu'elle roulait et déroulait avec des doigts lents et fébriles.

Giles était abasourdi. Il lui fallut un moment pour se ressaisir.

— Que s'est-il passé quand vous vous êtes réveillée ?

— Personne ne s'est inquiété pour *moi*. Ils ne se souciaient que de mon frère. Elle haussa les épaules, comme si cela n'avait plus d'importance, bien que la façon dont ses épaules se voûtaient suggérât que si.

— Alors qu'avez-vous fait ?

— Rien. J'ai gardé ça pour moi. Jusqu'au jour où, quelques mois plus tard, en rentrant de l'école, un homme m'a arrêtée devant chez moi. C'était lui. Je l'ai su tout de suite. Il m'a appelée Sunshine, et je l'ai appelé Batman. Il m'a donné une lettre.

— Vous n'aviez pas peur ?

— Je n'avais aucune raison d'avoir peur. J'étais une fille.

Giles ne vit aucune faille dans son raisonnement.

— Que disait la lettre ?

— Il me remerciait de ne pas avoir dit à la police que je l'avais vu. Et puis, nous sommes simplement restés en contact à partir de là. Nous avons continué à nous écrire pendant des années. Il a fini par me donner l'adresse d'une boîte postale, en disant que ce serait plus sûr. Je crois qu'il avait peur que la police le surveille encore. Alors je postais mes lettres dans la boîte aux lettres au coin de la rue, et de temps en temps, j'en recevais une en retour.

Giles ouvrit la bouche, mais aucun son n'en sortit.

Connie continua, d'une voix plus basse, plus réfléchie. — Je lui racontais des choses que je ne pouvais dire à personne d'autre. L'école. À quel point je me sentais seule. Emma, quand elle est morte. Il répondait toujours. Toujours. Même si ce n'était que quelques lignes.

— Vous avez gardé ça secret ?

Elle laissa échapper un rire sec et amer. — À qui aurais-je pu le dire ? Qu'est-ce que je leur aurais raconté ? Que j'étais restée en contact avec l'homme qui s'était introduit chez nous et avait donné des cauchemars à mon frère pendant des années ? On m'aurait fait interner. Elle déglutit. — Il était comme un ami pour moi. L'un des plus proches que j'aie jamais eus. Je lui ai même envoyé des photos d'Emma à sa naissance. Il a dit qu'elle était magnifique et qu'elle me ressemblait. Après qu'on me l'a enlevée, j'ai ressenti le même chagrin que lui. Alors j'ai décidé de l'imiter, de surmonter et de vivre mon deuil de la seule façon que je connaissais.

CHAPITRE
QUATRE-VINGT-CINQ

Stephanie était en train de se frotter les yeux encore pleins de sommeil quand Olivia est entrée dans son bureau.

— Madame, je regardais ce que vous m'aviez dit, et je…

L'agente s'est interrompue net.

— Oh, je suis désolée. J'aurais dû attendre. Je me suis emballée. Je ne dérangeais rien, j'espère ?

Stephanie s'est pincé l'arête du nez, puis a posé ses mains sur le bureau. — Juste le début d'une très longue migraine, a-t-elle répondu. Qu'est-ce que c'est ?

Olivia tenait dans ses mains une canette de Coca Light — son carburant pour tenir jusqu'à la fin de la journée — et une mince liasse de documents. Elle s'est précipitée vers le bureau de Stephanie et lui a tendu les documents, prenant une grande gorgée de sa boisson au moment où Stephanie les a saisis.

— Qu'est-ce que c'est ? a-t-elle demandé sans les regarder.

— Je regardais ce que vous aviez mentionné et je me suis dit que ça pourrait vous intéresser, a expliqué Olivia. C'est un autre certificat de naissance.

— Un *autre* certificat de naissance ?

Stephanie a baissé les yeux sur la première feuille qu'elle tenait en main. C'était le scan numérique d'un certificat de naissance sale et taché, au nom d'un certain Jordan Broadbent.

— Jordan… a murmuré Stephanie pour elle-même. Elle ne connaissait aucun Jordan Broadbent et n'en avait jamais croisé dans son enfance. Un autre cousin dont elle ignorait l'existence ? Ou peut-être un autre oncle, sans doute un criminel comme ses deux frères.

— Il n'y a pas de date dessus, a-t-elle dit. À l'endroit où la date de naissance aurait dû se trouver, il y avait une grosse déchirure, comme si quelqu'un l'avait délibérément arrachée.

— Je sais. On dirait qu'il n'a pas été très bien conservé.

Ce n'était pas surprenant, vu l'état du reste de la maison d'Elliot.

— Avez-vous trouvé d'autres mentions de Jordan dans les affaires d'Elliot ?

Olivia a fini sa gorgée de Coca Light. — Il y avait quelques trucs dans les lettres, datant d'environ dix ans avant les visites du croque-mitaine, à l'époque de la naissance de votre cousin Ryan.

— Qu'est-ce qu'elles disaient ?

— Qu'ils s'étaient brouillés pour quelque chose. Quelque chose d'important, je pense. Olivia a hésité, retenant toute information supplémentaire.

Stephanie l'a pressée. — Qu'est-ce que ça disait ?

Olivia s'est mise à jouer avec l'anneau de sa canette. — Avez-vous… avez-vous déjà eu l'impression, en parlant à votre oncle, qu'il… qu'il aurait pu être gay ?

Stephanie a eu l'impression de se prendre une gifle en plein visage. Elle a failli laisser échapper un petit ricanement, mais a réussi à se retenir.

— Gay ? Non. Je n'en avais aucune idée. Qu'est-ce qui vous fait dire ça ?

Olivia s'est éclairci la gorge. — Eh bien… il y avait des lettres entre lui et Jordan, et, disons… qu'elles étaient un peu intimes. Un peu osées par endroits. J'ai essayé de ne pas tout lire parce que ça entrait dans des détails assez crus, mais je n'ai pas pu m'en empêcher. Je les ai imprimées et mises derrière le certificat de naissance, si ça vous intéresse. Mais, oui, je pense que votre oncle était peut-être gay. Et peut-être amoureux de Jordan.

Stephanie a pris un moment pour digérer cette nouvelle information. C'était la dernière chose à laquelle elle s'attendait. Pourtant, cela ne changeait rien à ce qu'elle pensait de cet homme ; il restait un criminel, quelqu'un qui méritait d'être derrière les barreaux.

Cela expliquait aussi pourquoi elle n'avait jamais entendu parler d'une tante à aucun moment de son histoire familiale ni n'en avait vu sur les photos. Pas de Mme Elliot Broadbent dans les livres d'histoire. Peut-être qu'ils avaient été ensemble à un moment donné, que leur fils était né, puis que le secret d'Elliot (l'un des nombreux) avait été révélé, la poussant à fuir et à laisser le garçon avec son père.

— Alors, quoi, vous pensez qu'Elliot aurait pu appeler son fils Ryan, puis aurait changé d'avis et l'aurait appelé Jordan ?

Olivia a secoué la tête. — L'inverse. Je pense qu'Elliot a nommé son fils en l'honneur de ce fameux Jordan, puis a changé son nom en Ryan.

— Pourquoi ?

Olivia a montré les papiers dans la main de Stephanie. — Parce qu'il y a une lettre tout aussi croustillante où Elliot traite Jordan de sale menteur et de tricheur. J'en ai donc déduit que c'était la fin de leur relation. Les dates correspondent à la période juste après la naissance de Ryan.

Stephanie a hoché lentement la tête. Il lui faudrait du temps pour digérer tout ça, mais pour l'instant, elle pensait en avoir compris l'essentiel.

— Merci, a-t-elle dit distraitement. J'apprécie que vous ayez fouillé dans mon arbre généalogique.

— Je vous en prie, madame. Avez-vous besoin que je fasse autre chose ?

Le regard fixé sur le nom inscrit sur le certificat de naissance, Stephanie a secoué la tête. Sans surprise, sa migraine s'était intensifiée. — Non, je pense que c'est tout.

Olivia s'est retournée et s'est dirigée vers la porte. Au moment où elle l'ouvrait, Stephanie l'a rappelée.

— En fait, Wellard, il y avait autre chose.

— Oui, madame ?

— Cette… cette autre chose que je vous ai demandé d'examiner. Comment ça avance ?

Olivia lui a adressé un sourire enthousiaste, comme si elle revivait les ragots des lettres de son oncle. — Je suis sur le point de m'y mettre pour vous, madame. Laissez-moi faire.

CHAPITRE
QUATRE-VINGT-SIX

Dans la salle de sport, l'air était chaud et humide, saturé de l'odeur âcre de la sueur. Des bruits sourds résonnaient sur les tatamis où les corps s'entrechoquaient, les jambes fauchaient et les bras se verrouillaient. En hauteur, la musique hurlait depuis les haut-parleurs. Stephanie était allongée sur le dos, le souffle saccadé, le bras d'une femme nommée Lianne fermement coincé entre ses cuisses dans une clé de bras d'école.

— Tape, tape ! aboya Lianne, et Stephanie relâcha sa prise, se laissant retomber en arrière avec un grognement las.

Elle passa un avant-bras sur son front et se redressa, la poitrine haletante. Un instant de silence passa avant que la vibration stridente de son téléphone ne déchire la pièce.

Stephanie tendit la main pour le prendre sur le bord du tatami. Kimberley.

Elle pensa aussitôt que Kimberley appelait au sujet du bébé, que quelque chose n'allait pas et qu'elle avait besoin d'elle de toute urgence. Tout en reprenant son souffle, elle fit signe à Lianne de patienter d'un doigt, puis répondit. — Salut, tout va bien ?

— Salut, répondit Kimberley, d'une voix basse et hésitante.

Stephanie quitta le tatami et slaloma entre une rangée de sacs de frappe. Elle s'arrêta près des casiers, le téléphone collé à l'oreille. — Tout va bien ?

— Je t'appelais juste pour te demander… Un silence. Une déglutition. — L'enterrement. Tu viens ?

Stephanie s'appuya contre l'acier froid des casiers. Sa gorge se serra. Quelques jours avaient passé depuis l'arrestation de Connie, mais elle ne pouvait penser qu'à son oncle et au mal qui rongeait sa famille.

— Je ne sais pas, répondit-elle après une pause. — Peut-être.

— Peut-être ? La voix de Kimberley s'adoucit. — Allez, Steph. Je sais que tout ça est compliqué. Vraiment. Mais… c'est la famille. Ça te ferait du bien. Ça nous ferait du bien.

Stephanie ne dit rien. Une goutte de sueur glissa le long de sa tempe et s'arrêta au coin de sa mâchoire.

— Comment tu en es arrivée à cette conclusion ?

— Je ne parle pas pour lui, ajouta Kimberley. — Dieu sait que je ne vais pas pleurer cet homme. Mais pour nous. Pour tourner la page, d'une manière ou d'une autre. Comme si on pouvait enfin laisser tout ce qui concerne cette branche de notre famille derrière nous.

— Sauf si on découvre un autre oncle ou cousin qui pourrait débarquer dans nos vies.

Kim eut un petit rire gêné. — Alors, qu'est-ce que tu en dis ?

Stephanie se frotta le visage d'une main. Le dojo bourdonnait faiblement derrière elle. Des cris, des chutes lourdes sur les tatamis, des rires.

— Je vais… je vais y réfléchir, dit-elle à voix basse.

— D'accord, répondit Kimberley. — J'espère que tu viendras. Je pense que ça sera une bonne chose.

La communication se coupa.

Stephanie resta immobile un instant, le téléphone à la main, la sueur refroidissant sur sa peau.

Puis elle se retourna et retourna vers le tatami.

CHAPITRE
QUATRE-VINGT-SEPT

Les stores à lamelles étaient à demi-baissés, projetant des bandes de lumière obliques sur la table. Stephanie était assise à un bout, son expression indéchiffrable, tandis que Devon était avachi à côté d'elle. Un gobelet en carton tremblait dans sa main, et le liquide à l'intérieur se balançait à chaque mouvement.

La porte s'est ouverte, et l'inspecteur en chef Clive McGowan est entré d'un pas décidé, tout juste rentré de deux semaines de congé. Il avait l'air bien reposé et, bien qu'il ait passé tout ce temps à la campagne à la mi-octobre, il était je ne sais comment plus bronzé que d'habitude. Il serrait un épais dossier sous son bras.

— Bonjour, a-t-il dit.

Stephanie et Devon ont marmonné des salutations en retour.

McGowan a laissé tomber le dossier sur la table avec un bruit sourd. Il est resté debout, les regardant tour à tour tel un proviseur examinant deux élèves désobéissants.

— Il semblerait que nous ayons des choses à nous dire, tous les trois, a-t-il déclaré.

— C'est sans doute pour ça que nous sommes là, a rétorqué Devon.

— Très bien, sergent. Commençons par vous, voulez-vous ?

Devon a dégluti à côté d'elle, un geste à la fois visible et audible.

— Ça vous concerne aussi, Steph, alors ne croyez pas que vous êtes déjà tirée d'affaire. Clive a ouvert le dossier et en a sorti les photos d'elle qui avaient été postées en ligne. Elle ne comptait plus le nombre de fois où elle les avait vues. — L'un de vous voudrait-il m'expliquer ce qui se passe – ou ce qui *s'est passé* – sur ces photos ?

— Passé ? a répété Steph, la voix pleine de stupeur. Elle a rapidement jeté un coup d'œil à Devon, qui avait l'air aussi gêné qu'elle. — Ce n'est pas ce que vous croyez. Pas du tout. Il ne s'est rien passé de la sorte. J'étais juste…

— Elle m'aidait juste à ranger, a répondu Devon après s'être raclé la gorge. — J'étais en retard pour le travail ce matin-là, Steph est passée pour me presser, et puis elle m'a donné un coup de main parce que je devais nettoyer l'appartement avant de partir.

McGowan n'avait pas l'air convaincu. — Et ça ? Il a pointé les bouteilles d'alcool dans la main de Stephanie.

Devon s'est penché en avant, comme s'il les inspectait pour la première fois. — Ça, monsieur l'inspecteur, c'est la preuve d'une bonne soirée. Une soirée dont je ne me souviens pas vraiment.

— Tout est à vous ?

— Oui. Mais c'est une accumulation d'alcool. L'équivalent de deux semaines.

— Compris. McGowan a observé Devon d'un air soupçonneux, cette fois sans rien laisser paraître. Au bout d'un moment, il s'est tourné vers Stephanie. — C'est vrai ?

Elle a dégluti avec difficulté. — Oui, monsieur l'inspecteur. J'ai rangé les poubelles dans son appartement.

Ce n'était pas un mensonge complet. En fait, c'était tout à fait exact. Elle avait simplement omis de mentionner le *contexte* du rangement.

McGowan n'a pas répondu tout de suite. Son regard s'est promené de l'un à l'autre, la peau autour de ses yeux se plissant alors qu'il fronçait les sourcils. Finalement, il a expiré par le nez. — Même si c'est vrai – et je vais choisir, pour l'instant, de le croire – ça ne change rien à la perception des choses. Vous êtes tous les deux des officiers de haut rang. Les gens attendent de vous que vous fassiez preuve de leadership, pas… de je ne sais quoi. Vous faire photographier par les paparazzis comme si vous étiez des rebuts de la téléréalité.

— Je suis surpris que vous sachiez ce qu'est la téléréalité, monsieur l'inspecteur, a rétorqué Devon.

McGowan a ignoré la remarque et a reporté son attention sur autre chose dans son dossier. Il en a sorti une autre feuille de papier et l'a fait glisser sur la table.

— Le nom de Perry Watson vous dit quelque chose, Stephanie ?

Un frisson glacial l'a parcourue. Elle n'a rien dit.

— Parce que ceci est un e-mail de son référent qui a contacté son ancien agent de probation, pour l'informer qu'une personne du nom d'inspectrice Stephanie Broadbent lui avait parlé de la période qu'il a passée avec Colin Broadbent.

— On dirait que vous savez déjà tout ce qu'il y a à savoir, a-t-elle rétorqué.

— Pourquoi êtes-vous allée le voir ? D'ailleurs, *comment* avez-vous obtenu ses informations personnelles ? C'est une infraction majeure.

Stephanie s'apprêtait à répondre, mais Devon l'a devancée. — J'ai un ami qui connaît un ami qui me devait une faveur, alors je la lui ai demandée. C'était important. Steph pensait que les affaires pouvaient être liées, alors on a fait ce qu'on devait faire.

Clive a ouvert la bouche pour répondre mais s'est retenu. Le lien entre Colin, Elliot et le Croque-mitaine était tangible, donc il ne pouvait nier qu'elle avait une raison valable.

— Vous avez enfreint la procédure, a-t-il dit.

Devon a levé les mains en signe de défaite. — J'en conviens, mais si on ne l'avait pas fait, on n'aurait peut-être pas découvert l'identité du Croque-mitaine.

Clive a grogné. Il a baissé les yeux vers ses notes comme s'il cherchait une réponse. — Je suis parti deux semaines, et on dirait que vous avez bien profité d'avoir la bride sur le cou.

— Pas tout à fait, monsieur l'inspecteur, a dit Stephanie d'un ton ferme. — Je ne suis pas d'accord. Nous avons fait le boulot. L'équipe a été excellente. Et nous avons classé deux affaires, dont une qui traînait depuis trente ans. Et, tant que nous parlons d'avoir la bride sur le cou, est-ce que le nom de Myles Delaware *vous* dit quelque chose ?

L'inspecteur en chef a fouillé dans sa mémoire. Au bout d'un moment, il a secoué la tête.

— Il avait l'air de se souvenir de vous, a-t-elle dit. — Il a dit que vous étiez simple inspecteur à l'époque de l'ancienne enquête sur le

Croque-mitaine, et que vous aviez réussi à faire disparaître quelque chose avec l'aide d'un petit quelque chose en retour.

McGowan s'est agité sur sa chaise, mal à l'aise. Il a baissé les yeux vers la table.

— C'était une autre époque, a-t-il dit.

— Mmm-hmm.

— Peut-être qu'on devrait oublier que j'ai mentionné tout ça, a dit McGowan.

Stephanie a eu un sourire en coin. — Ça me plaît bien. Devon ?

Le sergent a souri, se levant déjà de sa chaise. — À moi aussi, Steph. À moi aussi.

CHAPITRE
QUATRE-VINGT-HUIT

Il restait une dernière chose sur sa liste mentale, une chose qu'elle attendait avec impatience depuis qu'elle avait croisé la route de l'ancien inspecteur.

Stephanie s'est garée devant le manoir aux colonnes blanches, le gravier a crissé sous ses pneus quand elle s'est immobilisée. Le portail était resté ouvert après un passage récent, et le soleil brillait sur le capot de l'Aston Martin Vantage argentée, garée fièrement dans l'allée. Elle est sortie de la voiture, a lissé les plis de son manteau et s'est dirigée d'un pas décidé vers la porte d'entrée. Avant qu'elle ait pu frapper, celle-ci s'est ouverte.

Gavin Lockwood se tenait sur le seuil, entièrement habillé, un verre de whisky à moitié plein dans une main. Son expression s'est assombrie dès l'instant où il l'a vue. À sa grande surprise, il n'y avait pas de fidèle chien de garde à ses côtés.

— Vous encore, a-t-il dit, la voix rauque à cause du sommeil, de l'alcool, ou des deux. Qu'est-ce que vous me voulez, bordel ?

Stephanie n'a pas bronché. Elle a désigné du menton la voiture garée devant le garage. — Belle Aston.

Gavin a jeté un œil par-dessus son épaule. — Et alors ?

— Je l'admire, c'est tout. J'en ai toujours voulu une. Ça coûte combien maintenant ? Deux cent mille livres ? Peut-être plus. Ça a dû coûter une fortune. Elle a penché la tête sur le côté. Le plus drôle, c'est que j'ai passé l'immatriculation au fichier. Elle a été déclarée volée. Mille neuf cent quatre-vingt-quatorze. Disparue d'un concessionnaire dans le Surrey. Évaporée sans laisser de trace.

La mâchoire de Gavin s'est crispée. — Je l'ai achetée en toute légalité.

— Vraiment ? a fait Stephanie en haussant un sourcil. Parce que j'ai des preuves qui suggèrent le contraire.

Le visage de Gavin a perdu toutes ses couleurs.

Stephanie s'est approchée, sa voix calme mais ferme. — J'ai fait quelques recherches. Et en plus d'être un homme violent et le Croque-mitaine, il s'avère que mon père et mon oncle étaient aussi connus dans le coin comme des voleurs de voitures. L'autre soir, je passais en revue certains dossiers liés à leurs noms, et j'ai trouvé un truc sur une Aston Martin Vantage disparue. Et qui était l'officier instructeur principal sur cette affaire ? Exact, c'était vous. Et quand l'étau s'est resserré, vous avez utilisé votre grade pour enterrer l'affaire. En échange, vous avez promis de faire disparaître les accusations d'agression contre Colin. Et vous vous êtes assuré que l'enquête sur le Croque-mitaine perde son élan juste au bon moment. Tout ça pour une voiture volée, Gavin.

Gavin a eu un ricanement, reculant dans l'embrasure de la porte pour tenter de garder contenance. — C'est absurde. Vous n'avez aucune preuve.

Stephanie a plongé la main dans son manteau et en a sorti un dossier. Elle l'a ouvert et a tapoté la première feuille. — J'ai des dépositions de témoins, en particulier celle de l'homme qui a construit ce garage. Vous vous souvenez de lui ? Je lui ai parlé l'autre jour. Oh, et pour étayer tout ça, j'ai des lettres, Gavin. De Colin. D'Elliot. Qui confirment tout. Promettant silence, loyauté, obéissance. Et en échange, vous avez gardé leurs secrets, et enterré leurs crimes. Vous avez encouragé des monstres. Vous les avez protégés parce que vous étiez l'un d'entre eux.

La bouche de Gavin s'est ouverte, mais aucun son n'en est sorti. Ses épaules se sont affaissées et, pendant une seconde, l'homme qui avait autrefois dirigé une équipe de police ressemblait plus à un retraité surpris en train de tricher aux cartes.

Stephanie a reculé d'un pas et a sorti sa carte de police. — Gavin Lockwood, je vous arrête pour suspicion d'entrave au cours de la justice, de manquement à la déontologie professionnelle et de complicité dans de multiples actes criminels. Vous n'êtes pas obligé de répondre...

— C'est de la folie, a-t-il lâché. Vous ne pouvez pas faire ça...

— ... mais cela pourrait nuire à votre défense si vous omettez de mentionner, lors de votre interrogatoire, un élément que vous invoqueriez ultérieurement devant le tribunal. Tout ce que vous direz pourra être retenu comme preuve.

Elle a attrapé son bras. Il a tenté de résister, mais le whisky avait émoussé ses réflexes. Il a grogné quand elle l'a retourné et lui a menotté les poignets.

— Ça ne tiendra jamais, a-t-il grondé.

— Peut-être pas, a dit Stephanie en le guidant vers la voiture. Mais ça entachera le peu de réputation qu'il vous reste.

Alors que le soleil plongeait derrière les arbres et que l'Aston Martin restait là, rutilante et silencieuse dans l'allée, Stephanie n'a pu s'empêcher de sourire.

Un homme de plus menotté. Un secret de plus traîné à la lumière.

CHAPITRE
QUATRE-VINGT-NEUF

L'enterrement était aussi sinistre et vide que l'homme qu'elles enterraient.

Stephanie se tenait au fond de l'église, les mains fourrées dans les poches de son manteau noir, tandis que la pluie mouchetait le dallage de pierre juste devant les portes ouvertes. Un cercueil en bois clair reposait à l'avant de la nef, entouré de deux couronnes de fleurs et de rangées de bancs vides. Elle n'avait pas su à quoi s'attendre. Quelques membres de la famille éloignée, une poignée de voisins. Mais il n'y avait personne. Juste elle, Kimberley, et le son d'une chaîne hi-fi à bout de souffle qui crachotait *My Way*.

Stephanie n'avait pas pleuré. Pas une seule fois.

Elle se tenait parfaitement immobile, fixant le cercueil comme s'il pouvait bouger, comme s'il allait se redresser pour révéler que cela avait toujours été son père.

Le prêtre a conclu la cérémonie en moins de quinze minutes.

Alors qu'elles sortaient sous le crachin, Stephanie a suivi Kimberley jusqu'à la tombe sans un mot. Elles se sont tenues sous un parapluie et ont regardé le cercueil descendre en terre. La terre s'est abattue sourdement sur le couvercle.

— Ça va ?, a demandé Kimberley d'une voix douce.

Stephanie a fait un hochement de tête évasif. — Ça va. J'ai juste froid.

Mais Kimberley ne la regardait plus ; son regard était fixé sur quelqu'un de l'autre côté du cimetière. Un homme d'une petite trentaine, grand et vêtu d'un manteau sombre.

Stephanie a plissé les yeux. Il y avait quelque chose de familier chez lui. Sa façon de se tenir. Sa manière de les regarder sans cesse.

— Un de ses amis ?, a-t-elle marmonné.

Le silence de Kimberley s'est éternisé.

— Kim ?

— J'allais te le dire, a-t-elle fini par lâcher. Je ne savais juste pas quand.

Stephanie s'est tournée vers elle. — Me dire quoi ?

— C'est… c'est Jordan. Elle a dégluti. — C'est notre frère.

Stephanie a cligné des yeux. — Pardon, quoi ?

— Demi-frère, a corrigé vivement Kimberley. Papa a eu un autre enfant quand il était avec Maman.

— Il l'a trompée ?

Kimberley a hoché la tête. — Et quand Jordan est né, la femme l'a largué sur le seuil de Papa et Maman. Évidemment, Maman ne voulait rien avoir à faire avec lui, alors Papa l'a donné à Elliot pour remplacer le fils qui était mort, et il s'est occupé de Jordan depuis.

Stephanie a pris un instant pour digérer l'information. Une liaison. Un demi-frère. Un nouveau fils pour Elliot. Un fils pour combler le vide béant dans son cœur. La raison pour laquelle les visites du Croque-mitaine s'étaient arrêtées si brusquement. Elle était sous le choc.

— Comment tu as découvert ça ?

— Quand je suis allée à la maison l'autre soir, j'ai trouvé l'acte de naissance de Jordan. Il y avait le nom de Papa dessus, et j'ai trouvé ça un peu bizarre. Puis j'ai demandé aux avocats de se pencher sur la question, et ils m'ont aidée à le retrouver. Je l'ai rencontré l'autre jour et je lui ai raconté ce qui se passait. Il s'avère qu'Elliot et lui se sont brouillés l'année dernière et qu'ils avaient perdu contact.

Les actes de naissance. Tout s'expliquait maintenant. C'était pour ça qu'il y avait eu deux noms.

Stephanie continuait de regarder fixement dans le vide. — C'est pour ça que tu as tant insisté pour l'enterrement ?

Elle a souri innocemment.

— Kim, je croyais qu'on avait dit plus de secrets.

— C'est le dernier, promis.

— Je... je ne sais pas ce que tu veux que je te dise, a répondu Steph. Son esprit tournait à plein régime, et à cet instant, elle ne pouvait penser qu'à son père. Au fait que Jordan était sa progéniture, qu'il était son père réincarné.

— Ce n'est pas mon frère, a-t-elle dit enfin.

— Si. Que tu le veuilles ou non.

À ce moment-là, Kimberley lui a fait signe de s'approcher. Il a traversé le cimetière d'un pas vif, est arrivé un instant plus tard et s'est arrêté à quelques pas d'elles, ses chaussures s'enfonçant légèrement dans la terre meuble. Il a fait un signe de tête poli, les mains fourrées au fond des poches de son manteau, ses yeux allant de l'une à l'autre. Mais quand il a regardé Stephanie, quelque chose s'est bloqué en elle.

Il avait les yeux de son père. La même inclinaison du front, la même forme de bouche, et même la façon dont il penchait la tête en la regardant... c'était troublant. Comme un fantôme dans un corps de chair.

— Je suis Jordan, a-t-il dit, la voix basse et profonde. — Je... je voulais juste passer vous dire bonjour. Apparemment, nous sommes demi-frère et demi-sœurs.

Stephanie n'a rien dit.

Kimberley lui a offert un doux sourire et lui a frotté le bras. — Merci d'être venu.

La mâchoire de Stephanie s'est crispée.

Elle ne pouvait plus le regarder.

Sa poitrine s'est serrée, oppressée, l'air humide soudain trop épais, trop lourd. Chaque inspiration restait coincée dans sa gorge.

— Il faut que j'y aille, a-t-elle dit brusquement, à voix basse.

— Steph..., a commencé Kim, mais Stephanie s'éloignait déjà.

Elle n'a pas attendu d'entendre ce que Jordan avait à dire. Elle ne voulait pas l'entendre.

Elle a poussé le petit portillon en fer, voyant à peine où elle allait.

Elle a atteint sa voiture et est montée à l'intérieur, ses mains agrippant le volant si fort que ses jointures sont devenues blanches. Elle a fixé le pare-brise un instant, la pluie tapotant doucement contre la vitre.

Elle a mis le contact. La radio s'est allumée, et elle l'a coupée d'une pression brusque du doigt, restant assise là, à respirer.

Puis, sans un regard en arrière, elle a démarré.

FIN

Mais pas tout à fait. L'histoire continue dans L'Homme en Feu :

Lorsque les restes calcinés d'un corps sont découverts dans les pittoresques Surrey Hills, le traumatisme du passé de l'inspectrice Stephanie Broadbent se ravive.
La victime a été brûlée vive. Aucun indice. Aucun témoin. Bientôt, toutes les pistes se réduisent en cendres.
Lorsqu'un autre corps apparaît, Stephanie met au jour un lien qui menace d'embraser le monde — et d'autres corps.
Si elle veut arrêter le tueur, elle doit s'aventurer dans les flammes et affronter sa peur.

Découvrez l'histoire de L'Homme en Feu sur Amazon dès maintenant !
Cliquez ICI pour obtenir votre exemplaire !
Ou tournez la page pour lire un extrait exclusif.

L'HOMME EN FEU - EXTRAIT EXCLUSIF

CHAPITRE
UN

Lorsque Nigel Hadlow a ouvert les yeux, une douleur fulgurante a détoné derrière son crâne, éclatant comme un orage et le laissant hébété et désorienté. Alors qu'il les rouvrait et que sa vision commençait à se faire plus nette, il a balayé les lieux du regard et a réalisé qu'il était enfermé entre quatre murs de bois qui semblaient se refermer sur lui.

L'air de la mi-novembre était froid et piquant, imprégné des odeurs de foin et de fumier en décomposition venant de l'extérieur, bientôt supplantées par une senteur chimique qui s'accrochait au fond de sa gorge comme des échardes et lui tordait les entrailles.

Il a essayé de bouger.

Rien ne s'est passé.

Il a réessayé, forçant sur ses bras et ses jambes, et c'est alors qu'il a compris que ses mains étaient étendues de chaque côté de lui, les poignets fermement liés par ce qui ressemblait à de la corde, ancrée à quelque chose dans le sol en béton. Il a tendu le cou pour regarder le long de son corps et, dans la faible lumière, a vu ses chevilles liées ensemble, elles aussi enserrées dans de la corde et fixées à quelque chose de froid et de dur.

Il était dans un film d'horreur.

La panique a explosé dans sa poitrine.

Il a tenté de crier, mais sa voix est sortie, faible et brisée, comme s'il hurlait depuis un moment sans s'en rendre compte.

Qu'est-ce qui se passait, bordel ? Comment avait-il atterri ici ?

Il a fermé les yeux et a essayé de se souvenir.

Il s'était rangé sur le bord de la route après avoir entendu un bruit étrange provenant des pneus. Il avait laissé le moteur tourner et était sorti, faisant le tour jusqu'à l'avant de la voiture pour les inspecter. Puis une autre voiture s'était arrêtée, maladroitement et en travers, ses pneus crissant comme si son conducteur était pressé. Une silhouette en était sortie et s'était avancée vers lui. Il faisait nuit — plus de dix-neuf heures — et la visibilité était donc faible, hormis les phares qui avaient brièvement illuminé les traits de la silhouette. Pourtant, ce visage avait eu quelque chose de familier, n'est-ce pas ?

Oui.

Sauf qu'il n'arrivait pas à le situer. Un visage perdu depuis longtemps. Perdu dans le temps, perdu jusqu'à devenir moins qu'un souvenir.

Et puis, le noir.

Il n'avait pas vu le Taser sortir de la poche de la silhouette. Son cerveau s'était complètement éteint. Et maintenant, il était là, au milieu d'un endroit froid et sombre, attaché au sol comme s'il était sur une croix.

Le son du Taser a de nouveau résonné à ses oreilles, furieux et électrique.

Il a vite été remplacé par un autre bruit. Quelque chose de proche. Plus répétitif. Plus strident.

Qui s'approchait. De plus en plus fort.

Il a entraperçu quelque chose du coin de l'œil. Un éclat orange, rouge, jaune. Petit au début, mais immanquable. Une flamme, qui pointait le bout de son nez sous le mur de bois.

Dès que l'information a atteint son esprit délirant, le corps de Nigel a tremblé contre les cordes. Il a tiré de toutes ses forces, mais les liens n'ont pas cédé. Plus il se débattait, plus les fibres s'enfonçaient dans sa peau, creusant des sillons dans ses poignets et ses chevilles. Le sang a coulé, chaud et inutile.

En quelques secondes, une ligne de feu a rampé au pied d'un des murs, consumant goulûment la paille et les débris de bois comme du papier sec, crachant des braises brûlantes dans l'air. Au-dessus, les poutres en bois ont gémi et craqué, leur charpente boursouflée par la chaleur.

Nigel a hurlé.

Une terreur pure, bestiale.

Le feu a déferlé, rampant sur le sol dans sa direction. L'épaisse fumée s'est densifiée, s'enroulant autour de son visage et remplissant ses poumons. Il a toussé et s'est étouffé, sa gorge se crispant tandis que l'oxygène était arraché à son corps.

Sa poitrine se soulevait ; chaque inspiration était une agonie, comme si des éclats de verre lacéraient sa trachée.

— Au secours ! a-t-il râlé, sa voix le lâchant. C'était à peine plus fort qu'un murmure.

Les flammes continuaient leur approche, tel un prédateur traquant lentement sa proie. Il pouvait sentir la chaleur, cuisante, brûlante, roussissant les poils de son corps. Son dos s'est cambré instinctivement, essayant de se libérer de ses entraves, mais les cordes ont tenu bon.

Il s'est tordu de douleur. Sa peau a picoté. Puis a bouilli.

Le feu a d'abord embrassé ses bottes, faisant fondre les semelles. Des flammes ont jailli autour de ses chevilles, puis se sont enroulées au creux de ses genoux, avalant les cordes jusqu'à ce qu'elles se consument et se rompent. La douleur est venue rapidement. De grandes vagues de souffrance ont déferlé en lui. Peu après, sa chair s'est boursouflée, puis a éclaté. L'agonie était incandescente, remontant le long de ses jambes comme du plomb en fusion. Il a hurlé à nouveau, mais la fumée a volé le son de sa gorge, au moment même où elle s'apprêtait à lui voler la vie.

Son corps a été pris de convulsions.

Puis est venue la pire partie. La prise de conscience qu'il n'allait pas mourir sur le coup.

Que ce serait lent et délibéré, conçu pour le faire souffrir, pour lui faire sentir chaque seconde atroce.

Le feu a grimpé sur son ventre, s'évasant sur sa poitrine et s'enroulant sous ses bras. Sa chemise a pris — une flambée soudaine, comme une allumette sur des brindilles sèches. Sa peau a pelé. Ses yeux se sont exorbités. Ses lèvres se sont entrouvertes, mais il ne pouvait plus crier. Juste le son d'un étouffement. D'une suffocation dans la fumée.

Au-dessus de lui, la structure du bâtiment a gémi de nouveau.

Il a tourné la tête dans un dernier acte instinctif, se tendant vers la porte qui ne s'ouvrirait jamais. Vers l'air qu'il ne respirerait jamais. Vers la lumière qui ne viendrait jamais.

Et puis le noir, et la douleur s'est arrêtée.

CHAPITRE
DEUX

Soubresautant violemment dans l'eau frémissante, l'œuf rebondissait contre les parois de la nouvelle poêle Tefal qu'elle avait achetée le week-end dernier, comme pour tenter de s'échapper. Accoudée au plan de travail de la cuisine, les bras croisés, Stephanie regardait les bulles éclater et bondir comme à un concert. Elle s'est laissée hypnotiser, perdue dans les bulles, ses yeux peinant à suivre l'œuf qui ricochait et dansait. Se penchant en avant, elle a approché son visage de l'eau. La chaleur était intense, et elle a vite reculé quand des gouttelettes d'eau ont giclé sur son bras. Une douleur aiguë a éclaté sur sa peau nue, et elle l'a rincée sous le robinet. Quelques instants plus tard, la douleur s'est apaisée, remplacée par une sensation sourde et anesthésiante. Elle a fermé le robinet et a contemplé la minuscule zébrure rouge qui fleurissait sur son avant-bras. Une douleur comme une piqûre d'épingle.

Elle est restée là un moment, appuyée contre l'évier, à regarder dehors. Une légère bruine avait commencé à tomber ce matin-là, crépitant contre la vitre.

Puis l'eau de la casserole a commencé à déborder et à grésiller sur la plaque électrique, la tirant de sa rêverie. Elle est passée à l'action, retirant avec précaution la lourde casserole par l'anse, à deux mains. La vapeur s'est enroulée hors du récipient, s'élevant en doigts fantomatiques. Gardant une main sur l'anse, elle a éteint la plaque de l'autre. Au moment où elle commençait à vider l'eau dans la passoire qu'elle avait dénichée au fond de l'un de ses placards, son téléphone s'est mis à sonner, vibrant avec colère sur le plan de travail. Son regard a balayé l'écran, et dans cette brève seconde, elle a incliné la casserole trop vite, s'éclaboussant l'avant-bras.

— Merde !

Elle a laissé tomber la casserole dans l'évier avec un grand bruit métallique. Une vague de douleur a déferlé sur sa peau, et elle a juré à plusieurs reprises à voix basse tout en gardant les yeux fixés sur l'écran.

Elle a reconnu le numéro immédiatement.

Il appelait encore. La vingtième fois au cours des cinq dernières semaines. Ou peut-être plus ? Elle avait perdu le compte.

Sans parler de son intérêt, qu'elle avait aussi perdu.

Elle n'avait aucune envie de lui parler. Il était entré récemment dans sa vie, et déjà elle sentait qu'il essayait de s'imposer, avançant à son propre rythme alors que, dans son esprit, ça aurait dû être l'inverse. Bien sûr, c'était lui dont le père venait de mourir, et il venait aussi de découvrir qu'il avait deux demi-sœurs dont il ne savait rien. Bien sûr, c'était lui qui venait d'apprendre que son père était en fait son oncle et que son véritable père l'avait abandonné à la naissance. Et oui, il avait grandi en tant qu'enfant unique alors que Stephanie, elle, avait sa sœur, Kimberley. Mais et alors ? Où était la considération pour ce qu'*elle*, elle avait traversé ? Elle avait passé les trente dernières années à essayer de se libérer de l'emprise que son père avait sur elle. C'était elle qui avait été abusée et maltraitée par lui. Pas Kimberley. Et certainement pas Jordan. D'après tout ce qu'elle savait, il avait eu une enfance aimante qui ne s'était gâtée que ces dernières années. Mais tout de même, il n'y avait aucune considération pour elle.

Finalement, l'appel a pris fin. Sa mâchoire s'est crispée lorsque la notification d'appel manqué est apparue sur l'écran. Elle a continué à la fixer, attendant que la notification de message vocal s'affiche.

Un instant plus tard, ce fut le cas.

Encore un. Sans doute semblable aux autres.

« Salut Steph, c'est moi. Je voulais juste savoir si tu étais libre ce week-

end, pour un café peut-être ? Je sais que Kim a parlé d'un endroit qu'elle aime bien, et je crois qu'elle voulait venir aussi. Ce serait sympa de te voir et de discuter enfin. Bref, tu sais où me trouver… »

Alors que l'écran est devenu noir, le visage de Jordan est apparu dans le reflet. Elle a grimacé, un frisson glacial parcourant son corps. C'était effrayant à quel point Jordan lui ressemblait – à leur père. Le regard sombre et lubrique. Le visage anguleux et acéré. Même la façon dont ses cheveux commençaient à se dégarnir au niveau des tempes.

Elle ne parvenait pas à se défaire de la sensation sinistre qui lui parcourait l'échine.

Heureusement, son cerveau lui a rappelé qu'elle avait autre chose à faire : s'occuper de la douleur à son poignet qui semblait commencer à s'étendre au haut de son bras. Elle a de nouveau ouvert le robinet d'eau froide, laissant l'eau glaciale couler sur son avant-bras, lui offrant un certain soulagement tandis qu'elle cascadait sur sa peau. Pendant un instant, elle a fermé les yeux et s'est concentrée uniquement sur l'eau qui s'écoulait sur l'évier en acier inoxydable et sur le lointain crépitement de la pluie contre la vitre.

Une fois la douleur atténuée, elle a pris un torchon et a doucement séché la brûlure en tapotant. Distraitement, elle a écalé l'œuf, la coquille se craquelant comme de l'écorce sèche sous ses doigts, et l'a jeté sur une assiette avec une poignée de feuilles de salade flétries, un filet d'huile d'olive et une pincée de sel de mer de Maldon.

On était loin du petit-déjeuner de champion, mais ça suffirait pour lui permettre de tenir le coup pendant la litanie de réunions qu'elle avait ce matin-là.

Elle s'est assise à table, a tiré l'assiette vers elle et a piqué l'œuf avec une fourchette. Juste au moment où elle allait en prendre une bouchée, son téléphone s'est remis à sonner.

Pas Jordan cette fois.

Le central.

Elle a grogné et s'est essuyé la bouche du dos de la main, son pouce planant sur l'icône verte avant de balayer l'écran pour répondre.

— Broadbent.

La voix à l'autre bout du fil était professionnelle, calme.

— Inspectrice principale, désolé de vous déranger. Nous avons reçu un appel des pompiers de Guildford. Ils ont été informés ce matin d'une grange qui aurait été incendiée pendant la nuit.

— D'accord. Les pompiers sont dessus ?

— Oui, madame.

— Alors pourquoi appelez-vous la Section des Enquêtes Criminelles ?

— Parce qu'ils pensent avoir trouvé des restes humains dans les décombres, madame.

DU MÊME AUTEUR

Série DI Stephanie Broadbent – Thrillers des collines du Surrey :

Tome 1 : Le Tueur Vaudou

Elle est revenue pour prendre un nouveau départ. Au lieu de ça, elle a réveillé les ténèbres qu'elle pensait avoir enterrées. Avant même d'avoir pu s'installer, une étudiante est retrouvée morte dans sa résidence universitaire après une soirée. Ce qui paraît d'abord être une affaire vite réglée prend une tournure plus sombre lorsqu'une poupée vaudou est découverte près du corps. Stephanie est contrainte d'affronter les fantômes de son passé, tout en se lançant dans une course contre la montre pour arrêter un tueur dont le prochain coup se dessine déjà dans le fil et le tissu.

Lisez Le Tueur Vaudou sur Kindle et via l'Abonnement Kindle

Tome 2 : Le Croque-Mitaine

Il y a trente ans, les habitants de Guildford étaient hantés par une silhouette qui se glissait dans les chambres d'enfants pour les regarder dormir. Avant de partir, elle laissait derrière elle un unique ballon de baudruche. Et puis, elle a disparu. Les visites ont cessé. Aujourd'hui, ça recommence.

Lisez Le Croque-Mitaine sur Kindle et via l'Abonnement Kindle

Tome 3 : L'Homme en Feu

Lorsque les restes calcinés d'un corps sont retrouvés dans les pittoresques collines du Surrey, le traumatisme du passé de l'inspectrice Stephanie Broadbent est ravivé. Quand un autre corps apparaît, Stephanie découvre un lien qui menace de mettre le feu au monde… et à d'autres corps.

Lisez L'Homme en Feu sur Kindle et via l'Abonnement Kindle

DU MÊME AUTEUR

La série d'enquêtes criminelles du DS Tomek Bowen :

LIVRE 1 : LA JUSTICE DE LA MORT

Southend-on-Sea, Essex : Le Détective Sergent Tomek Bowen – déterminé, tenace et hanté par la mort de son frère – est appelé sur l'une des scènes de crime les plus choquantes qu'il ait jamais vues. Un homme a été rituellement assassiné et abandonné dans un jardin ouvrier près de l'aéroport local. Les premières investigations indiquent que cet homme avait un passé. Un passé qui lui a valu de nombreux ennemis.

Télécharger La Justice de la Mort

LIVRE 2 : L'ÉTREINTE DE LA MORT

Annabelle Lake pensait reconnaître la Ford Fiesta qui attendait devant son école, ainsi que son conducteur. Elle se trompait. Son corps est retrouvé quelque temps plus tard, suspendu à une balançoire dans une aire de jeux locale sur l'île de Canvey.

Télécharger L'Étreinte de la Mort

LIVRE 3 : LE TOUCHER DE LA MORT

Lorsque le brouillard se dissipe un matin de décembre dans l'Essex, le corps d'une adolescente est découvert gisant face contre terre dans un champ. L'affaire atterrit rapidement sur le bureau du DS Tomek Bowen qui, tout en essayant de jongler avec sa nouvelle vie de parent célibataire d'une fille de treize ans, doit déterrer l'enchaînement mortel des événements et faire éclater la vérité au grand jour.

Télécharger Le Toucher de la Mort

LIVRE 4 : LE BAISER DE LA MORT

Le passé n'oublie jamais... La mort d'un sans-abri passe presque inaperçue à Southend-on-Sea — jusqu'à ce que l'autopsie l'identifie comme Herbert Tucker, un député controversé avec un historique de création d'ennemis. Retrouvé entre les cabines de plage de Thorpe Bay, sa mort soigneusement mise en scène soulève plus de questions que de réponses.

Télécharger Le Baiser de la Mort

LIVRE 5 : LE GOÛT DE LA MORT

Par un matin venteux et glacial, Morgana Usyk, propriétaire de l'un des repaires préférés du DS Tomek Bowen, le Café Morgana, visite Mulberry Harbour à un peu plus d'un kilomètre en mer. Peu de temps après, son corps est retrouvé dans les bas-fonds, flottant à côté du port. Les premiers rapports et les témoins oculaires affirment avoir vu le tueur s'enfuir des lieux. Mais lorsque la tempête Alisha arrive, emportant toutes les preuves, Bowen et son équipe se retrouvent bloqués.

Télécharger Le Goût de la Mort

LIVRE 6 : L'ANGE DE LA MORT

Lorsque l'hôtesse de l'air Angelica Whitaker est portée disparue après une soirée dans l'une des boîtes de nuit les plus populaires de Southend, l'affaire est confiée au DS Tomek Bowen pour la première fois de sa carrière. Dès le début de l'enquête, les soupçons se portent sur l'homme avec qui elle a dansé au club, mais lorsque son corps est retrouvé plus tard dans une église, posé comme un ange, ces mêmes soupçons commencent à s'orienter vers un tueur calculateur, composé et sadique.

Télécharger L'Ange de la Mort

LIVRE 7 : LE SAUVEUR DE LA MORT

Au cœur d'une tempête, un animateur radio local est sauvagement assassiné dans son manoir de l'Essex. Lorsque les nuages et la pluie se dissipent le lendemain matin, le DS Tomek Bowen et son équipe découvrent une scène de crime qui rappelle quelque chose tout droit sorti des livres d'histoire. Les preuves suggèrent qu'il s'agit d'un meurtre aléatoire. Mais tandis que Tomek démêle les différentes couches de la vie de la victime, il réalise que l'animateur cache bien plus que ce qu'il laisse paraître.

Télécharger Le Sauveur de la Mort

LIVRE 8 : LE SOUFFLE DE LA MORT

L'île de Mersea. Plus de 1 000 hectares de terres agricoles, de marais et plusieurs parcs de caravanes. Habituellement, elle abrite 7 000 personnes. Mais pour le week-end férié du mois d'août, elle accueille deux résidents supplémentaires : le DS Tomek Bowen et sa fille, Kasia, cherchant à profiter au maximum de la fin des vacances scolaires, de la fin de l'été, et de la fin du congé prolongé de Tomek.

Télécharger Le Souffle de la Mort

LIVRE 9 : LA MARQUE DE LA MORT

Le DS Tomek Bowen revient d'une courte suspension qui a failli faire dérailler sa carrière, et il veut reprendre le travail sans perdre de temps. Mais un appel téléphonique inattendu en provenance de la prison ébranle sa concentration — et menace de l'entraîner dans un réseau de mensonges et de trahisons.

Télécharger La Marque de la Mort

LAISSER UN AVIS

Et voilà. Fin.

Eh bien, je dis " nous "… je veux dire vous. Merci.

Merci d'être arrivé jusqu'ici et de m'avoir accompagné pendant que j'imaginais ces histoires folles et étranges, puis que je les traduisais sur papier (ou plutôt, en fichiers numériques).

Amazon regorge de millions de livres (littéralement, et je n'utilise pas ce terme à la légère), et il est donc souvent difficile de trouver sa prochaine lecture. On veut juste savoir quel livre se plonger. Mais parfois, on n'a pas le temps de tous les éplucher, alors que faire ?

Consultez les critiques, bien sûr.

On les utilise dans tous les aspects de notre vie.

Au restaurant. Au cinéma. Sur notre prochain téléviseur. Sur nos écouteurs. Presque tout est régi par les pensées des autres.

C'est fou, non ?

Mais que se passe-t-il quand on tombe sur un livre sans critique ? On risque de le fuir. Difficile de se fier à un livre.

Votre temps est précieux. Votre temps est précieux. Vous ne voulez pas perdre votre temps avec des histoires décevantes. Personne ne le souhaite. Et je ne vous le souhaite pas. Parfois, j'ai peur que la même chose arrive à cette histoire.

Mais il existe une solution.

Une critique est très utile. Et elle me donne la confiance nécessaire pour continuer à alimenter les pensées les plus folles qui me trottent dans la tête. Si vous avez un moment de libre, j'apprécierais vraiment que vous laissiez un commentaire. Il n'est pas nécessaire qu'il soit long ; juste quelques mots sur ce que vous avez pensé du livre.

Merci.

Votre aimable auteur,

Jack Probyn